Marlo Schalesky

D1925015

Für immer Dein Paul

francke

Über die Autorin:
Marlo Schalesky ist Absolventin der Stanford Universität und hat Theologie studiert. Die Autorin von 7 Büchern lebt mit ihrem Mann und 5 Kindern in Kalifornien.

Bibliografische Information Der Deutschen Bibliothek
Die Deutsche Bibliothek verzeichnet diese Publikation in der Deutschen Nationalbibliografie; detaillierte bibliografische Daten sind im Internet über http://dnb.ddb.de abrufbar.

ISBN 978-3-86827-182-9
Alle Rechte vorbehalten
Originally published in English under the title:
Beyond the Night by Marlo Schalesky
Copyright © 2008 by Marlo Schalesky
Published by Multnomah Books, an imprint of
The Crown Publishing Group,
a division of Random House, Inc. 12265 Oracle Boulevard,
Suite 200 Colorado Springs, Colorado 80921 USA
All non-English language rights are contracted through:
Gospel Literature International
P. O. Box 4060, Ontario, California 91761-1003 USA
This translation published by arrangement with Multnomah Books, an imprint of The Crown Publishing Group
German edition © 2010 by
Verlag der Francke-Buchhandlung GmbH
35037 Marburg an der Lahn
Deutsch von Kathrin Schultheis
Umschlagbilder: © shot-shop / John Stevens
pressmaster / © www.fotolia.de
Umschlaggestaltung: Verlag der Francke-Buchhandlung GmbH /
Christian Heinritz
Satz: Verlag der Francke-Buchhandlung GmbH
Druck: Bercker Graphischer Betrieb, Kevelaer

www.francke-buch.de

Ich bin das Licht der Welt.
Wer mir nachfolgt, der wird nicht wandeln in der Finsternis,
sondern wird das Licht des Lebens haben.

Johannes 8,12

Prolog

Sie sagen mir, es sei nie passiert. Sie sagen, es könne nicht wahr sein. Manche nennen es einen Traum. Andere sagen, ich sei eine Romantikerin. Aber ich weiß, was sie denken. Sie denken, ich sei verrückt. Überwältigt von Trauer. Erfände Geschichten, um den Schmerz zu stillen.

Aber ich verspüre keinen Schmerz. Nicht mehr. Der Schmerz ist lediglich eine einzelne Note in der Sinfonie des Friedens, den ich empfinde, denn ich weiß, was wahr ist. Ich war dort an jenem Tag. Ich sah, wie ihre Hand sich nach ihm ausstreckte. Ich hörte seine Stimme in der Dunkelheit. Ich sah ihre Liebe. Pauls und Maddies. Also nennen Sie mich ruhig verrückt, wenn Sie nicht anders können. Aber ich weiß um die Macht der Liebe. Ich habe einen flüchtigen Blick auf ihr Mysterium werfen können. Ich bin Zeugin ihres hellen Scheins geworden.

Wenn Sie Zweifel haben, dann kommen Sie mit. Durchqueren Sie mit mir die Schatten der Zeit und folgen Sie mir dorthin, wo alles begann. Eine kalte Nacht. Dunkel. Und jenseits der Nacht ... nun, kommen Sie und sehen Sie selbst.

Paul umklammerte das Lenkrad noch ein wenig fester, als der Ford Pinto sich die Serpentinen der Bergstraße hochkämpfte. Der Regen wurde immer stärker und prasselte mittlerweile erbarmungslos auf die Fahrbahn nieder. Die hektischen Schläge der Scheibenwischer bildeten einen irritierenden Gegenrhythmus zu dem Getrommel des Wassers auf der metallenen Motorhaube.

Das ist verrückt. Wir sollten umkehren. Paul warf einen Blick auf seine Frau, die auf dem Beifahrersitz schlief. Maddies Atmung ging gleichmäßig, ihre Augen waren geschlossen. Ein tiefes Schnarchen entwich ihrem leicht geöffneten Mund.

Paul lächelte. Maddie hasste es, wenn er ihr sagte, dass sie schnarchte. „Das ist kein Schnarchen“, sagte sie immer, „sondern nur ein lautes Atmen.“ Laut genug, um den Regen zu übertönen. Natürlich würde sie ihm das niemals glauben. Eines Tages würde er es einmal mit dem Diktiergerät aufnehmen – wenn er sich traute. Sein Lächeln verwandelte sich in ein leises Lachen. Das würde sie ihm niemals vergeben. Zumindest nicht, bevor er ihr einen Schokoladenriegel mitbrachte – nicht irgendeinen Schokoriegel natürlich, sondern den von Hershey mit den Mandeln. Die Schokolade sei gar nichts, betonte sie immer, ohne die Mandeln.

Der Regen wurde noch heftiger und prallte auf das Autodach wie nicht enden wollende Donnerschläge. Paul lehnte sich vor und spähte in die Dunkelheit. Die gelben Lichtkegel der Scheinwerfer reflektierten sich im Regen in unzähligen Farbvariationen. Hastig kniff Paul die Augen fest zusammen und riss sie dann wieder auf. Doch auch jetzt konnte er weder den Mittelstreifen noch die Seitenbegrenzung sehen. Geschweige denn die Straße, die hinter dem wie wild funkelnden Regenvorhang lag.

Das Schnarchen brach ab.

„Sind wir da?“ Maddies schläfrige Frage durchbrach das Dröhnen des Regens.

„Noch nicht.“ Pauls Fingerknöchel auf dem Lenkrad wurden immer weißer. „Wir kommen vermutlich zu spät.“

„Sag bloß. Habe ich dir das nicht vorher gesagt?“ Der humorvolle Unterton in Maddies Stimme entspannte seinen Griff und er wagte einen kurzen Blick zu ihr hinüber. Einige Locken ihres kupferbraunen Haares schimmerten seidig im schwachen Licht. Ein Lächeln lag auf ihren Lippen, das sich langsam zu dem neckischen schiefen Grinsen verzog, das er so sehr liebte.

Er streckte die Hand aus und strich ihr zärtlich eine Haarsträhne aus dem Gesicht. „Schlaf noch ein wenig, meine kleine Besserwisserin. Ich bringe uns schon hin ... früher oder später.“

„Es ist zu laut, um schlafen zu können.“ Maddie begann zu brüllen, als müsse sie eine enorme Geräuschkulisse übertönen. „Dieser Regen ist wie das Konzert einer wirklich schlechten Rockband.“

Paul schob eine Kassette in die Stereoanlage des Autos. „Du brauchst nur die richtige Musik, das ist alles.“

Maddie stöhnte. „Nicht schon wieder dieses alte Band.“

„Gibt es ein besseres?“

Das Geklimper einer Gitarre kämpfte gegen den Regen an. Eine Sekunde später stimmten Peter, Paul und Mary die Geschichte von Paff dem Zauberdrachen an, dessen bester Freund Jackie Paper erwachsen wird und niemals zurückkommt. Paul sang lauthals mit und bereicherte die Kakofonie der Geräusche um einen weiteren Missklang.

Maddie griff nach dem Lautstärkeregler. „Du weißt, dass es in dem Lied um Marihuana geht, oder?"

„Das ist ein bösartiges Gerücht, dessen Wahrheitsgehalt nie bewiesen werden konnte." Paul klopfte den Rhythmus des Liedes auf dem Lenkrad mit. „Außerdem ist unsere Tochter diesbezüglich ganz meiner Meinung."

„Mandy ist erst fünf."

„Ganz genau. Niemand ist klüger als eine Fünfjährige."

Maddie kicherte, als Paul noch begeisterter erneut in das Lied einstimmte. Er hatte bereits eine ganze Strophe mitgeschmettert, als sie sich plötzlich aufrichtete und ihre Hand gegen das Seitenfenster presste. „Mach das leiser, Paul."

„Och, nur weil du Paff nicht magst."

„Nein, im Ernst." Sie beugte sich zu ihm hinüber und drückte seinen Arm. „Hör mal auf den Regen. Er prasselt so heftig herunter, dass die Fenster vibrieren. Vielleicht sollten wir besser anhalten."

Paul verhakte seine Daumen wieder hinter dem Lenkrad. „Die Straße führt ab jetzt fast ausschließlich geradeaus. Außerdem brauchen wir nur noch zehn Minuten, dann sind wir da."

„Versprochen?"

Er schaltete einen Gang runter, als der Pinto sich einer Kurve näherte. „Nein. Es könnten auch fünfzehn sein."

In der Kurve tauchten die Räder in einen riesigen See ein, der sich auf der Straße gebildet hatte. Eine Wagenladung Wasser spritzte über die Motorhaube und auf die Windschutzscheibe. Die Scheibenwischer schoben die Wassermengen energisch beiseite und eröffneten für den Bruchteil einer Sekunde den Blick auf ein Reh, das im Scheinwerferlicht stand. Das Tier war wie erstarrt. Stand vollkommen still in der Mitte der Fahrbahn. Mit weit aufgerissenen Augen.

Paul schrie und trat heftig auf die Bremse. Ein lautes Quietschen ertönte. Als der Pinto nach rechts ausbrach, riss Paul das Lenkrad nach links. Bevor er überhaupt richtig realisiert hatte, was geschah, raste das Auto bereits über den Schotterstreifen neben der Straße ins Gebüsch.

Äste schlugen gegen die Seiten des Pinto, schrammten über die Scheiben und verschmierten sie mit einem Gemisch aus Wasser, Blättern und Glassplittern. Paul warf hastig seine Arme um Maddie. Entsetzt beobachtete er, wie ein riesiger Baumstamm immer näher kam.

Das Auto prallte mit voller Wucht hinein.

Sofort grub sich das Lenkrad in seine Brust. Das Armaturenbrett schob sich auf ihn zu, zusammen mit einem kleinen, rechteckigen Farbfleck.

In nahezu unerträglicher Deutlichkeit nahmen die Farben Gestalt an und Paul erkannte, dass es sich um das Foto handelte, das er wenige Tage zuvor auf die Armatur geklebt hatte. Ein kleines Mädchen mit gelben Zopfgummis. Ein neckisches schiefes Grinsen. Und darunter einige Worte in einer Kleinmädchenschrift. Worte, die er nicht lesen musste, um sich an sie zu erinnern.

Fahr vorsichtig, Papa.

Kapitel 1

Die Dunkelheit drohte sie zu verschlingen. Eine Dunkelheit, die wie eine riesige, alles vernichtende Welle war. Sie überrollte sie, zog sie in die Tiefe und hielt sie dort gefangen, bis sie unter ihrem Gewicht keine Luft mehr bekam. Sie flutete ihren Verstand, rann ihr Rückgrat hinunter und versetzte ihre Glieder in einen Zustand eisiger Schwere. Sie kämpfte verzweifelt dagegen an ... und scheiterte. Es ging tiefer. Wurde dunkler. Bis ihre Welt nur noch ein schwarzer Fluss war, der aus Strömungen voller Schmerzen bestand.

Helft mir ... Die Worte stiegen in ihr empor, unausgesprochen und doch real. Sie wurden ein stiller Schrei, wie Nebel über dem Wasser, schimmernd, dann verschwunden. Hatte sie jemand gehört? Wusste jemand Bescheid? War dort draußen jenseits der Dunkelheit irgendjemand, der ihr zuhörte? *Helft mir ... Lasst mich nicht allein. Bitte ...*

Die Zeit verschwamm. Die bedrohliche Stille schien zu atmen. Ein. Aus.

Dann tauchte eine Stimme in die Dunkelheit ein. Ein einzelnes Wort aus einer Welt außerhalb ihrer eigenen drang an ihr Ohr. Ein hauchzarter Lichtstrahl, der sich über den Wellen kräuselte. „Maddie ..."

Ich bin hier.

„Maddie."

Ein Wort. Und mit ihm, Hoffnung.

Ich bin nicht allein.

Das Wasser zog sich zurück. Ein wenig.

„Wach auf. Ich bin hier, um dich nach Hause zu holen."

Die Dunkelheit geriet ins Wanken, brach sich und wich einem bekannten Grau. Sie begann wieder zu atmen, gleichmäßig und irgendwie beruhigt.

„Kannst du mich hören, Maddie?" Die Stimme streichelte sie, umhüllte sie mit ihrer sanften Wärme.

Ich höre dich. Die Antwort formte sich in ihrem Kopf, weigerte sich aber, laut ausgesprochen zu werden. *Bleib bei mir.*

„Komm zu dir. Erinnere dich."

Ich kann nicht.

Stille. Beängstigende, furchtbare Stille.

Bitte ... verlass mich nicht ... du hast es versprochen ...

Die Trostlosigkeit des Krankenhauszimmers presste sich tiefer in Pauls Bewusstsein als der für Monterrey so typische Nebel gegen das Fenster. Klamm. Grau. Kalt und unfreundlich. Einen Moment, eine Lebensdauer zuvor hatte er noch gelacht und geliebt, gehofft und geträumt. Aber all das war diesem einen Bild gewichen – flackerndes Neonlicht, der Gestank von Desinfektionsmitteln und vor ihm in dem Krankenhausbett die Frau, die er liebte. Sein Blick verschleierte sich.

„Maddie ..."

Das Wort drang heraus und verlor sich in dem Brummen der Neonröhre, dem gleichmäßigen Piepen des EKGs. Er saß schon so lange hier. Immer wieder waren Ärzte und Krankenschwestern ins Zimmer gekommen, hatten ihren Blutdruck gemessen, irgendetwas in ihre Krankenakte eingetragen. Jetzt, wo der Tag sich dem Ende neigte, hatte er beinah den Überblick über sie verloren. Der Schichtwechsel fand statt. Die Besuchszeit war vorbei. Aber niemand bat ihn zu gehen. Nicht heute. Denn um Maddie stand es sehr viel schlimmer, als sich irgendjemand anmerken lassen wollte.

Es würde eine lange Nacht. Und er würde sie unter gar keinen Umständen allein lassen.

Also saß er da, sah zu, wie die Flüssigkeit gleichmäßig durch den Tropf rann, beobachtete, wie Maddies Brust sich hob und senkte. Noch immer versperrte der Nebel jede Sicht auf den kalifornischen Himmel. So lange schon, doch bisher hatte sich nichts geändert.

Vor dem Zimmer rollte jemand eine quietschende Krankentrage über den Gang, ein Arzt wurde ausgerufen und Schritte hasteten vorüber und verklangen in der Ferne. Draußen drehte sich die Welt weiter. Aber hier, in diesem kleinen Raum, taumelte das Leben gefährlich auf den Abgrund der Dunkelheit zu.

Wie hatte es hierzu kommen können? Zu diesem Krankenhausbett, dem mitgenommenen Stuhl und diesem Ozean des Schweigens zwischen ihnen? All die Jahre. All seine Liebe. All die Erinnerungen an ein vergangenes Leben. Alles eingefangen in dieser einen Frau, die jetzt blass und faltig vor ihm im Bett lag. Wie sehr unterschied sie sich von dem lebhaften, quirligen Mädchen, dem er einst sein Herz geschenkt hatte.

Sie lag mit geschlossenen Augen da, atmete nur mit Mühe und sah unsagbar krank aus. Ihre schwarzen Wimpern hoben sich stark von den eingefallenen blassen Wangen ab. Eine einzelne Locke ihres Haares, das jetzt stumpf und glanzlos war, kräuselte sich über ihre Stirn. Unzählige Schläuche umgaben ihre Wangen, ihre Arme und ihre Brust, die sich weiterhin mühevoll hob und senkte. Verbrauchte Luft quetschte sich an rauen Lippen vorbei, die einst rot gewesen waren und nun die Farbe von Asche hatten.

Warum nur musste es so sein?

„Maddie."

Hatte er ihren Namen laut ausgesprochen? Niemand hatte ihn gehört. Oder vielleicht doch? Hatte sie ihn gehört? Konnte sie ihn hören?

Paul beugte sich vor und streckte den Arm nach ihr aus. Wenn er nur ihre Hand nehmen und sie von dem dunklen Ort, an den sie verschwunden war, zurückholen könnte. Aber er durfte sie nicht anfassen. Noch nicht. Sie war zu schwach, ihr Leben hing an einem zu dünnen Faden. „Wach auf. Ich bin hier, um dich nach Hause zu holen."

Aber Maddie rührte sich nicht.

„Kannst du mich hören, Maddie?"

War das ein Seufzen? Hatte ihr Finger gezuckt? Ein Schauer rann ihm über den Rücken.

„Komm zu dir." *Es ist Zeit. Komm aus der Dunkelheit heraus.* „Erinnere dich."

Er wartete. Eine Sekunde. Eine Ewigkeit. Fast. Fast hätte er sie erreicht.

Ein Stift klickte. Schuhe quietschten.

Paul richtete sich auf.

Eine Krankenschwester eilte an Maddies Bett. „Blutdruckmessung."

Paul stand auf und entfernte sich von seinem Stuhl. „Nicht schon wieder."

Die Krankenschwester schürzte die Lippen und antwortete nicht. Geschäftig kontrollierte sie die Infusionsschläuche und legte die Klettverschlussmanschette um Maddies Arm. Dann schaute sie zu ihm.

Paul seufzte.

Die Krankenschwester stach mit ihrem Stift in seine Richtung und legte konzentriert die Stirn in Falten. Paul sprang zur Seite. „Oh. Ups!“ Er hatte vor dem EKG-Gerät gestanden.

„Der Blutdruck ist in Ordnung.“ In forscher Tüchtigkeit zog die Krankenschwester den Stift zurück und schrieb etwas in Maddies Akte. Dann beugte sie sich vor. Für einen kurzen Moment strich ihre Hand über Maddies. Ihre Stimme wurde sanfter, als wisse sie, als verstünde sie, wie hart diese Nacht würde.

„Halten Sie durch. Jetzt dauert es nicht mehr lange.“

Die Worte hallten wie ein Echo in Pauls Kopf wider.

Die Schwester klickte noch einmal mit ihrem Stift, schüttelte den Kopf und hastete dann aus dem Zimmer.

Paul starrte auf die Stelle, an der die Finger der Krankenschwester Maddies Hand berührt hatten. Diese Hand, die sich so weiß von den Bettlaken abhob, obwohl diese immer noch weißer waren. Ihre Haut war so dünn, dass sie beinah transparent zu sein schien. Anfällig. Zerbrechlich. Doch die Sommersprosse auf ihrem linken Daumen war immer noch da und erinnerte ihn daran, dass manches sich nie änderte. Manches war für immer.

Wärme durchflutete Paul. Vielleicht könnte er diese Sommersprosse jetzt küssen. Nur ein einziges Mal. So wie er es vor Jahren erstmals getan hatte. Ihre Hände waren damals stark gewesen, jung und sonnengebräunt. Aber die Sommersprosse war noch dieselbe. Er lächelte. Der Kuss damals war ein Scherz gewesen. Eine beiläufige, spontane Albernheit. Trotzdem erinnerte er sich noch daran. Denn es war diese einfache Geste gewesen, die alles verändert hatte. Zumindest für ihn.

„Erinnerst du dich?“, fragte er, obwohl er wusste, dass sie ihn nicht hören konnte, dass sie noch zu weit weg war, um ihn zu verstehen.

„Es hatte an jenem Morgen heftig geregnet, doch dann kam die Sonne heraus.“

Nur das stetige Piepen des EKGs antwortete ihm. Seine Stimme wurde leiser. „Komm, Maddie, erinnere dich mit mir zusammen. Erinnere dich an den Tag, an dem ich mich in dich verliebt habe.“

Palo Alto, 1973

Paul schmetterte den kleinen blauen Gummiball mit einem kräftigen Schlag auf die vordere Wand. Der Ball traf mit einem lauten *Wusch* auf und prallte in die hintere Ecke des Squashcourts zurück.

Maddie rannte nach links, den Schläger ausgestreckt. In letzter Sekunde bremste sie leicht ab, ging in Position und zog durch.

Paul tänzelte von einem Bein aufs andere, bereit.

Das pfeifende Geräusch von Luft, die in enormer Geschwindigkeit durch das Gitternetz des Squashschlägers gepresst wurde, ertönte. Maddie hatte den Ball um gute fünf Zentimeter verfehlt.

Während Paul sich entspannte, prallte Maddie mit der Schulter gegen die Wand und der Ball hüpfte in die Ecke.

„Alles in Ordnung?“ Er fuhr sich mit dem Schweißband über die Stirn. „Liegt dir deine Chemieklausur noch so schwer im Magen oder was?“

„Was weißt du schon über Klausuren?“

Er grinste. „Zum Glück nicht mehr besonders viel. Ist ja schon ein Weilchen her.“

Maddie schnitt eine Grimasse. „Tja, vielleicht würde ich auch Scherze über Klausuren machen, wenn ich einen tollen Job in der Forschungsabteilung eines riesigen Pharmakonzerns hätte.“

Paul hob den Ball auf und warf ihn mehrmals in die Luft. „Ich kann es dir nur immer wieder sagen. In die Forschung wird momentan richtig viel Geld gesteckt.“

Sie verdrehte die Augen. „Blah, blah, blah. Ich glaube, ich werde trotzdem lieber Ärztin ... eines Tages.“

Paul lachte in sich hinein.

„Spiel einfach den Ball, ja?“

„Bist du dir sicher, dass du bereit bist?“ Erneut warf er den Ball in die Luft.

„Nein.“

„Na dann los.“ Er zog den Schläger durch, woraufhin der Ball gegen die vordere Wand flog und dann auf Maddie zuzischte. Sie holte aus. Und schlug daneben. Schon wieder.

„Dein Spiel.“ Maddie drehte ihren Schläger mehrmals schnell und ließ ihn dann hinabbaumeln. „Wie steht es jetzt? Vier Spiele für dich?“, fragte sie mit mürrischem Gesichtsausdruck.

Fünf. Paul zuckte mit den Schultern. „Wer zählt das schon?"

Sie stemmte die Hände in die Hüften. „Du. Und tu jetzt bloß nicht so, als hättest du nicht mitgezählt."

Paul grinste. Dann sprintete er los und hob den Squashball auf. Er legte ihn auf seinen Schläger und ließ ihn mit kleinen, wohldosierten Bewegungen auf und ab hüpfen. „Willst du noch eine Revanche?" Er spielte ihr den Ball zu.

Sie ließ ihn fallen. „Ich schulde dir schon eine Pizza, einen Kinobesuch, Popcorn und eine Cola. Wenn das so weitergeht, bin ich bald pleite."

„Normalerweise würde ich ja sagen, du hast einfach eine Pechsträhne. Aber ..."

Maddie starrte ihn an. „Na los, sag es."

„Nun, du musst zugeben, dass du heute eindeutig nicht in Form bist. Deine Leistung ist unter aller Kanone." Seine Stimme senkte sich zu einem Flüstern. „Wirklich, wirklich unter aller Kanone. Das kannst du nicht auf deinen Sommerkurs schieben."

„Danke."

„Also, was ist los?"

„Ich weiß es nicht. Es ist, als würde der Ball einfach verschwinden, kurz bevor ich ihn treffe."

Paul streckte den Arm aus und verwuschelte ihre Haare. Er liebte es, das zu tun. Ihre unbändigen, kurzen Locken standen fast senkrecht hoch, wenn er es richtig machte. „Hab ich dir das gar nicht gesagt? Das ist mein neuester Trick."

Maddie kicherte und rammte ihm spielerisch die Faust in die Schulter. „Komm schon, lass uns einfach aufhören, auch wenn ich zurückliege."

„Enorm zurückliege."

„Würdest du bitte aufhören, darauf herumzureiten?"

Paul schlang einen Arm um ihre Schultern und drehte sie zu der hinter ihnen liegenden Glaswand um. Sein Blick fiel auf eine Blondine in roten, knallengen Hotpants, die gerade auf der anderen Seite der Fensterscheibe vorbeiging. Die Blondine war ganz anders als Maddie. Während dieses Mädchen groß und gertenschlank war, war Maddie eher, nun, mittel. Ein Meter siebenundsechzig groß, nicht mager, nicht stämmig. Irgendwo dazwischen. Athletisch und wie geschaffen für Squash. Zumindest normalerweise. Aber nicht heute.

Er hielt inne. „Sie ist neu."

„Du meinst, du hast sie bisher noch nicht um eine Verabredung gebeten? Ich scheine nicht die Einzige zu sein, die heute nicht in Form ist."

Paul fädelte den Squashball mit seinem Schläger vom Boden auf. „Der Tag ist noch jung, meine Liebe."

Maddie schüttelte den Kopf. „Was ist aus dem Mädchen geworden, das immer hinter der Getränkebar steht?"

Paul öffnete die Tür des Squashcourts und hielt sie auf, bis Maddie hinausgeschlüpft war. „Ich glaube, sie fand mich zu charmant und zuvorkommend."

„Oh ja, an deiner Zuvorkommenheit müsstest du wirklich dringend mal arbeiten." Maddie warf ihm ihr neckisches schiefes Grinsen zu.

„Sie hat während des gesamten Abends nichts anderes getan als zu kichern und über die Bee Gees zu reden. Als wäre sie eine Vierzehnjährige." Er zog ein Handtuch aus seiner Sporttasche und wischte sich damit den Schweiß aus dem Nacken.

„Sie ist neunzehn. Und jeder weiß, dass sie ein riesiger Bee-Gees-Fan ist."

„Tja, du hättest mir und meinem Geldbeutel eine Menge erspart, wenn du mir das vorher gesagt hättest. Du weißt doch, dass ich in dieser Hinsicht auf dich zähle."

Maddie schob ihren Schläger in die Hülle und wühlte in ihrer Tasche.

„Du Ärmster. Hast du nicht gesagt, dass alle Mädchen sowieso nur Salat essen? Wie teuer kann das schon sein?"

„Wo wir gerade von Essen reden ... Ich nehme zuerst die Pizza und dann den Film. Der neue 007 ist draußen."

Maddie stöhnte. „Nicht noch ein Bond-Streifen."

„Wenn du gewinnst, darfst du wählen. Heute ist es ... Bond, James Bond." Paul imitierte einen steifen britischen Akzent.

„Bond ist doch eigentlich Schotte."

„Seit Moore nicht mehr."

„Bist du etwa immer noch nicht darüber hinweg, dass sie Sean Connery ersetzt haben?"

„Das ist kein Ersatz, sondern eine eindeutige Verschlechterung."

„Das werden wir ja sehen. Dein Date geht gerade."

„Wie bitte?"

„Die Blondine."

Paul sah zu der Unbekannten hinüber. Sie saugte eine pinkfarbene Flüssigkeit durch einen Strohhalm nach oben und ging in Richtung Hintertür. Er hob die Hände und ließ seine Fingerknöchel knacken. „Nun gut, beobachte einen Meister bei der Arbeit."

Maddie schnaubte und verdrehte die Augen.

Paul schlenderte zu der Blondine hinüber. Sie war hübsch, fand er. Aber ein bisschen dünn. Und ihre Augen funkelten nicht. Sie sah, nun ja, gelangweilt aus. Und langweilig. Er könnte sich umdrehen und sein Vorhaben zu den Akten legen. Doch obwohl er am liebsten genau das getan hätte, schob er die Schultern zurück und ging weiter auf das Mädchen zu. Schließlich behielt Maddie ihn im Auge. Drei Minuten später kehrte er zu ihr zurück. „Freitag um sieben. So einfach ist das."

„Ich hoffe, sie ist eine Salat-Esserin."

„Das ist sie. Ich habe sie gefragt."

Maddie lachte. „Ich weiß wirklich nicht, wie du das immer anstellst. Das nächste Mal könntest du mir eine Verabredung besorgen, ja? Ich bin schon seit sechs Monaten nicht mehr aus gewesen."

Paul fuhr sich mit den Fingern durchs Haar. „Such dir einfach einen aus."

„Okay, wie wäre es mit dem da?" Maddie warf einen vielsagenden Blick zu einem Mann hinüber, der gerade auf den Hantelbereich zuging.

„Nee, der ist zu klein."

„Der da?" Sie zeigte auf einen Typen im Empfangsbereich.

„Zu alt."

„Der dort drüben?"

„Zu muskulös."

„Wie bitte?"

„Er ist eindeutig besessen von seinem Körper. So einen willst du doch nicht, oder?"

„Na gut, was ist mit –?"

„Nein. Nein. Nein." Paul zeigte mit dem Zeigefinger auf die verbliebenen Männer im Raum. „Keiner von denen ist gut genug für dich." Er räusperte sich und versuchte die merkwürdige Trockenheit in seiner

Kehle zu überspielen. „Außerdem würdest du mit deiner üblen Rückhand sowieso jeden dieser Warmduscher verschrecken."

Maddie zog ihre Augenbrauen in die Höhe. „Ja, meine Rückhand war heute wirklich beängstigend, nicht wahr?"

„Gib es zu, du wolltest nur den alten Moore in Aktion sehen."

„Sei lieber still, sonst suche ich das nächste Mal die kitschigste Liebeskomödie aus, die zurzeit läuft, und du kannst dir sicher sein, dass ich dann gewinne."

„Du hasst diese Filme."

„Ja. Aber nicht so sehr wie du." Maddie grinste und zwinkerte ihm zu.

Paul warf sein Handtuch nach ihr. Sie wollte es auffangen, griff aber daneben.

„Ich gebe es auf. Wir sehen uns in einer Stunde bei mir. Du fährst." Seufzend hob sie ihre Tasche hoch und ging zum Ausgang.

„Ich bestelle im Voraus. Salami."

„Gut." An der Tür blieb sie kurz stehen und drehte sich zu ihm um. „Ich bin halb verhungert."

Paul schwang sich seine Tasche über die Schulter. „Ich dachte, Mädchen essen nur Salat."

Maddie stieß die Tür auf, doch diese Bemerkung konnte sie natürlich nicht unkommentiert stehen lassen. „Wie kannst du es wagen, mich ein Mädchen zu nennen!" Sie trat durch die Tür.

Paul lachte. Als sie aus seinem Blickfeld verschwand, bückte er sich nach seinem Handtuch, hob es auf und schob es in seine Tasche. Dabei erregte etwas Glitzerndes, das unter dem Handtuch auf dem Boden gelegen hatte, seine Aufmerksamkeit. Maddies Schlüsselbund. Er nahm ihn in die Hand und schlenderte in Richtung Tür.

Maddie stand neben ihrem Auto und wühlte mit einer Hand in ihrer Sporttasche. Ihr kupferbraunes Haar funkelte in der Sommersonne und sah aus, als stünde es in Flammen. Vielleicht war es aber auch ihre Laune. Selbst aus dreißig Metern Entfernung konnte Paul ihr wütendes Gemurmel hören. Er schlich sich von hinten an sie heran und ließ die Schlüssel vor ihrer Nase baumeln. „Vermisst du etwas?"

Sie riss sie ihm aus der Hand. „Irgendwie verschwindet heute einfach alles. Erst der Ball, dann das Handtuch und jetzt auch noch die Schlüssel. Alles verschwindet direkt vor meinen Augen."

Paul breitete die Arme aus. „Alles außer mir."

„Na, da habe ich ja noch mal Glück gehabt, was?"

Der trockene Humor in ihrer Stimme zauberte ihm ein Lächeln auf die Lippen. Maddie schüttelte den Kopf und versuchte den Schlüssel ins Schloss zu stecken. Er glitt ab.

Kurzentschlossen pflückte Paul den Schlüsselbund aus ihrer Hand und schob den Autoschlüssel zielsicher ins Schlüsselloch. „Nur gut, dass ich heute Abend fahre." Er öffnete die Tür, ergriff ihre Hand und half ihr ins Auto. „Ihr Wagen, gnädige Frau."

„Vielen Dank, mein Herr."

„Es wäre doch zu blöd gewesen, wenn du dich neben den Sitz gesetzt hättest." Er grinste, hob ihre Hand an seine Lippen und küsste sie. Direkt auf die kleine Sommersprosse.

Einen Moment lang bewegte sich keiner von ihnen. Ein eigenartiges, ganz und gar neues Gefühl durchflutete Paul wie eine Schockwelle. Ihre Blicke trafen sich. Und er bemerkte in ihren Augen goldene Flecken, die sich von dem Braun abhoben; Flecken, die er noch niemals zuvor bemerkt hatte. Er ließ ihre Hand fallen.

Und das war es. Ein ganz gewöhnlicher Augenblick in einem Leben voller gewöhnlicher Augenblicke. Ein gewöhnlicher Augenblick, der dennoch den Rand der Ewigkeit streifte.

Maddies Lippen verzogen sich zu einem Lächeln und sie wandte den Blick ab. „Sehr zuvorkommend. Wirklich sehr zuvorkommend. Und dabei bin ich noch nicht einmal blond."

Kapitel 2

Ich erinnere mich …

Die Worte huschten durch Maddies Kopf und hallten dort mit sanfter Hartnäckigkeit wider. Sie folgte ihrem Klang durch den dunklen Nebel nach oben, weg von dem schwarzen Wasser.

Ja, ich erinnere mich.

Bilder formten sich in der Dunkelheit und liefen wie ein altmodischer schwarz-weiß Film vor dem flackernden Grau ab. Die weißen Wände eines Squashcourts, ein sich drehender Schläger, ein blauer Ball und Paul. Ja, Paul. Jung, mit Augen, die vor Siegesgewissheit funkelten. Sie hatte seine blaugrünen Augen immer geliebt.

Die Bilder verschwanden. *Paul … Paul, komm zurück.*

Eine Berührung. Haut, die über ihre strich. Nur einen kurzen Moment lang, dann war sie wieder fort. Hatte jemand ihre Hand berührt? War irgendjemand da?

Maddie versuchte sich nach diesem Jemand auszustrecken, versuchte ihren Arm zu bewegen, ihre Hände oder auch nur ihre Finger. Aber die Dunkelheit drückte sie wieder nach unten. Und mit ihr kam ein bohrender, stechender Schmerz. Er schoss durch ihren ganzen Körper – ihre Brust hinauf, ihre Schultern und wirbelte durch ihren Kopf. Schmerz, und noch schlimmer, Angst. Sie schmeckte ihre Bitterkeit. Die Hilflosigkeit. Den Schrecken.

Nein …

Hörte jemand ihren Hilfeschrei?

Sie lauschte.

Die einzige Antwort war Stille.

Wo bin ich? Warum kann ich mich nicht bewegen? Was ist das für ein Schmerz?

Am Rande ihres Bewusstseins nahm sie ein Geräusch wahr. Piep. Piep. Piep. Gleichmäßig, unablässig. Und unmenschlich.

Das Geräusch beschleunigte sich.

Gott, hilf mir!

Das Wasser stieg.

Nein! Ihre Weigerung schwoll zu einem stillen Schrei an. *Ich erinnere mich … Das kann mir niemand nehmen. Ich erinnere mich noch …*

Oder nicht?

Eisfinger umklammerten Maddies Brustkorb. Was war wirklich eine Erinnerung? Was war nur ein Traum?

„Maddie, komm zurück."

Diese Stimme. War sie real? Sie erklang erneut. „Erinnere dich, Maddie."

Wärme.

„Ich hätte dich in jener Nacht beinah geküsst – nur um sicherzugehen, dass das, was ich gespürt hatte, Wirklichkeit war."

Paul?

„Ich hatte es vor. In der Dunkelheit des Kinosaals. Alles, was ich tun musste, war, mich zu dir rüberzulehnen, dein Kinn zu berühren, deine Lippen mit den meinen zu suchen. Ich war mir damals nicht sicher, weder deiner Gefühle noch meiner eigenen. Ich hätte es an jenem Abend leicht herausfinden können."

Wo bist du?

„Aber die Gelegenheit bot sich mir nicht."

Nein.

„Du musst dich erinnern."

Immer noch rief die Stimme nach ihr, winkte sie vom Wasser fort und zog sie zu jenem Tag hin. Warum? Warum sollte sie sich jetzt an damals erinnern? Doch dann wusste sie es plötzlich. Das hier war kein Traum. Sie hatte das schon einmal durchgemacht. Sie war schon einmal mit einer solchen Angst konfrontiert gewesen. Hatte ihr ins Auge geblickt und überlebt. Sie konnte das noch einmal schaffen. Sie musste es. Dieses eine, dieses letzte Mal.

Ihre Atmung wurde ruhiger.

Sie musste sich erinnern. Sie musste zurückgehen.

Nein, Herr, ich habe Angst.

„Erinnere dich … du bist nicht allein …"

Wasser, klar, warm und weich, umspülte Maddies Körper und schob die hartnäckige Dunkelheit fort. Es sprühte wie heilender Balsam aus dem silbernen Duschkopf heraus und rann ihr über Kinn und Brust. Sie presste ihre Hand gegen die gesprungenen weißen Fliesen und atmete tief den Duft der Lavendelseife und ihres Erdbeershampoos ein. Nach einer Weile drehte sie sich um und ließ das Wasser so lange über ihre Haare laufen, bis nur noch der Geruch von Lavendel zurückblieb. Mit langsamen Bewegungen rieb sie sich dann den dicken Seifenschaum von den Armen.

Vom Flur her ertönte die Stimme ihrer Mitbewohnerin. „Hey, Mad, bist du immer noch da drin? Lass mir auch noch was von dem warmen Wasser übrig."

Maddie zog den Duschvorhang zurück und steckte den Kopf heraus. „Gib mir noch eine Minute."

Der Wasserdampf hatte den Spiegel beschlagen lassen und bildete an der Decke dicke Tropfen. Einer dieser Tropfen fiel herab und zerplatzte auf dem grünen Linoleum. Maddie trat aus der Dusche und schnappte sich ein pinkfarbenes Handtuch. Pink war Kellis Wahl gewesen. Maddie hatte pink immer gehasst, aber jetzt war sie irgendwie froh, es zu sehen. Sie war froh, alles zu sehen, von dem haarfeinen Riss in der unteren rechten Ecke des Spiegels zu den Stellen im Fußboden, wo sich das Linoleum ablöste, bis hin zu dem Gesicht von Mac Davis, das ihr von dem Poster über der Toilette aus entgegengrinste.

Sie wickelte sich in das Handtuch und öffnete die Tür. Sofort entwich der Wasserdampf in den Flur. „Du kannst jetzt." Ihr Rufen hallte von den Wänden ihres kleinen Apartments wider.

Maddie hastete in ihr Zimmer, öffnete ihren Kleiderschrank und zog das obere Paar Jeans heraus. Eine Schlaghose. Sie schlüpfte hinein und streifte sich ihr Lieblings-T-Shirt über. Ihre Finger zogen das verblichene Gänseblümchenbild auf der Vorderseite des Shirts nach, während sie ihren Blick durch den Raum schweifen ließ. Ihr eigenes Reich war vollkommen frei von all den knalligen Farbakzenten, auf die Kelli im restlichen Apartment bestanden hatte. Hier gab es keine von der Decke baumelnden Glasperlenspiele, keine orangefarbenen Sitzsäcke, keinen roten Zottelteppich, auf dem überall riesige Pelzkissen verteilt lagen. Hier gab es lediglich einen schlichten braunen Läufer, der auf einem erbsengrünen Fußboden lag, ihre alte karierte Tagesdecke und an der Wand ein paar Fotos. Eines war eine schwarz-weiß Aufnahme von einem der Wasserfälle im Yosemite-Nationalpark. Dem Vernal Fall. Sie hatte ihn schon immer mal in natura sehen wollen. Ein anderes zeigte einen Elefanten, der einen Schimpansen abschnüffelte. Dieses Bild hatte sie mit zwölf Jahren bei einem Zirkusbesuch geschenkt bekommen. Rund um den Spiegel hingen ein gutes Dutzend Schnappschüsse von Freunden. Kelli, Paul, ein paar Schulfreundinnen. Mit voller Absicht kein Mac Davis.

Maddie nahm eine Bürste in die Hand und fuhr sich damit durch die Haare. Voluminöse Locken umrahmten ihr Gesicht. Sie starrte auf ihre runden Wangen, die gewöhnlichen braunen Augen, das kurze brünette Haar, das niemals auch nur die geringste Ähnlichkeit mit Chers glatten, schwarzen Flechten haben würde. Maddie fuhr sich mit den Fingern durch das Haar und zog die Locken lang. Sie sprangen in dem Moment zurück, in dem sie sie losließ.

Ihr entwich ein Seufzer. Langes, glattes Haar wirkte raffiniert, sinnlich.

Sie hingegen war nichts davon und würde es auch niemals sein. Selbst ihr Haar wusste das. Warum also sollte sie sich Mühe geben? Sie schnitt ihrem eigenen Spiegelbild eine Grimasse und lachte dann laut auf.

Kelli steckte neugierig ihren Kopf durch die Tür. „Was ist so lustig?"

„Ich."

Kelli stiefelte ins Zimmer und warf sich auf Maddies Bett. „Du gehst also heute Abend aus?"

Maddie schüttelte den Kopf. „Nicht aus – nur ins Kino und Pizzaessen."

Kellis Augenbrauen hoben sich bis zum Haaransatz. „Lass mich raten. Schon wieder eine KV mit Paul?"

„Wann wirst du endlich aufhören, es so zu nennen?"

„Wenn du die Wahrheit gestehst."

Maddie schlang sich ein gelbes Tuch um den Hals und starrte dann mit missmutigem Blick auf ihr Spiegelbild. „Es ist KEINE VERABREDUNG." Sie riss sich das Tuch vom Hals und stopfte es zurück in die Kommode.

„Ganz genau." Kelli rollte sich auf den Bauch, die Füße in die Luft gestreckt und an den Knöcheln gekreuzt. Sie griff nach einem der braunen Kissen und schob es sich unter ihr Kinn. „Obwohl ich niemals verstehen werde, wo genau der Unterschied zu einer Verabredung liegt."

Maddie drehte sich um und starrte ihre Freundin an. Vor ihrem inneren Auge erschien mit einem Mal ein Bild von Paul. Ein Meter neunzig groß. Schlank. Sogar ein wenig schlaksig, aber stark. Sandfarbenes Haar, das sich über seinen Ohren ganz leicht kräuselte. In ihrer Fantasie roch er nach Seife. Einfach nur Seife. Sie seufzte. „Du weißt, inwiefern das etwas anderes ist. Ich habe es dir schon hunderttausend Mal erklärt."

Kelli schob sich eine Strähne ihres perfekt glatten und glänzenden Haares hinters Ohr. „Bitte, nicht schon wieder die Parfüm-Theorie."

„Nicht Parfüm. Duftwasser. Eau de Toilette. Bei einer richtigen Verabredung legt der Mann ein Duftwasser auf. Jeder weiß das. Kein Duftwasser – keine Verabredung." Sie klatschte in bezeichnender ‚So ist das nun einmal'-Manier in die Hände.

Kelli setzte sich auf und warf das Kissen mehrfach hintereinander in die Luft. „KV. Keine Verabredung. Ich hab's geschnallt."

„Außerdem ist Paul einfach nur ein guter Freund."

„Das sehe ich."

Maddie runzelte die Stirn. „Was soll das heißen?"

Kelli quetschte das Kissen zwischen ihren Handflächen zusammen und warf es dann zurück auf seinen Platz. „Niemand würde dieses T-Shirt zu einer richtigen Verabredung anziehen."

Maddie sah an sich herunter und strich erneut über die Gänseblümchen. „Was stimmt denn nicht mit dem Shirt?"

„Es ist so was von langweilig." Kelli schüttelte sich übertrieben. „Ich habe mir neulich ein total süßes orange-braunes Oberteil gekauft. Mit ganz weiten Ärmeln. Dazu eine passende Glasperlenkette. Und lange Ohrringe." Sie rieb ihre Ohrläppchen. „Sehr sexy." Nach einem verschämten Räuspern schob sie schnell hinterher: „Aber natürlich nicht zu sexy."

Maddie warf ihr einen finsteren Blick zu. „Orange, mit diesen Haaren? Damit würde ich wie ein Fuchs aussehen – wie einer von denen, die die Leute schießen und dann daheim über den Kamin hängen."

„Iiih." Kelli zog die Nase kraus. „Na gut, aber was ist mit den Ohrringen?"

„Du weißt doch, was ich von langen Hängeohrringen halte."

„Sag nicht, ich hätte es nicht versucht." Ihre Mitbewohnerin schüttelte den Kopf. „Wie wäre es mit der dunkelgrünen Bluse, die du dir letzten Monat gekauft hast?"

„Das ist keine Verabredung."

„Natürlich nicht. Aber du willst doch in der Öffentlichkeit trotzdem nicht so gesehen werden, oder?"

„Na gut, wenn es dich glücklich macht." Maddie nahm die grüne Bluse aus dem Schrank und fuhr mit der flachen Hand mehrmals kräftig darüber, um sie zu entknittern. Dann zog sie ihr altes T-Shirt aus, legte es zusammen und zurück in den Schrank. Einen Moment lang starrte sie es nachdenklich an. War es wirklich so schlimm? Klar, es war am Hals etwas dünn geworden und ein wenig ausgeblichen. Aber war ausgeblichen nicht gerade in Mode? Sie wusste es nicht genau. Wer konnte schon den Überblick über diese ständig wechselnden Modeerscheinungen behalten? Sie seufzte, schlug die Kleiderschranktüren zu und schlüpfte in die grüne Bluse.

„Das ist eindeutig besser. Was hältst du davon, wenn ich dir jetzt die Haare mache?"

„Neiiiiin!"

Kelli hob kapitulierend ihre Arme in die Höhe. „Okay, okay. Ich vermute, ich sollte besser nicht versuchen, dich zum Auftragen eines Parfums zu überreden."

„Wag es ja nicht!"

Die Türklingel ertönte und schob allen weiteren Vorschlägen, die Kelli im Sinn gehabt haben mochte, einen Riegel vor. Sie sprang vom Bett und eilte zur Tür. „Ich geh schon. Mach du dich in Ruhe fertig." Im Türrahmen blieb sie kurz stehen, wandte sich zu Maddie um und schnitt eine Grimasse. „Ich sage Paul, dass du in drei Sekunden rauskommst."

Maddie schnappte sich ein Kissen und feuerte es in Richtung Tür. Kelli konnte ihm gerade noch ausweichen. Ihr Gelächter erfüllte die Wohnung. „Das Angebot mit den Ohrringen steht immer noch."

„Vergiss es!"

Es klingelte erneut.

Maddie strich mit der Hand über ihre Bluse und warf einen nachdenklichen Blick auf die Parfumflasche, die auf ihrem Nachttisch stand. Vielleicht. Nur ein Spritzer. Nur so zum Spaß. Sie griff nach dem Flakon und sprühte einen Hauch von Parfum auf das Innere ihres Handgelenks und in ihren Nacken. Schließlich würde es sowieso niemand bemerken.

Sie hastete gerade noch rechtzeitig aus ihrem Zimmer, um zu sehen, wie Kelli aus der geöffneten Tür trat, damit Paul hereinkommen konnte. Er trug eine Jeans und ein enges, glänzendes Diskohemd. Als er die Türschwelle überquerte, hob Kelli die Hand. „Warte kurz. Ich muss eine Sache überprüfen." Kurzerhand stellte sie sich auf die Zehenspitzen und schnüffelte an Pauls Kragen. Sie schnalzte mit der Zunge. „Du hast recht, Mad. Nichts. Ihr zwei seid wirklich ein hoffnungsloser Fall." Resigniert warf sie die Arme in die Luft und verabschiedete sich in Richtung Küche. Einige Sekunden hörte man ihr leises Gemurmel, dann das Zuschlagen einer Tür.

Paul sah fragend zu Maddie hinüber. „Worum ging es denn da gerade?"

„Frag nicht."

Er streckte die Hand aus und verwuschelte ihr Haar. „Hey, du riechst gut."

Ihre Augen weiteten sich. „Oh, danke."

„Habe ich etwas Falsches gesagt?"

Maddie rieb mit dem Daumen über ihr Handgelenk. „Nein. Es ist nichts. Kelli ist einfach nur ... nun, Kelli eben, das ist alles."

Paul schob das Kinn vor. „Dann bekommt sie heute auch keine Pizzareste. Wir bringen ihr erst wieder etwas mit, wenn sie gelernt hat, sich zu benehmen." Er deutete in Richtung Tür. „Sollen wir dann?"

Eine Stunde später betraten Maddie und Paul mit gut gefüllten Bäuchen den Kinosaal. Sofort hüllte sie der vertraute Geruch von Popcorn und verschütteten Erfrischungsgetränken ein. Maddie blinzelte in den dämmrigen Saal. „Die Lichter sind heute aber extrem gedimmt."

Paul zuckte mit den Schultern. „Loge oder Parkett?"

„Entscheide du."

Paul drehte sich um und ging los. „Loge."

Maddie folgte ihm. Ihre Zehen blieben an der Kante der ersten Stufe hängen. Sie taumelte vorwärts. Hastig ergriff Paul ihren Ellbogen. „Hey, pass auf. Du bist heute schlimmer als eine alte Oma."

„Tut mir leid."

Paul führte sie zu zwei Plätzen in der ersten Logenreihe. Als sie saßen, zog er eine Tüte Datteln aus seiner Tasche. „Deine Lieblingsknabberei."

„Wo hast du die denn her?"

„Ich habe sie von zu Hause mitgebracht. Aber pst! Sag es nicht weiter." Er hob einen Finger an seine Lippen und lächelte.

Der Saal wurde dunkel. Maddie richtete ihre Aufmerksamkeit auf die Leinwand. Das Bild war verschwommen. Sie rieb sich die Augen, doch das half nicht. „Können die das Bild nicht scharf stellen?"

Pauls Sitz knarrte. „Es ist doch scharf. Lehn dich zurück, entspann dich." Er berührte ihren Arm. „Der Film fängt gleich an."

„Ich muss etwas im Auge haben."

„Hier." Paul reichte ihr ein Taschentuch. Seine Hand streifte die ihre.

„Ruhe da vorne." Das Zischen kam aus der Reihe hinter ihnen.

Maddie kniff die Augen zusammen, als die typische James-Bond-Anfangsszene mit dem Blick durch den Pistolenlauf auf der Leinwand erschien. Der Lauf der Waffe irrte über die Leinwand, bis er den unbesiegbaren Bond im Visier hatte. Er folgte dem Agenten, der mit langen, selbstbewussten Schritten weiterging. Dann, ganz unvermittelt, drehte Bond sich um und schoss in Richtung Kamera. Die Musik wurde lauter. Rote Farbe rann wie Blut über die Leinwand.

Aber irgendetwas war nicht in Ordnung. Ein kleiner schwarzer Kreis beeinträchtigte den Blick auf die Mitte der Leinwand. Maddie sah nach links. Der Kreis folgte ihr. Sie sah nach rechts. Der Kreis bewegte sich erneut. Ihr Mund wurde trocken. Ihre Hände zitterten. Sie sah auf sie hinunter, auf das schwarze Loch, das sich zwischen ihnen gebildet hatte.

Ihre Welt verengte sich schlagartig. Auf der Leinwand begannen Frauensilhouetten ihren verführerischen Tanz. Die Musik schwoll an. *Live and let die ... bum ... bum.* Aber Maddie nahm sie kaum wahr. Stattdessen richtete sie ihre volle Aufmerksamkeit auf diesen schwarzen, leeren Fleck im Zentrum ihres Gesichtsfeldes.

Sie streckte die Hand aus und umklammerte Pauls Arm. Ihre Finger gruben sich in sein Fleisch. Sie schaute zu ihm auf. „Ich kann die Mitte der Leinwand nicht sehen. Sie ist verschwunden."

„Komm schon, Maddie, das hier ist kein Squashspiel. Hör auf, solche Scherze zu machen."

„Ich scherze nicht." Ein Schauer rann ihr über den Rücken. Panik, gehüllt in Schwärze. *Das ist kein Scherz ...*

Kapitel 3

Das Piepen des EKG-Geräts beschleunigte sich und wurde unregelmäßig. Paul stand auf, streckte die Hand aus.

Maddies Kopf zuckte auf dem Kissen unruhig hin und her. Ihre Augen blieben geschlossen.

„Schhh, Maddie. Es ist alles in Ordnung." Er sehnte sich danach, sie in seine Arme zu schließen, sie fest an sich zu drücken, ihr beruhigende Worte ins Ohr zu flüstern, bis sie ihre Augen aufschlug und wusste, dass er bei ihr war. Aber die Infusion, die Schläuche, die Seitenteile des Bettes, die sie vor dem Herausfallen schützen sollten, und ihre stockende Atmung trennten sie voneinander. Alles, was ihm blieb, waren seine Worte, seine Erinnerungen und eine Liebe, die so stark war, dass sie sie einfach hören musste, selbst jetzt, in ihrem momentanen Zustand. „Nichts kann dir mehr wehtun, Maddie. Die Angst hat ein Ende. Selbst die Dunkelheit kann nicht für immer bestehen. Kämpf, Maddie. Gib nicht auf. Bitte ..."

Ihr Kopf hielt inne. Ihre Augenlider flatterten.

Von der Decke schien Licht auf sie hinunter. Krankenhauslicht – kalt und steril. Es ähnelte nicht im Geringsten dem warmen, willkommen heißenden Licht eines Zuhauses.

Ihr Herzschlag beschleunigte sich wieder, wurde schnell, unregelmäßig. Und der Moment war verloren.

Schritte näherten sich, schnell und effizient. Und das bekannte Quietschen der weißen Schuhe.

Paul drehte sich um.

Der Vorhang flog beiseite. Die Aufhängung klapperte und rasselte, als die weiß gekleidete Krankenschwester wieder an Maddies Seite hastete.

Paul lehnte sich vor. „Sie hat gerade angefangen zu zucken."

Die Krankenschwester warf einen Blick auf die Aufzeichnungen des EKG-Geräts und verzog das Gesicht. „Es wird alles gut werden. Das wird nicht passieren. Nicht unter meiner Aufsicht."

Paul wartete bewegungslos, still, und lauschte dem unregelmäßigen

Geräusch von Maddies Atmung und dem beständigen Schnalzen der Zunge der Krankenschwester.

Die Hand der Frau legte sich auf Maddies Handgelenk. Zwei Finger pressten sich in die empfindliche Haut. Sekunden dehnten sich zu Minuten. Und während dieser ganzen Zeit ging das brutale, furchtbare Piepen weiter, zu schnell, zu abgehackt, und die leuchtende Linie schlug in spitzen Zacken aus.

Die Krankenschwester steckte eine Nadel in den dafür vorgesehenen Zugang des Infusionsschlauchs. „Das hier wird helfen. Es wird alles gut werden."

Das haben Sie schon gesagt. Aber es ist nicht gut, oder? Nicht einmal annähernd. Paul schluckte die Worte hinunter und blieb still. Es hatte keinen Sinn, sie auszusprechen. Überhaupt keinen Sinn.

Die Schwester drückte auf den Spritzenkolben, woraufhin eine klare Flüssigkeit in den Schlauch und auf die Vene in Maddies Arm zulief. „Bitte sehr, meine Liebe." Ihre Stimme senkte sich zu einem Flüstern. „Halten Sie durch."

Paul erschauderte.

Die Krankenschwester drückte sanft Maddies Hand. Dann schniefte sie und drehte sich zur Tür um. „Mehr kann ich nicht tun." In zwei kurzen Schritten hatte sie den Vorhang erreicht, doch sie zog ihn nicht wieder vor. Stattdessen hielt sie inne und schaute zurück. Ihr Blick ruhte auf Maddies Gesicht. „Das Leben ist nicht fair, Liebes, nicht wahr?" Sie seufzte. „Als wüsste ich das nicht selbst nur zu gut."

Das Piepen des EKGs wurde langsamer.

Und für den Bruchteil einer Sekunde hatte Paul den Eindruck, dass die Krankenschwester gleich in Tränen ausbrechen würde. Aber das tat sie nicht. Stattdessen schüttelte sie den Kopf und zog den Vorhang wieder an Ort und Stelle.

Ihre Schritte entfernten sich in Richtung Tür. Er lauschte ihrem Klang, bis er mit dem Stimmengemurmel außerhalb des Zimmers verschmolz. Eine gedämpfte Frage von der Schwesternstation. Eine kurze Antwort. Das Rattern eines Rollwagens. Ein lautes Husten. Dann verklangen die Geräusche und es machte sich wieder Stille breit, die nur von dem langsamen und beständigen Piepen des EKGs durchbrochen wurde.

Paul lehnte sich vor und betrachtete Maddies Gesicht. Sein Blick folgte den winzigen Linien in ihren Augenwinkeln, glitt über ihre blassen Wangen, ihren Mund. Beinah konnte er diese Lippen wieder lebendig sehen, pink und voll und leicht geöffnet – so leicht – wartend ... Ihre Haare umwehten ihr Gesicht, tanzten im Wind. Eine Strähne blieb an ihrem Mundwinkel kleben. Er streckte die Hand aus und strich sie ihr mit einem tiefen Blick in die Augen aus dem Gesicht. Und einen Moment lang, nur für einen kurzen Atemzug, glaubte er, dass sie ihn sah. Aber das war später gewesen, viel später. Erst war die Dunkelheit gekommen. Und die Angst. Und die Sehnsucht. Genau wie jetzt.

Maddie stöhnte im Schlaf. Ihre Augenlider flatterten, öffneten sich aber nicht. Sie entglitt ihm wieder. Trieb davon in eine Schwärze, in der er sie nicht erreichen konnte. Eine Schwärze, hervorgerufen von ihrer Angst. „Hab keine Angst."

Hörte sie ihn? Glaubte sie ihm? Immerhin hatte er schon einmal recht gehabt.

Er erinnerte sich noch gut an diesen Tag. Er war vor ihrem Apartment auf- und abgelaufen, während die Abenddämmerung lange Schatten auf den Betonboden des Außenaufgangs zur zweiten Etage geworfen hatte. Er hatte immer wieder gegen die Tür gehämmert, dagegen geschlagen, bis seine Faust schmerzte.

Sie hatte nicht reagiert.

An diesem Morgen hatte sie ihren Arzttermin gehabt. Nach über zwei Monaten voller Ausflüchte, Verleugnung und Verweigerung hatte sie sich endlich dazu bereiterklärt, einen Arzt aufzusuchen. Aber das bedeutete keinesfalls, dass sie es gerne tat. Sie hatte ihn hinterher anrufen sollen. Dass sie es nicht getan hatte, konnte kein gutes Zeichen sein.

Er schlug mit der geöffneten Handfläche erneut gegen die Tür. „Maddie, bist du da drin?"

Ein dumpfer Aufprall ertönte von der anderen Seite der Tür.

„Maddie? Ich bin es."

Stille.

Wieder lief er auf und ab, dann hielt er irgendwann inne und schlug zum wiederholten Mal gegen das Holz.

Licht fiel unter der Tür durch.

Er trat zurück.

Die Tür öffnete sich. Vor ihm stand Kelli, ein pinkfarbenes Handtuch um ihre Haare gewickelt, wodurch ihr Kopf aussah wie ein riesiger Berg Zuckerwatte. Sie zog einen Lutscher aus ihrem Mund und zeigte damit auf Paul. „Schalt mal einen Gang runter, Mann. Drehst du jetzt völlig durch?“

„Ja, ich drehe durch. Ich drehe durch, weil ich Maddie heute fünf Mal angerufen habe, und niemand ans Telefon gegangen ist. Langsam aber sicher drehe ich echt durch.“

„Das ist ja auch wirklich der Hammer, Mann.“

Paul erspähte Maddies Handtasche auf einem der Küchenstühle. „Wo ist sie? Was ist beim Arzt passiert?“

Von einer Sekunde auf die andere zerbröckelte Kellis Schnippigkeit. „Oh.“ Sie atmete tief ein. „Das hatte ich ganz vergessen. Sie war nicht zu Hause, als ich zurückkam. Und ich habe nicht daran gedacht ...“

Paul schnappte sich Maddies Handtasche und durchwühlte sie. Als er die Hand wieder herauszog, hielt er einen Schlüsselbund umfasst, den er vor Kellis Gesicht baumeln ließ. „Sie kann nicht weit weg sein.“ Er hastete zur Tür.

„Ihre Rollerskates sind nicht da.“

Er hielt inne. „Mem Chu.“ Die Kirche auf dem Campus der Stanford Universität war ihr Lieblingsort, an den sie sich oft zurückzog, wenn sie schlechte Nachrichten erhalten hatte. Als sie letztes Jahr in einem ihrer Chemiekurse durch die Abschlussprüfung gefallen war, hatte er sie dort gefunden. Und als sie erfahren hatte, dass ihre Großmutter an Krebs erkrankt war, war er in der ersten Reihe fündig geworden. Auch als sie am Ende ihres ersten Jahres an der Universität gedacht hatte, sie müsse Stanford verlassen, hatte sie sich dorthin geflüchtet. Sie hatte im Chorgestühl gesessen, die Hände zusammengepresst, und mit weit aufgerissenen Augen auf das Glasfenster gestarrt, das Jesus zeigte, wie er in den Himmel aufstieg. „Bestimmt ist sie dort.“

Zehn Minuten später hatte er sie gefunden. Sie saß zusammengekauert im Seitenschiff, den Kopf in den Armen vergraben, die Rollerskates neben sich. Er schlüpfte neben sie und wartete. Die Septembersonne warf ihre Strahlen durch das Kirchenfenster im Altarraum. Es zeigte Jesus, der ein Lamm hielt, den Garten Gethsemane und eine Frau, die zu Jesu Füßen saß. Paul legte den Kopf zurück und starrte hinauf in die Kuppel. *Was nun, Gott?*

„Ich wusste, dass du kommen würdest.“ Maddie sah nicht auf.

Er rutschte näher. „Woher wusstest du, dass ich es bin?"

„Ich wusste es einfach."

„Schlechte Neuigkeiten vom Arzt?"

Endlich hob Maddie den Kopf. „Nein."

Paul runzelte die Stirn. „Aber warum ... warum dann das hier?" Er deutete auf den Altarraum.

Auf dem Steinfußboden hinter ihnen wurden Schritte laut.

„Er konnte mir lediglich sagen, dass ich ein Loch in der Mitte meines Gesichtsfeldes habe. Soviel wusste ich schon."

„Und?"

„Er will, dass ich einen Spezialisten aufsuche."

Paul legte seinen Arm um ihre Schultern. „Vielleicht ist es ja etwas ganz Einfaches. Eine Infektion oder so etwas in der Art. Ein paar Augentropfen und bum, schon siehst du wieder wie ein Adler."

„Ich glaube, meine Tage als Adlerauge sind vorüber."

Er drückte ihre Schulter und grinste. „Keine Sorge, ich werde dich nie wieder dazu zwingen, dir einen Bond-Film anzusehen. Versprochen!"

Maddie schniefte. „Ich mag Bond."

„Ja klar. Genauso wie Rüschen und Schleifen und hängende Ohrringe."

Sie lächelte und lehnte sich gegen seine Schulter. „Danke, dass du gekommen bist."

„Als ich dich hier entdeckt habe, dachte ich, der Arzt hätte dir etwas Furchtbares gesagt."

Maddie setzte sich auf und drehte sich zu ihm um. Das Lächeln wich aus ihrem Gesicht. „Er hat gar nichts gesagt." Sie zögerte. „Aber das brauchte er auch nicht. Ich weiß, was mit mir los ist."

Ein Schauer rann Paul über den Rücken. „Woher willst du das wissen?"

Als sie den Kopf wegdrehte, streckte er die Hand aus, umfasste ihr Kinn und drehte es wieder zu sich hin. „Maddie?"

Sie blinzelte. „Es ist schon einmal passiert. Nur nicht mir."

Mühsam schluckte er den Knoten hinunter, der sich urplötzlich in seiner Kehle gebildet hatte. „Wie meinst du das?"

Ihr Mund öffnete sich. Eine Hand fiel auf Pauls Schulter und er wandte sich um.

Ein Mann mit einem breiten schwarzen Schnurrbart stand hinter ihm. „Es tut mir leid, Leute, aber hier findet gleich eine Hochzeit statt. Ich muss euch leider rausschmeißen."

Maddie griff nach ihren Rollerskates und hastete in den Mittelgang. Paul folgte ihr. Sie hatte den Weg zum Ausgang schon halb hinter sich gebracht, als er sie endlich einholte. Hastig schnappte er sich ihren Arm. „Warte, Maddie. Was passiert? Und wem ist es schon passiert?"

Sie riss sich von ihm los. „Das willst du nicht wissen."

„Doch, das will ich."

Sie blieb stehen und wandte sich um. „Mein Bruder ist erblindet. Es hat genauso angefangen. Schwierigkeiten beim Sehen, ein Loch in seinem Gesichtsfeld und binnen Kurzem die Dunkelheit. Nichts als Dunkelheit." Ihre Stimme brach ab.

Blind? Das Wort durchfuhr ihn wie ein Messer und machte ihn sprachlos. Blind. *Nein. Nicht Maddie!* Das war ... es war ... unvorstellbar. *Wie? Was? Wann? ... Warum?* Tausende Fragen wirbelten ihm durch den Kopf und verknoteten sich schließlich in seinem Magen zu einem harten, dicken Klumpen. Mit einem Mal fühlte er sich krank.

Maddie sah ihn einen Moment lang an, dann schüttelte sie den Kopf. „Ich habe dir doch gesagt, du willst es nicht wissen."

„Ich wusste gar nicht, dass du einen Bruder hast." Blöde Bemerkung. Blöd. Aber sie kam ihm trotzdem über die Lippen.

„Hab ich auch nicht." Sie drehte sich um und rannte den Gang hinunter.

Sie war fort. Geflohen. Verschwunden ohne einen Blick zurück oder eine Berührung oder irgendeine Erklärung. Einfach fort. Ihre Worte dröhnten ihm immer noch in den Ohren.

Blind.

Paul glitt in die Reihe neben sich und legte den Kopf in die Hände. Wie eng seine Kehle geworden war. Wie sehr seine Hände glühten.

Blind.

Was konnte man zu einer Neuigkeit wie dieser sagen? Und woher wusste sie, dass es wahr war? War es das tatsächlich? Oder sprach aus ihr nur die Angst? Er hob den Kopf. Sonnenlicht funkelte durch das Glasfenster über ihm. Jesus. Freundlich. Zuversichtlich. Mit sich im Reinen. Aufsteigend in den Himmel.

Blind.

Nein. Aus Maddie hatte nicht nur die Angst gesprochen. Er kannte sie jetzt seit drei Jahren, und in dieser ganzen Zeit hatte sie niemals Angst gezeigt. Besorgnis, ja. Manchmal auch Bestürzung. Aber niemals Angst. Nicht so wie jetzt. Er schloss die Augen.

Maddie wird blind. Er drehte und wendete die Worte in seinem Kopf hin und her. Furchtbare Worte. Bitter und brutal. Was würde das für sie bedeuten? Für ihn? Für sie beide? Keine Squashspiele mehr. Keine Kinobesuche. Überhaupt nichts mehr, was sie gerne gemeinsam unternahmen. Konnte er ein blindes Mädchen lieben? Sie wirklich lieben, nicht nur heute, sondern auch morgen und übermorgen und den Tag danach?

Gott, was tust du mir an? Was tust du ihr an? Wie konnte das passieren? Und warum ausgerechnet jetzt, gerade wo ich dachte ... ich dachte ...

Paul fuhr sich mit der Hand über die Stirn, als wolle er die Bilder wegwischen, die vor seinem inneren Auge abliefen. Eine Frau, die nicht sehen konnte. Eine Frau, die an seinem Arm hing, sich immer an ihm festklammerte, immer bedürftig war. Ein lebenslanges Führen, Helfen, ein Leben in Dunkelheit. Gab es keine Hoffnung auf etwas anderes? Keine Hoffnung auf das Glück, das er sich gerade erst begonnen hatte auszumalen?

Blind.

Er atmete tief ein. Er konnte das nicht noch einmal durchstehen. Das konnte Gott unmöglich von ihm verlangen. *Es ist nicht dasselbe wie bei Samantha. Es ist überhaupt nicht dasselbe ...*

Hinter ihm ertönte ein Hüsteln.

Paul drehte sich um und sah eine junge Frau den Gang hinunterlaufen. Im Arm hielt sie weiße Rosen und unzählige Schleifen. Sie sah zu ihm hinüber und lächelte.

Er nickte und drehte sich weg. Maddie verabscheute Schleifen. Zu mädchenhaft, sagte sie immer. Er schniefte. *Wenn sie erblindet, sind Schleifen nicht mehr wichtig. Sie kann sie dann nicht mehr sehen.* Seine Stirn legte sich in Falten. Oder waren sie vielleicht trotzdem noch wichtig? Egal, ob sie sie sehen konnte oder nicht, Maddie würde Schleifen immer verabscheuen. Die Blindheit würde ihr das nicht nehmen. Und sie würde auch sie nicht nehmen. Nicht wie bei Samantha. Maddie würde trotzdem noch am Leben sein.

Paul schob die Schultern zurück und starrte zu dem Glasfenster hinauf. *Sie ist dann immer noch Maddie. Meine Maddie.* Dieselbe, die ihm bei ihrer ersten Begegnung den Zeigefinger in die Brust gerammt und ihn ein Schwein genannt hatte. Dieselbe, die ihm prophezeit hatte, dass sie ihn bei einem Squashspiel ungespitzt in den Boden rammen würde und das dann auch getan hatte. Dieselbe, die in der Nacht vor seiner letzten Biologieprüfung mit ihm wach geblieben und mit ihm gelernt hatte, die vor jedem Bewerbungsgespräch mit ihm gebetet hatte, die immer gewusst hatte, dass er es mit der Wahrheit nicht so ganz genau nahm, wenn er besorgt oder müde war. Dieselbe Maddie, die ihm in den letzten drei Jahren die beste Freundin gewesen war, die sich ein Mann wünschen konnte.

Sehend oder blind – sie wäre immer noch dieselbe ... irgendwie ...

Die junge Frau mit den Schleifen hatte die vorderen Reihen mit dickem, seidig glänzenden Satin abgetrennt und eilte jetzt wieder den Gang hinauf, in ihren Händen Unmengen schmaler weißer Schleifen. Sie blieb neben Pauls Sitzbank stehen und deutete mit einem langen, pinkfarbenen Fingernagel auf ihn. „Du trägst das doch nicht bei der Hochzeit, oder?"

Er sah auf seine Jeans und sein Polyesterhemd hinunter. „Oh, ich bin kein –"

„Das ist jetzt egal. Du musst die Enden von denen hier kringeln." Sie warf die weißen Schleifen in seine Richtung. Langsam flatterten sie auf die Bank und den Kirchenfußboden. Dann kramte das Mädchen in seiner Handtasche und zog eine glänzende Schere heraus, die sie neben ihn legte. „Das mit dem Umziehen kannst du danach erledigen."

„Ich bin kein –"

„Beeil dich. Die Trauung beginnt in" – sie warf einen Blick auf ihre schmale, diamantenbesetzte Uhr – „zwölf Minuten. Und ich muss mich noch um den Rest der Dekoration kümmern."

Paul nahm die Schere in die eine und ein paar der Schleifen in die andere Hand. Hilflos hielt er sie hoch. „Ich weiß nicht wie ..."

Sie stieß einen Seufzer aus. „Ganz ruhig, Mann. Es ist total einfach." Die Unbekannte nahm ihm die Schere und eine der Schleifen aus der

Hand. „Du musst das so machen." Sie zog eine der Klingen über das eine Schleifenende, das sich daraufhin kringelte. „Das bekommst du doch hin, oder?"

Paul zuckte mit den Schultern. „Klar." Er nahm die Schere wieder entgegen und kräuselte das zweite Ende.

Das Mädchen lächelte. „Danke. Ich schulde dir was." Sie hastete in den vorderen Bereich der Kirche und verteilte die Rosen auf den Stufen, die zum Altarraum führten.

Paul nahm eine weitere Schleife in die Hand. Ziehen, Kräuseln, Beiseitelegen. Er schloss seine Augen und versuchte es erneut. „Autsch!" Er hatte sich die Schere in den Daumen gerammt. Seine Augen flogen auf.

„Ist bei dir da hinten alles in Ordnung?"

„Alles prima." Er schnitt eine Grimasse und betrachtete den winzigen Blutstropfen auf seinem Daumen.

Blind.

Das würde nicht einfach. Nicht für sie. Und auch nicht für ihn. Er kräuselte eine weitere Schleife. Eine Hochzeit. Seine Kehle verengte sich.

In Kürze würde dort vorne am Altar ein Mann stehen und eine Frau würde den Gang hinunter auf ihn zuschreiten. Sie würden sich anblicken und lächeln. Und sie würden einander geloben, ihr künftiges Leben gemeinsam zu verbringen. Zwei Menschen, die in ein ganz normales Leben starteten. Zwei Menschen, über denen keine Gewitterwolke wie eine drohende Erblindung schwebte. Zwei Menschen, die sehen konnten, die lieben konnten.

„Maddie." Ihr Name entwich ihm wie ein leises Stöhnen. Das hätten sie sein können – eines Tages. Das hätten sie sein sollen.

Maddie. Vielleicht war es immer noch möglich.

Er musste das nur in Ordnung bringen. Irgendwie. Er musste irgendetwas tun, damit sie nicht blind wurde. Sie hatte so sicher geklungen, so ohne Hoffnung. Aber vielleicht lag sie falsch. Vielleicht konnte es gestoppt werden. Falls Gott das nicht in Ordnung bringen würde, könnte er es vielleicht tun. Oder vielleicht könnte er sie zumindest davon überzeugen, dass nicht alles zu Ende sein musste. Jedenfalls jetzt noch nicht. Keinesfalls schon jetzt.

Wenn er ihr nur gegenübertreten und sie davon überzeugen könnte. Seine Zweifel begraben. Aber das Problem war, dass er niemals etwas vor ihr hatte verbergen können. Sie würde merken, wie unsicher er war. Sie würde es sehen, trotz des Loches in ihrem Gesichtsfeld. Es sehen und ihn dafür verachten. Und das zu Recht. Er zog so brutal an der Schleife in seiner Hand, dass diese riss. Die Schere flog ihm aus den Fingern und fiel klirrend neben ihm zu Boden.

Das Mädchen im Altarraum blickte auf.

Paul stopfte den gerissenen Stoffstreifen in seine Hosentasche, hob die Schere auf und kringelte sechs weitere Schleifenenden. Nein. Er könnte das. Alles in Ordnung bringen. Zumindest für den Moment. Und irgendwann, zwischen jetzt und Maddies Studienabschluss im Juni, würde ihm etwas einfallen, wie es weitergehen konnte. Er würde wissen, wie er mit dieser Sache umgehen sollte. Und falls er ihr seine Liebe nicht gestehen könnte, könnte er ihr zumindest ein Freund sein. Ein wirklicher Freund. Das war das Mindeste, was sie verdiente.

Er senkte den Blick und kräuselte weiter die Schleifenenden. Ein paar Monate. Und in der Zwischenzeit würde er alles über ihre Erkrankung in Erfahrung bringen – was auch immer es für eine war. Er würde lernen ihr dabei zu helfen, mit dem Verlust ihres Sehvermögens zurechtzukommen, falls es dafür tatsächlich keine Heilung gab. Er würde in ihrer Nähe bleiben und so herausfinden, was Wirklichkeit und was einfach nur Angst war.

„Hey, danke, Mann."

Paul sprang vor Schreck beinah in die Höhe, als das Mädchen plötzlich neben ihm stand. Sie streckte die Hand aus und er gab ihr die gekräuselten Schleifen. Sie war blond und schlank. Merkwürdig, dass ihm das nicht schon vorhin aufgefallen war. Und jetzt, wo er es bemerkt hatte, war es ihm egal.

Sie ließ die Schere wieder in ihre Handtasche gleiten und strich sich mit einer schwungvollen Handbewegung das Haar hinter die Schulter. Diese Geste erinnerte ihn an die Blondine aus der Finanzabteilung seines Unternehmens. Die Blondine, mit der er heute Abend eigentlich eine Verabredung hatte. Er stand auf und warf einen Blick auf seine Uhr. „Ich muss gehen."

Das Mädchen warf ihm einen einladenden Blick zu. „Wir sehen uns später."

Paul beachtete sie nicht weiter, sondern schlüpfte auf der anderen Seite aus der Bank und eilte aus der Kirche. Vor der Tür blieb er einen Moment lang stehen und blickte in die Richtung, in der Maddies Apartment lag. Er könnte in zehn Minuten dort sein. Er könnte mit ihr reden. Ihr sagen, dass alles gut würde. Aber das würde es nicht. Nicht, solange er keinen Plan hatte. So würde er einfach nur dastehen, ohne zu wissen, was er sagen sollte, ohne zu wissen, wie er helfen konnte. Er könnte sich aber auch einfach für die Verabredung mit der Blondine von der Arbeit fertig machen. Er könnte Essen gehen, sich amüsieren und vergessen, was Maddie ihm gesagt hatte.

Vergessen, dass die Frau, die er liebte, möglicherweise ihr Augenlicht verlor.

Kapitel 4

Ich werde niemals wieder das Lächeln eines Babys sehen. Niemals die Sonne aufgehen sehen. Niemals beobachten können, wie sich das Meer an den Klippen bricht und die verschiedensten Farben in der Gischt funkeln. Niemals wieder.

Merkwürdig, dass diese Worte, diese Gedanken, die sie vor Jahren gehabt hatte, ihr jetzt plötzlich wieder in den Sinn kamen, hier in dieser Dunkelheit, während das Wasser langsam und rhythmisch über die Ausläufer ihres Bewusstseins schwappte. *Ich werde niemals eine Rose blühen sehen.* Der Schmerz glitt fort. *Ich werde niemals wieder mein eigenes Gesicht betrachten können.* Warum jetzt? Warum nach all der Zeit? *Werde niemals wieder seines betrachten können und sehen …*

Gedanken, Ängste, geflüsterte Sorgen. Sie dachte, sie hätte diese schon vor langer Zeit hinter sich gelassen. Aber sie waren wieder da, verspotteten sie, riefen sie, zwangen sie dazu, sich zu erinnern. Sie waren damals auch gekommen, wie Eissplitter, die ihre Träume aufspießten.

Es spielt keine Rolle mehr. Aber das tat es sehr wohl. Hatte es immer getan.

Sie hatte mit diesen ‚Was-wenn-ich-niemals-wieder'-Gedanken seit jenem Tag gelebt, an dem sie von der Mem-Chu-Kirche nach Hause geskatet war. Die Erinnerung wirbelte durch ihren Kopf und wurde klarer.

Es hatte Monate zuvor mit einer verpatzten KV und einem Kinofilm, den sie nicht richtig hatte sehen können, begonnen. Aber heute konnte nicht einmal Jesus in dem bunten Kirchenglasfenster all die Ängste und Sorgen aus ihrem Kopf vertreiben. Und so rannte sie – oder besser skatete sie – aus der Kirche fort. Fort von Paul. Aber nicht fort von den ‚Was-Wenn's Gedanken.

Paul war ihr nicht gefolgt. Sie hatte gewusst, dass er das nicht tun würde. Er war niemand, der einen bedrängte. Zumindest war er es damals noch nicht gewesen. Außerdem, hatte er nicht wieder einmal eine Verabredung mit einer Blondine? Sie würden ausgehen, im ältesten Burger-Restaurant der Stadt etwas essen, der Musik von James Taylor lauschen, vielleicht auch die Universitätsstraße hinunterschlendern und sich ein Eis gönnen. Paul würde Praline nehmen. Er liebte Praline.

In ihrer Kehle bildete sich ein Kloß. *Paul ...* Für ihn wäre es schwer, mit einem blinden Mädchen befreundet zu sein. Außerdem war da noch dieses Mädchen, mit dem er in der Schule befreundet gewesen war. Das Mädchen, das er hatte heiraten wollen. Aber irgendetwas war mit ihr geschehen. Maddie wusste nichts Genaueres. Das Einzige, was sie mit Sicherheit wusste, war, dass Paul ihretwegen in die medizinische Forschung gegangen war. „Es war Samanthas Idee", hatte er gesagt. Oder nein, vielleicht war der Wortlaut ein anderer gewesen. Vielleicht hatte er nur gesagt: „Wegen Samantha." Aber was auch immer vorgefallen war, ihre Trennung musste ihn schwer getroffen haben, denn so viel hatte sie sich zusammengereimt: Nach Samantha hatte Paul sich nur noch mit Blondinen verabredet, ganz zwanglos, und mit jeder nur ein oder höchstens zwei Mal, bevor er zur nächsten übergegangen war. Sie war immer froh darüber gewesen, nicht blond zu sein.

Aber das spielte jetzt keine Rolle mehr. Nicht die geringste. Oh sicher, er würde noch eine Weile in ihrer Nähe bleiben, aber schon bald würde er seltener vorbeischauen. Und seltener. Und seltener. Und sobald er erkannte, dass er diese Sache nicht in Ordnung bringen konnte, würde er genauso sicher aus ihrem Leben verschwinden wie ihr Sehvermögen sie verließ. Und sie hatte beinah, nur ein klein wenig, zu hoffen begonnen, dass sie eines Tages vielleicht ... Sie schüttelte den Kopf. Sie konnte jetzt nicht darüber nachdenken. Sie wagte es nicht.

Niemand, nicht einmal Paul, würde mit einem Mädchen zusammen sein wollen, das ihm nicht in die Augen sehen konnte. Sie würde sich daran gewöhnen müssen. Daran gewöhnen müssen, allein zu sein. All ihre Träume würden sich in Luft auflösen. Genauso wie ihre Karriere. Ihre Freunde. Ihre Hoffnungen würden zerschmettert. Wären verloren. Genau wie bei Malcolm.

Sie schauderte. Ihn zu verlieren hatte sie in die Medizin getrieben. Sie hatte Ärztin werden und Menschen wie ihrem Bruder helfen wollen, bevor es zu spät war. Dieses Vorhaben hatte sie trotz der unzähligen Stunden, die sie sich mit organischer Chemie und Humanbiologie hatte beschäftigen müssen, durchhalten lassen. Aber nun war selbst das zwecklos geworden.

„Oh Malcolm ..."

Was war nur mit Gott los? Erinnerte er sich nicht daran, dass sie das, was mit Malcolm geschehen war, mit ihrer medizinischen Karriere wettmachen wollte? „Alles, was geschieht, dient zum Guten" und so? Das war der Grund, warum sie ihr Augenlicht behalten hatte – damit sie anderen helfen konnte. Sie war sich so sicher gewesen, dass das Gottes Plan war. Aber jetzt ergab Gottes Handeln für sie keinen Sinn mehr. Nicht den geringsten.

Betrogen?

Ja. Vielleicht. Es fühlte sich mit Sicherheit so an.

Sie schnitt eine Grimasse. Die Erblindung minderte nicht nur das physische Sehvermögen. Sie beeinträchtigte auch die geistliche Sicht. Alles war einmal so klar gewesen. Werde Ärztin, sei eine gute Christin, heile Menschen mit geschickten Händen und glaubensstärkenden Worten. Aber die Hände konnten nicht geschickt sein, wenn die Augen nichts sehen konnten. Und der Glaube verflüchtigte sich scheinbar gerade ebenso sehr wie ihr Sehvermögen.

Oh Gott, was tust du mir an?

Dasselbe, was er Malcolm angetan hatte. Sie musste das Bild von ihrem Bruder aus ihrem Kopf bekommen. Es war wohl das Beste, nicht an ihn zu denken. Das Beste, nicht ständig darüber nachzudenken, was damals geschehen war. Außerdem könnte es ja durchaus sein, dass es für sie nicht genauso lief. Vielleicht würden sich die Dinge anders entwickeln. Aber was, wenn nicht? Wie wäre es, den Rest ihres Lebens in völliger Dunkelheit verbringen zu müssen? Wie wäre es, wenn die Dunkelheit sich immer weiter ausbreitete, bis sie alles verschluckt hatte, was sie kannte? Es würde sie verrückt machen. So wie ihn.

In dieser Nacht saß Maddie stundenlang hellwach in ihrem Bett. Das Mondlicht fiel durch das Fenster und warf seinen trüben Schein auf den erbsengrünen Teppich. Sie betrachtete ihn eine Ewigkeit, bewegte ihre Augen nach links, dann nach rechts. Aber der dunkle Fleck in der Mitte ihres Gesichtsfeldes blieb. Schließlich stand sie auf und ging zum

Spiegel. Und da war es wieder. Ein schwarzes Loch in der Mitte ihres Gesichtes und zwei weit aufgerissene Augen, die sie ohne zu Blinzeln von beiden Seiten der Schwärze anstarrten. Sie presste ihre Hand gegen das kühle Glas und fuhr mit den Fingern die verschwommenen Umrisse der Dunkelheit nach.

Ich kann das nicht, Gott. Ich kann es nicht, kann es nicht, kann es nicht. Das sollte mir nicht passieren. Ich bin einundzwanzig. Das ist zu alt für Stargardt. Erinnerst du dich nicht, ich sollte verschont bleiben ...

Ihr schossen Tränen in die Augen. Zornig wischte sie sie fort. Es hatte keinen Sinn, wegen etwas zu weinen, was passieren könnte. Was passieren würde. *Trotzdem ... Ich habe gedacht ... Ich habe geglaubt ... dass es mich nicht trifft.*

Aber Gott hatte sie im Stich gelassen. Hatte sie hereingelegt. Hatte sie glauben lassen, dass sie diesem Fluch entkommen könne.

Sie trat ans Fenster und zog die Vorhänge zu. Dann schloss sie die Augen, streckte ihre Arme aus und ging in Richtung Kleiderschrank. Ein Schritt. Zwei. In totaler Dunkelheit. Drei. Ihre Finger stießen gegen die Schranktür. Vier. Sie rieb sich die schmerzenden Fingerspitzen. *Ich könnte das. Vielleicht. Wenn ich müsste. Wenn es nicht zu schlimm würde ...*

Ihr Handrücken stieß gegen etwas Kaltes. Es kippte. Ihre Augen flogen auf. Die Lampe. Bevor sie zu Boden fallen konnte, griff Maddie danach und stellte sie wieder an ihren Platz.

Dann schloss sie erneut die Augen und öffnete eine der Schubladen. *Denk nach.* Ihre Finger berührten Stoff. *Mein Sonnenblumen-T-Shirt.* Es lag ganz oben. *Und daneben ...* Sie biss sich auf die Lippe. *Das lilafarbene Batikshirt? Nein, das ist in der Wäsche. Das braune Sonnentop? Vielleicht.* Sie untersuchte es mit den Fingern. *Nein. Das ist kein Top.* Sie öffnete eine zweite Schublade und befühlte deren Inhalt. *Schlaghosen. Zwei Paar. Und die Socken liegen in der kleinen Schublade darüber.*

Sie bewegte sich nach rechts und griff nach der nächsten Schublade. „Aua!" Ihr Schienbein knallte gegen Holz. Sie geriet ins Straucheln und fiel zu Boden. Ihr Bein pochte. Verzweifelt öffnete sie erneut die Augen und zog ihr Bein an ihre Brust.

Gott, bitte lass mich nicht erblinden. Nicht wie Malcolm. Bitte Gott, nicht wie er ...

„Ist bei dir da drin alles in Ordnung?" Kellis Stimme erklang von der anderen Seite der Tür. Eine Sekunde später öffnete sie sich. Licht flutete in das Zimmer. Licht. Wunderschönes, klares Licht ... verschandelt lediglich von dem grau-schwarzen Kreis, der immer noch in der Mitte von allem war.

Als Maddie von ihrem Platz auf dem Boden aufblickte, sah sie Kelli in ihrem pinkfarbenen Satinschlafanzug mit den falschen Federn am Ausschnitt vor sich stehen. Verlegen zog sie sich ihr verschlissenes Nachthemd über die Knie. „Alles okay. Ich habe mir nur das Schienbein gestoßen, das ist alles."

Kelli flanierte durchs Zimmer und knipste die Nachttischlampe an. „Du Dösel. Mach das nächste Mal einfach das Licht an, okay?" Sie wickelte sich eine Strähne ihres langen Haares um den Zeigefinger und musterte Maddie. „Sag mal, du flippst doch nicht aus, weil du nächste Woche den Termin bei diesem Spezialisten hast, oder?"

„Natürlich nicht. Das wird alles glatt über die Bühne gehen."

„Du *machst* dir Sorgen."

Maddie stand vom Boden auf und nestelte an ihrem Nachthemd herum. „Nein, wirklich nicht ..."

Kelli faltete die Hände und deutete mit verschränkten Fingern auf Maddies Bett. „Na los, wir beten besser. Danach fühlst du dich mit Sicherheit besser. Oder zumindest hörst du dann vielleicht auf, hier im Dunkeln herumzustolpern. Gebongt?"

Maddie schnitt eine Grimasse. „Gebongt."

Kelli ließ sich aufs Bett fallen und verschränkte die Beine zum Schneidersitz. Maddie setzte sich ebenfalls. Ihre Füße hingen unbeholfen über die Bettkante. Kelli beugte sich vor und nahm Maddies Hand in die ihre. Dann betete sie ein kleines pinkfarbenes Gebet voller „du weißt"s und „ganz genau"s und Sätzen aus verschiedenen Songs von Mac Davis. Schließlich blickte sie auf, lächelte und drückte bekräftigend Maddies Hände. „Alles wird gut werden, Madison. Ich weiß es einfach."

Maddie lehnte sich vor und umarmte ihre Freundin. „Danke. Geh jetzt ins Bett."

„Bist du dir sicher?"

„Ganz sicher."

Kelli rappelte sich hoch, machte das Licht aus und trottete aus der Tür, die hinter ihr zuschlug.

Mit ihrem Zuschlagen kam die Dunkelheit zurück. Schwärzer. Schwerer. Und mit ihr das quälende Geflüster. *Ich werde niemals ...*

Die flache Atmung. Das gedimmte Licht. In der Ferne Gemurmel. Und immer dasselbe monotone Piepen.

Paul wartete. Und wartete. Und wartete.

Nichts änderte sich.

Komm schon, Maddie. Lass mich hier nicht allein. Komm zurück. Du kannst es schaffen.

Und dann das Getrappel von Füßen auf dem Flur. Das Rascheln von Papier. Stimmen, sanft und leise.

„Sie müssen informiert werden." Eine männliche Stimme, jung, wie es Pauls vor nicht allzu langer Zeit gewesen war.

„Ihre Familie?" Das war die Krankenschwester. Ihr Tonfall klang nicht länger brüsk.

Ein langer Seufzer.

Dann wieder die Krankenschwester. „Vielleicht kriegt sie noch die Kurve. Sie hat gut auf das Morphin angesprochen."

Paul erhob sich von seinem Stuhl und trat ans Fenster. Sie wussten nicht, dass er sie hören konnte. Und im Moment wünschte er sich, er könnte es nicht. Der Blick aus dem Fenster wurde durch dicke Nebelschwaden versperrt. Trotzdem konnte er in der Ferne, zwischen den großen Zypressen hindurch, beinah das Meer sehen. Konnte fast fühlen, wie es gegen die Felsen schlug und die Gischt hochsprühte. Oder zumindest wünschte er sich, er könnte es.

„Hör nicht auf sie, Maddie. Das Leben wartet auf dich. Das verspreche ich dir. Selbst wenn du es durch den Nebel hindurch nicht sehen kannst." Er drehte sich zu ihr um. „Ich habe es gesehen. Ich weiß, dass es wahr ist."

Vor der Tür klopfte ein Stift immer wieder rhythmisch auf ein Klemmbrett. Die Stimme des Arztes wurde wieder leiser. „Es gibt jetzt nicht mehr viel Hoffnung. Ich kann nichts mehr tun."

Das Zimmer schien sich plötzlich in einen Eisschrank zu verwandeln. Er hatte diese Worte früher schon gehört. Sie waren immer am schwierigsten zu ertragen gewesen. *„Es tut mir leid. Ich habe alles getan, was möglich ist. Sie müssen einfach abwarten, was passiert. Es gibt keine Heilung. Es gibt keine Hoffnung."*

Paul ging zurück zum Stuhl und ließ sich erneut darauf nieder. Keine

Hoffnung. Er glaubte das nicht. Nicht jetzt. Nicht mehr. Er wusste, dass Liebe – wahre Liebe – die Dunkelheit überleben konnte. Sie hatte es in der Vergangenheit. Sie würde es wieder tun.

Er beugte sich vor und hauchte einen Kuss auf Maddies Stirn. „Es gibt immer Hoffnung. Ich bin mir dessen nicht immer sicher gewesen. Aber ich bin es jetzt. Glaub es, Maddie. Glaub all das, von dem du weißt, dass es wahr ist. Bekämpf die Dunkelheit. Hab keine Angst. Es gibt immer Hoffnung ..."

Paul ließ sich diese Worte auf der Zunge zergehen, schmeckte förmlich die Erinnerung, die sie mit sich brachten, ließ sich von ihnen zurück an einen anderen Tag ziehen, in eine andere Zeit. Damals. Oktober 1973.

„Erinnerst du dich, Maddie? Damals gab es auch Hoffnung. Auch wenn wir das nicht wussten. Damals waren wir beide blind, jeder auf seine eigene Weise. Aber die Hoffnung war real. Sie war alles, was wir hatten ..."

„Sie kommt nicht raus!"

Paul riss sich den Telefonhörer vom Ohr, als Kelli am anderen Ende der Leitung hysterisch zu kreischen begann. „Candy, Marisol und sogar Ryan haben versucht, sie herauszulocken. Aber sie hatten alle kein Glück."

Ryan. Paul spürte, wie sich in seinem Inneren alles gegen diesen Namen sträubte. Er traute diesem Ryan nicht.

Kelli fuhr fort. „Sie hat abgeschlossen. Ich kann es nicht glauben. Heute Morgen, während unserer Bibelstudiengruppe, war sie genau wie immer. Und dann, sobald sie vorüber war, bumm! Sie geht in ihr Zimmer und verschließt die Tür. Das ist doch verrückt, Mann."

„Hat sie gesehen, ich meine –?"

„Ich weiß es nicht. Sie redet ja nicht mit mir. Das alles sieht ihr überhaupt nicht ähnlich."

„Hat sie während des Bibelstudiums irgendetwas gesagt?"

„Nein. Außer dass *mächtig* nicht ‚mächtig' bedeutet. Anscheinend bedeutet das griechische Wort, das im Urtext verwendet wird, so viel wie ‚eine Kraftzufuhr verpassen', was auch immer das bedeuten soll."

Kelli schnaubte laut auf. „Ich könnte jetzt selbst eine gehörige Kraftzufuhr gebrauchen, um diese Tür einzutreten."

„Beruhige dich. Ich bin in ungefähr einer Stunde da."

„Einer Stunde? Bist du verrückt? Sie hat in einer Stunde eine wichtige Prüfung."

„Vielleicht hat sie sich auch einfach nur in ihrem Zimmer verbarrikadiert, um noch so viel wie möglich zu lernen."

Kellis verzerrte Stimme verriet ihm, dass sie den Hörer gerade an das andere Ohr wechselte. „Tja, das erscheint mir ein bisschen schwierig, da das Buch, mit dem sie sich auf die Prüfung vorbereiten muss, hier auf dem Küchentisch liegt."

Paul hörte einen dumpfen Aufprall, als hätte Kelli ihre Faust in den Buchdeckel gerammt. „Hör zu, Mann. Du bewegst jetzt deinen Allerwertesten hier rüber. Sofort."

Paul atmete tief ein, woraufhin ihm ein übler Geruch auffiel. Vorsichtig schnupperte er an seinem Laborkittel und zog die Nase kraus. Er hatte die ganze Nacht durchgearbeitet, nachdem ein anderer verzweifelter Anruf seine Verabredung mit der Blondine unvermittelt beendet hatte. Oh, zu dem Zeitpunkt hatte er Gott für die Störung gedankt. Aber jetzt ... jetzt roch er, als wäre er in der Kanalisation schwimmen gewesen. Der Schweiß und der schale Deogeruch waren schlimm genug, aber heute Morgen war außerdem ein Erlenmeyerkolben zu Bruch gegangen und hatte ihn von oben bis unten mit Schwefelwasserstoff besprüht. Er würde die ganze kommende Woche nach verfaulten Eiern riechen. „Ich muss erst heimgehen und mich umziehen."

„Das kommt gar nicht in die Tüte. Die Uhr tickt."

Paul lockerte resigniert den Griff um das Telefon. „ Also gut. Ich bin gleich da."

„Bis gleich."

Als Paul am Apartment ankam, riss Kelli die Tür auf, bevor er überhaupt klopfen konnte. „Gott sei Dank bist du da. Sie hat vollkommen den Verstand verloren."

Paul sah sie zweifelnd an. „Maddie? Das glaube ich nicht."

Kelli presste ihre Handflächen gegen ihre glühenden Wangen. „Überzeug dich selbst."

Paul ging zu Maddies Tür und klopfte. „Hey, Maddie, mach auf. Ich bin's."

Eine dumpfe Stimme antwortete. „Geh weg."

Paul runzelte die Stirn.

Am anderen Ende des Flurs hob Kelli die Arme und bedeutete ihm: „Ich hab's dir doch gesagt."

Paul wandte ihr den Rücken zu. „Ich habe Karten für das Eagles-Konzert."

Keine Reaktion.

Kelli brachte ihn mit einem „Psst" dazu, sich wieder zu ihr umzudrehen. Er sah sie fragend an.

„Ist das wahr?" Ihr Flüstern hallte von den Wänden wider.

Er schüttelte den Kopf und presste dann den Zeigefinger auf seine Lippen, um sie zum Schweigen zu bringen. „Komm schon, Maddie, komm raus."

Auf der anderen Seite der Tür fiel irgendetwas klirrend zu Boden. „Verzieh dich. Ich bin beschäftigt."

Paul räusperte sich. „Ich habe Duftwasser aufgelegt."

Die Tür schwang auf. Maddie stand mit vollkommen zerzaustem Haar, das in alle Richtungen abstand, vor ihm. Schweiß rann ihr die Wange hinunter. Sie nieste. „Lügner."

Er streckte die Hand aus und rubbelte etwas Dreck von ihrer Wange. „Immerhin habe ich dich dadurch dazu bekommen, die Tür zu öffnen, nicht wahr?"

Sie trat zurück und verschränkte die Arme. „Tja, aber du kannst gleich wieder verschwinden. Wie ich schon sagte, ich bin beschäftigt." Sie hielt inne. „Und du stinkst."

„Danke." Er schob sich weiter in den Raum hinein.

Sie machte einen Ausfallschritt, um ihm den Weg zu versperren, doch er schlängelte sich einfach an ihr vorbei.

Der Boden und das Bett waren unter unzähligen Kleiderhaufen begraben. Alte T-Shirts, Schlaghosen, Socken, mehrere Paar Schuhe und einige andere Dinge, die Paul sich lieber nicht genauer ansehen wollte, türmten sich zu Bergen auf. Er ließ das Chaos einen Moment lang auf sich wirken und drehte sich dann zu Maddie um. „Ruf das Fernsehen an. Hier hat ein Tornado gewütet." Grinsend ging er zu einer Nylonstrumpfhose, die über einem Lampenschirm hing. „Und was ist das?" Er pflückte die Strumpfhose von der Lampe und ließ sie vor Maddie hin und her baumeln. „So etwas trägst du doch nie."

Sie riss sie ihm aus der Hand. „Die habe ich von meiner Mutter."

Paul deutete mit einer ausschweifenden Handbewegung auf die Kleider, die auf dem Fußboden verstreut lagen. „Was veranstaltest du hier?"

Sie stopfte die Strumpfhose unter einen der Kleiderhaufen auf dem Bett und drehte sich dann wieder zu ihm um. „Ausmisten und neu sortieren. Ist das nicht offensichtlich?"

„Jetzt?"

Maddie schob das Kinn vor. „Natürlich jetzt. Was du heute kannst besorgen, das verschiebe nicht auf morgen."

„Du hast in weniger als einer Stunde eine wichtige Zwischenprüfung."

„Und?"

„Wie um alles in der Welt kommt es, dass Miss ‚Ich-sitze-in-der-ersten-Reihe-und-warte-ungeduldig-auf-meine-Eins' unmittelbar vor ihrer Prüfung ihren Kleiderschrank aufräumt?"

Maddie schob einen Kleiderstapel vom Bett herunter und setzte sich. „Zwischenprüfungen sind nicht mehr wichtig."

Paul schnappte geräuschvoll nach Luft und tat entsetzt. „Was höre ich da? Blasphemie!"

Maddie lachte nicht. Stattdessen warf sie die Hände in die Luft und starrte ihn an. „Okay, Mr ‚Ich-sitze-in-der-hintersten-Reihe-und-hoffe-dass-ich-irgendwie-bestehe', sag mir eins: Was bringt mir ein Abschluss in Chemie jetzt noch? Bist du nicht derjenige, der mir immer gesagt hat, dass ich zu hart arbeite, zu viel mache, dass ich mal abschalten soll? Tja, also gut, ich höre auf!"

„Das kann unmöglich dein Ernst sein."

Maddie zog ihre Knie an die Brust und umschlang sie mit ihren Armen. Einen Moment lang sah sie aus wie ein kleines Mädchen, das sein Lieblingsspielzeug verloren hat. „Ehrlich, Paul, denk doch mal darüber nach. Werde ich überhaupt dazu in der Lage sein, die Maßeinheiten auf dem Messkolben zu erkennen? Werde ich die Farbe der Flüssigkeit im Messbecher identifizieren können? Werde ich den Ausdruck mit den Ergebnissen des Spektrometers, die Beschriftungen der Flaschen oder die Zahlen auf der Waage lesen können?

Er ging zu ihr und setzte sich neben sie. „Aber was ist mit dem Medizinstudium?"

Sie wandte ihm den Kopf zu und starrte ihn an. „Sei doch mal realistisch. Wer will sich schon von einem blinden Arzt behandeln lassen? Selbst wenn ich die Prüfungen bestehen und meine Ausbildungszeit im Krankenhaus ableisten könnte, selbst wenn ich meinen Facharzt machen würde, bevor die Erblindung vollständig ist – dieser Traum ist ein für alle Mal gestorben. Dieser", ihre Stimme brach, „und jeder andere."

Paul legte seine Hand auf die ihre und drückte sie sanft. „Das ist nicht wahr, Maddie." Aber er vermutete, dass sie recht hatte. Trotzdem würde er das keinesfalls zugeben. Nicht hier. Nicht vor ihr. Es war nicht fair. So etwas sollte einem Menschen wie Maddie einfach nicht widerfahren. Er wandte sich ab und blickte aus dem Fenster.

Sonnenlicht schien durch die Scheibe und warf merkwürdige Schatten auf den Teppich. Schatten, die sie vermutlich nicht sehen konnte. Schon jetzt nicht mehr. Er rieb sich die Schläfen. *Was denkst du dir bloß, Gott? Wie kannst du ihr das antun? Wie kannst du uns das antun?*

Maddie schüttelte den Kopf. Tränen quollen aus ihren Augen. „Was soll irgendetwas davon bringen? Ich habe Stargardt. Ich werde blind. Es gibt keine Heilung. Es gibt keine Hoffnung."

Paul stand auf und lief unruhig vor ihr auf und ab. „Es muss doch irgendeine Möglichkeit geben. Wir können das in Ordnung bringen. Alles richtig machen. Medizin, Forschung ..."

Ein Lächeln zog ihre Lippen nach oben, erreichte aber nicht ihre Augen. „Du kannst das nicht in Ordnung bringen, Paul. Es hätte mir schon früher passieren sollen, in meiner Teenie-Zeit. Als es nicht geschah, dachte ich ..." Sie zuckte mit den Schultern. „Aber jetzt hat es mich eingeholt, und es wird nicht enden, bevor es mir alles genommen hat, was ich habe. Bevor sie mir alles genommen hat."

Er hielt inne. „Wer?"

„Egal." Maddie stand auf und nahm ein T-Shirt von dem Stapel auf dem Bett. Sie legte es ordentlich zusammen und verstaute es in einer der Schubladen. „Es ist schon in Ordnung, Paul. Ich weiß, wie unangenehm und scheußlich das ist. Du bist mir in den letzten Jahren ein guter Freund gewesen, aber jetzt ..."

„Stopp." Energisch schob Paul seine Hand in seine Hosentasche. Seine Finger trafen auf irgendetwas. Er zog es heraus. Ein Stück silberne Schleife nahm seinen Blick gefangen. Eine zerrissene Schleife, am einen Ende ausgefranst. *Erinnere dich daran, du musst deine Zweifel verstecken.* Paul zwirbelte die Schleife um seinen Finger. *Sie kennt mich zu gut.* Die

Schleife grub sich in sein Fleisch. *Versuch es. Ich kann das nicht. Du musst.*

„Hör mal, Maddie, ich weiß, dass das hart ist. Es ist furchtbar. Aber du bist in deinem letzten Jahr. Das Semester ist in wenigen Monaten zu Ende. Warum stehst du es nicht einfach durch und machst deinen Abschluss?"

„Warum sollte ich?"

„Warum nicht? Es kann doch nicht schaden, oder?

Sie legte ein weiteres Oberteil zusammen. „Ich weiß nicht."

Mit zwei Schritten war er bei ihr und nahm es ihr aus der Hand. Seine Stimme senkte sich zu einem Flüstern. „Außerdem ist es auf jeden Fall besser, als den Tag damit zu verbringen, deine Schubladen aufzuräumen."

Sie griff nach dem Oberteil. „Ich räume gerne auf."

Blitzartig hielt er es hoch, außerhalb ihrer Reichweite. „Ich weiß."

Sie stellte sich auf die Zehenspitzen und streckte sich nach dem Oberteil aus. „Hey, das ist meine beste Bluse."

„Versprich mir, dass du gleich losziehst und die Klausur mitschreibst."

Schnaubend sank sie zurück auf die Fersen. „Okay, ich gehe hin."

Er ließ die Bluse auf ihren Kopf fallen. „So gehört sich das. Und du schreibst eine Eins ... oder so was in der Art."

„Ich schaffe es nie im Leben rechtzeitig zur Prüfung."

Paul machte einen Ausfallschritt über einen Stapel Jeans und hob ihren Rucksack auf, der in der Ecke lag. „Na klar schaffst du das."

Sie riss ihm den Rucksack aus der Hand. „Es besteht nicht das kleinste bisschen Hoffnung. Es ist schon viel zu spät." Schwungvoll warf sie sich den Rucksack über die Schulter und ging in Richtung Tür.

„Maddie."

Seine Stimme ließ sie innehalten. Sie blickte zurück.

„Es besteht immer Hoffnung. Du weißt das."

Einen kurzen Moment lang stand sie wie erstarrt da. Und sie wusste plötzlich ganz genau, dass er nicht mehr über die Prüfung sprach.

„Glaubst du das wirklich?" Die Worte kamen ihr nur zitternd über die Lippen.

Er nickte. „Vergiss nicht: ‚Ich vermag alles durch den, der mir eine Kraftzufuhr verpasst.' Genau wie es im Griechischen heißt."

Sie bedachte ihn mit einem verzagten Lächeln. „Ja, vielleicht. Wenn du es sagst." Sie schüttelte den Kopf, setzte den Rucksack richtig auf und nahm eine Sonnenbrille von dem Tisch neben der Tür. „Es besteht Hoffnung, zumindest für den Moment. So lange, bis meine Mutter es herausfindet."

Genau in diesem Moment klingelte das Telefon.

Kapitel 5

Das Telefon klingelte und klingelte. Disharmonisch kämpfte es gegen das kontinuierliche Piepen des EKG-Geräts an. Paul nahm den Anruf nicht entgegen. Es gab keinen Grund dazu. Wenn er es täte, was sollte er der Person am anderen Ende der Leitung sagen? Maddie starb? Nein. Maddie hatte sich in der Dunkelheit verirrt. Aber sie würde zu ihm zurückkommen. Sie musste es einfach. Sie hatte es schon einmal getan.

Maddies Augenlider flatterten. Ein leises Stöhnen entwich ihren Lippen. Ihre Finger verkrampften sich.

Paul blickte zum Telefon hinüber. Der rote Knopf blinkte, während es unaufhörlich weiterklingelte. Er wandte sich wieder Maddie zu. „Ich gehe nicht dran. Nicht dieses Mal. Inzwischen weiß ich es besser."

Schweiß glitzerte in Maddies Augenbraue. Paul beugte sich vor, wischte ihn aber nicht weg. „Es ist in Ordnung. Es ist nicht sie. Ich verspreche es."

Das Telefon hörte auf zu klingeln.

Maddie seufzte und wurde wieder still.

Wenn es an jenem anderen Tag nur ebenso einfach gewesen wäre. Aber das war es nicht gewesen. Damals hatte er keinen Moment gezögert, den Anruf entgegenzunehmen. Er hatte nicht gewusst, dass er ihr nur noch mehr Schmerz bringen würde.

Paul ging zum Telefon.

„Tu das nicht. Wag es ja nicht." Maddie blieb stehen, die Hand auf den Türknopf gelegt. „Das ist sie. Und ich kann nicht –"

Paul hörte nicht auf sie. Hätte er es nur getan.

Er nahm den Telefonhörer in die Hand und hob ihn an sein Ohr. Seine Augen weiteten sich, als ein Schwall französischer Worte an sein Ohr drang. Er drehte sich zu Maddie um. „Woher wusstest du das?" Lautlos formte er die Worte mit den Lippen. Dann räusperte er sich. „Oh, hallo, Mrs Forster."

Maddie verdrehte die Augen.

„Wer iste da? Wo iste Madison?“ Maddies Mutter sprach mit französischem Akzent, obwohl sie, wie Maddie ihm erzählt hatte, bereits als Teenager nach Massachusetts gezogen war. Maddie hatte gesagt, sie behalte den französischen Akzent mit Absicht, um zu vermeiden, dass sie sich „den furchtbare Akzente“ der Bostoner Taxifahrer angewöhne.

„Nun, sie ist ...“

Maddie schüttelte energisch den Kopf und fuchtelte abwehrend mit den Händen. „Ich bin nicht hier. Ich habe eine Zwischenprüfung, falls du dich erinnerst“, zischte sie leise.

Paul presste den Telefonhörer fester an sein Ohr. „Sie ist schon fast aus der Tür. Ihre Zwischenprüfung beginnt gleich und sie muss sich beeilen.“

Maddie schnitt eine Grimasse und ließ den Rucksack von ihren Schultern gleiten.

„Sie Ihnen geben? Ich glaube, sie ist wirklich spät dran.“

Der Rücksack fiel zu Boden.

Er sah zu Maddie hinüber. „Es ist wichtig, sagen Sie?“

Maddie streckte die Hand nach dem Telefon aus. „Es ist immer wichtig.“ Ihre Stimme wurde scharf. „Zumindest behauptet sie das.“

Paul trat einen Schritt zurück und bedeutete Maddie, dass sie verschwinden solle. „Ich glaube nicht, dass sie jetzt mit Ihnen reden kann.“

Maddie griff nach dem Telefon. „Komm, gib sie mir einfach.“ Sie starrte ihn böse an, als er ihr den Hörer reichte, dann ließ sie sich auf ihren Schreibtischstuhl fallen. „Hallo, Mama. Ich muss dringend los zu meiner Prüfung. Ich bin schon spät dran.“

Paul bewegte sich in Richtung Tür. „Tut mir echt leid.“

Sie nickte, als sie sich den Hörer zwischen Ohr und Schulter klemmte. „Ja, mir geht es gut.“ Sie stieß einen langen Seufzer aus. „Nein, es war nur, ähm, eine Routineuntersuchung.“

Paul hielt inne und blickte zurück.

Maddie kaute auf ihrer Unterlippe. „Es ist alles in Ordnung.“

Sie log. Maddie log niemals. Er trat zurück ins Zimmer.

„Kelli hat dir erzählt, dass ich beim Arzt war, nicht wahr? Na toll.“ Sie zwirbelte eine Strähne ihres Haares um ihren Zeigefinger. „Ja, das habe ich dir doch gesagt. Ich muss jetzt wirklich los.“ Sie runzelte die Stirn. „Nein, ich muss gehen.“

Sie legte nicht auf.
„Ich kann unmöglich zu spät kommen."

Ruckartig sprang sie auf. „Nein, Mama. Stopp. Ich kann nicht. Nicht jetzt." Die Hand am Hörer zitterte. „So ist das nicht." Ihre Stimme zitterte. „Es ist nicht wie bei ... ihm."

Eine lange Stille folgte. Maddies Gesicht wurde bleich. Schließlich sprach sie erneut. „Nein, tu das nicht." Eine Pause. „Du brauchst nicht –" Sie schluckte. „Das kannst du nicht tun. Mama!"

Maddie ließ den Hörer auf die Gabel fallen und vergrub das Gesicht in den Händen. „Ich glaube das einfach nicht."

Paul trat neben sie. „Was ist passiert?"

Sie bückte sich, nahm ihren Rucksack in die Hand und presste ihn gegen ihre Brust. Dann hob sie den Blick und begegnete dem seinen. Ihre Stimme wurde kalt, tonlos. „Leb wohl, Paul."

„Maddie?"

„Du hättest es klingeln lassen sollen."

„Maddie!"

Alles war gut, friedlich, ruhig. Mit einer Ausnahme. Irgendetwas war da, irgendetwas, das an den Ausläufern ihrer Erinnerung nagte. Angst. Und Dunkelheit. Und – ein leises Klingeln. Ein Telefon.

Die Friedlichkeit verschwand. Maddie stöhnte. Sie hasste dieses Geräusch. Seit sie denken konnte, hatte dieses Geräusch ihr Schmerzen bereitet. „Ein blindes Mädchen sollte das Telefon lieben", hatte ihre Mutter immer gesagt. „Schließlich muss du nicht sehen können, um das Telefon zu benutzen." Aber ihre Mutter lag oft falsch. Das Klingeln war ein furchtbares Geräusch. Allzu oft kündigte es eine Katastrophe an. *„Deine Großmutter ist gestorben." „Dein Vater und ich lassen uns scheiden." „Malcolm hat ... Malcolm ist ..."*

Und das war noch lange nicht alles gewesen. Ihr ganzes Leben hindurch, so schien es ihr, hatte es Anrufe gegeben, Anrufe voller Fragen, Forderungen und Zweifel. Anrufe, die ihre Angst schürten, die Antworten verlangten, die sie nicht geben konnte – nicht geben wollte.

Trotzdem, dort draußen, jenseits des schwarzen Wassers, das ihr Bewusstsein umgab, jenseits der tiefen Schwärze, die sie an diesem merkwürdigen Ort zwischen Dunkelheit und Licht gefangen hielt, klingelte das Telefon immer noch. Sie konzentrierte sich auf das Geräusch. *Geh nicht ran. Lass es einfach klingeln.*

Es klingelte.

Nimm nicht ab.

Niemand tat es. Diesmal.

Aber es hatte ein anderes Mal gegeben. Ja, vor langer Zeit. Paul war ans Telefon gegangen. Er hätte es nicht tun sollen. Aber er hatte es getan. Und das hatte alles verändert.

Das Telefon verstummte.

Maddie atmete tief ein. Und erinnerte sich.

Sie floh an diesem Tag aus dem Apartment, während die Worte ihrer Mutter noch in ihren Ohren widerhallten. *„Lüg misch nischt an, Madison Rose."*

Maddie jagte die Treppe hinunter, nahm zwei Stufen auf einmal. Sie wusste, dass das leichtfertig und dumm von ihr war, besonders jetzt. Aber das war ihr egal. Eine Schramme, eine Beule, ein Sturz, was spielte das für eine Rolle? Bald würde sie ohnehin alles verlieren. Zumindest alles, was ihr etwas bedeutete, was ihr Leben zu dem machte, was es war. Alles, was es zu einem guten Leben machte. *Außer Gott.*

Ja, außer Gott. Gott war noch da. Gott ... der sie verraten hatte. Gott, der sie hatte glauben lassen, alles wäre in Ordnung, und der jetzt *das hier* geschehen ließ. Genau wie bei Malcolm. Gott hatte Malcolm nicht gerettet. Gottes Existenz war nicht einmal von Bedeutung gewesen – zumindest nicht zum Schluss. Alles, was dann noch eine Rolle gespielt hatte, waren die Dunkelheit und der Verlust gewesen.

Ich kann sie das nicht tun lassen. Sie darf die Wahrheit nicht erfahren.

Maddie sprang die letzte Stufe hinunter. Ihr Fuß knickte um. Sie stolperte gegen das Treppengeländer und stützte sich im letzten Moment mit ihrem Unterarm an der stuckverzierten Wand ab. Ihr Knie stieß gegen hartes Metall. *Das ist jetzt nicht wichtig. Geh einfach zu deiner Prüfung. Du kannst später darüber nachdenken.*

Sie kettete ihr Fahrrad los und stieg auf. Eine Sekunde später strampelte sie so schnell sie konnte den Bürgersteig hinunter. *Sie kann das nicht machen. Ich lasse das nicht zu.*

Das Fahrrad gewann an Geschwindigkeit.

Sie wird es tun. Sie tut es bereits.

In Maddies Kehle bildete sich ein Kloß.

Sie kommt her. Und dann ...

In diesem Moment raste das Fahrrad über ein Loch im Asphalt. Maddies Zähne schlugen so fest aufeinander, dass sie die Erschütterung im ganzen Kopf spürte. Ihr Atem beschleunigte sich. Panisch bremste sie das Rad ab.

Das war beinah so schlimm wie blind zu werden – ihre Mutter zu Besuch zu haben, die Wahrheit vor ihr verstecken zu müssen. Doch wenn sie es nicht täte, wenn ihre Mutter es herausfände ...

Sie bog um eine Kurve.

Das wäre schlimmer als die Dunkelheit. Es würde genau wie bei Malcolm.

Nein!

Ihre Beine spannten sich an. Sie trat fester in die Pedale. Schneller.

Zu ihrer Rechten blitzte etwas Gelbes auf. Ein T-Shirt. Ein Gesicht. Ein Körper. Ein Junge. Sie lenkte nach links. Ein Spritzer rot. Ihr Lenker verkantete sich. Sie flog nach vorne. Dann ertönte das krankmachende Geräusch von sich verbiegendem Metall. Um sie herum war Luft. Hinter ihr das Rad. Bücher und lose Blätter fielen um sie herum und auf sie hernieder, als sie mit dem Kinn zuerst auf dem Bürgersteig aufprallte. Schmerz durchschoss ihre Wange und breitete sich schnell ihre Brust hinunter und in den rechten Ellbogen aus.

„Bist du in Ordnung?"

Sie blinzelte und setzte sich auf. Vorsichtig strich sie über ihr Kinn. Es war rau, aber trocken. Kein Blut. Sie schluckte. „Ja, klar. Ich bin in Ordnung." Ihre Stimme zitterte. „Und du?" Sie streckte den Arm aus. Schmerz durchschoss ihre Schulter. Sie streckte ihn weiter aus. Der Schmerz wurde stechender, dann verschwand er. „Es tut mir so leid. Ich habe dich nicht gesehen. Es ist einfach ... Ich weiß nicht, wie ..."

Der Junge wischte ihr Gestammel mit einer lässigen Handbewegung beiseite. „Ist schon in Ordnung."

Sie bewegte ihren Kieferknochen. Das schmerzte. Aber nicht zu sehr. „Nein. Nein, das ist gar nicht in Ordnung." Sie blickte zu ihm auf. Sein

Afro stand mindestens fünfzehn Zentimeter von seinem Kopf ab. Sie hätte vielleicht sein neon-gelbes T-Shirt übersehen können, aber auf gar keinen Fall diesen Afro. Wenn sie nicht ausgewichen wäre ... Ein Schauer durchfuhr sie. „Ich hätte dich ... Beinah hätte ich ..."

Er grinste sie an. „Keine Panik, Schwester. Du hast mich nicht erwischt." Er hob eines der Bücher auf, das aus ihrem Rucksack geflogen war und reichte es ihr. „Du selbst siehst allerdings nicht besonders gut aus."

Sie fuhr mit der Hand über ihren Ellbogen und blickte dann auf ihre Finger. Sie waren leicht blutverschmiert. Die fransigen Ränder ihres Blickfeldes verschwammen noch mehr. „Es ist nicht so schlimm. Mir ist nichts weiter passiert."

Der Junge schüttelte den Kopf. „Mann, du bist einfach durch die Luft geflogen. Ich kann nicht glauben, dass du mich nicht gesehen hast. Ich stand hier schon seit über fünf Minuten."

Maddie schnitt eine Grimasse. Ein Windstoß fuhr in ihren Notizblock und sie griff hastig nach einigen losen Zetteln, bevor sie davongeweht werden konnten.

„Verrückt." Der Junge streckte seine Hand aus, um ihr auf die Füße zu helfen.

Doch Maddie rappelte sich allein auf. Ihre Rippen pochten. Ihr Ellbogen brannte. „Dir geht es gut. Das ist die Hauptsache."

„Dein Rad sieht echt schlimm aus."

Sie blickte zu Boden und sah einen verschleierten Berg verbogenes Metall. Hastig kniff sie die Augen zusammen. „Das wird schon wieder."

Der Junge bückte sich, hob ihren Notizblock auf und hielt ihn ihr hin.

Sie nahm ihn entgegen und stopfte ihn in ihren Rucksack. „Ich mache das schon. Danke. Es tut mir echt leid, dass ich dich nicht gesehen habe."

„Mach dir keinen Kopf. Mir ist schließlich nichts passiert. Und du hast dich schon entschuldigt." Der Junge zuckte mit den Schultern. „Bist du dir sicher, dass es dir gut geht?"

Maddie sammelte den Rest ihrer Aufzeichnungen vom Boden auf und steckte sie zu den anderen in den Rucksack. „Mir geht es gut." Ihre Stimme brach. *Ich kann das. Ich kann das immer noch. Ohne Hilfe. Ohne dass ich jemanden brauche ... Oh Gott ...*

Gott. Er hätte das hier auch verhindern können. Und hatte es nicht getan.

„Okay. Sei vorsichtig, ja? Meine Mitfahrgelegenheit ist da." Der Junge schob seine Hände lässig in seine Hosentaschen und schlenderte den Bürgersteig hinunter. Während er sich von ihr entfernte, begann er eine Melodie von den Jackson 5 zu pfeifen.

Maddie schniefte. *Was habe ich mir nur dabei gedacht? Was um alles in der Welt mache ich hier eigentlich?* Sie ließ ihr Chemiebuch in den Rucksack fallen, warf ihn sich dann wieder über die Schulter und hob das Rad auf. Sie schwang ihr Bein darüber und wischte sich über die Nase. Hektisch blinzelte sie die aufsteigenden Tränen weg. *Ich kann das immer noch. Ich fahre einfach langsam. Ganz langsam.*

Sie trat energisch in die Pedale. Das Fahrrad ruckelte und stoppte. Sie versuchte es noch einmal. Es tat sich nichts. *Jetzt komm schon.* Sie stieg ab und musterte mit zusammengekniffenen Augen das Vorderrad. Dann tastete sie es ab und fühlte, was los war. Die Felge war verbogen und ein Teil des Reifens heruntergerutscht. Sie tastete weiter. Einige Speichen waren zerbrochen. Maddie befeuchtete ihre Lippen. Sie klebten. Der Geschmack von Blut lag auf ihrer Zunge. Sie schniefte erneut. *Nein. Ich werde nicht weinen. Auf gar keinen Fall.*

Mit beiden Händen ergriff sie wieder das Fahrrad, hob den Vorderreifen an und schob das Rad so in Richtung Vorlesungssaal. Einen langsamen Schritt nach dem anderen. Mit jedem einzelnen von ihnen wurde ihr ein wenig bewusster, dass ihr Sehvermögen sich verschlechterte. Sie hätte diesen Jungen über den Haufen fahren können. Sie würde nie wieder Rad fahren.

Und so begann die lange Liste von Verlusten.

Es ist so still hier. So ruhig.

Paul rutschte auf seinem Stuhl hin und her.

Keine Besucher. Kein Lachen. Keine Musik. Keine Schilderung der banalen Ereignisse des täglichen Lebens.

Steril. Kalt.

Kein Wunder, dass Maddie nicht aufwachte.

Das war schon einmal so gewesen. Der Abgrund der Dunkelheit.

Die Kühle der Einsamkeit. Und das Warten, Beobachten, während die Freunde einer nach dem anderen verschwanden. Er hätte es niemals geglaubt, wenn er es nicht mit seinen eigenen Augen gesehen, mit seinen eigenen Ohren gehört hätte. Und sich von ganzem Herzen gewünscht hätte, dass es nicht so wäre.

Es begann an einem Freitagabend. Er schaute auf dem Weg zur Arbeit in ihrem Apartment vorbei. Es war eine lange Woche gewesen und ein noch längerer Tag, den er mit einer Nachtschicht würde beenden müssen. Aber er wollte sie trotzdem sehen. Ihre Prüfungen waren vorbei. Er hatte gedacht, sie wäre glücklich darüber, aber das war sie nicht. Stattdessen war sie still, verschlossen und angespannt. Paul hoffte, heute Abend herausfinden zu können, woran das lag.

Bereits auf der Außentreppe hörte man Stimmen, die aus ihrem Apartment kamen. Er identifizierte sie als die von Marisol, Candy und – Ryan. *Na toll. Die ganze Meute. Scheinbar ist Bibelstudienabend.* Paul erreichte das oberste Treppenpodest und klopfte.

Einen Moment später öffnete Candy die Tür und blinzelte ihn an. „Guten Abend, Paul." Sie schob ihre dicke Brille nach oben und drückte die Schultern zurück. „Du willst zu Madison, vermute ich."

Paul deutete eine steife Verbeugung an. „Sie vermuten richtig, Ma'am. Ist sie da?"

Candy bedachte ihn mit einem ihrer seltenen Lächeln, bevor ihre Mundwinkel wieder sauertöpfisch nach unten sackten. „Ja, das ist sie."

Paul trat ein, doch noch bevor er Maddie ausfindig machen konnte, überwältigte ihn ein knallbunter Poncho mit Armen. Er zog einen Fetzen orangefarbener Wolle aus seinem Mund und lehnte sich zurück. „Hallo, Marisol."

Marisol wirbelte von ihm weg, hob ihre Getränkedose und prostete ihm zu. „*Hola, muchacho.*" Mit einem Zwinkern flippte sie sich ihren schweren Haarzopf über die Schulter. „Du willst uns mal wieder unterhalten, nicht wahr?"

Paul grinste. „Nennst du mich etwa schon wieder einen Spaßvogel, *muchacha*?"

Sie winkte mit einer lässigen Handbewegung ab. „Nein, du bist kein Spaßvogel. Du bist ein – wie sagt man? – *humorista*, Comedian. Ha ha." Sie gab ein künstliches Lachen von sich, dann warf sie ihm eine Coladose zu.

Paul fing sie mit einer Hand auf und stellte sie gerade auf den Esstisch, als Kelli aus der Küche gestürmt kam. Sie trug ausgeblichene Jeans und ein knallpinkes Batikshirt.

„Paul!“ Sie zog seinen Namen in die Länge. „Ich wusste gar nicht, dass du vorbeikommst. Ist heute wieder KV-Abend? Maddie hat kein Wort davon gesagt.“

„Nein, ist es nicht. Ist sie –?“ Bevor er den Satz beenden konnte, schlenderte Ryan mit einer Flasche Rootbier in der Hand aus der Küche. Er trug ein T-Shirt, auf dem die Worte ‚Make love not war‘ standen, und hatte einen Arm um Maddies Hals geschlungen. Sie sah nicht allzu glücklich darüber aus.

Paul knirschte mit den Zähnen.

Ryan deutete mit der Flasche auf ihn. „Hey, Mann, cool. Wie läuft's so?“

„Gut. Danke.“ Paul bemühte sich darum, seine Stimme ruhig zu halten.

Maddie tauchte unter Ryans Arm hindurch, drehte sich um und verschwand wieder in der Küche.

Paul drückte sich an Ryan vorbei und folgte ihr. „Geht es dir gut?“

Sie riss eine Chipstüte auf und leerte sie in eine olivgrüne Schüssel. „Prima. Und du kannst aufhören, mich das ständig zu fragen.“ Verärgert hob sie die Schüssel an.

Er lehnte sich vor und nahm sie ihr ab. „Hey, ich bin nur vorbeigekommen, um hallo zu sagen, bevor ich zurück zur Arbeit gehe.“

„Hallo.“

„Sehr witzig.“

„Du bist der *Humorista.*“

„Das wird zumindest behauptet.“ Er stellte die Chips zurück auf die Arbeitsplatte.

Ein Lächeln huschte über Maddies Lippen, verschwand aber gleich wieder. „Ehrlich, Paul, du musst nicht nach mir sehen, als wäre ich ein Baby.“ Sie ging auf die Arbeitsplatte zu, bis sie dagegenstieß, dann streckte sie den Arm aus und öffnete eine Schranktür. Ihre Finger tasteten umher, bis sie einen Plastikbecher berührten. Sie nahm ihn heraus und schloss die Schranktür. Dann tastete sie nach dem Wasserhahn und füllte den Becher zur Hälfte. „Wirklich, mir geht's gut.“ Sie trank einen Schluck.

Paul streckte die Hand aus und berührte die Schramme auf ihrem Kinn. „Gut? Bist du dir sicher?“

Der Becher fiel in die Spüle.

„Hey, Mann, ganz locker.“

Als Paul sich umdrehte, fiel sein Blick auf Ryan, der hinter ihnen im Türrahmen lehnte.

„Wenn die Kleine sagt, ihr geht's gut, dann geht's ihr gut.“

Paul starrte ihn finster an. „Halt du dich da raus.“

Maddie schnaubte laut auf.

Paul drehte sich zu ihr um. Sie riss die Chipsschüssel von der Arbeitsplatte und stürmte aus dem Zimmer.

Paul folgte ihr. „Warte.“

Mit einem Knall stellte sie die Schüssel auf den Esstisch und weigerte sich, in seine Richtung zu schauen. Störrisch ließ sie sich in einen orangefarbenen Sitzsack fallen.

Candy nahm ihre Jacke von der Rückenlehne ihres Stuhls. Sie hüstelte und hob einen Finger. „Entschuldigt, Leute.“

Maddie blickte auf.

Paul blieb stehen.

„Können wir jetzt losziehen? Es wird immer später.“

Marisol schwang ihren Arm durch die Luft, als lasse sie ein unsichtbares Lasso kreisen. „Los geht's, *chicas.* Und ihr *hombres* auch.“

Kelli prustete. „Kommst du, Mad?“

Maddie kämpfte sich aus dem Sitzsack. „Wohin gehen wir denn?“ Sie sah ihn immer noch nicht an. Tat so, als wäre er gar nicht da.

Paul bewegte sich in Richtung Tür. Vielleicht hatte Maddie recht. Sie brauchte ihn nicht. Sie hatte eine gute Zeit mit ihren anderen Freunden und kam sehr gut allein klar. Es war dumm von ihm gewesen, vorbeizukommen. Dumm, sich zu sorgen. „Ich gehe dann ...“ Niemand hörte ihn.

Kelli ließ eine knallpinke Kaugummiblase zerplatzen. „Wir wollen doch zu dieser abgefahrenen neuen Lichtershow im ...“ Ihre Stimme verstummte abrupt und ihr Gesicht nahm die Farbe ihres Kaugummis an. „Oh.“

Das Lächeln wich aus Maddies Gesicht. Sie sah weg. „Ja, also, ähm, ist schon gut. Wisst ihr, ich bin sowieso ziemlich müde.“

Vielleicht wurde er doch noch gebraucht.

Marisol spielte mit einer Bommel an ihrem Poncho und starrte auf einen Punkt irgendwo links von der Tür.

Ryan kippte den Rest von seinem Rootbier herunter und stellte die Dose auf den Tisch.

Einen Moment lang sprach niemand ein Wort.

Candy räusperte sich. „Das ist jetzt ein echt unangenehmer Moment, nicht wahr?"

Niemand antwortete ihr.

Kelli biss sich auf die Lippe. „Vielleicht, also, ähm ..."

Maddie hob die Rootbierdose an und wischte den Wasserrand vom Tisch. „Ist echt völlig okay. Ich sollte heute Abend sowieso besser zu Hause bleiben. Ich weiß wirklich nicht, was ich mir gedacht habe."

Kelli nahm den Kaugummi aus dem Mund und wickelte ihn in Papier. „Hör auf mit dem Schwachsinn, Mad. Du bist schon lange nicht mehr aus gewesen ... eine halbe Ewigkeit."

Maddies Gesicht färbte sich rot. „Kelli!"

Ihre Stimme wurde leiser. „Naja, stimmt doch."

Ryan strich sich das Haar aus der Stirn und stolzierte auf Maddie zu. „Komm schon. Geh mit mir aus. Wir machen irgendwas, an dem jemand wie du Spaß hat."

Maddie erstarrte. „Jemand wie ich?"

Ihr Tonfall hielt ihn nicht davon ab fortzufahren. Er schien die eisige Kälte darin nicht einmal zu bemerken.

Paul lief ein kalter Schauer über den Rücken.

Ryan tätschelte Maddies Schulter. „Du weißt schon ... irgendwas, wo es keine Rolle spielt, dass bei dir" – er deutete auf ihre Augen – „diese Blindensache abläuft."

Marisol schnalzte mit der Zunge, um ihn zu stoppen, doch es war zu spät.

Paul sehnte sich danach, zu Maddie hinüberzugehen, den Arm um sie zu legen und diese schmerzhafte Situation zu beenden. Aber er wusste, dass sie ihn dafür hassen, ihn wegstoßen würde. Also blieb er, wo er war. Zumindest fast.

Maddie fegte Ryans Hand von ihrer Schulter und ging zurück in Richtung Küche. „Nein danke."

„Aber es wird dir guttun. Und es macht uns nichts aus."

Sie schob ihr Kinn vor. Ihr Kiefer spannte sich an. „Euch vielleicht nicht. Aber mir."

Das war seine Maddie. Das starke, temperamentvolle Mädchen, das er kannte. Paul ging einen Schritt auf sie zu, bevor er sich stoppen konnte.

„Maddie." Kellis leises Fauchen schien im Raum widerzuhallen.

Maddie starrte sie an, dann all die anderen. „Nein. Ich brauche keine Partys aus Mitleid. Ich brauche keine Verabredungen aus Mitleid. Ich brauche überhaupt kein Mitleid." Ihre Stimme wurde immer lauter, bis sie schließlich brach. „Ich kann immer noch gut genug sehen, um euren Gesichtsausdruck zu erkennen. Und ich weiß, was ihr denkt. ‚Arme Maddie.' ‚Verzweifelte Maddie.' Tja, ich komme sehr gut allein zurecht, vielen Dank." Anscheinend bemerkte sie in diesem Moment, dass sie inzwischen schrie. Ihre Stimme wurde leiser – und härter. „Geht einfach, okay? Haut ab. Mir geht's gut."

Kelli streckte die Hände aus. „So ist das doch gar nicht, Mad."

„Ist es doch." Candys Flüstern war für Paul gerade noch zu hören. Er drehte sich um und starrte sie an. Ihr Gesichtsausdruck blieb unberührt.

Maddie zeigte mit dem Finger auf Kelli. „Kein Wort mehr. Bitte. Geht einfach."

Marisol schürzte die Lippen. „Kommt schon, *amigos*, wir sind hier unerwünscht." Sie ging zur Eingangstür und riss sie auf. Die anderen folgten ihr.

Paul konnte ihre gedämpfte Unterhaltung laut und deutlich hören.

„Was hat sie eigentlich für ein Problem?"

„Wir wollten doch nur nett sein."

„Entschuldige, dass wir uns Mühe geben."

Und dann waren sie weg.

Paul stand in der Ecke. Wartend. Schweigend. Maddie ließ sich auf die Couch fallen und schloss die Augen. Paul trat vor. „Nun, das war furchtbar."

Sie zuckte zusammen und setzte sich auf. „Du bist noch da?"

„Sah so aus, als wäre ich nicht zu der Show eingeladen."

Für wenige Sekunden zog ein halbes Grinsen Maddies Mundwinkel nach oben.

„Wollen wir Eisessen gehen?"

„Nein."
„Komm schon."
„Keine Verabredungen aus Mitleid, schon vergessen?"
„Du bist dickköpfig."
Sie schob ihr Kinn vor. „Ja – na und?"
„Also, kommst du jetzt mit oder nicht?"
„Du musst zurück zur Arbeit."
„Ein paar Minuten habe ich noch."
Sie verschränkte die Arme und antwortete nicht. Die Sekunden verstrichen. Schließlich beugte sie sich vor und presste ihr Hände auf ihre Oberschenkel. „So wird das nächstens immer sein, nicht wahr?"
„Wie?"
„Merkwürdig. Furchtbar."
Er ächzte und ließ sich neben sie auf die Couch fallen. „Vermutlich."
Sie nickte. „Dann sollte ich mich wohl besser daran gewöhnen." Sie bohrte ihm ihren Finger in die Rippen. „Aber nicht, dass du jetzt auch anfängst, Mitleid mit mir zu haben. Mich um eine Verabredung zu bitten. Meinen Arm zu tätscheln. Mit ekelhaft weicher Stimme mit mir zu reden." Sie zog die Nase kraus. „Igitt. Versprich mir das, ja?

Pauls Mund wurde trocken. Und einen Moment lang brachte er kein Wort über die Lippen.

Kapitel 6

Es regnete in jener Nacht. Es war einer jener sanften, zarten Herbstregen, die einen hinauslocken, dann aber doch vollkommen durchnässen. Paul saß neben Maddie in einer Pizzeria, gegenüber von Kelli und ihrem neuesten Freund. Im Fenster flackerte ein Neonschild, auf dem ‚Geöffnet' stand. Zwei Jungen trugen an den Flipperautomaten ihren erbitterten Zweikampf aus und Neil Diamond versuchte die Gäste aus der Jukebox zu betören.

Auf dem Tisch lag eine halb aufgegessene Monstrosität. Pizza. Mit Oliven und Pilzen, grüner Paprika und Zwiebeln. Keine Wurst. Eine Pizza ohne Wurst war keine Pizza. Aber Kellis neueste Eroberung war Vegetarier und sie deshalb auch.

Paul lehnte sich zur Seite und flüsterte Maddie ins Ohr: „Zehn Mäuse, wenn du mir ein paar Salamischeiben besorgst."

„Schön wär's." Sie vertuschte ihre Antwort mit einem bemühten Husten.

Aber Kelli bekam ohnehin nichts mit. Sie war zu sehr damit beschäftigt, Rob schöne Augen zu machen.

Rob blickte strahlend auf sie herunter und schlang seinen Arm um ihre Schultern. Er griff nach einem weiteren Stück Pizza.

Paul räusperte sich. „Hey, habt ihr schon das neue Diner mit den fantastischen Burgern ausprobiert, das in der ... autsch!"

Maddie hatte ihm unter dem Tisch gegen das Schienbein getreten.

Kelli warf ihm einen strafenden Blick zu. „Hamburger sind Leichen auf dem Grill, Paul."

„Wenn ich mich richtig erinnere, bevorzugst du deine Leichen mit Käse."

In Kellis Blick lag nun eine eindeutige Warnung. „Paul!"

„War nur ein Scherz."

Maddie unterdrückte ein Kichern.

Kelli schmiegte sich an Rob. „Du benimmst dich besser, Paul. Sonst ..."

„Sonst?"

„Sonst erzähle ich die Geschichte."

Paul zupfte eine Zwiebel von seinem Pizzastück. „Das würdest du nicht wagen."

Rob hörte auf zu kauen und nahm einen Schluck von seinem Getränk. „Was für eine Geschichte?"

Maddie klopfte mit der flachen Hand auf den Tisch. „Jetzt musst du sie erzählen."

„Ich verschwinde", knurrte Paul.

Maddies Finger gruben sich in seinen Arm. „Oh nein, das tust du nicht."

Kelli richtete sich auf und deutete mit dem Finger auf Paul. „Er hält sich ja für so cool, aber du hättest dabei sein sollen, als Maddie und ich ihn zum ersten Mal getroffen haben."

„Ich war damals auch cool."

Maddie gab ein belustigtes Glucksen von sich.

Kelli fuchtelte wie wild mit den Händen. „Also, wir waren im *Tressider's* und haben ein –"

„Einen Hamburger gegessen!" Paul schnippte seine Serviette zu Kelli hinüber.

Maddie versuchte sie abzufangen, griff aber daneben. „Gar nicht wahr."

Kelli streckte ihre Zunge heraus. „Eine Limonade getrunken. Zumindest hatten Maddie und ich eine Limo. Miss Wie-auch-immer-ihr-Name-war wollte ein Perrier." Ihre Augenbrauen zogen sich beim letzten Wort spöttisch in die Höhe. „Wie hieß sie noch mal?" Sie wandte sich an Maddie. „Sie war deine Mitbewohnerin."

„Deborah."

„Ach ja. Nicht Debbie, nein, Deborah."

Maddie nickte. „Deborah Elisabeth Wadsworth. Von den New Yorker Wadsworths."

Kelli kicherte.

Maddie grinste über das ganze Gesicht. „Und Paul wollte sich mit ihr verabreden."

Sie lachten.

„Hey, es war einen Versuch wert." Er biss in seine Pizza und schnitt eine Grimasse.

Maddie verdrehte die Augen. „Selbst wenn du den richtigen Stammbaum hättest vorweisen können, hättest du nicht einmal eine Verabredung durchgestanden. Glaub mir."

Paul legte sein Pizzastück aus der Hand und griff nach seinem Glas. „Ich bin durchaus in der Lage, meinen kleinen Finger abzuspreizen, wenn ich an meinem Tee nippe." Er streckte den kleinen Finger aus, während er einen winzigen Schluck von seiner Cola nahm, dann griff er nach einer sauberen Serviette und betupfte seine Mundwinkel.

„Sehr vornehm."

Kelli riss ihm die Serviette aus der Hand und legte sie auf den Tisch. „Lenk nicht von der Geschichte ab." Sie trommelte mit den Fingernägeln auf der Tischplatte. „Also, wie ich schon sagte, waren wir im *Tressider's* etwas trinken. Wir saßen nichts ahnend zusammen, als dieser Typ", sie nickte zu Paul hinüber, „in abgeschnittenen Jeans und mit einem Batikshirt bekleidet zu uns herübergeschlendert kam. Er warf einen Blick auf das Chemiebuch, das vor Deborah auf dem Tisch lag, und sagte ganz gedehnt: ‚Hallo Schönheit, brauchst du dabei etwas Hilfe? Ich wette, du und ich, wir könnten eine großartige Chemie produzieren.'"

Rob verschluckte sich fast an seiner Pizza.

Kelli brach in herzliches Gelächter aus und brauchte einen Moment, bevor sie weitererzählen konnte. „Und Deborah saß einfach nur da und starrte ihn an."

Paul lehnte sich zurück. „Kommt schon, das war ein hervorragender Anmachspruch für eine Chemiestudentin."

Maddie tätschelte seinen Arm. „Oh ja, ich bin mir ganz sicher, dass Deborah das auch gedacht hat, während sie mit heruntergeklappter Kinnlade dasaß. In ihrem ganzen Leben hatte noch nie jemand so mit ihr gesprochen."

Kelli grinste. „Zu diesem Zeitpunkt erstickte ich beinah an meinem Gelächter und Maddie sprudelte ihre Limo geradewegs wieder aus der Nase heraus. Sie beugte sich vor und griff nach dem Buch. ‚Das ist mein Buch', sagte sie. Und dann sah sie mit großen Unschuldsaugen zu ihm auf, während die Limo immer noch aus ihrer Nase tropfte, und sagte: ‚Würdest du mir gerne dabei helfen?'"

Rob lachte.

Maddie kicherte.

Paul stöhnte.

„Tja, Paul stand einfach nur da und begann zu stottern. ‚Äh, also, ähm ...' Ich konnte nichts dagegen tun und lachte wie eine Hyäne.

Deborah schwankte wie ein zartes Gänseblümchen im Wind. Aber Maddie zeigte nicht einmal den Ansatz eines Lächelns. Stattdessen schüttelte sie vollkommen ernst den Kopf und murmelte: ‚Schwein.'"

Jetzt übernahm Maddie das Erzählen. „Daraufhin griff Paul in seinen Rucksack und schob uns diese Flyer zu."

Rob runzelte die Stirn. „Flyer?"

„Ja, er lud uns damit zu einem *Gebetstreffen* ein, stell dir das einmal vor."

„Nein." Rob griff nach einem weiteren Stück Pizza und stopfte sich einen großen Bissen in den Mund.

„Doch."

Paul zuckte mit den Schultern. „Seht ihr, ich war nicht durch und durch schlecht."

„Seid ihr hingegangen?", fragte Rob, den Mund voller Gemüse.

Kelli zog die Augenbrauen in die Höhe. „Natürlich. Wenn jemand Gebet brauchte, dann er." Sie deutete mit dem Daumen auf Paul.

Maddie lächelte und legte ihre Hand auf Pauls Unterarm. „Und seitdem sind wir die besten Freunde." Noch immer lächelnd griff sie nach einer Serviette. Dabei streifte ihr Handgelenk ihr Getränkeglas und stieß es um. Sie griff danach, doch zu spät. Die dunkle, sprudelnde Flüssigkeit ergoss sich über die Pizza und floss geradewegs auf Rob und Kelli zu. Die beiden sprangen wie von der Tarantel gestochen auf.

Maddie stellte das Glas auf. „Oh nein, es tut mir so leid."

Paul zog eine Handvoll Servietten aus dem Ständer und warf sie auf die Pizza. „Nichts passiert."

Kelli nahm ebenfalls eine Serviette in die Hand und tupfte damit über die Spritzer auf ihrem Oberteil. „Das ist heute jetzt schon das dritte Mal. Du musst echt vorsichtiger werden."

„Ich weiß." Betroffen blickte Maddie auf den großen braunen Fleck auf Kellis Jeans.

Kelli schüttelte den Kopf. Alles Lachen war aus ihrem Blick verschwunden. „Das ist echt nicht cool, Mad." Sie wandte sich Rob zu. „Lass uns losziehen, Mann. Der Film beginnt in zwanzig Minuten."

Rob flippte einen Getränketropfen von seinem Ärmel. „Groovy." Er sah Paul an. „Danke für die Pizza, Mann." Dann Maddie. „Und für die Dusche."

Maddie blickte beschämt zu Boden.

Sobald Kelli und Rob aus der Tür waren, legte Paul seine Hand auf ihre Schulter. „Komm, lass uns eine Runde spazieren gehen."

„Es regnet."

„Nimm meinen Arm." Er streckte ihr seinen Ellbogen hin.

Sie stieß ihn weg. „Ich kann das allein."

„Maddie. Komm schon."

Mit störrisch vorgeschobenem Unterkiefer glitt sie von der Bank. „Nein. Ich bin das so was von leid. Ich bin es leid, Getränke zu verschütten. Ich bin es leid, wie eine Invalide behandelt zu werden. Ich bin die Samthandschuhe und all diese besorgten Blicke leid. Das alles. Bemitleide mich nicht, Paul. Das ertrage ich nicht. Ich kann immer noch gut genug sehen, um allein durch diese Tür und über die Straße zu deinem Auto zu gehen. Es ist nicht nötig, dass du mir die Tür aufhältst, meine Hand nimmst oder mich wie ein blindes Baby behandelst. Kapiert?" Sie stürmte zur Tür, stieß sie auf und stürzte nach draußen.

Paul schnitt eine Grimasse. Frauen. Normalerweise war Maddie nicht so. Aber heute ... Er fuhr sich mit den Fingern durch sein Haar und ging auf die Tür zu. „Hey, warte auf mich."

„Ich brauche dein –" Die zufallende Tür verhinderte, dass er den Rest des Satzes hören konnte. Aber er wusste auch so, was sie hatte sagen wollen. Aus dem Inneren des Restaurants beobachtete Paul, wie Maddie die Schultern zurückwarf und auf die Bordsteinkante zustampfte. Sie zog ihren Mantel enger um sich und trat auf die Straße.

Dann sah Paul sie. Zwei Scheinwerfer, die im Regen aufblitzten. Ein Laster, der um die Kurve bog. Zu schnell.

Maddie blieb nicht stehen. Sah ihn nicht.

Der Laster steuerte genau auf sie zu.

„Maddie!" Sein Schrei durchschnitt die Luft wie ein Buschmesser, als er durch die Tür stürzte. „Stopp!" Er flog auf sie zu.

Alles Weitere erlebte er wie durch eine Nebelwand. Das Quietschen der Reifen. Das Aufblitzen des Lichts und des Regens. Aufflammende Scheinwerfer, die ihn blendeten. Seine Arme, die sich um sie schlossen, sie zurückrissen.

Der Laster brauste vorbei. Ein Sturzbach schlammigen Regenwassers ergoss sich über Maddies T-Shirt und Hose.

„Ich habe ihn nicht gesehen." Ihre Stimme war voller Panik.

Pauls Finger umklammerten ihre Oberarme. „Natürlich nicht. Es ist dunkel. Du hättest sterben können."

Ein Zittern durchfuhr ihren Körper. „Ich hätte ..."

„Auf mich warten sollen", sagte Paul mit Nachdruck.

„Nein. Oh nein, bitte nicht."

Er zog sie näher.

Maddie vergrub ihren Kopf an seiner Brust. Er konnte ihr Zittern spüren, ihre Arme, die sich um seine Taille geschlungen hatten, ihre Wange, die auf seinem Herzen ruhte.

„Oh Paul, ich will das nicht. Ich will nicht blind werden."

Ich weiß, Liebes. Er seufzte, legte eine Hand um ihren Hinterkopf und hielt sie fest, während der Regen auf sie niederprasselte und die nassen Tropfen sich wie funkelnde Diamanten in ihr Haar setzten.

Die Erinnerung und das ungelöste Rätsel der Gegenwart. Sie waren jetzt so eng miteinander verwoben, dass Maddie nicht mehr zwischen ihnen unterscheiden konnte.

Ich habe Schmerzen ... Das war jetzt.

Ich habe Angst ... Das war auch jetzt – und damals. Ja, sie war damals auch verängstigt gewesen. Und sie hatte versucht, das zu verbergen. Hatte versucht, so vieles zu verbergen.

War es das, was sie hier gerade tat? Versteckte sie sich an dieser Grenze zwischen Dunkelheit und Licht? Zwischen Angst und Mut? Zwischen Heute und Morgen?

An diesem Ufer, wo das schwarze Wasser an ihren Zehen leckte? Wo der Wind stillschwieg? Wo die Vögel verstummt waren. Selbst die Luft hielt den Atem an. Nur das Wasser bewegte sich. Rhythmisch. Ruhig. Dunkel.

Und sie hatte Angst, es zu durchqueren, Angst vor dem, was sie auf der anderen Seite der Dunkelheit erwarten könnte. *Gott, wenn du da draußen bist, schick mir Hilfe. Schick mir Hoffnung.*

Doch niemand antwortete.

Weder der Wind.

Noch das Meer.

Noch die anhaltende Schwärze.

Aber sie wusste, wo Gott war. Er war da draußen, irgendwo hinter dem Wasser. Irgendwo jenseits der Nacht.

Und zwischen ihnen war diese riesige dunkle Kluft, diese riesige Ansammlung von Angst.

Sie hatte schon einmal hier gestanden.

Zitternd. Verängstigt.

Blind.

Diese Nacht im Regen, in der sie den Laster hatte vorbeirasen hören. Damals hatte die Angst begonnen, sich dauerhaft in ihr einzunisten.

Es war so schnell gegangen. Und zugleich so langsam. An einem Tag hatte sie die Zahlen auf dem Spektrometer noch lesen können, am nächsten nicht mehr. An einem Tag hatte sie die Diagramme noch entziffern können, die der Professor an die Tafel schrieb, am nächsten Tag waren sie nichts als ein verschwommener grauer Fleck. Farben kamen und gingen, blaue oder gelbe Blitze, die sich von den grünen Rasenflächen der Stanford Universität abhoben. Aber sie konnte immer noch sehen, zumindest hatte sie sich das eingeredet. Die Dunkelheit hatte sie bisher noch nicht verschlungen. Nicht vollständig.

Bis sie beinah vor diesen Laster getreten war. Da hatte sie es gewusst. Ihr Leben hatte sich verändert. Die Dunkelheit war gekommen. Und sie würde sich immer weiter ausbreiten, sich vertiefen. Und mit ihr die furchtbare, quälende Furcht, dass Malcolms Schicksal ihr eigenes würde. Und Paul für sie verloren wäre. Endgültig. Dabei wollte sie doch in ihrem tiefsten Inneren nichts anderes, als dass er sie so festhielt, wie er es getan hatte, sie so eng an sich zog, dass sie seinen Herzschlag hören konnte. Für immer.

Oh Gott, bitte lass nicht zu, dass ich mich in ihn verliebe ...

Sie waren lange und weit gefahren in jener Nacht, immer weiter die Hügel über der Half Moon Bay hinauf. Während der Regen auf das Autodach und auf ihre Träume herunterprasselte, taumelten ihre Hoffnungen auf den Abgrund der Dunkelheit zu und verschwanden darin auf Nimmerwiedersehen.

Paul umklammerte das Lenkrad und blickte konzentriert nach vorne. So viel konnte sie noch sehen, wenn auch nur gerade so.

„Es ist möglich, dass du nicht dein komplettes Sehvermögen verlierst", erklärte er ihr. „Ich habe gelesen, dass die meisten Menschen, die an Stargardt erkranken, ihr peripheres Sehvermögen behalten. Sie können also durchaus noch etwas sehen, wenn auch nur unscharf oder optisch verzerrt."

Sie schloss ihre Augen. „Die meisten. Aber nicht meine Grandma. Nicht Malcolm. Und wahrscheinlich nicht ich."

„Damit setzen wir uns dann auseinander. Zusammen. Das kommt schon in Ordnung. Wir sorgen gemeinsam dafür, dass es in Ordnung kommt."

Sie drehte ihr Gericht zum Fenster. Sie konnte fühlen, wie der Regen auf das Autodach trommelte, konnte die Feuchtigkeit in der Luft riechen. „Oh Paul." Sie wollte ihm glauben. Von ganzem Herzen. Aber es schmerzte zu sehr. Und er verdiente das hier nicht. Nicht nach alledem, was mit seiner früheren Freundin geschehen war. Der, über die sie so wenig wusste. Der, die sie einfach nicht vergessen konnte. „Du kannst das nicht in Ordnung bringen. Niemand kann das."

„Ich kann es versuchen."

Maddie seufzte. *Tu mir das nicht an, Paul. Sei nicht so nett und fürsorglich, dass ich mich nach dir sehne. Ich darf mich nicht auf dich stützen. Ich darf mich auf niemanden verlassen.*

Sie atmete tief ein. „Weißt du, warum meine Mutter Cellistin geworden ist? Warum sie geübt hat, bis ihre Finger blutig waren?"

„Das tut doch jetzt nichts zur Sache."

„Doch, das tut es. Also, weißt du, warum sie es getan hat?"

„Nein."

„Weil sie Angst hatte, deshalb. Weil du Cello selbst dann noch spielen kannst, wenn du blind bist."

Paul schüttelte den Kopf. „Deine Mutter ist nicht blind."

Maddie lächelte zynisch. „Nein, aber sie könnte es ebenso gut sein. Sie hat ihr ganzes Leben damit zugebracht, sich darauf vorzubereiten."

Paul trommelte mit den Daumen auf dem Lenkrad. „Dann sollte sie doch in der Lage sein, dir zu helfen."

„So wie sie Malcolm geholfen hat?"

Paul scherte auf den Seitenstreifen aus und brachte den Wagen zum Stehen. Dann drehte er sich zu ihr hin. „Was ist mit Malcolm geschehen, Maddie? Wovor hast du solche Angst?"

„Blind zu werden."
„Sag mir die Wahrheit."
Sie schwieg. Der Regen schlug härter auf das Dach. Pauls Atmung beschleunigte sich, wurde flacher. „Wie konntest du mir so etwas verschweigen? Einen Bruder. Einen blinden Bruder. Und du hast seinen Namen in den ganzen drei Jahren niemals erwähnt."
Natürlich hatte sie das nicht. Es war zu furchtbar. Zu schmerzhaft. Es war auch jetzt beinah zu schmerzhaft. Aber die Zeit war gekommen. Vielleicht war es an der Zeit, sich zu erinnern, ihre Ängste laut auszusprechen. „Er wollte Baseballspieler werden. Ich wollte Ärztin werden."
„Das kannst du immer noch."
Maddie schnaubte. Ihr Tonfall wurde scharf. „Wach auf, Paul."
„Du kannst trotzdem irgendwas machen."
Sie presste ihren Zeigefinger gegen das kalte Glas und zeichnete die Umrisse eines Cellos. „Was denn zum Beispiel? Cello spielen?"
„Völlig ausgeschlossen. Du bist total unmusikalisch."
In seiner Stimme schwang der Schatten eines Lächelns mit. Sie richtete sich auf und wischte das Bild von der Scheibe. „Zum größten Bedauern meiner Mutter."
„Sie kommt in ein paar Wochen, nicht wahr?"
Maddie nickte. „Und wenn sie herausfindet, was los ist, kann ich mich von all dem hier verabschieden." Sie machte eine ausladende Handbewegung.
„Dann lassen wir es sie nicht herausfinden." Paul schlug mit der flachen Hand auf das Lenkrad.
Maddie drehte sich zu ihm hin. „Aber ..."
„Lass mich dir helfen, Maddie. So, wie es ein Freund tun sollte. Und mehr."
Mehr? Ihr Atem stockte. *Mehr als Freunde.* Nein, sie durfte diesen Gedanken nicht zulassen. Niemals. Nie. Nie. Nie. *Erinnere dich an die alte Freundin. Erinnere dich an ... Samantha.* Sie war das letzte Mädchen gewesen, an dem ihm tatsächlich etwas gelegen hatte. Und das war schiefgegangen. Irgendwie. Aber sie hakte nicht nach. Stellte nicht zu viele Fragen. Denn sie hatte selbst auch ihre Geheimnisse.
„Du hilfst mir?"
„Natürlich."
Ihre Hände ballten sich zu Fäusten. „Na gut, okay."

„Okay."

„Ich werde nicht zulassen, dass sie mir das Gleiche antut wie Malcolm. Auf gar keinen Fall." Sie schlug sich auf den Oberschenkel. „Unter keinen Umständen."

„Unter keinen Umständen." Er hielt inne und sie konnte sehen, dass er die Hand ausstreckte. „Versprochen?"

Sie lächelte und schlug ein. „Versprochen."

Paul schüttelte förmlich ihre Hand und umschloss ihre Finger dann mit beiden Händen. „Also, erzählst du es mir jetzt? Was sie getan hat?"

Maddie starrte durch die Windschutzscheibe und kaute auf ihrer Unterlippe. Erst nach einer ganzen Weile ergriff sie das Wort. „Sie hat ihn umgebracht."

Das Quietschen von Schuhen riss Paul aus seinen Gedanken. Er drehte sich genau in dem Moment um, in dem die Krankenschwester die Tür öffnete und hereinkam. Sie trug eine Topfpflanze mit unzähligen weißen Blüten. Sofort breitete sich der kräftige Geruch von Gardenien im Raum aus. Die Frau lächelte und stellte die Blume auf den Tisch neben Maddies Bett.

Dann richtete sie sich auf und ließ den Blick durch den Raum schweifen. „Normalerweise erlauben wir in diesen Zimmern keine Blumen, aber in diesem Fall ..." Ihre Stimme verhallte und sie berührte Maddies Stirn mit ihren Fingerspitzen. „Nicht mehr so warm. Wir ziehen die Bettdecke besser etwas höher, einverstanden?"

Natürlich antwortete Maddie nicht.

Die Krankenschwester zog sanft an der Decke und steckte sie um Maddie herum fest.

Maddie seufzte und lächelte.

Die Krankenschwester strich ihr eine Haarsträhne aus dem Gesicht. „Irgendetwas an Ihnen ist besonders, nicht wahr, Liebes? Ich kann es fühlen." Sie sah zum anderen Ende des Raums hinüber, wo Paul jetzt stand. „Der Arzt hat gesagt ..." Sie hielt inne und schüttelte den Kopf. „Ach was, es spielt keine Rolle, was er gesagt hat. Wir schenken dem keinerlei Beachtung." Sie legte ihre Hand auf Maddies Arm und drückte ihn sanft. Ihre Stimme wurde leiser. „Ich habe für Sie gebetet. Machen Sie sich keine Sorgen, Liebes. Genießen Sie einfach Ihre Blumen und träumen Sie etwas Schönes." Sie blickte auf. „Sie wird wieder. Ich weiß es einfach."

Wärme durchflutete Paul, als die Schwester einen letzten Blick auf Maddie warf und dann das Zimmer verließ. Die Tür ließ sie offen stehen.

Von der Schwesternstation am Ende des Flurs drang eine Stimme herüber. Einem Schwall schneller, unverständlicher Worte folgten langsamere, verständliche. „Du solltest dich emotional nicht so auf deine Patienten einlassen. Die 301 wird bald frei."

Paul ging zur Tür – 301. Maddies Zimmer.

Das Rascheln von Papier übertönte die Antwort der Schwester.

Die erste Stimme sprach wieder. „Du hast gehört, was der Arzt gesagt hat."

Maddies Krankenschwester senkte ihre Stimme. „Psst. Nachher hört sie dich noch."

Die erste Schwester schnalzte mit der Zunge. „Sie hört überhaupt nichts. Das weißt du doch."

„Das weiß ich nicht."

„Warum sagst du das?"

Paul lauschte angestrengt. Das quietschende Geräusch von Schuhen verriet ihm, dass die Krankenschwester umherging. Dann brach es abrupt ab. Anscheinend hatte sie sich hingesetzt, vermutlich an den Schreibtisch. Denn als nächstes erklangen Tippgeräusche von einer Computertastatur.

„Du solltest so etwas nicht sagen. Es gibt bei ihr keine Veränderungen."

Maddies Schwester erhob ihre Stimme leicht. „Ich sehe eine Veränderung." Ihr Tonfall wurde weicher. „Ich weiß nicht, was es ist, aber ich sage dir, irgendetwas geht in dieser Frau vor. Sie weiß, was um sie herum los ist."

„Sie spricht nicht. Sie blinzelt nicht. Sie öffnet nicht einmal die Augen."

„Aber sie ist präsent. Sie ist da. Das bringt mich zum Nachdenken, zum Fragen, ob ..."

„Nachdenken? Fragen? Das ist was für die Angehörigen. Für Freunde. Aber nicht für das Fachpersonal."

Die Schwester flüsterte jetzt, aber Paul konnte sie immer noch hören. „Ich weiß. Aber es ist real. Ich kann es fühlen."

„Du redest wie eine Verrückte."

„Vielleicht."

Er hörte, wie ein Finger hektisch auf etwas trommelte. „Wenn sie aufwacht und mit dir spricht, dann kannst du darüber reden. Wenn sie es nicht tut, redest du nicht."

„Ich rede darüber."

„Warum tust du das?"

Einen Moment lang antwortete die Krankenschwester nicht. Dann setzte sie zu einer Antwort an. Ihre Worte kamen zitternd, langsam. „An ihr ist irgendetwas Besonderes ... Irgendetwas ist in diesem Raum. Es fühlt sich an wie ... wie Hoffnung."

„Hoffnung, ja?" Die Frauenstimme wurde wärmer. „Für sie oder für dich?"

Die Schwester seufzte. „Bestimmt für sie. Für mich sicher nicht."

„Du könntest immer noch schwanger werden. Ich habe von jemandem gehört –"

„Bitte nicht", fiel ihr die Krankenschwester ins Wort. Ein Stuhl ächzte. Dann erklangen wieder Schritte – die sich von Maddies Zimmer fortbewegten, immer leiser wurden. „James hat gesagt ..."

Aber Paul konnte nicht mehr hören, was James gesagt hatte. Die Schwestern waren schon zu weit weg. Er schaute zur Tür, ließ sie aber geöffnet und ging dann zu seinem Stuhl zurück. Sie war eine merkwürdige Angelegenheit. Unsichtbar. Und wirklich. Sanft wie ein gleichmäßig dahinfließender Wasserlauf, stark wie ein reißender Fluss.

Hoffnung. Manchmal war sie alles, was ein Mensch in diesem Leben voller Schmerz und Kummer, Angst und Sorge brauchte. Diesem Leben, das Menschen leibhaftig durchlebten. Früher einmal hatte er gedacht, dass Gott einem all das ersparen würde, wenn man nur gut genug lebte. Er hatte geglaubt, dass Hoffnung in den Annehmlichkeiten lag, dass ein gutes Leben ein Leben frei von Sorge war. Aber Maddie hatte ihn etwas anderes gelehrt. Maddie hatte ihm gezeigt, dass Gott im Leiden war. Dass Gott inmitten des Schmerzes an der Arbeit war. Sie musste sich jetzt daran erinnern. Genau wie er.

Denn die Nacht kam.

Sie war beinah da.

Kapitel 7

Gardenien. Sie konnte sie durch das Wasser hindurch riechen. Sie winkten sie zu sich hinüber. *Nein, ich will nicht gehen. Aber ich will auch nicht bleiben.*

„Komm."

Sie berührte das Wasser. Es strömte über sie, durch sie hindurch. Schwarz. Kalt.

Ich habe Angst.

„Erinnere dich."

Sie lächelte und die Dunkelheit zog sich zurück. Nur ein kleines Stückchen, aber weit genug, dass sie sich erinnern konnte. Irgendjemand war da draußen, hinter den Schatten. Wenn sie diesen Jemand nur erreichen könnte. Konnte er ihn auch riechen, den zarten Duft der Erinnerung? Den Geruch von Liebe? Alles hatte sich an jenem Tag verändert. Und zugleich nichts. Letztlich war es nur sie gewesen. Aber am Ende konnten selbst die Gardenien die Dunkelheit nicht aufhalten, die auf sie zukam ...

Eigentlich hätte sie an diesem Nachmittag lernen müssen. Ihre Bücher steckten in ihrem Rucksack, zusammen mit den Stiften und dem Rechenschieber und unzähligen Formularen in riesiger schwarzer Schrift. Die Prüfungen rückten immer näher. Und sie war nicht bereit. Aber das spielte keine Rolle. Zumindest nicht heute. Heute saß sie in einem Bus, Straßenschilder flogen vorbei und der Rucksack lag ungeöffnet neben ihr auf dem Sitz.

Ein gutes Dutzend gedämpfter Unterhaltungen hüllten sie ein. Ein Kerl, dessen Stimme bei den hohen Tönen brach, sang im hinteren Teil des Busses Miss American Pie Auf Wiedersehen. Zwei Reihen vor ihr versuchte eine Mutter ihr weinendes Baby zu beruhigen. Ein alter Mann hustete und nieste, während er mit seiner Zeitung raschelte. Aber niemand sah in ihre Richtung. Genauso, wie niemand bemerkt hatte, dass sie auf dem Weg zu ihrem Sitz gestolpert war. Niemand hatte ihr eine helfende Hand angeboten. Niemand bedachte sie jetzt mit einem merkwürdigen Blick. Und genau das war es, was sie wollte.

Nach zwanzig Minuten hielt der Bus mit quietschenden Reifen an. Die Türen flogen auf. Maddie griff nach ihrem Rucksack. „Sind wir an der Baumschule?“ Der Vinylbezug ihres Sitzes ächzte, als sie sich vorlehnte.

Der Busfahrer nahm seinen Hut ab und starrte sie an. „Nein, Ma'am, das ist die Ecke Embarcadero und Hillstreet. Wir sind doch die ganze Zeit über den Damm gefahren.“ Er schüttelte den Kopf und brummte. „Sind Sie blind oder was?“

Maddie ließ ihren Rucksack zurück auf den Sitz fallen und schluckte den Kloß herunter, der sich urplötzlich in ihrer Kehle gebildet hatte. „Nein. Ich ... Entschuldigung.“

Er seufzte und murmelte weiter verärgert vor sich hin, während er die Türen schloss und anfuhr. „Ich muss mir dringend einen anderen Job besorgen. Nichts als alte Krähen und Idioten.“

Der Mann mit der Zeitung schüttelte sie, bis sie sich in der Hälfte zusammenfalten ließ, dann drehte er sich zu Maddie um und sah sie über seine Lesebrille hinweg an. „Die Baumschule ist der nächste Halt.“

Maddie versuchte sich an einem Lächeln. Es fiel schal aus. Sie presste ihren Rucksack gegen ihre Brust und starrte aus dem Fenster, während der Bus wieder Fahrt aufnahm. Der Typ im hinteren Teil des Busses sang jetzt *Stairway to Heaven.* Maddie atmete langsam und bedächtig aus. *Ich kann das. Ich muss. Sie kommt in zwei Wochen. Nur noch zwei Wochen. Ich muss in der Lage sein, so zu tun als ob.*

Es war wirklich dumm, was sie hier tat. Wenn Paul davon wüsste, würde er ihr ins Gesicht sagen, dass sie verrückt war. Aber sie musste herausfinden, ob es wahr war, dass die anderen Sinne sich verbesserten, wenn man sein Sehvermögen verlor. Und die Baumschule war der beste Ort, der ihr eingefallen war, um das auszutesten. Wenn sie durch Reihen laufen und allein am Geruch erkennen konnte, um welche Blumen es sich handelte, könnte sie das vielleicht, nur vielleicht, davon überzeugen, dass der Besuch ihrer Mutter keine vollkommene Katastrophe würde. Vielleicht konnte sie bis dahin so gut riechen und hören und fühlen, dass ihre Mutter überhaupt nicht auf die Idee käme, dass mit ihrem Sehvermögen etwas nicht stimmte. Heute würde Maddie versuchen zu sehen ohne zu sehen.

Die Bilder vor dem Fenster wirbelten durcheinander und verschwammen. Irgendein Gebäude, ein gelbes Zeichen, ein orangefarbener Blitz. Sie bekam Kopfschmerzen. „Wir fahren zu schnell."

„Ich fahre genau fünfzig."

Hatte sie das laut gesagt? Sie schloss die Augen und legte den Kopf zurück. *Hör auf, dir Sorgen zu machen. Deine anderen Sinne werden mit der Zeit schärfer und kompensieren das schwindende Sehvermögen, genau wie sie sagen. Was, wenn sie falsch liegen? Was, wenn ich eine Petunie nicht von einem Gänseblümchen, eine Rose nicht von einem Rhododendron unterscheiden kann?* Maddie schluckte. *Was, wenn ich nicht so tun kann als ob?*

Der Bus bremste ab und hielt an.

Maddie bewegte sich nicht. Ihr fehlte der Mut dazu.

Die Frau mit dem Baby stand auf, schnappte sich ihre Taschen und ging schwankend auf die Vordertür zu.

Der Fahrer drehte sich auf seinem Sitz um. „Warten Sie auf eine Extraeinladung? Das ist doch Ihr Halt, oder etwa nicht?"

Maddie nickte, sprang auf, riss ihren Rucksack hoch und stürmte in Richtung Vordertür. Eine Sekunde später schoss ihr Rucksack durch die Luft, weil Maddie mit dem Fuß irgendwo hängen geblieben war und der Länge nach hinfiel. Dieses Mal blieb ihr Missgeschick nicht unbemerkt.

„Geht es Ihnen gut, Miss?" Der Zeitungsmann bückte sich zu ihr herab und half ihr auf die Füße.

Sie zwang sich zu einem Lächeln. „Mir geht's gut, danke. Ich war einfach nur zu schnell."

Der Mann tätschelte ihren Arm. „Ihr jungen Leute seid immer so in Eile. Ihr vergesst, dass das Leben lang genug ist. Ihr habt Zeit, langsamer zu machen und die Aussicht zu genießen."

Maddie zitterte. „Ich wünschte, es wäre so." Sie ging vorsichtig vorwärts, um nicht wieder hinzufallen, und hob ihren Rucksack auf. Mit steifen Fingern hangelte sie sich von einem Haltegriff zum nächsten und stieg aus dem Bus. *Wenn ich so hinfalle, wenn Mama da ist ...*

Die Türen knallten hinter ihr zu. Eine Brise fuhr in ihr Haar und blies ihr eine Strähne ins Gesicht. Sie sah zum Schild der Baumschule hinauf. *Ich kann das noch lesen. Ich kann das immer noch sehen.* Maddie schob die Schultern nach hinten und strebte auf das weit geöffnete Tor zu.

Im Inneren erwartete sie eine gewaltige Farbexplosion. Verschiedene Rottöne, Blautöne, Gelbtöne und Pinktöne schwammen in einem Meer aus Grün, das von reihenweise schwarzen Töpfen begrenzt wurde, deren Umrisse verschwommen waren. Auch die Farben waren unscharf. Ein leuchtend grüner Schlauch füllte Wasser in den Topf einer riesigen Palme. Zu ihrer Linken stand eine braune Karre. Maddie straffte erneut die Schultern und ging zu den Blumen hinüber. Genau in dem Moment, in dem sie die farbgewaltige Reihe erreichte, durchdrangen einige gleißende Sonnenstrahlen das Plastikdach über ihrem Kopf. Sie lief den Gang entlang, vorbei an den Begonien und Tulpen und süßen kleinen Veilchen. Sie passierte Narzissen und Geranien, berührte die Blütenblätter von Stiefmütterchen und die spitzen Stacheln eines blühenden Kaktus. Dann blieb sie stehen und atmete tief ein. *In Ordnung, ich schaffe das.* Sie schloss die Augen. *Lauf vorwärts.* Sie ging fünf Schritte den Gang hinunter. *Gut, jetzt die Namen der Blumen.* Sie atmete ein. Und aus. Und wieder ein. Sie biss sich auf die Lippe. „Äh, Lilien."

Sie öffnete ein winziges bisschen die Augen. Das waren keine Lilien. Sie seufzte. *Versuch es noch mal.* Sie bog in den nächsten Gang ein, schloss erneut die Augen und ging zehn Schritte. Dann blieb sie stehen und sog wieder den Duft der Blumen ein. „Stiefmütterchen, nein. Tulpen, nein ..." Vorsichtig öffnete sie ihr eines Auge einen Spaltbreit. „Oh, Steinkraut, es war auch noch etwas Leichtes." Sie schnitt eine Grimasse. „Noch ein Versuch." Wild entschlossen kniff sie die Augen zusammen und ging fünfzehn Schritte den Gang hinunter. „Bäume. Ich habe keine Ahnung, was für eine Sorte. Und es ist mir auch schnurzpiepegal."

„Zumindest wusstest du, dass es keine Stiefmütterchen sind."

Maddie öffnete die Augen und wirbelte herum. „Paul! Was machst du denn hier?"

„Ich kaufe mir einen Anzug." Er schnitt ihr eine Grimasse und deutete dann zum Parkplatz hinüber. „Ich bin dem Bus von deinem Apartment bis hierher gefolgt."

„Was? Den ganzen Weg? Warum?"

Er zog eine Augenbraue in die Höhe. „Erinnerst du dich nicht? Wir wollten zusammen diesen Affenanzug kaufen gehen, den ich für die Konferenz brauche. Du wolltest mir helfen, einen auszusuchen."

Ihre Hand flog zu ihrem Mund. „Oh nein, es tut mir so leid. Das hatte ich ganz vergessen." Sie hastete auf ihn zu.

„Offensichtlich. Außer du dachtest, dass ich am besten in Begonien aussehe." Er nahm einen Topf Stiefmütterchen von der Palette und klimperte mit den Augenlidern. Seine Stimmlage erhöhte sich um eine volle Oktave. „Was meinst du, passen sie zu meinen Augen?"

Sie knuffte ihn in den Arm. „Ich habe gesagt, dass es mir leidtut."

„Schon in Ordnung. Wir erledigen das einfach morgen. Aber was um alles in der Welt machst du hier?"

„Ich übe."

Er runzelte die Stirn. „Was übst du ... Blumenarten zu erriechen?"

Ihr Blick senkte sich. „Nein. Ähm, tja, na gut, ich geb's zu. Ich übe blind zu sein, okay?"

Er zuckte mit den Schultern. „Okay. Aber dann kannst du es auch gleich richtig machen."

„Das kann ich nicht. Ich habe es versucht."

„Schließ deine Augen."

„Nein."

„Dickkopf."

Maddie schloss die Augen.

Er nahm ihre Hand in die seine. Und dann erklang seine Stimme in ihrem Ohr, warm und nah. Zu nah. „Du kannst das ganz bestimmt. Komm mit." Paul legte ihre Hand vorsichtig auf seinen Ellbogen. „Hier entlang. Und nicht gucken."

„Ich muss aber."

„Nein, musst du nicht. Halt einfach deine Hand ruhig. In dem Buch steht, es funktioniert am besten, wenn du einen guten Halt direkt hinter dem Ellbogen findest."

„In was für einem Buch?"

„Dem Blumenschnüffler-Handbuch."

Maddie zog ihre Augenlider einen Millimeter nach oben und spähte zu ihm hinüber. „Besserwisser."

„Hör auf heimlich zu blinzeln."

Sie schloss die Augen wieder. Beide. Er führte sie weiter. Unter ihren

Schuhen knirschte etwas, das sich nach Schotter anhörte, als er mit ihr um die Ecke bog und den nächsten Gang hinunterzuckelte.

„Dein Arm ist ganz steif. Lass mal locker."

Sie versuchte, die Anspannung aus ihrem Arm zu vertreiben. Und scheiterte.

„Vertrau mir."

Sie atmete tief ein. „In Ordnung. Ich vertraue dir. Das tu ich. Wirklich."

Seine Flanke zitterte.

„Hör auf, über mich zu lachen." Maddie konzentrierte sich auf die Wärme der Sonnenstrahlen auf ihrem Gesicht, darauf, wie sich die Oberfläche unter ihren Füßen von hart und uneben zu weich und gleichmäßig veränderte, und auf das stille Ein und Aus ihrer Atmung. *Ich kann das. Ich kann mich entspannen. Ich bin schon hundertmal neben Paul hergelaufen. Es ist genauso wie immer. Nichts Neues. Nichts Besonderes.* Aber das war eine Lüge. Und sie wusste es.

„Ich hab's dir doch gesagt. Ich wusste, dass du im Dunkeln sehen kannst."

Im Dunkeln sehen. Wenn er nur wüsste.

Paul führte sie eine Kurve und dann zehn Schritte geradeaus, bevor sie sich wieder drehten. Er blieb stehen. „Okay, jetzt sag mir, was du hörst."

Maddie kniff die Augenbrauen zusammen. „Autos. Die auf der Straße vorbeifahren."

„Ein Auto. Jetzt ist es weg. Was sonst?"

Sie kaute auf ihrer Oberlippe und versuchte sich besser zu konzentrieren. „Stimmen. Weit weg."

„Und?"

Da war ein blubberndes Geräusch, leise, näher, vertraut. Was war es? Ah, jetzt wusste sie es. „Fließendes Wasser. Aus einem Schlauch, vermute ich mal."

„Gut. Was riechst du?"

Das war einfach. „Blumen."

Paul kam immer näher, bis sie seine Wärme an ihrer Seite spürte. „Komm schon, das kannst du besser."

Er führte sie wieder vorwärts, aber diesmal verkrampfte sie sich nicht. Das Wassergeräusch kam näher. Das Rauschen des Autos verklang. Sie konnte ihn neben sich hören, seine Berührung war sanft und zugleich fest, seine Schritte waren sicher.

Ich könnte ewig so weitergehen.

Sie zögerte.

„Vertrau mir." Seine sanfte, leise Stimme kitzelte sie im Ohr.

Tu es nicht!

Er blieb stehen. Sein Arm bewegte sich. Ihre Hand fiel herunter. „Ich bringe dir etwas und du sagst mir, was es ist."

„Wehe, es ist Kuhdung." Sie zwang ihre Stimme dazu, locker zu sein, scherzhaft. Er war nah. So nah.

Jetzt lächelte er. Sie konnte es spüren. „Man kann nie wissen."

Dann kam ein Geruch, süß und schwer. „Äh ... äh ... Ich habe keine Ahnung."

„Ist es Kuhdung?"

Sie grinste. „Natürlich nicht."

„Was ist es dann? Konzentrier dich. Du schaffst das."

Maddie atmete tief ein. „Es ist fast wie eine Rose, aber nicht so penetrant."

„Fühl mal."

Das tat sie, vorsichtig. Kleine Blüten wie ein Hauch von Satin. „Zwergrosen."

„Gut! Und jetzt die Farbe."

Maddies Augen flogen auf. „Das ist nicht fair."

Er hob die Hand und strich mit dem Daumen über ihr Kinn. Gänsehaut überzog ihren Arm. Sie befeuchtete ihre Lippen. „Sie sind rot."

Paul ließ die Hand sinken. „Siehst du, das klappt doch prima."

Er legte ihre Hand wieder hinter seinen Ellbogen und führte sie einen anderen Gang entlang. Diesmal erkannte sie die Begonien und die Angelonien am Geruch. Sie verwechselte die Stiefmütterchen mit den Mohnblumen, konnte dafür aber den Wacholder von den Veilchen unterscheiden. Paul geleitete sie durch den letzten Gang und blieb ungefähr in der Mitte stehen. „Nicht anfassen. Was riechst du?"

„Ähm ..."

„Sie sind rot."

Maddie lachte. „Es sind wieder Rosen!"

Er gab ein amüsiertes Glucksen von sich. „Diesmal keine Zwergrosen, sondern richtige. Du wirst immer besser."

Sie hielt inne. Ihre Kehle war wie zugeschnürt. „Wenn Rosen zu erriechen alles ist, was ich tun muss ..."

Seine Finger drückten sanft die ihren. „Darüber sollte jemand ein Lied schreiben."

„Wenn das geschieht, kaufe ich es."

„Und erinnerst dich dabei an diesen Tag?"

Einen Moment lang antwortete Maddie nicht. Sie konnte einfach nicht. Dann gelang es ihr, sich zusammenzureißen. „Natürlich."

„Versprochen?"

„Außer es ist von Mac Davis."

Und in dieser Sekunde, nur einen Atemzug lang, wagte sie zu hoffen, dass sie vielleicht, nur vielleicht, doch nicht wie Malcolm enden würde. „Paul? Ich ..."

Eine Hupe erklang. Laut und aufdringlich.

Sie schreckte zusammen.

„Noch eine. Komm mit. Und halt die Augen geschlossen."

Er führte sie weiter den Gang entlang. Und dann roch sie sie. Gardenien. In voller Blüte.

„Öffne die Augen."

Sie gehorchte und erblickte Paul, der ihr einen riesigen Topf Gardenien entgegenstreckte. Sie nahm sie in die Hand und atmete ihren herrlichen Duft tief ein. „Meine Lieblingsblumen."

„Herzlichen Glückwunsch zum Geburtstag."

„Ich habe heute nicht Geburtstag."

„Das ist mir egal."

Maddies Brust zog sich schmerzhaft zusammen. *Das darfst du nicht! Du hast das doch schon einmal miterlebt. Ein kleiner Funken Hoffnung. Ein Gedanke. Eine Möglichkeit. Und dann ... Nein, du darfst nicht davon träumen. Wage es ja nicht, diese Gefühle zuzulassen!* Sie strich mit dem Zeigefinger sanft über die Blütenblätter. „Du weißt, dass mein Daumen alles andere als grün ist."

Paul pflückte eine der Blüten und schnupperte daran. „Diese Blumen wirst du nicht vergessen zu wässern, das verspreche ich dir. Sag mir, wonach sie riechen." Er ließ die Blüte fallen.

Sie atmete erneut tief ein. Süß. Anregend. Wunderschön. „Nach dem Himmel."

Er trat näher und hob sanft ihr Kinn an, bis ihr Gesicht auf seiner

Höhe war. „Hoffnung." Sein Daumen strich zärtlich über ihren Kieferknochen. „Vergiss das nicht. Niemals." Er lehnte sich langsam weiter vor.

Bemitleide mich nicht ...

Sie stolperte zurück, von ihm weg. Und in diesem Moment war der Bann der Blumen gebrochen.

Paul stand am Krankenhausfenster und beobachtete, wie der Nebel durch die Zweige einer Zypresse waberte. Das trostlose Grau presste sich gegen die Fensterscheibe und bewegte sich in langsamen Wirbeln über den Boden. Er sah zu, wie einige Stockwerke unter ihm ein Auto vom Parkplatz fuhr. Die Scheinwerfer kämpften gegen den Nebel an und brachten eine Million winziger Flüssigkeitstropfen zum Glitzern.

In dem Krankenhauszimmer roch es immer noch nach Gardenien, die in voller Blüte standen und gediehen. Er hatte sie schon einmal so gesehen. Sie waren perfekt gewesen an jenem Tag, an dem er sie ihr gegeben hatte. Und sie hatte sie bis Weihnachten in diesem Zustand gehalten. Perfekt, blühend, gut gewässert. Aber dann hatte sich alles geändert.

Ihre Mutter war gekommen.

Paul konzentrierte sich auf das Licht der Straßenlaternen, das den Nebel durchbrach. Hinter ihm öffnete sich leise die Tür. Aber es waren nicht die vertrauten, quietschenden Schritte, die erklangen. Sondern nur das Klicken von Absätzen. Hart. Bestimmt. In wohlbedachten Schritten voranschreitend. Er kannte dieses Geräusch. Er würde es niemals vergessen.

„Maddie, sie ist hier." Die Worte verhallten ungehört. Einen Moment lang bewegte er sich nicht, drehte sich nicht um. Das brauchte er nicht.

Dann sprach sie. Nicht mit ihm. Niemals mit ihm.

„Isch bin gekommen, Madison. Mama ist 'ier." Sie hatte immer noch ihren französischen Akzent. Selbst heute noch, nach all den Jahren.

Jetzt drehte er sich um und betrachtete sie. Isabelle Foster. In fließendes Schwarz gekleidet. Elegant wie immer. Er sah genauer hin. So wenig hatte sich geändert. Und trotzdem war auch sie anders. Ihre schwarzen Haare waren grau geworden und sie trug sie nicht mehr zu einem lockeren Knoten zusammengebunden. Die Finger, die den Cellobogen einst mit solcher Anmut geführt hatten, waren jetzt gekrümmt und ihre Haut war runzelig und mit Altersflecken überzogen. Aber ihr Rücken war immer noch so gerade wie eh und je, ihre Haltung ebenso steif wie immer.

Dann schienen ihre Schultern hinabzusinken. Nur ein kleines bisschen. „Madison?" Sie ging durch den Raum auf Maddies Bett zu. Mit einer flüssigen Bewegung nahm sie ihre Brille ab und legte sie auf den Nachttisch. Sie streckte die Hand in Richtung Bett aus, hielt aber inne, bevor sie Maddie berührte. „Sie 'atten mir nischt gesagt –" Die Worte erstickten in ihrer Kehle. Sie atmete zitternd ein und ließ sich auf den Stuhl fallen, in dem vor Kurzem noch Paul gesessen hatte. „Isch wäre frü'er gekommen, aber ..."

Paul runzelte die Stirn.

Aber sie drehte sich nicht um, schaute nicht in seine Richtung. Sie hatte nur Augen für ihre Tochter, nur für Maddie, die nicht antworten konnte, die nicht antworten würde. Für Isabelle existierte Paul nicht. Manche Dinge änderten sich nie.

Ihre Finger strichen über Maddies Arm. „Isch 'ätte gleisch kommen sollen." Sie senkte ihren Kopf zu Maddies hinab. Tränen traten ihr in die Augen. Echte Tränen. Die ersten, die Paul dort seit langer, langer Zeit sah.

„Oh, *chérie*, es tut mir so leid."

Leid. Das Wort hallte im Zimmer wider und löste sich schließlich in einem Seufzer auf.

Paul trat näher.

Und Isabelle schaute immer noch nicht auf.

Stattdessen nahm sie Maddies Hand in ihre eigene. Ihre Finger zitterten.

Maddie rührte sich nicht. Nur ihr Brustkorb hob und senkte sich. Ihre Atmung war immer noch ein flaches, raschelndes Flüstern.

Isabelle schniefte und schüttelte den Kopf. Bedächtig zog sie ein Taschentuch aus ihrer Handtasche und tupfte sich damit die Nase. Als sie wieder sprach, kamen ihre Worte stotternd, stockend, gebrochen von Tränen. „Isch 'ätte disch davor bewahrt, wenn isch es gekonnt 'ätte.

Isch 'abe es versucht, *ma petite chérie*. Damals. Jetzt. Immer. Aber isch konnte es nischt. *Non.* Isch konnte es niemals." Ihre Lippen verzogen sich zu einem traurigen Lächeln. Sie tupfte sich die Augen. „Du wusstest das, nischt wahr? Du 'ast es immer gewusst."

Einen Moment lang glaubte Paul, sie würde zu ihm aufschauen und etwas sagen. Irgendetwas. Aber sie tat es nicht. Also ging er zurück zum Fenster und starrte hinaus. Aber er konnte sie immer noch sehen, oder zumindest ihre Reflektion in der Fensterscheibe. Konnte sie immer noch hören. Konnte sich immer noch an alles erinnern, was diese Frau getan hatte. Aber das war Jahre her. Ein Leben lang. Eine Ewigkeit. Und trotzdem spielte es immer noch eine Rolle. Für Maddie. Und für ihn.

Wieder erklang ihre Stimme, sanft, freundlich, ungewohnt. „Isch wollte nie etwas anderes, als disch vor Schmerzen zu bewahren. Isch 'abe mein Leben damit zugebracht ... Nein, das werde isch nischt sagen. Du 'ast mir damals nischt geglaubt. Und du wirst mir auch jetzt nischt glauben. Aber *je t'aime*. Isch liebe disch, Madison Rose. Isch wollte disch doch nur beschützen." Sie faltete das Taschentuch sorgfältig zusammen und schmiss es in den Mülleimer. „Was bringt es, das jetzt zu sagen? Es ist zu spät. Schau disch nur an, *ma belle, ma fille*." Sie schloss die Augen.

Paul drehte sich um, doch er würde sich nicht einmischen. Noch nicht. Nicht jetzt. Er hatte im Lauf der Jahre gelernt, auf den richtigen Zeitpunkt zu warten.

Nach einer Minute beugte Isabelle sich vor und drückte einen Kuss auf Maddies Haar. „Du warst so wunderschön. Wusstest du das? Das warst du immer. Und du wirst es immer sein."

Blinzelnd schaute sie auf. „*Oui*, selbst jetzt." Sie unterdrückte ein Schluchzen. Ihr Gesicht wandte sich von Maddie ab und ihre Stimme senkte sich zu einem Flüstern.

Trotzdem hörte Paul sie noch.

„Warum, warum meine Madison? Warum, 'err im 'immel, warum 'ast du zugelassen, dass meinem Baby das geschieht?" Sie hielt inne, als erwartete sie eine Antwort.

Aber Gott würde ihr nicht antworten. Nicht auf diese Frage. Niemals auf diese Frage. Paul wusste das. Und Isabelle ebenso.

„Es ist zu spät, nischt wahr, Madison? Zu spät, um über die

Vergangen'eit zu spreschen. Aber vielleicht ist es dir sowieso egal. Vielleischt ist es zu lange 'er, als dass es noch eine Rolle spielen würde."

Hitze durchflutete Paul. Es war nicht zu spät. Es war *niemals* zu spät.

„Vergib mir, *chérie*."

Vergeben? Paul trat vor.

Aber Isabelle ignorierte ihn. Sie konnte nur ihre Tochter sehen. Nur die Tochter, die reglos dort in diesem Bett lag.

Vergeben? Maddie würde das tun. Genau wie er. Er musste es tun. Hatte es bereits. Vor Jahren schon hatte er getan, was er hatte tun müssen. Er hatte einen Weg gefunden, frei zu sein.

„Sie vergibt dir, Isabelle. Wir beide vergeben dir."

Isabelle hob Maddies Hand an ihre Lippen. Sie murmelte etwas, das Paul nicht hören konnte, und dann wurde sie still. Für eine lange Zeit saß sie einfach nur schweigend neben Maddies Bett, während die Schatten länger wurden und ihre grauen Finger durch den Nebel schoben. Sie ergriff nicht noch einmal das Wort, genauso wenig wie Paul.

Sie warteten gemeinsam. Betrachteten gemeinsam die Frau, die sie beide liebten. Gemeinsam, zum ersten Mal seit so vielen Jahren.

Es war nicht immer so gewesen. Es würde niemals wieder so sein.

Paul stand neben dem Stuhl.

Isabelle streichelte die Hand ihrer Tochter.

Und dann bewegte Maddie sich.

Kapitel 8

Das Wasser wurde schwarz, bedrohlich. Es hielt sie hier fest, an diesem merkwürdigen Zwischenort zwischen Dunkelheit und Licht. Wo Maddie das Wasser sehen konnte und wusste, dass es eine Lüge war, eben weil sie es sah. Düster, dunkel. Schwarze Wellen vor einem grauen Himmel. Aber es war da, obwohl sie schon seit so langer, langer Zeit nichts mehr gesehen hatte. Das Wasser rief sie, sandte sein Flüstern durch die Lagen der Dunkelheit. An diesen Ort voller Angst, aber ohne Schmerz. Wo das Morgen das Gestern berührte und sie dazu zwang, sich zu erinnern.

Jene Tage waren auch dunkel gewesen. Die Tage vor der Schwärze, vor dem Licht. Dazwischen. Sie waren in unzählige Lagen der Verzweiflung und Falten grauen Zweifels gehüllt gewesen. Jene Tage, in denen ihre Mutter gekommen war. Und ihre Welt auf den Kopf gestellt hatte. In denen die Düsterkeit sich in hässlichen Wellen vertieft hatte.

Nein. Nicht das. Ich werde mich nicht daran erinnern.

Aber die Erinnerung kam dennoch. Sie glitt über das schwarze Wasser. Kam in Begleitung des Geräuschs von hochhackigen Schuhen, die über einen gefliesten Boden liefen. Und einer Stimme. Und einer Berührung. Und des Bildes eines Gesichtes, das sie schon seit Jahren nicht mehr gesehen hatte.

Sie hob die Hände. Schlug es weg. Aber das Bild kam trotzdem näher. Es streckte sich nach ihr aus, umhüllte sie. Und tauchte ins Wasser ein.

Sie hatte ihn damals fühlen können, den Wind, der über ihr Gesicht strich, als sie aus dem Auto stieg und sich auf die Tür des Restaurants zubewegte. Die Tür schwang auf und sie ging hinein.

„Komm, Mama." Ihre Stimme zitterte, doch nur ein kleines bisschen.

Ihre Mutter folgte ihr. Das Klick-Klack von Stöckelschuhen. Das hochgerissene Kinn. Die zielstrebigen Schritte, die unverwechselbar waren.

Kelli schloss die Tür und übernahm die Führung. „Ich wusste es. Total überfüllt, wie immer. Nur gut, dass ich vorher angerufen habe.“ Sie passte die Bedienung ab und reckte drei Finger in die Höhe. „Ich habe auf den Namen Bredlin reserviert. Ein Tisch für drei Personen.“

Die Bedienung sah in ihrem Reservierungsbuch nach und bedeutete ihnen dann, ihr zu folgen.

Maddie schluckte und ballte die Fäuste. *Ich kann das. Ohne zu stolpern. Ohne in irgendjemanden hineinzulaufen. Ich habe das schon ein Dutzend Mal gemacht.* Das war einer der Gründe, warum Kelli und sie sich für dieses Restaurant entschieden hatten – Maddie kannte es gut. Ihre Essstäbchen würden genau dort liegen, wo sie es gewohnt war. Und ihr Glas stünde rechts vom oberen Rand ihres Tellers, wo sie es vermutete. Keine Überraschungen. Keine Stolperfallen. Hier würde sie keinen Fehler machen. Hier würde es ihr gelingen, ihr Geheimnis für sich zu behalten.

Maddie atmete tief ein und machte sich dann auf den Weg vorbei an der eingetopften Palme, den Bambusreihen und den leuchtend bunten Fischen in dem riesigen Aquarium. Sie lauschte dem Stimmengewirr um sich herum, als sie an den Umrissen einiger Frauen vorbeiging, die scheinbar einen Cheongsam trugen, und Kellis pinkfarbenem T-Shirt zu ihrem Tisch folgte.

Hinter ihr klackerten die Absätze ihrer Mutter unbarmherzig weiter.

Endlich erreichten sie ihren Tisch, der in der hintersten Ecke stand. Maddie blinzelte auf die weiße Tischdecke, die mit glitzernden Gläsern eingedeckt war. Sie ließ sich auf einem der Stühle nieder. Kelli und Maddies Mutter nahmen links und rechts von ihr Platz.

Ihre Mutter griff nach ihren elfenbeinfarbenen Essstäbchen und sah sie sich genauer an. „Isch wusste nischt, dass du chinesisches Essen magst, Madison.“

Kelli streckte die Hand aus und ließ sich von der Bedienung die Karte geben. „Das hier ist unser Lieblingsrestaurant. Wir haben es in unserem ersten Semester entdeckt.“

Die Kellnerin reichte Maddie auch eine Karte, genau wie immer. Maddie drehte den Kopf ein wenig und versuchte den dicken roten Drachen auf der Vorderseite auszumachen. Es bräuchte nicht mehr, als dass sie die Karte verkehrt herum hielt. Sie wäre niemals in der Lage, das zu erklären.

Scheinbar dachte Kelli dasselbe. Sie beugte sich vor und nahm Maddie die Karte aus der Hand. „Oh, lass mich das machen. Ich liebe es zu bestellen."

Maddies Mutter breitete ihre Serviette auf ihrem Schoß aus und öffnete ihre Speisekarte. „Ziemlich teuer für einen Chinesen, oder nischt?"

Kelli reichte Maddie die Karte wieder zurück. „Vielleicht solltest doch du etwas aussuchen. Du weißt eher, was deiner Mutter schmeckt."

Maddies Mutter klappte ihre Karte zu und legte sie ordentlich vor sich auf den Tisch. „Es scheint mir ein rescht kostspieliges Vergnügen zu sein, 'ier zu essen. Ein Student muss doch mit Sischer'eit ziemlische Opfer bringen, um sisch das leisten zu können." Sie nippte an ihrem Wasser. „Oder unterstützen disch deine Eltern mit einer sehr großzügigen Unter'altszahlung?"

Maddie spürte, dass Kelli unruhig auf ihrem Stuhl hin und her rutschte. „Meine Mutter ist tot, Mrs Foster. Und mein Vater ist mit einer anderen Frau auf und davon gerannt, als ich acht war. Also nein, es gibt keine großzügige Unterhaltszahlung. Es gibt gar keine Unterhaltszahlung."

Mama tupfte sich mit der Serviette über die Lippen. „Wie also finanzierst du –"

„Wir alle bringen Opfer für das, was wir lieben, nicht wahr, Mrs Foster?"

Sie starrte Kelli einen Moment lang an. „*Oui.* Das sage isch auch immer."

„Und ich liebe chinesisches Essen."

Maddie räusperte sich. „Wie wäre es mit Mu Shu?"

Sie deutete auf die Stelle, wo das Gericht ihres Wissens nach in der Karte stand, denn lesen konnte sie es nicht mehr. „Hier gibt es die weltbeste Pflaumensoße."

Ihre Mutter schnalzte die Zunge. „Isch kann Kohl nischt ausstehen, Madison. Das weißt du doch."

Maddie schürzte die Lippen. Eine Gestalt huschte in ihr Blickfeld. Ein weißer Blitz, ein Klecks schwarz. Sie wandte sich ihm zu. Der Kellner. Aber sie konnte nicht erkennen, welcher es war. War es derselbe wie immer? Oder jemand neues? Sie wusste es nicht. Nicht genau. Noch nicht.

Dann sprach er. „Die Süßsauer-Suppe ist heute sehr gut. Wollen Sie die nehmen?"

Maddie lächelte. Ah, es war Huang Fu. Gut.

Kelli klappte ihre Karte zu und ließ sie auf den Tisch fallen. „Dann also die Süßsauer-Suppe. Und das Mandelhühnchen, Reis, und ..."

Maddie richtete sich auf. „Und das Schweine-Mu-Shu, bitte. Mit extra viel Pflaumensoße."

Ihre Mutter starrte sie an. Sie konnte es nicht sehen, aber sie wusste es. Maddie tastete nach ihrer Serviette und breitete sie auf ihrem Schoß aus. „Wie war dein Flug hierher, Mama?"

„'olprig, 'eiß und *sehr* unerquicklisch." Ihre Stimme wurde schärfer. „Neben mir saß dieser furschtbare be'äbige Mann, der doch tatsäschlisch die Fresch'eit besaß zu schnarschen, und das auf die schlimmstmögliche Art und Weise."

Kelli hustete und versuchte ein Kichern zu unterdrücken.

Eine zierliche Chinesin hastete auf ihren Tisch zu, verbeugte sich kurz und stellte dann eine Teekanne und drei winzige Tassen vor sie.

„Wenn du gestattest ..." Kelli griff nach der Kanne, die direkt vor Maddies Nase stand, und begann den Tee in die drei Tassen zu füllen.

Maddie wandte sich wieder ihrer Muter zu. „Und das Weihnachtskonzert?"

Ihre Mutter reckte die Nase in die Höhe. „*Oui.* Isch muss natürlisch reschtzeitig wieder zurück sein."

„Natürlich."

„Isch treffe misch mit Maestro Bergenheimer, während isch 'ier bin. Er 'at mir von einem antiken Cello geschrieben und er besteht darauf, dass isch es mir ansehe. Nur isch könne ihm gerescht werden, meinte er."

„Hmm."

„Er glaubt, dass es im vierzehnten Jahr'undert gebaut wurde. Isch 'abe daran selbstverständlisch so meine Zweifel. Und dennoch ..." Sie sprach noch einige Minuten über die Möglichkeit, dass das Cello doch eine rare Antiquität war, darüber, wann der Maestro es erstanden hatte, warum sie die Einzige war, die es spielen sollte, und dass er es dem Sinfonieorchester ohnehin leihen werde. Maddie hörte ungefähr in der Mitte auf, zuzuhören.

Das Essen verlief bisher ganz gut. Alles war normal, unter Kontrolle, langweilig. Genau, wie sie es geplant hatte. Ihre Mutter würde nichts in Erfahrung bringen. Nichts ahnen. Und in eineinhalb Wochen würde sie nach Boston zurückkehren und Maddie wäre wieder in Sicherheit. Eineinhalb Wochen. Sie konnte so lange durchhalten. Sie konnte es schaffen. Sie musste nur einen Tag nach dem anderen angehen. Eine Stunde, eine Minute nach der anderen.

„Madison? Madison! 'örst du mir überhaupt zu?"

Maddie schreckte hoch. „Was? Wie bitte? Oh, entschuldige, Mama. Das mit dem Cello klingt wunderbar."

Teller klapperten, da die Bedienung jetzt den Nebentisch abräumte. Die Stimme ihrer Mutter verschärfte sich. „Isch 'abe nach deinem Arzttermin gefragt. Was genau –?"

„Suppe! Heiß. Sauer. Gut." Der Kellner knallte eine riesige Schöpfkelle auf den Tisch und daneben einen Stapel leere Schälchen. Energisch deutete er auf einen kleineren Mann, der hinter ihm stand.

Der kleine Mann stellte die Suppenschüssel neben die Schälchen, verbeugte sich und zog sich zurück. Nun trat eine Frau mit dem Mandelhühnchen und dem Mu Shu an den Tisch.

Der Kellner ließ erneut die Suppenkelle auf den Tisch niedersausen. „Extra Pflaumensoße kommt noch. Senf, Süßsauer-Soße, Ketchup." Nacheinander deutete er auf drei kleine Schüsselchen.

Maddie zog das Mu Shu näher an sich heran, während der Kellner die Suppe verteilte.

Wie sie es verabredet hatten, stellte Kelli Maddies Suppenschälchen neben ihren Teller, genau auf die Zwei-Uhr-Position. Dann griff sie nach ihrer eigenen Schale. „Das sieht wunderbar aus, Huang Fu."

Maddie lächelte. „Großartig, wie immer."

Huang Fu verbeugte sich. „Hier die Extraportion Pflaumensoße." Stürmisch riss er sie dem kleineren Mann aus der Hand, der inzwischen zurückgekehrt war, und stellte sie auf den Tisch. Dann drehte er sich um und verschwand.

Maddie nahm sich einen dünnen Teigfladen und legte ihn auf ihren Teller.

Kelli lehnte sich vor und legte ihre Hände mit den Handflächen nach oben auf den Tisch. „Soll ich beten oder möchte eine von euch?"

Steif rutschte Maddies Mutter auf ihrem Stuhl nach vorne. Sie legte ihre Hand nicht in Kellis, sondern faltete sie unauffällig in ihrem Schoß. „Du darfst. Aber rasch."

Maddie musste innerlich grinsen.

Alle drei beugten sie ihre Köpfe, als Kelli ein kurzes Gebet sprach. „Danke, Herr Jesus ..."

Aber Maddie hörte wieder nicht zu. *Bitte, Gott, lass mich das nicht vermasseln. Du hast die Blindheit nicht von mir genommen. Du hast den Prozess der Erblindung noch nicht einmal verlangsamt. Aber ich glaube immer noch, dass du irgendwo da draußen bist. Also kannst du das für mich tun. Diese Kleinigkeit. Zumindest das kannst du für mich tun. Lass sie die Wahrheit nicht herausfinden. Das würde sie umbringen. Es würde mich umbringen. Bitte hilf mir, Gott. Ich will doch nur normal sein. Ich will doch nur –*

„Amen."

Maddie hob den Kopf. „Danke, Kelli." Selbstbewusst griff sie nach dem Mu Shu und löffelte eine großzügige Portion auf den Teigfladen auf ihrem Teller. „Und wie geht es Poppette, Mama?" Poppette war der unausstehliche Pekinese ihrer Mutter.

„Oh, isch musste ihn weggeben. Er wollte einfach nie still sein."

Maddie tauchte ihren Löffel in die Pflaumensoße und verteilte sie auf ihrem Essen. Ein stechender Schmerz durchzuckte ihr Bein, als Kellis Schuh sich mit voller Wucht hineingrub. „Was ist?"

Kelli lehnte sich vor und nahm ihr die Pflaumensoße aus der Hand. „Ich hätte gerne auch etwas von dem Senf, Maddie. Danke."

Maddie schluckte hart. Scharfer Senf. Wie hatte sie Senf für Pflaumensoße halten können? Sie hasste Senf. Aber jetzt gab es kein Zurück mehr, da ihre Mutter sonst merken würde, dass etwas nicht stimmte. Sie würde ihr Essen wohl oder übel so zu sich nehmen müssen.

Mit betont fröhlichem Tonfall meldete sich Kelli erneut zu Wort. „Nett wie ich bin, gebe ich dir im Gegenzug die Pflaumensoße, die du bestellt hast." Sie drückte sie Maddie direkt in die Hand. Es war ein anderes Schüsselchen als sonst. Eher eine Tasse als das normale kleine Schälchen, in dem die Soße sonst serviert wurde. Kein Wunder, dass sie danebengelangt hatte.

Maddie konnte beinah sehen, wie die Adleraugen ihrer Mutter den Austausch der Schälchen beobachteten. Aber vielleicht konnte sie es auch nicht sehen. Vielleicht bildete sie sich das nur ein.

„Danke, Kelli." Sie häufte die Pflaumensoße auf die Füllung, rollte den Teigfladen zusammen und biss zaghaft hinein. Sofort traten Schweißperlen auf ihre Oberlippe. Sie wischte sie weg und zwang sich zu einem zweiten Bissen.

„Geht es dir gut, Madison?"

Sie hustete. „Ja, Mama, es geht mir gut."

„Du siehst furschtbar aus."

„Vielen Dank."

„Blass."

„Bitte, Mutter."

„Du bist krank."

„Oh, schaut doch mal." Kellis Arm schnellte in die Höhe und sie deutete auf eine Gruppe Menschen, die gerade am gegenüberliegenden Tisch Platz nahmen. „Da ist, äh, Frank Sinatra."

Mit hochgezogenen Augenbrauen wandte Maddies Mutter sich zu der Gruppe um. „Sei nischt albern, Kind. Dieser Mann sieht Frank nischt im Geringsten ähnlisch." Sie begann sich zurückzudrehen.

Da passierte es. Maddie griff nach ihrem Glas und stieß dabei gegen ihre Teetasse. Sofort ergoss sich ihr kompletter Inhalt über den Tisch; die dampfende Flüssigkeit strömte geradewegs auf ihre Mutter zu. Maddie fühlte wie in Zeitlupe, wie die Tasse kippte und der Tee über den Tisch schoss. Näher. Immer näher. Damit würde sie niemals durchkommen. Ihre Mutter würde ihr hunderte Fragen stellen, würde nachbohren und argwöhnen, was los war. Das stand außer Frage. Maddie öffnete den Mund um irgendetwas zu sagen, ihrer Mutter irgendeine Ausrede zu präsentieren.

Aber bevor ihr etwas zumindest halbwegs Sinnvolles in den Sinn kam, schnappte Kelli sich die Teetasse und eine Serviette. Ihre Stimme klang vollkommen überdreht. „Oh, es tut mir ja so leid, Mrs Foster. Ich bin ein solcher Tollpatsch. Es ist wirklich ein Wunder, dass Maddie es schon so lange mit mir aushält."

Maddie hielt den Atem an.

Ihre Mutter sah sie beide misstrauisch an. „Isch dachte Madison –"

Stürmisch schüttelte Kelli den Kopf. „Nein, nein, das war ich, wie immer." Sie griff nach einer weiteren Serviette. „Lassen Sie mich das schnell aufwischen. Ich bin ja nur froh, dass ich niemanden nass gemacht habe." Lächelnd stapelte sie die tropfnassen Servietten neben ihrem Teller. „Es vergeht kaum eine Mahlzeit, ohne dass ich irgendetwas verschütte. Maddie hätte Sie warnen sollen."

„Du musst disch nischt entschuldigen, *chérie.*" Die Stimme von Maddies Mutter klang kalt wie ein Eisblock. „Meine Mutter, Madisons *grandmère,* hat auch bei jeder Mahlzeit etwas verschüttet." Sie nahm ihren Tee in die Hand und nippte damenhaft daran. „Natürlisch lag das daran, dass sie langsam aber sischer erblindete." Sie senkte die Teetasse und schaute zu Maddie hinüber. „Wo wir gerade davon spreschen: Wie steht es zurzeit um dein Sehvermögen, Madison?"

„Äh ..."

Kelli schnappte begeistert nach Luft. „Oh klasse! Sie haben uns die kleinen Kekse mit der Mandel in der Mitte dazugestellt. Ich liebe diese Kekse! Möchten Sie einen, Mrs Foster?" Hastig riss sie die kleine Platte in die Höhe und hielt sie Maddies Mutter unter die Nase.

„Nein danke."

Maddie griff nach einem Keks und ließ ihn auf ihren Teller fallen. Er landete auf dem Mu Shu. „Wir sollten besser weiteressen. Ich habe morgen eine Prüfung." Während sie nach ihren Stäbchen griff, bemerkte sie, dass ihre Mutter sie mit ihren Blicken beinah erdolchte. Dieser Blick konnte ihr nicht entgehen, nicht einmal jetzt.

Und er verriet ihr, dass Mrs Isabelle Foster die Frage nach dem Sehvermögen ihrer Tochter nicht vergessen hatte.

Irgendetwas geschah gerade. Etwas, das Paul nicht verstand. Maddie schwitzte. Schweißperlen überzogen ihre Stirn und die Oberlippe. Ihre Lippen bewegten sich. Er beugte sich vor und bemerkte, dass sie etwas vor sich hinmurmelte. Worte. Kaum zu hören. Genuschelt. Angsterfüllt. „Die Oper. Nicht die Oper. Nein."

Paul sah zu Isabelle hinüber. Sie hatte nichts gehört. Wenn doch, ließ sie es sich zumindest nicht anmerken. Ihre Augen waren geschlossen, und auch ihre Lippen bewegten sich. Paul sah genauer hin. Sie ... nein, das konnte nicht sein. Er trat ein paar Schritte beiseite, bis das Licht so fiel, dass er sie besser sehen konnte. Doch, sie tat es.

Ihre eine Hand hielt Maddies, die andere einen Zipfel der Bettdecke umklammert. Isabelle betete. Betete wirklich. Und zwar auf Englisch, nicht auf Französisch.

„'immlischer Vater, verschone sie. 'eile sie. Mach sie ganz." Isabelle öffnete die Augen. „Was soll isch nur ohne disch machen? Isch kann das nischt. Das weißt du doch." Sie schaute auf ihre Hand, ließ die

Bettdecke los und presste ihre Finger stattdessen auf ihre zitternden Lippen. „Bitte Gott, lass sie einfach wissen, dass isch sie liebe. Dass isch Anteil nehme. Dass isch für sie da sein werde, falls sie misch braucht."

Paul richtete sich auf. „Das tut sie nicht. Nicht jetzt. Nicht mehr."

„Rette sie ..." Isabelle stand auf, atmete lautstark ein und hastete dann aus dem Zimmer.

Paul beobachtete, wie sie ging. Er wartete. Und wartete. Sie kam nicht zurück.

„Sie ist weg, Maddie." Es war merkwürdig, beinah unmöglich. Isabelle Foster war gekommen, war geblieben, hatte gesprochen. Und dann war sie gegangen, ohne Forderungen, ohne Diskussionen. Sie war beinah, nun, nett gewesen. Zumindest zu Maddie.

Paul setzte sich wieder neben seine Frau. Als er ihr Gesicht betrachtete, bemerkte er, dass ihre Stirn immer noch besorgt in Falten gelegt und mit Schweißperlen überzogen war. „Menschen ändern sich, Liebes. Zumindest manchmal." Er schaute zur Tür hinüber. „Manchmal machen sie genau das, was wir am wenigsten von ihnen erwarten."

Aber dies war nicht das erste Mal, dass Isabelle Foster sie überrascht hatte. Diesmal war es eine positive Überraschung. Aber damals war sie für Maddie ein wahr gewordener Albtraum gewesen. Alles hatte so einfach, so unschuldig, mit zwei Karten für die San Franciscoer Oper begonnen. Ein Geschenk, mehr nicht.

Er hatte sie Maddie an jenem Abend als eine freundschaftliche Geste gegenüber ihrer Mutter vorbeigebracht. Es war ihm alles so einfach erschienen – ein Abend voller Musik und gedimmter Lichter, den Maddie gemeinsam mit ihrer Mutter verbringen konnte und der es ihr trotzdem ermöglichte, ihr Geheimnis zu wahren. Während eines Sinfoniekonzertes brauchte kein Mensch seine Augen; er brauchte lediglich seine Ohren. Das hatte Paul zumindest gedacht.

Blöd. Jetzt wusste er das. Aber damals hatte er lediglich irgendetwas Nettes machen wollen. Er erinnerte sich noch daran, wie er die Eintrittskarten aus seiner Tasche gezogen und sie Maddie direkt in die Hand gedrückt hatte. „Karten für das Sinfoniekonzert am Freitagabend. Ich dachte mir, dass deine Mutter und du es gemeinsam genießen könntet." Maddie hielt sie in den Händen. Hinter ihr blubberte die Lavalampe. Das Radio spie einen verrauschten Walzer aus. Die Lichter im Hausflur verloschen.

Maddie drückte seinen Arm und bedachte ihn mit ihrem neckischen halben Grinsen. „Danke, Paul. Das ist so umsichtig –"

„Wer ist das, *chérie*?" Isabelle stürmte mit vorgeschobenem Kinn und blitzenden Augen aus Maddies Zimmer. Ihr Haar war zu einem strengen Knoten zusammengebunden, was ihre Kieferknochen noch steifer erscheinen ließ.

Maddie drehte sich zu ihr um. Ihre Hände zitterten. „Das ist nur Paul, Mama. Schau mal, er hat uns Karten für die Oper gebracht."

„Die Oper?" Sie wandte sich Paul zu. „Sie wissen aber schon, dass isch ein Mitglied der Bostoner Philharmoniker bin, oder?

Paul erstarrte. „Natürlich, deshalb habe ich –"

„Sie verstehen nischt."

„Mama!"

Isabelles Lippen pressten sich zu einer dünnen Linie zusammen. „Also gut. Sie wollten nett sein. An welschem Abend ist das Konzert?" Zielstrebig schwebte sie zu ihnen hinüber und entwendete Maddie die Karten. „Freitag. Das ist unmöglisch. Am Freitagabend treffe isch misch mit Maestro Bergen'eimer. Das kann isch auf keinen Fall verschieben. Es tut mir leid." Sie sah genauer hin. „Erster Rang. Mitte. Das sind zumindest ordentlische Plätze." Seufzend warf sie die Eintrittskarten auf die Kommode. „Es ist bedauerlisch, dass isch das Konzert nischt besuchen kann, Mr Tilden. Bitte 'alten Sie misch nischt für undankbar." Sie neigte den Kopf leicht in seine Richtung. „Vielleischt kann das kleine pinkfarbene Flatterding mit ihr 'inge'en, sodass Sie die Karten nischt umsonst besorgt 'aben?"

Maddie trat einen Schritt vor. „Kelli?"

„Ja, natürlisch."

Maddie bedachte ihre Mutter mit einem finsteren Blick. „Sie ist an diesem Wochenende nicht in der Stadt."

Eilig schnappte sich Paul die Karten von der Kommode und schob sie zurück in seine Tasche. „Ich begleite sie."

Der finstere Gesichtsausdruck wich einem besorgten. „Oh, Paul, was ist mit deiner Konferenz? Mit deinem neuen Anzug?"

„Ich kann den Anzug genauso gut in der Oper tragen. Und die Konferenz läuft auch noch den ganzen Samstag."

„Paul." Der warnende Unterton in Maddies Stimme entging ihm nicht. Die Schärfe darin, die für einen Außenstehenden kaum wahrzunehmen, für ihn aber unüberhörbar war, verriet ihm, dass irgendetwas nicht stimmte.

Ihre Mutter schnaubte. „Gut. Isch bin froh, dass das geklärt ist."

Maddie wirbelte zu ihr herum. „Der Karottensaft ist fertig und steht in der Küche."

„Danke, *chérie*." Ihre Absätze klackerten lautstark über das Linoleum, als Isabelle sich umdrehte und den Flur verließ. Paul trat über die Türschwelle. Erst unmittelbar vor Maddie blieb er stehen und verschränkte die Arme vor der Brust. „Also gut, was ist los?"

Sie starrte eindringlich in seine Richtung. „Kein Mitleid, hast du das etwa schon vergessen?"

Paul schnitt eine Grimasse. „Keine Sorge, es ist kein Mitleid."

Verschnupft schüttelte sie den Kopf. „Oh bitte. Ich kann noch nicht einmal meine eigene Mutter dazu bringen, mit mir auszugehen. Armseliger geht's ja wohl kaum noch, oder?"

Paul schaute zur Küchentür hinüber, durch die Isabelle wenige Augenblicke zuvor verschwunden war. „Da kannst du doch von Glück sagen ..."

„Paul!"

„Also?"

„Na gut, wenn es kein Mitleid ist, was ist es dann?"

Er lächelte. „Bosheit."

Maddie versuchte ein Grinsen zu unterdrücken, scheiterte aber kläglich. Sie kicherte. „Also gut. Aber sie wird dir das heimzahlen, nur damit du es weißt. Sie wird dich dafür bluten lassen."

„Warum? Ich bin doch hier der Nette."

Maddies Augenbrauen schossen in die Höhe. Dann wurde ihr Blick sanfter. „Ja, das bist du."

Einen Moment lang dachte er, sie würde noch etwas hinzufügen, doch stattdessen wandte sie sich ab. „Behalte einfach im Gedächtnis, dass keine gute Tat ungestraft davonkommt. Ganz besonders nicht, wenn meine Mutter im Spiel ist."

Er dachte, sie mache einen Witz, aber sie sollte recht behalten. Er hatte bitter dafür bezahlt. Diese zwei Konzertkarten hatten ihn beinah alles gekostet.

Kapitel 9

1973. San Francisco im Winter. Und Maddie in einem dunkelblauen Kleid. Es flatterte ihr um die Knöchel, schmiegte sich sanft an ihre Haut. Merkwürdig und irgendwie fehl am Platz, wenn man bedachte, dass über ihr ein blinkendes Neonschild hing.

Paul blieb vor einer schmalen Eingangstür stehen. Aus dem Inneren drang ihnen das Geräusch von aufeinanderschlagenden Töpfen entgegen.

Maddie berührte seinen Ellbogen. „Was ist das hier? Das kann unmöglich –"

„*Au contraire.*" Mit einer ausschweifenden Handbewegung deutete Paul auf die geöffnete Tür. „Das hier ist zufälligerweise das berühmteste Lokal in ganz Chinatown."

„Das hier? Obwohl diese ... was ist das eigentlich?" Sie kniff die Augen zusammen und drehte den Kopf so, dass sie besser sehen konnte. „Obwohl Hühner im Fenster hängen?"

„Natürlich."

„Mein Sehvermögen muss schlechter sein als ich dachte. Für mich sieht das aus wie ein Loch in der Wand." Erneut kniff sie die Augen zusammen und spähte durch das fettverschmierte Fenster, dann betrachtete sie die Wäscherei auf der einen und den Taschenladen auf der anderen Seite des Lokals. „Das ist doch höchstens, keine Ahnung, drei Meter breit?"

„Oh, es sind mindestens viereinhalb Meter. Und jetzt komm."

Maddie zögerte. „Das ist wieder einer deiner Witze, nicht wahr?"

„Nein, ist es nicht." Paul verbeugte sich scherzhaft und bedeutete ihr einzutreten. „Willkommen bei *Sam's*."

„Ausgeschlossen!"

Paul ergriff ihre Hand und führte sie hinein. Teller klapperten, Löffel kratzten über Wokböden, Messer donnerten auf Schneideblöcke herab, ein halbes Dutzend Menschen schnatterten in schnellem Kantonesisch durcheinander. Dampf verschleierte ihren Blick noch weiter, aber nicht bevor sie sah, dass sie direkt vom Bürgersteig in eine winzige Küche eingetreten waren. „Bist du dir wirklich ganz sicher?"

Paul legte ihre Hand so auf seinen Ellbogen, dass sie zugleich seine Seite berührte. „Natürlich bin ich das. Meine Kollegen haben gesagt, dass man unmöglich nach San Francisco kommen kann, ohne hier zu essen. Das Lokal ist berühmt."

„Wofür?"

Er legte einen Finger auf ihre Lippen. „Sei still und genieß es einfach. Du hast gesagt, dass das hier keine richtige Verabredung sei, erinnerst du dich?"

„Natürlich."

„Tja, glaubst du wirklich, dass irgendjemand seine Verabredung hierher ausführen würde?"

Maddie grinste. „Da hast du wohl recht."

„Na siehst du." Er drückte ihre Hand. „Du musst endlich lernen, mir zu vertrauen."

Paul hob den Arm und sprach eine Frau an, die in einem riesigen Topf rührte, der auf dem offenen Feuer stand. „Ein Tisch für zwei Personen, bitte."

Die Frau winkte sie unwirsch weiter. „Gehen Sie. Dritter Stock. Los, los!"

Als Maddie die Augen zusammenkniff, konnte sie die schmalen Treppenstufen am Ende des Raums gerade so ausmachen. „Da hoch?"

Paul ergriff erneut ihre Hand und führte sie zur Treppe. Sie war so schmal, dass sie sie auch ohne Pauls Hilfe hätte erklimmen können. Aber sie beließ ihre Hand in seiner, während sie gemeinsam erst ein Stockwerk, dann das zweite in Angriff nahmen. Die letzte Windung, die noch enger war als die bisherigen, führte sie direkt in einen winzigen Raum, in dem sieben wacklige Tische standen, die von niedrigen Hockern umrundet wurden. Paul führte sie an einem anderen Pärchen vorbei, das an einem der Tische saß. Maddie schaute sie an, obwohl sie ihre Gesichter nicht ausmachen konnte.

„Wenigstens sind wir nicht die Einzigen hier."

„Ich habe dir doch gesagt, dass dieses Lokal berühmt ist."

„Ja sicher."

„Lass uns den Fenstertisch nehmen." Er führte sie zum hintersten Tisch und zog einen der Hocker vor.

Sogar Maddie konnte erkennen, dass der Boden verschrammt und abgenutzt war, genau wie die Stühle und Hocker. „Berühmt, ja?"

„Ich hab doch gesagt, dass das hier der perfekte Ort für eine KV ist."

Sie lachte. „Ja, das ist es."

Draußen versprühte das Neonschild strahlend grüne und gelbe Lichtstreifen. Irgendetwas flatterte im Wind. Vielleicht chinesische Laternen, die der Laden auf der gegenüberliegenden Straßenseite vor die Fenster gehängt hatte. Das schrille Jaulen eines Hundes gesellte sich zu dem penetranten Klingeln einer Glocke hinzu.

Paul schob seinen Hocker näher ans Fenster und schaute hinaus. „Es ist nur ein Junge auf einem Fahrrad, glaube ich."

„Ist er zu so später Stunde etwa allein unterwegs?"

Paul verrenkte sich fast den Kopf, um besser auf die Straße sehen zu können. „Das kann ich nicht sehen. Wir sind zu weit oben."

Maddie lehnte sich über den Tisch. Sie konnte draußen nur ein unscharfes Gemisch aus Farben und Licht erkennen. „Ich kann es auch nicht sehen. Sind das Bettlaken, die vor dem Fenster dort drüben herumflattern, oder Laternen?

„Sieht aus wie ein Nachthemd, das zum Trocknen herausgehängt wurde."

„Ich bin für dieses Lokal nicht richtig gekleidet."

Paul lachte. „Du siehst klasse aus."

In genau diesem Moment polterte jemand schweren Schrittes die Treppe hinauf. Sekunden später stürmte ein ungewöhnlich großer Chinese über die Türschwelle, hielt kurz inne, brüllte einige unverständliche Worte die Treppe hinunter und stampfte dann zu dem Paar an dem anderen Tisch hinüber. Kurz darauf hallte ein Schwall wütender kantonesischer Wörter im Raum wider.

Maddies Blick flog zu dem Kellner hinüber, der immer noch an dem anderen besetzten Tisch stand. Sein Gesichtsausdruck war für sie nicht zu erkennen, aber er deutete mit dem Finger auf sie. Nein, auf das Fenster hinter ihr.

Jetzt wechselte er die Sprache und so konnte Maddie sein verärgertes Gebrabbel zuordnen. „Sie sehen Schild da, dicker Mann? Das hier sein Chinarestaurant. Keine Cola. Keine Pepsi. Tee. Nur Tee. Heiß. Ohne Zucker."

Das Paar rutschte mit seinen Hockern näher in Richtung Wand. Dabei murmelten die beiden irgendetwas, das Maddie akustisch nicht verstehen konnte.

Die Stimme des Kellners wurde lauter. „Nein. Jetzt kein Tee. Für Sie nur Wasser. Holen Sie selbst." Er deutete schwungvoll auf den Tresen an der gegenüberliegenden Wand, riss den Gästen dann ihre Karten aus der Hand und stürmte auf Paul und Maddie zu.

Paul räusperte sich, als der Mann neben ihrem Tisch zum Stehen kam. „Wir hätten gerne Tee. Ohne Zucker, bitte."

Der Kellner warf die Speisekarten auf den Tisch und gab ein lautes „Hm!" von sich. Ohne ein weiteres Wort zu sagen, ging er zum Tresen hinüber, schnappte sich eine Teekanne und zwei Tassen und marschierte damit zu ihnen zurück. Er knallte sie auf die Tischplatte, zog einen Stift aus der Tasche seiner Schürze und deutete damit auf Paul. „Sie essen?"

„Ja bitte."

„Hm!" Der Stift wanderte in seine andere Hand.

Maddie bemerkte, dass er kein Papier hervorzog. Anscheinend war der Stift zum Gestikulieren gedacht, nicht zum Aufnehmen von Bestellungen.

Der Kellner rieb mit dem Daumen über seine gestärkte weiße Schürze und starrte zu ihnen hinunter. „Los, los. Tee werden kalt."

Paul öffnete die Speisekarte. „Wir nehmen das Mu Shu. Und –"

Die auf die Karte niedersausende Faust des Kellners schnitt ihm das Wort ab. „Sie lesen? Kein Mu Shu." Er hielt ihm drohend den Stift unter die Nase. „Sie Spezial Chop Suey essen."

Paul wich zurück. „In Ordnung. Und Suppe?"

Der Kellner schob den Stift zurück in seine Schürzentasche. „Sie Chop Suey, Wan-Tan-Suppe, gebratener Reis essen." Er schnappte sich die Karten und warf sie auf den Nachbartisch.

Paul klatschte in die Hände. „Klingt gut." Der Mann sah sie noch einen Moment lang finster an, dann ging er davon und schrie ihre Bestellung den Speiseaufzug hinunter. Anschließend polterte er die Treppe genauso lautstark wieder hinab, wie er sie heraufgekommen war.

Maddie kicherte. „Wow, das war vielleicht eine Vorstellung. Haben deine Freunde dich diesbezüglich vorgewarnt?"

Paul schüttelte den Kopf. „Ich vermute, die Wände haben ihren Sinn."

„Die Wände?"

Paul nickte zu einigen Schriftzügen hinüber, die Maddie nicht lesen konnte. „Kein Schnaps. Keine Milch. Kein Kaffee. Keine Glückskekse. Kein Gras."

„Steht das da wirklich?"

„Würde ich so etwas erfinden?"

Ein sanftes Lächeln legte sich auf Maddies Lippen. „Ja."

Paul zerzauste ihr das Haar. „Du kennst mich einfach zu gut. Aber in diesem Fall habe ich wirklich einfach nur gelesen, was da steht."

„Dieses Lokal ist wirklich etwas Besonderes. Es ist, als würde man einer kostenlosen Comedy-Show beiwohnen. Na ja, beinah kostenlos."

Paul zuckte mit den Schultern. „Die Show ist ein bisschen merkwürdig. Aber es ist ziemlich günstig. Ich konnte einen Blick auf die Preise erhaschen, bevor der Typ mir die Karte entrissen hat."

„Ob es hier wirklich kein Mu Shu gibt?"

„Wer weiß?"

Maddie kicherte erneut. „Oh nein, ich glaube, da kommt er wieder. Sieh dich vor."

Füße polterten die Treppe hinauf. Dann betrat der Kellner den Raum. Der Speiseaufzug quietschte. Von unten erschallte ein lautes Rufen.

Der Kellner öffnete die Tür des Speiseaufzugs, nahm drei Schüsseln heraus und stellte sie auf den Tisch des anderen Paares. Dann wandte er sich Paul und Maddie zu. Doch bevor er sich weiter als zwei Schritte auf sie zu bewegen konnte, hob der Mann am anderen Tisch die Hand. „Entschuldigen Sie, Sir!"

Paul beugte sich vor und flüsterte Maddie ins Ohr: „Man sollte meinen, er wüsste es besser."

„Pst! Ich will zuhören!"

„Ich habe braunen Reis bestellt." Die Stimme des Mannes klang leicht nasal.

Der Kellner blieb abrupt stehen. Langsam drehte er sich wieder zu dem anderen Tisch um. „Sie Reis braun wollen?"

Einer der Hocker ächzte. „Ja."

Maddie beobachtete, wie der Kellner zu dem Tisch zurückging und etwas in die Hand nahm. Sie blinzelte. Die Sojasoße. Was sollte es sonst sein?

Jetzt schraubte der Kellner den Deckel ab und goss die Flüssigkeit dann großzügig über den Reis. „Da. Sie haben Reis braun."

Der Mann am anderen Tisch sagte nicht ein Wort.

Der Kellner schritt zu Paul und Maddie hinüber und starrte sie böse an. „Serviette da drüben." Er deutete auf einen Stapel weiße Papiertücher, die auf dem Tresen lagen. „Holen Sie selbst."

Paul nickte. „Natürlich."

Der Chinese verschränkte die Arme vor der Brust. „Nur Stäbchen. Keine Gabel." Er faltete die Arme wieder auseinander und deutete mit dem Finger auf Maddie. „Freundin wollen Gabel?"

Das Lächeln auf Maddies Gesicht gefror. Plötzlich schnürte sich ihr die Kehle zu. „Oh nein. Das bin ich nicht. Ich bin nicht seine Freundin."

Ohne auch nur ein Wort zu sprechen, starrte der Kellner Paul eine gefühlte Ewigkeit lang an. Maddies Herz klopfte. *Das hier ist keine Verabredung. Niemand würde seine Verabredung hierher ausführen. Er sollte das wissen. Er kann doch nicht wirklich glauben, dass …*

Schließlich erwachte der Kellner wieder zum Leben. „Nicht Freundin." Er schnalzte mit der Zunge. „Was nicht stimmen mit Ihnen? Sie hübsch. Sie nett. Sie Schwester?" Wild gestikulierte er in der Luft herum.

Paul schüttelte den Kopf. „Nein."

„Blöder Mann."

Eines von Pauls Stäbchen fiel lärmend zu Boden. Er bückte sich, um es aufzuheben.

Währenddessen wandte sich der Kellner Maddie zu. „Er sein nicht gut genug für Sie? Hm? Zu geizig?"

Maddie zwang sich zu einem Lächeln. „Nein, das ist es nicht." *Nicht im Entferntesten.*

„Ah. Sie warten auf schönen Chinesen." Er schlug sich vor die Brust. „Kluge Frau."

Ein Lachen purzelte über Maddies Lippen, diesmal ein echtes.

Das laute Quietschen des Speiseaufzugs kündigte die Ankunft einer weiteren Essensladung an. Der Kellner eilte hinüber und nahm eine Suppenterrine sowie zwei Schälchen aus dem Loch in der Wand. Anschließend kam er zurück, ließ die Suppenschälchen auf den Tisch knallen und stellte die Suppe daneben.

Maddies Augenbrauen schossen in die Höhe, als der Mann eines der Schälchen mit Suppe füllte und es vorsichtig vor sie stellte. Noch ein wenig höher wanderten sie, als der Kellner als nächstes Pauls Schälchen mit Suppe füllte und in der Hand behielt. „Keine Suppe für blöder Mann." Er marschierte mit Pauls Suppenschälchen davon.

Schweigend beobachtete Paul, wie der Kellner die Treppe hinunterstieg und schließlich außer Sicht verschwand. „Den Typen von der Arbeit werde ich vielleicht was husten!"

„Ach komm schon, so schlimm ist es doch gar nicht."

„Du hast gut reden, du hast ja Suppe."

„Und sie ist wirklich ganz ausgezeichnet." Maddie ließ ihren Löffel provozierend vor Pauls Gesicht kreisen.

„Du bist gemein."

„Hey, das war das erste Mal seit einer halben Ewigkeit, dass sich jemand halbwegs für mich interessiert hat."

„Jetzt mach mal halblang."

Sie kicherte. „Ich habe dir gesagt, du würdest bezahlen müssen."

„Aber doch nicht mit meiner Suppe. Ich habe Hunger." Er rang scherzhaft die Hände. „Wenn ich gewusst hätte, dass der Preis so hoch sein würde ..."

Maddie schlürfte einen Löffel Suppe und leckte sich genüsslich die Lippen. „Zumindest kann es jetzt nur noch besser werden, oder?"

Paul stöhnte. „Außer er beschließt, dass ein blöder Mann auch kein Chop Suey bekommt."

„Du bist nicht blöd. Du bist nur –"

Vollkommen unvermittelt presste Paul ihr seinen Zeigefinger auf die Lippen. „Kein Wort mehr. Der Kellner hat recht."

Und in diesem Moment wünschte Maddie sich mehr als alles andere, den Ausdruck in seinen Augen sehen zu können.

Es war still hier, auf dieser Seite des Wassers. Keine Stimmen, keine Klänge. Nur der Nebel und die Feuchtigkeit und die Strudel der Dunkelheit. Es hätte eigentlich wohltuend sein müssen. Es hätte friedlich sein sollen. Aber irgendetwas an dieser Stille war unheimlich. Irgendetwas war nicht in Ordnung. Sie hatte etwas Wichtiges vergessen. Es nagte an ihr, zupfte an den Ausläufern ihres Gedächtnisses, drang unbarmherzig in die Dunkelheit vor.

„Erinnere dich.“

Paul ist hier.

Er war da.

Jetzt.

Damals.

Er kann mir auch nicht helfen.

Er hat es getan.

Nicht damals.

Ja, damals war es dunkel gewesen, genau wie jetzt. Die Hoffnung hatte auf Sparflamme vor sich hin geköchelt und war dann einfach verloschen. Von einer Sekunde auf die andere. Und statt ihrer war die Dunkelheit wie eine riesige schwarze Welle angerollt gekommen. Gefüllt mit Wahrheit und Lügen. Ohne jeden Schutz.

Paul hatte alles mit angesehen.

Sie hatte es durchlebt.

„Erinnere dich.“

Warum? Ich will das nicht noch einmal durchleben. Nicht diese Zeit damals.

„Erinnere dich.“

Lass mich in Ruhe.

„Erinnere dich.“

Lass mich nicht allein ...

Maddie schloss die Augen und ließ die Musik über sich hinweggleiten, sanft, voller Tiefe, durchdringend. Violinen, ein Kontrabass und Trompeten bauten wunderbare Intervalle auf. Sie konnte sie alle identifizieren. Dann setzte das Cello ein, eindringlich, sehnsuchtsvoll. Sie öffnete die Augen.

In der Oper war es dämmrig. Paul saß neben ihr. Zwar konnte sie sein Gesicht nicht sehen, aber sie spürte, dass er angespannt war. Dachte er über die Musik nach oder den Kellner im Chinarestaurant? Oder ließ er den Anblick der nächtlichen, in unzählige blinkende Lichter getauchten Stadt noch einmal Revue passieren, der sich ihm von der Lobby aus geboten hatte? Bevor sie ihre Plätze aufgesucht hatten, waren sie ans Fenster getreten und Paul hatte die verschiedenen Lichter vor ihren Augen mit Leben gefüllt – die Scheinwerferlichter von Taxis, die die Hügel hinauf- und hinunterrasten, die schimmernden Lichter der Boote, die draußen in der Bucht vor Anker lagen, das durchdringende Gelb der Straßenlaternen und weiter weg, ganz in der Ferne, das Leuchten der Bay Bridge, das sich wie eine diamantene Halskette an den samtig schwarzen Nachthimmel schmiegte.

„Würdest du gerne eines Tages in der Stadt leben, Maddie?"

Sie war näher ans Fenster getreten und hatte ihre Hand auf seinen Arm gelegt.

„Nein. Ich bin kein Großstadtmädchen. Das weißt du doch." Sie kniff die Augen zusammen und sah misstrauisch zu ihm auf. „Hey, war das etwa ein Anmachspruch?"

Er grinste zu ihr herunter. „War es ein guter?"

Zur Strafe schlug sie ihm gegen die Schulter. „Oh, du!"

Dann waren sie zu ihren Plätzen gegangen. Paul hatte ihr die rote Wandverkleidung beschrieben, die genaue Sitzordnung des Orchesters und die verschiedenen Instrumente, die er sah. Nach dem zu urteilen, was Maddie seitdem gehört hatte, hatte er keines übersehen. Was gut war, da ihre Mutter sie morgen mit Sicherheit über jedes noch so winzige Detail ausquetschen würde.

Jetzt übernahmen die Violinen die Führung und stürzten sich in ein unheimliches Vibrato. Traurig und gefühlvoll.

Ja, ich fühle es. Die Sehnsucht. Den Verlust. Das Wissen, dass das, was hätte sein können, niemals eintreffen wird. Das, was hätte sein können, war für immer verloren. *Oh Gott ...*

Aber er war nicht da. Nicht in dieser Dunkelheit. Nicht in diesem Sehnen. Sie hatte auch ihn aus dem Blick verloren. In Gefühlen des Verrats. In Fragen, auf die es keine Antwort gab. Aber die Gefühle waren ein wenig schwächer geworden und die Fragen zu einem leisen Gemurmel im Hintergrund. Denn das war Gott auch geworden. Fern. Irgendwo da draußen, für sie nicht zu erreichen. Sie hatte ihn einmal geliebt. Vielleicht tat sie das immer noch. Aber es war so schwierig, sich dessen inmitten all des Schmerzes, all der Einsamkeit gewiss zu sein. Schwierig, sich dessen gewiss zu sein, obwohl es so wirkte, als habe er ihr den Rücken gekehrt und sei davongelaufen. *Gott?*

Die Violinen verstummten. Statt ihrer setzte eine Piccoloflöte tremolierend ein. Maddie schluckte schwer und versuchte sich vor der Musik zu verschließen. Aber es gelang ihr nicht. Es war ihr nie gelungen. Ihre Mutter konnte stundenlang kerzengerade dasitzen, dem Trällern der Piccoloflöte lauschen, den Violinen, den Klarinetten. Sie studierte jede Nuance, jeden Strich, jede Vibration der Saiten. Aber Maddie verband Musik immer mit Dunkelheit. Und die Fragen, die Zweifel überrollten sie mit dem Einsetzen der Instrumente, seit sie ein kleines Mädchen war. Ihre Mutter hatte stets mit dem Finger geschnippt, auf die Notenblätter vor ihr gedeutet und sie aufgefordert, mitzulesen.

„Du musst die Musik in deinem Kopf 'ören, Madison. Du musst sie fühlen. Mach sie dir zu eigen." Die Hände ihrer Mutter hatten gezittert, wenn auch nur ganz leicht, beinah so, als habe sie ein Frösteln überfallen und direkt wieder verlassen. „Konzentrier disch, Madison. Denn eines Tages kannst du die Partitur womöglisch nischt mehr se'en. Und dann ist die *musique* alles, was du noch 'ast."

Und die Dunkelheit. Letzteres hatte ihre Mutter nie gesagt, aber Maddie hatte die Worte trotzdem gehört. Immer. Die Ausläufer der Musik waren mit Angst gesäumt.

Und jetzt war ‚eines Tages'.

Und all das, was Maddie getan hatte – vom Blumenriechtraining über die Neusortierung ihres Kleiderschranks bis hin zu den Laufübungen im Dunkeln –, änderte nicht das Geringste daran. Zumindest nicht wirklich. Nichts davon hatte die Angst auch nur einen Spaltbreit zurückgedrängt. Aber sie war noch nicht bereit aufzugeben. Sie ging fest davon aus, glaubte, dass es einen Unterschied machen würde. Aber das tat es nicht. Die Musik verriet ihr das. Sie erzählte ihr die dunkle Wahrheit. Erzählte sie ihr und hastete dann davon, als wolle sie sie verspotten.

Es war eine wirkliche Ironie des Schicksals, dass die Blindheit ihre Mutter verschont hatte, die sich ihr ganzes Leben lang auf den Ernstfall vorbereitet hatte, und stattdessen Maddie befallen hatte. Und Malcolm. Malcolm hatte auch nie Musiker werden wollen. Das Einzige, was er gewollt hatte, war Baseball zu spielen.

Die Melodie schwoll an und hüllte sie immer weiter ein. Der Kontrabass setzte zusammen mit den Violinen erneut ein, eine Flöte schien wie ein Sperling im freien Fall gen Erde zu trudeln.

Gott, wie konnte das nur geschehen? Warum? War Malcolms Schicksal nicht schlimm genug? War sein Verlust nicht hart genug für uns alle? Ich will nicht auch alles verlieren. Ich will nicht zu meiner Mutter nach Boston zurückkehren. Ich will hierbleiben und leben. Ich will all die Dinge machen, die ich geplant hatte. Die Uni beenden, mir ein Auto zulegen, die Vernal Falls im Yosemite-Nationalpark besteigen. Gott, hörst du mich überhaupt? Oder bin ich allein? Völlig allein in dieser Dunkelheit?

Maddie seufzte, als das Orchester mit einem Crescendo die Intensität der Musik erhöhte und dann, auf dem Höhepunkt, nur noch ein Instrument weiterspielte. Ein einzelnes Cello zelebrierte langsam sein Solo – eindringlich, schmerzhaft gefühlvoll.

Wenn Mama das hören könnte. Sie würde es lieben. Maddie lief ein kalter Schauer über den Rücken. *Aber ich will hier nur raus.*

Paul rutschte näher an sie heran und flüsterte: „Alles in Ordnung?"

Sie nickte.

„Ist dir kalt?"

Sie schüttelte den Kopf.

Dann war es vorbei. Die Musik verhallte. Die Lichter gingen an. Pause. Endlich. Sie hatte eine halbe Sinfonie überlebt, ohne verrückt zu werden.

„Du siehst aus, als würdest du krank."

Maddie schnitt eine Grimasse. „Vielen Dank."

„Hat das chinesische Essen dir den Magen verdorben?"

Maddie rieb sich mit dem Zeigefinger die Nase. „Es ist nicht das Chop Suey. Es ist das Cello."

„Wie bitte?"

„Also gut, ich gestehe. Ich mag Sinfoniekonzerte nicht, okay? Ganz im Gegenteil sogar, ich hasse sie. Habe sie immer gehasst. Ich weiß, dass das nicht gerade für mich spricht. Kein gebildeter Mensch hasst klassische Konzerte. Aber so ist das nun mal."

„Warum hast du das nicht gesagt?"

„Vor meiner Mutter, Mrs Isch-bin-Berufscellistin-und-lebe-für-die-*musique*? Und nachdem du die Karten bereits gekauft hattest? Das wäre doch einfach nur grauenvoll gewesen!"

„Da hast du wohl recht." Er drückte aufmunternd ihr Knie. „Aber wir müssen nicht bleiben. Komm, lass uns irgendetwas unternehmen, das Spaß macht. Ich habe gehört, dass im Hyatt-Hotel Tanzabende veranstaltet werden. Oder wir könnten am Kai spazieren gehen. Was meinst du?"

Einen Moment lang erlaubte Maddie sich die Vorstellung, wie es wäre, in Pauls Armen zu den Klängen einer Big Band zu tanzen oder am Kai spazieren zu gehen, während die steife Meeresbrise durch ihr Haar fuhr und über ihr die Möwen krächzten. „Oh, das wäre einfach wundervoll." Ihre Stimme wurde flacher. „Aber das geht natürlich nicht."

„Warum nicht?"

„Meine Mutter wird es herausfinden."

Paul runzelte skeptisch die Stirn. „Sie ist nicht hier."

„Das spielt keine Rolle. Sie wird verlangen, dass ich ihr alles erzähle. Jeden Moment bis ins kleinste Detail rekapituliere. Das tut sie immer."

Paul seufzte. „Das tut mir leid. Ich hatte ja keine Ahnung."

Schnell ließ sie ihre Hand auf seinen Arm wandern und drückte ihn sanft. „Ich weiß. Es ist nur ..."

Sein Nicken signalisierte ihr, dass er verstanden hatte. „In Ordnung, wir bleiben. Warte einfach hier auf mich." Er nahm seine Hand von ihrem Knie und stand auf.

Fragend schaute sie zu ihm hoch. „Wohin gehst du?"

Paul hielt einen Moment inne, bevor er antwortete. „Komm schon, Maddie, musst du wirklich alles wissen?"

Da verstand sie. Ihr Gesicht färbte sich schlagartig rot. „Entschuldige. Ich dachte, nur Mädchen brauchten Pipipausen."

Paul gab ein Glucksen von sich. „Ich bin in einer Minute zurück." Erneut zerzauste er ihr das Haar.

„Hör auf damit!"

„Rühr dich nicht von der Stelle." Grinsend ging er ein paar Schritte rückwärts, dann drehte er sich um und verschwand den Gang hinunter.

Maddie lehnte sich in ihrem Sitz zurück und lauschte dem leisen Stimmengewirr um sie herum. Sie konzentrierte sich auf keine bestimmte Unterhaltung, sondern erlaubte ihren Gedanken, Paul nachzugehen. Er war ein guter Freund. Freundlich. Umsichtig. Das war er schon immer gewesen, selbst als er Verabredungen mit einem Dutzend Blondinen gehabt, sie im Squash geschlagen oder sich darüber lustig gemacht hatte, dass sie ihre Hausaufgaben immer Tage im Voraus erledigte. Sie hatte Glück, ihn zu haben. Besonders jetzt. Wenn die Gegebenheiten anders wären – wenn sie nicht erblinden würde, wenn das Gespenst dieser alten Freundin nicht über ihnen schwebte –, vielleicht hätte dann mehr aus ihrer Freundschaft werden können. Vielleicht. Eines Tages. Sie hatte sich selbst nie erlaubt, länger darüber nachzudenken. Dafür war ihre Freundschaft einfach zu kostbar, als dass sie sie durch irgendwelche Wunschträume gefährden wollte. Aber manchmal fragte sie sich, ob er wusste, was sie empfand, was sie schon immer empfunden hatte. Hätte es einen Unterschied gemacht? Jetzt würde es keinen machen. Nicht mehr. Es würde ihn nur verjagen.

Sie schloss die Augen und lehnte den Kopf an die Rückenlehne ihres Sitzes. *Ich danke dir für Paul, Gott. Und für seine Freundschaft, auch wenn daraus niemals mehr werden kann. Er ist dein Geschenk für mich. Das weiß ich. Und vielleicht kann ich das alles mit Freunden wie ihm und Kelli auch irgendwie überstehen. Vielleicht kann ich es überleben, zu erblinden. Mama darf es nur nie herausfinden. Oder zumindest noch eine ganze Weile nicht. Eine wirklich lange Weile. Das ist alles, worum ich dich bitte, okay? Nur darum. Du kannst das für mich tun, nicht wahr?*

Der Sitz neben ihr quietschte. Maddie öffnete die Augen. „Paul?“ Sie sah einen schwarz schimmernden Streifen. Hörte das Klackern eines Schuhs. Das war nicht Paul. Es war eine Frau. Eine Fremde.

Maddie richtete sich in ihrem Sitz auf und wandte sich der Frau zu. Sie konnte ihre Gesichtszüge nicht erkennen, aber sie wusste, dass die Frau in ihre Richtung blickte. Nach einem kurzen Räuspern lächelte sie sie freundlich an. „Es tut mir leid, Ma'am, aber dieser Platz ist bereits besetzt.“

Die Frau sprach mit einer Stimme, die nicht die Stimme einer Fremden war. Sie war Maddie vertraut. Zu vertraut. Gebildet und perfekt in der Artikulation. Mit einem forcierten französischen Akzent. „Du 'ast misch angelogen, Madison.“

Ihr Atem stockte. „Mama?“

Kapitel 10

Niemand antwortete.

Aber es war jemand da. Nicht eine Fremde, sondern ihre Mutter. Maddie erkannte es an der Art, wie sie atmete. Tief, entschlossen, heftig.

Die Hand ihrer Mutter umklammerte ihren Arm. Drückte ihn. Tat ihr weh.

Im Stich gelassen. Schon wieder.

„Komm."

Ein einziges Wort. Das Letzte, was sie hören wollte. Oder machen.

Aber sie gehorchte. Sie musste. Ihre Mutter stand auf, die Hand immer noch unerbittlich auf Maddies Arm gelegt. Sie trat in den Gang und zog Maddie hinter sich her. Die meisten Besucher hatten ihre Plätze bereits wieder eingenommen. Maddie konnte das Rascheln von Taft und das sanfte Gleiten von Seide hören, als einige Nachzügler an ihnen vorbei den Gang entlangeilten.

Maddie stolperte, geriet ins Straucheln.

Sofort verlangsamte ihre Mutter ihre Schritte. Ihre Hand zitterte. Und die Angst war plötzlich mit bloßen Händen greifbar. Sowohl die ihrer Mutter als auch ihre eigene. Sie vibrierte zwischen ihnen lauter als die ersten Töne der Musik, die hinter ihnen einsetzte. Eine herzzerreißende Melodie, sanft und eindringlich, jagte Maddie aus dem Raum, als ihre Mutter die Tür aufstieß und sie in die Eingangshalle hinauszerrte.

Die Tür schwang hinter ihnen zu und dämpfte die Musik.

Dann baute sich ihre Mutter vor ihr auf. Stellte sich so dicht vor sie, dass sie nur noch aus Stimme und Händen und Hitze zu bestehen schien. „Wie kannst du es wagen!"

„Mama."

Wieder umklammerten Finger ihren Arm und schüttelten sie. „Wie kannst du es wagen, misch diesbezüglisch anzulügen. Ausgereschnet in diesem Punkt!" Eine Tirade französischer Schimpfwörter ergoss sich über Maddie. „Dachtest du wirklisch, isch würde es nischt herausfinden? Isch bin deine Mutter, Madison." Sie ließ Maddies Arm fallen und lief hektisch vor ihr auf und ab. „Was sollen wir nur tun? Wir brauchen einen Plan. Du warst schon bei einem Spezialisten, oder?“

„Ja.“

„Und es ist Stargardt. Es gibt nischts, was er tun kann.“

Maddie antwortete nicht. Das war nicht nötig.

Die Stimme ihrer Mutter wurde schneller. Sie sprach jetzt leiser, aber immer noch genauso aufgeregt. „Eigentlisch ’ättest du doch schon außer Gefahr sein müssen! Isch dachte … isch ’offte …“ Ihre Mutter attackierte sie erneut, wobei sie unwillkürlich die Stimme erhob. „Seit wann ist das schon so? Wann ’ast du es zum ersten Mal gemerkt? Es verschleschtert sisch. Wie schnell?“ Ihre Fragen ratterten wie aus einem Maschinengewehr in schneller Folge auf Maddie zu. Keine von ihnen wurde beantwortet. Die meisten hörte Maddie kaum, bevor sie sie trafen. Sie war wie betäubt.

Ihre Mutter streckte die Arme aus, schüttelte sie erneut und warf dann ein letztes Mal die Hände in die Luft. „Oh, *ma chérie,* warum ’ast du mir nischts davon gesagt? Warum ’ast du disch deiner eigenen Mutter nischt anvertraut?“

Hinter ihrer Mutter wurde eine weitere Person sichtbar, die gerade die Eingangshalle betrat. Eine Person, die Maddie wiedererkannte. Paul. Es konnte nur Paul sein.

Er kam näher.

War das …? Ja, das war es. Ein Spritzer Grün und ein Hauch von Rot. Eine einzelne rote Blume in seiner Hand. Eine Rose. Für sie?

Maddies Kehle verengte sich.

„Antworte mir!“

Maddie zwinkerte. Das war nicht real. Es konnte nicht real sein. Nicht ihre Mutter, die mit einer Stimme wie Salzsäure vor ihr stand und sie anherrschte. Nicht Paul, dessen Finger mit einer Rose spielten. Nicht die Lichter der Stadt oder die Musik oder das viel zu hektische Pochen ihres eigenen Herzens. *Wach auf!*

Aber sie wachte nicht auf. Immer noch drang die Musik gedämpft an ihr Ohr, immer noch flackerten die Lichter und immer noch stand ihre Mutter heftig atmend vor ihr, ihren Arm schmerzhaft fest umklammert.

Paul trat neben sie und legte ihr eine Hand auf die Schulter. „Ist irgendetwas nicht in Ordnung?“

Was sollte sie sagen? Was sollte sie antworten? Das Ende der Welt ist gekommen? Der Himmel stürzt über mir ein? All meine Hoffnungen sind zerschlagen? Stattdessen sagte sie nichts, gar nichts.

Ihre Mutter war nicht so still. „Sie 'alten sisch da raus, junger Mann. Das 'at nischts mit Ihnen zu tun." Maddie sah etwas aufblitzen, eine Hand vielleicht, die sich auf ihn zu bewegte. „Das ist eine Sache zwischen Madison und mir."

Maddie zitterte. „Ja, das war es schon immer, nicht wahr?"

Paul bewegte sich keinen Zentimeter. „Maddie?"

Ihre Mutter trat näher. „Wie lange geht das schon so? Du musst es mir sagen."

Paul räusperte sich. „Was?"

„Madison?"

„Sie meint mein Erblinden."

Unruhig verlagerte Paul sein Gewicht von einem Fuß auf den anderen. „Warum sind Sie hier, Mrs Foster? Hatten Sie heute Abend nicht eine Verabredung?"

„Wie bitte? Sie besitzen die Dreistischkeit –" Sie stockte. Inzwischen zitterte sie. Maddie konnte es an ihrer Stimme erkennen. „Sie wollen wissen, was isch 'ier mache? Isch finde 'eraus, was meine Tochter vor mir ver'eimlischt 'at. Isch finde 'eraus, dass meine Tochter – meine Tochter! – eine Lügnerin ist. *Une menteuse*!" Das letzte Wort blieb ihr fast in der Kehle stecken.

Pauls Arm schob sich um Maddies Schultern. „Ich dachte, Sie wollten sich dieses Cello anschauen."

Ihre Mutter schniefte. Weinte sie etwa? Nein, das konnte nicht sein. Nicht ihre Mutter. Sie weinte niemals. Und auch lachen tat sie äußerst selten. Dennoch war da dieses merkwürdige Zittern in ihrer Stimme. „*Oui*. Das 'abe isch auch gemacht. Das mache isch auch." Sie wedelte mit der Hand in der Luft herum. Und schniefte erneut. Es war ein trauriges Schniefen.

Maddie stockte der Atem. Sie weinte tatsächlich. Es konnte nichts anderes sein. Ihre Mutter weinte um sie. Maddie streckte die Hand aus.

„Der Maestro 'at darauf bestanden, dass isch mir das Cello in Aktion an'öre. Es wird 'eute Abend gespielt." Die Stimme ihrer Mutter wurde fester. „Es sollte eine nette Überraschung für eusch sein, misch 'ier zu se'en." Sie wandte sich erneut Maddie zu. „Aber du konntest misch nischt se'en, nischt wahr, Madison? Konntest mein Gesischt nischt von dem eines Fremden unterscheiden." Sie hielt kurz inne. Als sie weitersprach, war ihre Stimme bis zum Zerreißen gespannt und voller Schmerz, der sich wie ein Messer in Maddies Seele bohrte. „Es ist genau das eingetreten, was wir schon dein ganzes Leben lang befürschtet 'aben. Wie ... wie konntest du mir das nur ver'eimlischen?"

Es ist wegen Malcolm. Wie kannst du nicht wissen, dass es wegen Malcolm ist?

Maddie senkte den Kopf, musterte den Boden unter ihren Füßen und versuchte die Muster aus Dunkelheit und Licht zu dechiffrieren. „Nein, Mama, es ist das eingetreten, was *du* immer befürchtet hast."

„Und isch 'atte rescht, misch deswegen zu sorgen."

Maddie schwieg. Jetzt drangen nur noch einzelne Musikfetzen durch die geschlossene Tür. Hinter ihr stapelte eine Frau Programmblätter aufeinander. Sie lauschte dem Aufprall des Papiers auf Glas. Paul drückte sanft ihre Schulter, sagte aber kein Wort. Niemand sprach.

Hatte sie unrecht gehabt? Vielleicht, aber mit der Angst war das so eine merkwürdige Sache. Sie flüsterte einem ständig irgendwelche Was-wäre-wenns und Was-passiert-wenns ins Ohr. Sie entwarf Bilder und bezeichnete sie als die Wahrheit. Sie wickelte einen ein, hielt einen gefangen. Sie hatte sowohl ihre Mutter gefangen gehalten als auch Malcolm und sie. Und jetzt kehrte sie durchzogen mit Schuld zurück, schnürte ihr die Kehle zu, überwältigte sie, zog sie unter die Oberfläche.

Eine Hand berührte Maddies Arm. Die Finger waren kalt und zitterten. Und dann fühlte Maddie, wie ihre Mutter sich aufrichtete und Haltung annahm. Noch bevor sie den Mund öffnete, wusste Maddie, was kommen würde.

„Du kommst mit mir nach 'ause zurück. *Immédiatement.* Zusammen werden wir damit zureschtkommen. Isch weiß, was zu tun ist."

Maddie zuckte einen Schritt zurück. „Nein."

„Isch werde mit Joshua Freeburg spreschen. Du kannst in der Fabrik arbeiten und das Inventar zählen oder irgendetwas in der Art. Das kannst du auch blind machen." Sie nickte. „Wir werden das durschste'en. Wir kommen schon zurescht."

Maddie verschränkte die Arme und drehte sich weg. „So wie Malcolm?"

Ihre Mutter schnappte empört nach Luft. „Das war etwas anderes. Erwähne nischt deinen Bruder. Wie kannst du nur? Isch 'abe deinen Bruder geliebt. Und isch liebe disch."

Maddie atmete stoßweise ein und aus. Verzweifelt bemühte sie sich, ihre Atmung in den Griff zu bekommen. „Er wollte auch nicht irgendwelche Produkte zählen. Aber du hast ihn dazu gezwungen."

„Isch 'abe ihn nischt gezwungen. Es war eine Chance für ihn. Isch 'abe ihm die Möglischkeit gegeben, ein rischtiges Leben zu führen."

Maddies Stimme senkte sich zu einem Flüstern. „War es das wirklich?"

„Müssen wir das 'ier ausdiskutieren? *En publique*?"

Ein Zittern befiel Maddies Körper. „Es ist niemand hier außer Paul. Und diese Frau hinter dem Schalter da hinten."

Ihre Mutter schnaubte und schien den Kopf zu schütteln. „Woher willst du wissen, dass das eine Frau ist?"

Maddie hob ihre Mundwinkel zu einem angespannten, kalten Lächeln. „Sie trägt Pink."

Ihre Mutter seufzte. „Isch weiß, dass du gerne 'ierbleiben würdest. Isch weiß, dass du dir wünschst, dein Leben würde einfach so weiterge'en wie bisher. Aber du kannst nischt so tun, als ob das möglisch wäre, Madison. Du musst der Wahr'eit ins Auge sehen und das tun, was das Beste ist. Du musst nach 'ause kommen."

„Nein."

„Du kannst das nicht allein durschste'en. Das weißt du doch."

„Ich bin nicht allein."

Der Tonfall ihrer Mutter wurde schärfer. „Oh, sei nischt albern. Du kannst doch nischt ernsthaft daran denken, diesem Jungen und deiner merkwürdigen Mitbewohnerin die Sorge für ein blindes Mädschen aufzubürden. Was glaubst du, wie lange das gut ge'en würde?"

„Mama ..."

Paul trat vor. „Hören Sie, Mrs Foster –"

Sofort fiel ihm ihre Mutter ins Wort. „Isch weiß, dass das schwer anzu'ören ist. Isch versuche 'ier auch nischt grausam zu sein."

Paul flüsterte: „Sie sind grausam. Und –"

Ihre Mutter wandte sich ihm nun gänzlich zu. Ihre Stimme war hart wie Stahl und außer sich vor Wut. „Das geht Sie gar nischts an. Isch bin ihre Mutter. Und was sind Sie?" Sie machte eine wegwerfende Handbewegung. „Ein Junge, der frü'er einmal Squash mit ihr gespielt 'at?"

Einen Moment lang sagte Paul kein Wort. Als er es schließlich tat, klang seine Stimme ganz ruhig. „Ein Freund. Zumindest das bin ich."

„*Un ami*? Und das soll eine Mutter ersetzen?" Sie nahm nun wieder Maddie in Augenschein.

„Du 'ast kein Geld, keine Arbeitsstelle, keine Möglischkeit, für disch selbst zu sorgen."

Maddie schob ihr Kinn vor. „Ich habe die Uni. Es dauert nicht mehr lange, bis ich meinen Abschluss habe. Willst du damit sagen, dass du mir das Studium nicht länger bezahlst?"

„Was für einen Sinn 'ätte dieser Abschluss jetzt noch?"

Maddie hatte sich das selbst schon unzählige Male gesagt, aber diese Worte jetzt aus dem Mund ihrer Mutter zu hören war hart. Sie klangen so kalt, so endgültig.

Wieder drückte Paul ihre Schulter. „Ich zahle."

Maddie blickte zu ihm auf, konnte seinen Gesichtsausdruck aber nicht lesen. „Nein, Paul. Ich kann das nicht –"

Paul wich zurück, bis er ihr frontal ins Gesicht schauen konnte. „Was? Du hast so viel Zeit und Arbeit in dein Studium investiert und willst jetzt einfach so aufhören? Du kannst immer noch gut genug sehen, um deinen Abschluss zu machen. Gib nicht auf, Maddie. Nicht, wenn du so kurz vor dem Ziel bist."

Sein Blick war eindringlich, das spürte Maddie, und seine Stimme angespannt. Genauso spürte sie jedoch den Blick ihrer Mutter. Beide betrachteten sie, warteten. Beide zerrten an ihr und verlangten das Unmögliche. Verlangten, dass sie entweder auf der Seite der Blinden oder der der Sehenden war. Aber nicht irgendwo dazwischen. Nicht an diesem furchtbaren Ort, an dem sich die Dunkelheit immer noch mit Licht vermischte. Es war alles so verwirrend und verworren und grau. So war das Leben jetzt: grau. Paul lebte immer noch im Weiß. Ihre Mutter im Schwarz. Und sie selbst steckte genau dazwischen fest.

Maddie schaute ihre Mutter an, schaute sie an, ohne sie zu sehen. „Wie konnte mir das nur zustoßen?"

„Du kennst die Antwort darauf. Wir 'aben es immer gewusst."

Maddie drehte sich weg. „Ich will doch nur leben. Ich will nur sehen können – wie ein ganz normales Mädchen, wie jede andere. Ich will meinen Abschluss machen und eine Anstellung finden. Ich will heiraten und Kinder bekommen. Ich will Fallschirm springen und Kajak fahren und einen Wasserfall erklimmen. Ich will hunderte Dinge machen, die ich in Boston niemals tun könnte."

„Sollen wir disch vielleischt bemitleiden? Würdest du wollen, dass er disch bemitleidet?" Ihre Mutter deutete auf Paul.

Schlagartig wurde Maddies Körper ganz steif. „Mitleid hält immer nur eine begrenzte Zeit an." Sie sagte es wie aus dem Effeff.

„Und dann brischt das wahre Leben über disch 'inein."

Maddie seufzte.

Genau wie ihre Mutter. „Isch will all diese Dinge nischt sagen. Sie sind 'art, das weiß isch. Aber sie sind wahr. Das Leben wandelt sisch ständig, Madison. Wir müssen es so leben, wie es auf uns zukommt, *n'est-ce pas*? Es wäre die reinste Selbsttäuschung, so zu tun, als ob das nischt so wäre." Sie wandte sich Paul zu. „Sie müssen das einsehen. Sie müssen es verstehen. Das ist nischts, wo wir uns etwas vormachen können. Das weiß isch."

„Woher wissen Sie das?"

Die Stimme ihrer Mutter änderte ihre Klangfarbe und sie sah weg. „Weil isch schon einmal gescheitert bin."

Paul war blass und er rieb sich das Kinn. „Aber ich mache mir nichts vor. Wir machen uns nichts vor."

Ihre Mutter verschränkte die Arme. „Wirklisch nischt? Wollen Sie für sie einkaufen gehen und für sie kochen? Sie dürfen nischt einmal eine Socke fallen lassen oder irgendein Möbelstück verrücken. Sie wird nischt sehen können, ob Sie glücklisch oder verärgert oder traurig sind. Wollen Sie mit ihr einkaufen gehen? Alles, was sie braucht? BHs, Unter'osen, Parfum?"

„Maddie benutzt kein Parfum."

„Was soll sie den ganzen Tag über machen, während Sie bei der Arbeit sind? In der Dunkel'eit ihres Apartments sitzen und auf Ihre Rückkehr warten? Was für eine Art von Leben wäre das?"

Paul antwortete nicht.

Maddie wartete. Ihre Mutter hatte recht. Paul war lieb und freundlich und umsichtig. Aber er würde niemals dauerhaft in ihrer Nähe bleiben. All die anderen Mädchen hatten das schnell herausgefunden. Eine Verabredung oder zwei, dann brach Paul zu neuen Ufern auf. Immer. Er war niemand, der blieb, wenn es ernst wurde. Er spielte gerne, hatte seinen Spaß und genoss das Leben in vollen Zügen. Und daran war ja auch nichts falsch. Er verdiente das. Was er hingegen ganz sicher nicht verdiente, war eine Last wie sie. Nicht er. Er verdiente etwas Besseres.

Wieder ertönte die Stimme ihrer Mutter. Diesmal klang sie beinah sanft und resigniert. „Sie sind nischt darauf vorbereitet, mit einem blinden Mädschen befreundet zu sein. Sie könnten niemals so für sie sorgen, wie isch es kann."

„Aber ..."

Maddies Mutter hob ihren Zeigefinger und hielt ihn Paul drohend unter die Nase. „Schüren Sie in ihr keine falschen 'offnungen. Wagen Sie es ja nischt." Dann legte sie eine Hand unter Maddies Kinn und hob ihr Gesicht an, bis Maddie ihren Atem auf ihren Wangen spüren konnte. „Mach deinen Abschluss, Madison. Und dann komm nach 'ause. Es ist das Beste so."

Maddie zitterte. „Und dann?"

„Das weißt du doch."

„Paul?"

Aber Paul antwortete nicht. Er sagte kein Wort mehr.

Kapitel 11

Dutzende dicke Glühbirnen hingen in den Zweigen eines ebenso dicken Weihnachtsbaums. Es wirkte übertrieben, viel zu überladen für das kleine Apartment. Der Anblick hätte sie aufheitern sollen. Schließlich konnte sie diese Lichter noch sehen, zwar verschwommen und die komplette Mitte fehlte, aber sie waren da: rot, gold, grün und blau.

Maddie umklammerte ihre Tasse so fest, dass die Hitze ihre Finger beinah versengte. Ja. Sie würde das alles genießen, solange sie noch konnte: die Wärme, den Geruch der Kiefer, die Art, wie die Morgensonne durch die Ritzen in der Jalousie fiel und Lichtmuster auf die Päckchen unter dem Baum warf. Es war Weihnachten. Ein Tag der Verheißung, der Hoffnung, des – sie atmete tief ein – des Sich-keine-Sorgen-Machens über das, was nächste Woche passieren würde, oder die Woche danach. Heute war ein Tag, von dem sie sich jede Sekunde, jeden Anblick, jede Farbe, jedes Bild ins Gedächtnis einmeißeln wollte, damit ihr die Erinnerung daran in den kommenden Jahren bliebe. Heute war der Tag, an dem sich alle Welt an ein in Windeln gewickeltes Baby erinnerte, das in einer Krippe lag. Erinnerte und dankbar dafür war.

Maddie nippte an ihrem Kakao und hob den Becher dann zu einem Toast in Richtung Krippe, die im Regal nahe der Tür stand. Es war ein billiges Ding aus Plastik und die Farbe blätterte bereits an einigen Stellen ab, aber es war ihre. Und nächstes Jahr würde sie die abblätternde Farbe oder das billige Plastik nicht mehr bemerken.

„Herzlichen Glückwunsch zum Geburtstag, Jesus." Sie murmelte die Worte und schwang dann ihre Beine auf die Couch. Die abgewetzten Fußspitzen ihrer Pantoffeln schauten ihr entgegen. Sie wackelte mit den Zehen und zog den Gürtel ihres Bademantels enger. Im Radio sang Nat King Cole gerade etwas über Kastanien, die im offenen Feuer rösteten.

Sie seufzte und sah zu den beiden roten Socken hinüber, die vom Fenstersims hingen. In ihrem Apartment gab es keinen Kamin, aber ohne die Socken wäre einfach nicht Weihnachten gewesen. Auch wenn in ihrer nur eine Apfelsine, ein Nagelknipser, ein Minikalender und ein Buch sein würde, so wie jedes Jahr. Trotzdem hatte es etwas, mit heißem Kakao und Socken in den Weihnachtsmorgen zu starten. Sie hatte gehofft, diese Tradition eines Tages an ihre eigenen Kinder weitergeben zu können. Doch jetzt ... nun, jetzt würde sie sich einfach damit zufrieden geben, noch ein weiteres Jahr die aufgehängten Socken zu sehen, die strahlenden Lichter am Weihnachtsbaum zu betrachten, zu bemerken, wie ihr Schein das Silberpapier, in das die Geschenke eingewickelt waren, zum Funkeln brachte.

„Mama, kommst du?", rief Maddie über ihre Schulter in Richtung Küche. Ihre Mutter hatte beschlossen, über die Feiertage zu bleiben, trotz des Konzerts zu Hause in Boston. Nicht weil sie Lust dazu gehabt hatte, war sie geblieben, sondern weil ihre Tochter blind wurde. Maddie schnitt eine Grimasse. Wenigstens würde ihre Mutter bald abreisen. Maddie brauchte dringend eine Pause von ihr.

„Einen Moment, *s'il te plaît.*"

Das Geräusch eines gegen Keramik schlagenden Löffels hallte in der Küche wider. Dann ertönte das bestimmte Klackern von Absätzen über den Linoleumboden. Einen Moment später trat ihre Mutter mit einer dampfenden Tasse in der Hand durch die Tür.

„Was hast du denn so lange gemacht?"

„Isch 'abe mir einen Earl Grey Tee aufgebrüht. Du weißt doch, dass isch Kakao nischt ausste'en kann."

„Aber es hat Tradition, am Weihnachtsmorgen heiße Schokolade mit Zimtgewürz zu trinken."

Ihre Mutter runzelte die Stirn und nippte vorsichtig an ihrem Tee. „Kakao zu trinken war die Tradition deines Vaters, Gott 'ab ihn selig." Sie strich mit der Hand über die Falte ihres makellosen türkisfarbenen Rocks.

Maddie zog die Augenbrauen in die Höhe. Ihre Mutter hatte im Lauf ihrer Jahre in Boston einige neue Redewendungen übernommen. Diese war eine davon. Sie legte die Stirn in Falten. „Er ist nicht tot, falls du das vergessen haben solltest." Aber sie sagte die Worte so leise, dass ihre Mutter sie nicht hören konnte. Es spielte ohnehin keine Rolle. Selbst wenn ihre Mutter sie gehört hätte, hätte sie nichts darauf erwidert. Für ihre Mutter war das Davonlaufen nach Italien mit irgendeinem Flittchen gleichbedeutend mit tot. Vor allem, da John Foster niemals zurückgekommen war. Maddie schaute zu ihrer Mutter hoch. „Du weißt doch, dass wir unter uns sind, Mama. Du hättest dich nicht so aufbrezeln müssen."

„Man sollte immer so gut wie möglisch ausse'en." Als ihre Mutter sich umdrehte, bemerkte Maddie, dass die Spitze ihres Rocks sich hinten in ihrer Unterhose verfangen hatte.

Maddie lächelte. Ihre Mutter war also doch nur ein Mensch. Sie beugte sich vor und zog den Rock heraus.

Ihre Mutter wirbelte herum. „Was ... oh!" Mit einem Mal klang ihre Stimme furchtbar verlegen. *„Merci."*

Maddie zog die Füße an, lehnte sich auf der Couch zurück und trank noch einen Schluck Kakao.

Ihre Mutter ließ sich auf der Kante des flauschigen Sessels nieder, der neben der Couch stand. Im Radio begann eine Frau mit tiefer Altstimme von der kleinen Stadt Bethlehem zu singen. Vorsichtig stellte Maddies Mutter ihre Teetasse vor sich auf den Wohnzimmertisch. „Am Fenstersims 'ängen zwei gefüllte Strümpfe. Warst du das, *ma chère?*"

Maddie nickte. „Ist doch klar, dass das Christkind dich nicht vergisst, Mama", sagte sie mit einem Zwinkern.

Eine halbe Ewigkeit lang schwieg ihre Mutter. Als sie dann doch etwas erwiderte, war ihre Stimme ganz leise und nachdenklich. „Isch 'atte nischt erwartet, dass du ... nischt in diesem Jahr, wo alles ..."

„Das Christkind kann immer noch einkaufen gehen."

„Natürlisch. Vielen Dank."

Maddie grinste. „Vielleicht solltest du dir erst einmal anschauen, was es dir gebracht hat." Sie trank ihren Kakao aus und stellte den Becher auf den Tisch. Er knallte auf die Glasplatte. Hastig streckte sie beide Hände aus, damit er nicht umfallen konnte. „Entschuldigung."

Ihre Mutter versteifte sich.

Unwillkürlich schnitt Maddie eine Grimasse. „Na komm, wir schauen in die Strümpfe." Ihr Tonfall war zu hoch, klang unnatürlich. Verlegen räusperte sie sich.

Ihre Mutter stand auf. „Isch kann sie 'olen, Madison."

Maddies Kiefer verkrampfte sich. „Nein, Mama, ich –" Sie hielt inne. Ihre Mutter stand bereits vor dem Fenstersims und nahm die Strümpfe ab. Maddie flüsterte. „Ich verteile immer die Strümpfe. Jedes Jahr."

Ihre Mutter kam zurück und legte ihr einen der Strümpfe vorsichtig in den Schoß.

„Das spielt doch keine Rolle."

Für mich schon.

Ihre Mutter setzte sich wieder auf ihren Sessel und legte ihren eigenen Strumpf vor sich auf den Tisch. „Die Dinge ändern sisch. Du musst disch damit arrangieren."

Aber doch noch nicht jetzt. Nicht so früh. Maddie wickelte die Öse des Weihnachtsstrumpfs um ihren Finger und weigerte sich aufzublicken. *Und vor allem nicht heute.*

„Schon bald müssen andere Etlisches für disch erledigen. So wird es kommen. Das weiß isch."

Natürlich weißt du das. Maddie lief ein kalter Schauer über den Rücken. Abhängig. Bedürftig. Hilflos. Die Wörter schossen ihr durch den Kopf und wirbelten dann durch ihren Magen. „Können wir heute bitte nicht darüber sprechen? Noch bin ich nicht blind."

„Du willst nie darüber spreschen."

„Es ist Weihnachten."

„Und dein Sehvermögen ist plötzlisch wieder'ergestellt?"

Maddie verschränkte die Arme vor der Brust und ließ ihre Füße zu Boden gleiten. „Lass uns einfach in die Strümpfe schauen, in Ordnung?"

Ihre Mutter schürzte die Lippen. Maddie konnte das nicht sehen, aber sie wusste dennoch, welcher Ausdruck auf dem Gesicht ihrer Mutter lag.

Maddie griff in ihren Strumpf und zog eine runde, feste Apfelsine heraus. Selig roch sie daran. Zumindest einige Dinge änderten sich nie.

Ihre Mutter folgte ihrem Beispiel und zog zügig eine Apfelsine, einen Nagelknipser, eine Taschenbuchausgabe von Marjorie Holmes' *Die zwei aus Galiläa* und einen Kühlschrankmagneten in Form eines Cellos aus ihrem Strumpf.

Die schmissige Stimme von Bobby Helmes drang aus dem Radio. Er sang seinen berühmten „Jingle Bell Rock". Maddies Fuß wippte im Takt mit.

Ihre Mutter räusperte sich. „'eutzutage spielen sie im Radio wirklisch nur Mist." Sie stand auf, ging zum Tisch in der Ecke und stellte das Radio aus.

„Das ist ein altes Lied, Mama."
„Eines, das isch nie gemocht 'abe."
„Für dich ist sowieso nur Klassik richtige Musik."
„Das 'abe isch nie gesagt."
Maddies Mundwinkel hoben sich zu einem trockenen Lächeln. „Wirklich nicht?" Dann biss sie sich auf die Lippe. Sie hatte sich geschworen, dass sie heute keinen Streit anfangen würde. Nicht an Weihnachten. Nicht, wenn sie es verhindern konnte. „Entschuldige, Mama." Maddie tastete im Inneren ihres Strumpfes nach dem Nagelknipser. Sie berührte den flexiblen Umschlag eines Buches und schob ihre Finger dann daran vorbei in das Fußteil des Strumpfes. „Ich kann den Nagelknipser nicht finden."
„Dieses Jahr gibt es keinen."
Ruckartig zog Maddie ihre Hand ins Freie. „Was? Warum nicht?"
Ihre Mutter faltete ihren Strumpf ordentlich zusammen und legte ihn auf den Beistelltisch. Sie seufzte.
Und da wusste Maddie Bescheid. Ihre Mutter plante, dass sie ihr von nun an die Fingernägel schnitt und das Haar machte und die Klamotten raussuchte. In Maddies Magen bildete sich ein riesiger Kloß. Er war hart und schwer und beinah unerträglich kalt. Sie griff erneut in den Strumpf und zog das Buch heraus. Sein Umschlag war leer, abgesehen von ein paar Reihen kleiner Erhebungen. Sie öffnete es. Auf den Buchseiten waren keine Worte abgedruckt, sondern ebenfalls die erhabenen Punkte. *Natürlich, Braille.* Sie klappte das Buch mit voller Wucht zu.
„Es ist *Stolz und Vorurteil.* Dein Lieblingsbuch." Ihre Mutter nahm ihr den leeren Strumpf vom Schoß, faltete ihn und legte ihn auf ihren eigenen. „Isch dachte, du würdest –"
Maddie schob das Buch unter eines der Kissen, die auf der Couch lagen.
„Schmoll nischt, Madison. Das steht dir nischt."
Maddie antwortete nicht. *Es ist Weihnachten. Weichnachten! Vielleicht mein letztes …* Sie drehte sich weg. Noch musste es nicht so sein. Die Blindheit musste noch nicht das Zentrum ihres Lebens, ihres Seins sein. Präsent in jeder Minute eines jeden Tages. Ohne dass irgendetwas noch so war wie zuvor. Ohne dass irgendetwas gut war. Das war Malcolm passiert. Aber ihr würde das nicht passieren. Nicht so. Und nicht heute.

Oh Gott, ich kann das nicht. Ich kann es einfach nicht. Ich mach das nicht mit.

Aber das Leben ließ sich nun einmal nicht aufhalten. Es passierte einfach und man hatte es als das in Silberpapier gewickelte Geschenk entgegenzunehmen, das es war. Schmerz in einer schönen Verpackung. Dunkelheit eingewickelt in Verlust und mit einer glänzenden Schleife verziert. Musste der heutige Tag wirklich so sein? Konnten sie die Angst nicht einfach vergessen und so leben, als würde das Morgen niemals kommen? Konnte ihre Mutter ihr nicht zumindest das lassen?

Bitte, Mama, es ist doch immer noch Weihnachten. Die Lichter am Baum scheinen wie immer und in der Luft liegt immer noch der Kiefernduft. Können wir uns heute nicht ausnahmsweise einmal etwas vormachen? Nur heute, nur diesen einen Tag. Bitte?

„Lass uns einfach die Päckchen öffnen, okay?" Maddie griff nach einem in pinkfarbenes Papier gewickelten Geschenk. Sie packte es aus und stieß auf ein Paar knallpinke Fausthandschuhe von Kelli und eine 8-Spur-Kassette mit den neuesten Hits von Mac Davis. Als Nächstes packte sie eine Schachtel After Eight von ihrer Tante aus und einen karierten Hut mit passendem Schal von ihrem Großvater Ed.

Ihre Mutter packte die goldene Brosche aus, die Maddie für sie ausgesucht hatte, und ebenfalls eine Schachtel After Eight von ihrer Schwester.

Maddie atmete langsam und gleichmäßig aus. Jetzt würde doch noch alles gut. Genau wie immer. After Eight von Tante Melda, einen Schal von Grandpa und wenn sie richtig lag, zwei oder drei Lesezeichen mit Bibelversen darauf von Mrs Tobias, ihrer alten Sonntagsschullehrerin. Die Anspannung wich aus ihren Schultern, als sie den schmalen Umschlag öffnete und zwei glänzende Lesezeichen daraus hervorzog.

„Warte, Madison, lass misch das machen."

Schon waren die Lesezeichen aus Maddies Hand verschwunden. Fingernägel klackten auf Plastik. „Auf dem 'ier steht: ‚Alle eure Sorge werft auf ihn; denn er sorgt für eusch. 1. Petrus 5,7.' Es ist ein Bild von einem winzigen, löwenfarbenen Kätzchen darauf, das auf der 'andfläsche eines Mannes liegt. Die Augen des Kätzchens sind geschlossen und –"

„Und an den Rändern sind überall schwarze Tatzenabdrücke. Ja, ich weiß."

„Aber ...“

Maddie streckte die Hand aus. „Das hat Mrs Tobias mir letztes Jahr auch geschickt.“

Ihre Mutter legte das Lesezeichen in ihre ausgestreckten Finger. „Nun, das zweite –“

„Zeig es mir.“ Maddie wedelte auffordernd mit der Hand. „Ich kann es selbst lesen.“

„Sei vernünftig, Madison.“

„Ich kann es doch zumindest versuchen.“

Ihre Mutter beugte sich vor und drückte Maddies Hand nach unten. „Nun, auf diesem Lesezeischen ist ein Engel mit weit ausgestreckten Armen vor dunklem Nacht'immel zu se'en. Weiter unten an einem 'ang ste'en 'irten. Der Vers lautet: ‚Fürschtet eusch nischt! Sie'e, isch verkündige eusch große Freude, die allem Volk widerfahren wird. Lukas 2,10.‘ Die Schrift ist sehr klein. Du kannst sie bestimmt nischt lesen.“ Sie reichte Maddie das Lesezeichen.

Maddie hielt das Lesezeichen seitlich vor ihr Gesicht, kniff die Augen zusammen und drehte dann den Kopf, damit das Licht besser darauf fiel. Aber ihre Mutter hatte recht. Sie konnte die Schrift nicht lesen, konnte noch nicht einmal die Hirten oder den Engel ausmachen. Betont gleichgültig ließ sie das Lesezeichen auf den Wohnzimmertisch fallen. „Das spielt keine Rolle.“

Ihre Mutter schwieg.

Maddie hob das nächste Geschenk auf, ein kleines Päckchen von Paul. Er hatte es einen Tag, bevor er zu seinen Eltern nach Pacific Grove aufgebrochen war, vorbeigebracht. Vorsichtig löste sie das Geschenkpapier. Im Inneren des Päckchens stieß sie auf eine kleine Glasflasche, die mit einer hellen Flüssigkeit gefüllt war. Sie umklammerte sie und fühlte, wie sich das kalte Glas an ihre Handfläche presste. Parfum. Aber warum? Könnte es sein, dass er ...? Nein. Nicht nach dem, was in der Oper passiert war. Parfum bedeutete nichts. Nicht mehr.

Maddie schob die Flasche ungeöffnet in die Tasche ihres Morgenmantels.

„Eins fehlt noch, *chérie.* Es ist von mir.“

Maddie nahm ihrer Mutter das lange, schmale Paket aus den Händen und fuhr vorsichtig mit dem Finger unter den Tesafilmstreifen. Sie öffnete den Karton und faltete das innen liegende Papier auseinander. Ihr stockte der Atem.

Vor ihr lag, in weiches Papier gehüllt, ein glänzend, weißer Stock.

Es hätte das perfekte Weihnachtsfest sein sollen. Es hätte es sein können, wenn er nur das Richtige getan hätte. Im großen, gemauerten Kamin knisterte ein Feuer. Verschiedenfarbige Lichter funkelten an der riesigen Kiefer in der Ecke. Auf dem Boden lagen zerknüllte Haufen glänzend roten und grünen Geschenkpapiers. Er hob einen Papierball auf und warf ihn in den Kamin. Einen Moment lang loderten die Flammen auf, dann beruhigten sie sich wieder und brannten gleichförmig vor sich hin.

Er betrachtete sie, griff dann nach einem anderen Papierhaufen und schloss die Augen. Er warf ihn ins Feuer. Vor seinen Augenlidern flackerte Licht. Er konnte es immer noch sehen, konnte immer noch genau erkennen, wann den Flammen die Nahrung ausging und sie wieder träge wurden. Angestrengt kniff er die Augen noch fester zusammen. So. Er bückte sich und tastete nach einem weiteren Papierknäuel, fuhr mit den Fingerspitzen über den Teppich, bis er eins fand. Er warf es in Richtung Feuer. Den Bruchteil einer Sekunde später hörte er, wie es gegen den steinernen Kaminvorsprung prallte und zu Boden fiel. Wieder tastete er danach, bis er es gefunden hatte, dann warf er erneut. Dieses Mal konnte er nicht sehen, wie sich das Spiel der Flammen veränderte, aber er konnte die Hitze fühlen. Sie schlug ihm ins Gesicht, umhüllte seine Wangen und die Stirn, dann entwich sie. In seiner Fantasie stellte er sich vor, wie die Flammen aufloderten, in die Höhe schossen und dann wieder ganz klein wurden, so wie sie es zuvor getan hatten.

Er öffnete die Augen und seufzte. Es wäre furchtbar zu erblinden. Ein brennendes Feuer, einen Sonnenuntergang, eine bunte Blütenpracht nur noch in der Fantasie zu sehen. Aber ein Mensch hatte Möglichkeiten, mit einer Erblindung zu leben. Sie zu überleben. Trotzdem gut zu leben. Ein Mensch konnte die Hitze fühlen, ohne sie zu sehen. Maddie könnte sie fühlen. Er wusste, dass sie das könnte. Mit dem Fuß kickte er einen Papierball ins Feuer. Er schoss davon und blieb einige Zentimeter vor dem Feuer liegen.

Paul wandte den Flammen den Rücken zu. Eine Erblindung war schlimm, aber sie war nicht das Ende. Warum hatte er das nicht zu Mrs Foster gesagt? Warum hatte er ihren Worten gelauscht, ohne etwas zu erwidern? Was für ein Mann war er bloß? Was für ein Idiot?

Aus dem Nachbarraum drang ihm Gelächter entgegen. Paul warf einen Blick durch die geöffnete Tür und sah, dass sein Bruder Pete irgendetwas Viereckiges in der Hand hielt und es ihrem Vater zeigte. Pete tippte mit dem Finger auf den dünnen grauen Kasten. „Vor Ende nächsten Jahres werden wir ihn nicht präsentieren. Es ist ein Prototyp. Schau ihn dir nur an. Ist er nicht wunderschön?"

Paul schlenderte vom Kamin zur Tür. Sein Bruder redete ständig über irgendwelche neuen Geräte, die er für Hewlett-Packard entwarf.

„Schau dir das an." Pete nahm den Kasten und schob ihn demonstrativ in seine Brusttasche. „Das ist der Erste seiner Art."

Paul lehnte sich gegen den Türrahmen. „Hey, Brüderchen, wer ist die neue Liebe in deinem Leben?" Er zeigte mit dem Kinn auf Petes ausgebeulte Hemdtasche.

Pete runzelte die Stirn und zog den Kasten wieder heraus. „Das ist kein Witz. Dieser Taschenrechner wird die Welt verändern."

Paul streckte die Hand aus. „Nun, dann lass mal sehen."

Einen Moment lang betrachtete Pete Pauls Hand, dann schob er langsam die eigene vor. „Darf ich vorstellen: Der erste programmierbare Taschenrechner, der HP-65." Er hielt ihn so vorsichtig, als handele es sich um ein Samtetui, in dem Juwelen lagen. „Fass ihn bloß nicht an."

Paul schüttelte den Kopf. „Das würde ich nicht im Traum wagen. Also, inwiefern ist dieses Gerät anders als das letzte, das du mit nach Hause gebracht hast?"

Pete starrte Paul mit weit aufgerissenen Augen an. „Inwiefern es anders ist? Hast du mir nicht zugehört? Er ist *programmierbar*." Er zog das Wort beinah unerträglich in die Länge. „Der HP-35 war der weltweit erste *wissenschaftlich-technische* Taschenrechner."

„Er verdrängte den Rechenschieber." Paul ließ seine Stimme wie die eines Werbefritzen klingen.

Pete ignorierte ihn. „Aber dieser hier ..." Er zog den Taschenrechner näher an seine Brust und streichelte ihn mit einem Finger. „Dieser hier eröffnet einem eine ganz andere Welt."

Paul hustete. „Also, wie lange geht ihr zwei schon miteinander aus?"

Er schaute zu seinem Vater hinüber, der ein Lachen unterdrücken musste.

Pete bedachte ihn mit einem finsteren Blick und stopfte den Rechner zurück in seine Tasche. „Länger als du jemals mit irgendjemandem ausgegangen bist, soviel ist sicher."

Diesmal lachte ihr Vater laut auf. „Jetzt hat er dich, mein Junge." Er stand auf und tätschelte Paul die Schulter. „Dass dieses Gerät mir irgendwann Enkel schenkt ist genauso wahrscheinlich, wie dass ihr mir welche schenkt." Er schüttelte den Kopf. „Traurige Angelegenheit. Erbärmlich. Und so stehe ich nun hier, mit einem Fuß bereits im Grab ..."

Paul und Pete verdrehten die Augen.

„Dieselbe alte Leier wie immer." Paul verschränkte die Arme.

„Immer dasselbe Gejammer." Pete tätschelte den Taschenrechner in seiner Tasche. „Solange du dir keine feste Freundin zulegst, bin ich in Sicherheit. Also lass mich bloß nicht im Stich."

Plötzlich hatte Paul einen Kloß im Hals. „Keine Sorge." Er wandte sich um und ging zurück ins Wohnzimmer.

„Hey, was ist denn mit dir los?", rief sein Bruder ihm hinterher.

Er antwortete nicht. Stattdessen trat er ans Fenster und zog die Vorhänge zurück. Draußen warf das Verandalicht einen sanften Schimmer auf eine Ansammlung roter Weihnachtssterne. Ein Stück grüner Rasen führte vom Haus zur Straße, hinter der sich das Meer an der zerklüfteten Küste brach. Auf der Uferpromenade gingen einige Menschen in Windjacken spazieren. Sie hatten die Kragen aufgestellt. Und hinter ihnen stürzte sich eine Schar Möwen in die Fluten.

Paul ließ die Vorhänge wieder an Ort und Stelle fallen und drehte sich zum Weihnachtsbaum um. An den unteren Zweigen lehnte sein brandneuer Squashschläger. Er hatte sich dieses Modell – schnittig, leicht, hochfeste Aluminiumlegierung – gewünscht, seit es 1971 auf den Markt gekommen war. Jetzt wünschte er sich, er hätte es niemals bekommen. Aber das konnte er seiner Mutter nicht sagen. Er konnte es niemandem sagen.

Neben dem Squashschläger lag ein neuer grüner Pulli, ein Becher mit der Aufschrift *Hewlett-Packard* und eine Schachtel Shrinky Dinks. Warum er Plastikfolien anmalen und im Ofen schrumpfen lassen wollen sollte, war ihm unbegreiflich. Doch seine Zwillingsschwester Jenny schenkte ihm jedes Weihnachten irgendwelche verrückten neuen Sachen. „Damit versuche ich Petes langweilige Geschenke auszugleichen“, sagte sie immer. Vor zwei Jahren hatte sie ihm ein ganzes Set Stehaufmännchen geschenkt und letztes Jahr hatte sie ihm ein kleines rundes Bohnensäckchen überreicht, das sich Hacky Sack nannte. „Das wird der totale Renner. Warte nur ab“, hatte sie behauptet. Ihm hatten die Stehaufmännchen besser gefallen.

Paul lächelte und hob die Schachtel mit den Schrumpf-Folien auf. Maddie hätte Jenny mit Sicherheit gemocht. Er hatte immer vorgehabt, die beiden einmal zusammenzubringen – allein schon um zu sehen, was sie sich gemeinsam einfallen lassen würden, um ihn zu quälen. Aber jetzt lagen die Dinge anders. Einen Großteil der alten Pläne würde er zu den Akten legen müssen.

„Der Eierpunsch ist fertig.“ Pauls Mutter trat mit einer Karaffe und einer Stange Weihnachtspappbecher ins Zimmer. Sie stellte beides auf den Beistelltisch und fuhr sich dann mit der Hand durch das kurze, zerzauste Haar. „Ein Hauch echter Vanille und viel Muskat. Genau wie du es magst, Paul.“ Sie wandte den Kopf in Richtung Küche. „Komm schon, Jenny. Paul möchte, dass du ihm ein paar Weihnachtslieder auf dem Klavier vorspielst.“ Verschwörerisch zwinkerte sie Paul zu.

Er runzelte die Stirn. „Mama. Du weißt doch –“

„Pst!“ Sie legte den Zeigefinger auf ihre Lippen. „Wenn sie glaubt, dass du es dir wünschst, spielt sie mit Sicherheit.“

Jenny schlenderte gemächlich herbei. Sie trug die Kaschmirmütze, die Paul ihr zu Weihnachten geschenkt hatte. Die Farbe der Mütze biss sich furchtbar mit dem knalligen Orange des Schlafanzugs, den Jenny schon den ganzen Tag anhatte.

Paul hätte fast gelächelt. Es tat gut, zu Hause zu sein. Selbst wenn sein Herz nur halb hier war.

Jennys strohblonder Pferdeschwanz wippte trotz der Mütze hin und her, als sie die Fäuste in die Hüften stemmte und ihn eindringlich anstarrte. „Hey, du Griesgram.“

„Sei lieber nett zu mir, sonst erzähle ich deinen Freunden von diesem Pferdeschwanz und den Häschen-Hausschuhen.“

Sie streckte ihm die Zunge heraus. „Sie würden dir sowieso nicht glauben.“

Das stimmte wahrscheinlich. Jenny mochte in diesen flauschigen

Hausschuhen und dem Tigerstreifenpyjama vielleicht süß aussehen, aber sie war knallhart, wenn ihr irgendjemand oder irgendetwas in die Quere kam. Oder ihrem Zwillingsbruder. Zahlreiche Freunde hatten das im Lauf der Zeit lernen müssen. Auf die harte Tour.

„Also was ist jetzt, spielst du mit mir?“ Sie deutete mit dem Daumen auf das Klavier in der Ecke.

Paul schnappte sich einen Becher und füllte ihn bis zum Rand mit Eierpunsch. „Nein, ich trinke lieber Mamas berühmten Punsch.“

„Spielverderber.“

Seine Mutter ließ sich auf die Couch sinken. „Spiel ‚Herbei, o ihr Gläubigen‘. Das ist mein Lieblingslied.“

Jenny suchte die entsprechenden Noten heraus. „Ich weiß. Kommt Papa auch?“

„Sobald er und dein Bruder damit fertig sind, an diesem Taschending herumzufummeln.“ Sie drehte sich zur Tür um und erhob die Stimme. „Liebling, Jen spielt jetzt. Komm rüber.“

Niemand reagierte.

Sie schnaubte laut auf und erhob sich von der Couch. „Dieser Mann!“ Einen Moment später stürmte sie ins Nachbarzimmer.

Jenny wandte sich zu Paul um. „Hör mal, ich bin morgen Abend mit Lisa, Jodi und ihrem Bruder am Strand verabredet. Wir wollen ein Lagerfeuer machen. Joe bringt seine Gitarre mit.“

Paul schlürfte die letzten Tropfen Eierpunsch aus seinem Becher und stellte ihn dann auf den Tisch. „Und?“

„Willst du mitkommen?“

„Nein.“

„Jodi ist blond.“

„Und?“

Jenny stöhnte genervt auf. „Also gut, was ist los mit dir?“ Sie ließ ihre Hand einmal über die komplette Tastatur gleiten. „Willst du die ganze Woche hier herumsitzen und Frust schieben, oder was?“

Paul goss sich einen zweiten Becher Eierpunsch ein und trank ihn in einem Zug aus. „Du hast es erfasst.“ Dann zerdrückte er den leeren Becher in seiner Hand und warf ihn in den Papierkorb.

„Gestern kein Frisbee, heute kein Golf, morgen kein Strand. Du bist ein richtiger Langweiler. Bist du krank oder so?“

„Wer ist krank?“ Ihre Mutter hastete zurück in den Raum.

Krank? Ja, vielleicht war er das. Es machte ihn krank daran zu denken, was in der Oper passiert war. Es machte ihn krank, dass er sie im Stich gelassen hatte. Machte ihn krank, dass er sie alleingelassen hatte. Allein mit ihrer Mutter in diesem winzigen Apartment. Das alles würde jeden krank machen.

Seine Mutter eilte herbei und legte ihm die Hand auf die Stirn. „Hast du Fieber, mein Schatz? Am besten legst du dich eine Weile hin."

Unwirsch schob er ihre Hand beiseite. „Mir geht's gut, Mama. Jen will mich nur ärgern."

Seine Mutter kniff die Augenbrauen zusammen. Sie sah immer noch jung aus, trotz der grauen Strähnen in ihrem Haar und der kleinen Fältchen in ihren Augenwinkeln. Lachlinien nannte sie sie immer. Aber momentan waren da keine Lachlinien, sondern lediglich tiefe Furchen, die sich in ihre Stirn gruben, während sie ihn anstarrte.

„Ich hätte es wissen müssen, als du gestern nichts von den Zimtschnecken essen wolltest, die ich extra für dich gemacht hatte. Schließlich ist das dein Lieblingsgebäck."

„Ich bin nicht krank. Es ist nur –"

„Ein Mädchen?" Der tiefe Bass seines Vaters dröhnte vom Türrahmen zu ihnen hinüber.

„Papa!"

Jen wirbelte zu ihm herum und starrte ihn an.

Seine Mutter seufzte. „Nun, das wurde ja auch mal Zeit." Sie tätschelte ihm den Arm. „Ist es ein Mädchen, Schatz?"

Paul trat einen Schritt zurück.

Sein Vater verschränkte die Arme. „Also was ist, mein Junge? Beweist du deinem Bruder, dass er unrecht hat?"

Hitze durchflutete Pauls Gesicht. „So ist das nicht. Sie ist nur eine Freundin."

„Hoffen wir's." Jen flüsterte die Worte so leise, dass nur er sie hören konnte.

Seine Mutter begann zu strahlen. „Oh, ist es dieses goldige Mädchen, das wir letztes Jahr kennengelernt haben? Wie war noch mal ihr Name? Maggie?"

„Maddie."

„Ich mochte sie. Wie geht es ihr?"

„Sie erblindet."

„Oh nein." Jen schnappte nach Luft. Im Raum machte sich eine schwere Stille breit, die nur von einem einzigen Mollakkord durchbrochen wurde, den seine Schwester anschlug.

Er starrte ins Feuer.

Seine Familie wartete.

Schließlich ließ er sich langsam auf die Vorderkante der Couch sinken. Und dann erzählte er ihnen langsam, schmerzerfüllt von Maddie, vom Sinfoniekonzert, von den Plänen ihrer Mutter, sie zurück nach Boston zu holen. Außerdem erzählte er ihnen, wie er sie am Ende im Stich gelassen hatte.

Als er mit seinem Bericht fertig war, trat seine Mutter an seine Seite und setzte sich neben ihn. „Ist ihre Mutter noch da?"

„Ich glaube, sie fliegt morgen zurück nach Boston."

„Warum lädst du Maddie dann nicht hierher ein, mein Schatz? Zu Silvester."

Jen drehte sich auf dem Klavierhocker um.

Als Paul aufblickte, bemerkte er sofort die Blässe ihres Gesichts und den warnenden Ausdruck in ihren Augen.

Sie starrte erst ihn an und dann ihre Mutter. „Mama, ich glaube nicht ..."

Paul senkte den Blick und ballte die Hände zu Fäusten. „Sie würde sowieso nicht hier herumsitzen und mit uns Bingo spielen wollen."

Seine Mutter gab ihm einen Klaps auf den Arm. „Papperlapapp! Warum sollte sie keine Lust dazu haben?"

Paul richtete sich auf. „Hast du mich nicht gehört, Mama?" Seine Stimme wurde lauter und überschlug sich fast. „Sie ist dabei zu erblinden. Mit ziemlicher Sicherheit wäre sie noch nicht einmal in der Lage, die Zahlen auf den Karten zu lesen."

„Was für einen Trottel hast du da bloß großgezogen, Mutter?" Mittlerweile saß sein Vater auf einem Stuhl neben der Tür.

Pauls Kopf schoss in die Höhe.

Sein Vater lehnte sich zurück und schaute ihn eindringlich an. „Wir spielen an Silvester schon Bingo, seit du halb so groß wie eine Mücke warst. Inzwischen solltest du eigentlich wissen, dass es nicht darum geht, Knöpfe auf irgendwelche Nummern zu legen. Es geht darum, gemeinsam eine gute Zeit zu haben. Das kann sie doch immer noch, oder? Also?"

Seine Mutter legte Paul den Arm um die Schulter. „Er ist kein Trottel. Er ist nur ein bisschen langsam.“ Zärtlich zerwuschelte sie ihm das Haar. „Na los, ruf das Mädchen an, Schatz, und lade sie ein.“

„Sie wird glauben, dass ich sie bemitleide.“

Jenny hämmerte wieder auf die Tasten ein. „Vielleicht sollte dir das zu denken geben, Paul.“

Er sah sie finster an. „Was soll das denn heißen?“

In diesem Moment schlenderte Pete ins Zimmer. „Tu einfach irgendwas, Mann. Sonst bist du womöglich noch die ganze nächste Woche so unerträglich.“

Paul schnitt eine Grimasse und stürmte ins Nebenzimmer. Nachdenklich betrachtete er das Telefon, das dort an der Wand hing. Senfgelb, die Zahlen durch die intensive Nutzung bereits halb abgerubbelt. Volle dreißig Sekunden starrte er den Apparat an. Dann drehte er sich um und marschierte davon.

Kapitel 12

Es dauerte volle fünf Tage, bis Paul sich dazu überwinden konnte, zum Hörer zu greifen und Maddie anzurufen. Fünf Tage, die sich wie eine halbe Ewigkeit zogen. Tage, an denen seine Mutter aus ihrer Missbilligung keinen Hehl machte, an denen seine Schwester ihn mit unheilvollen Blicken bedachte und an denen sein Bruder quer durchs Zimmer rief, er solle „stark bleiben" und „durchhalten", während er seine Liaison mit dem programmierbaren Taschenrechner fortführte. Doch schließlich gab Paul nach. Er umklammerte den Telefonhörer und presste ihn gegen sein Ohr. Es klingelte ein halbes Dutzend Mal, bevor am anderen Ende jemand abnahm.

„Maddie?"

Ein Moment der Stille. Dann erklang eine schrille, angespannte Stimme. „Paul? Gott sei Dank bist du es."

„Kelli?"

„Ich habe bestimmt zehnmal am Tag versucht dich anzurufen. Wo um alles in der Welt steckst du?"

Paul gefror das Blut in den Adern. „Was ist los? Was ist passiert?"

„Ich wusste, dass irgendetwas im Busch war. Ihre Mutter hat sich mit Leuten von der Uni getroffen, Fachbereichsleitern und ich weiß nicht was noch für hohen Tieren."

„Ist sie noch da?"

„Nein. Aber sie kommt nächste Woche wieder."

„So schnell? Warum?"

„Sie macht ihren Abschluss."

„Wer?"

„Maddie. Wusstest du das?"

Er runzelte die Stirn. „Natürlich. Im Juni."

Kellis Stimme wurde lauter. „Nicht im Juni. Jetzt."

Paul presste den Hörer noch fester gegen sein Ohr. „Aber ..."

„Ich habe versucht dich anzurufen."

Paul schluckte schwer. In seinem Kopf drehte sich alles. Hastig drückte er sich die Hand gegen die Stirn und zwang sich dazu, sich zu konzentrieren. Kelli hatte unrecht. Sie musste einfach unrecht haben. Maddie konnte jetzt noch nicht ihren Abschluss machen. Sie hatte doch noch ein Semester zu absolvieren.

Kellis Tonfall wurde schärfer. „Glaub mir, irgendetwas läuft hier ganz gewaltig aus dem Ruder. Sobald ihre Mutter aus dem Haus gegangen war, hat Maddie mir gesagt, dass sie ihren Abschluss macht und dann hat sie die halbe Nacht gebacken."

„Gebacken?" Pauls Hände wurden feucht. „Aber Maddie kann doch gar nicht kochen oder backen."

„Als ob ich das nicht wüsste. Aber ich habe hier drei Kuchen, einen Laib Brot und ein halbes Dutzend Donuts, die das Gegenteil beweisen."

Er wischte sich die Finger an der Hose ab und wechselte den Telefonhörer dann in die jetzt trockene Hand. „Es ist also ernst. Wo ist sie jetzt?"

„Sie hat sich wieder in ihrem Zimmer eingeschlossen."

Hektisch lief Paul vor der Wand, an der das Telefon festgeschraubt war, auf und ab. „Aber sie sortiert nicht schon wieder den Inhalt ihrer Schubladen neu, oder?"

„Wohl kaum. Sie ist heute Morgen kurz weggegangen und kam mit mehr Tüten zurück, als sie tragen konnte. Irgendetwas stimmt da nicht. Ich dachte nur, du solltest das wissen."

„Ich bin in etwas über einer Stunde da. Vielleicht brauche ich auch zwei."

Stille antwortete ihm.

„Kelli?"

Er lauschte ihrem Zögern. Dann sprach sie endlich. „Ich glaube nicht, dass sie dich wird sehen wollen, Paul."

Sofort jagten seine Gedanken zurück zu jener Nacht in der Oper. Aber nein, so war Maddie nicht. Maddie war nicht nachtragend. „Doch, das wird sie. Zur Not breche ich die Tür auf."

Paul hängte den Hörer zurück auf die Gabel und stürmte zur Haustür. Auf halber Strecke blieb er stehen und pflückte seine Schlüssel vom Schlüsselbrett. „Mama. Papa. Ich bin mal kurz weg. Vermutlich komme ich irgendwann im Lauf des Abends heim."

Sein Vater schlenderte aus der Küche in den Flur.

„Jetzt holst du endlich das Mädchen, nicht wahr?"

Paul wirbelte zu ihm herum. „Bist du plötzlich Gedankenleser?"

Sein Vater gluckste in sich hinein. „Nein, nur ein Langohrhase." Er tippte sich mit dem Finger gegen das linke Ohr. „Außerdem habe ich mit deiner Mutter eine Wette am Laufen." Ein Grinsen überzog sein Gesicht. „Sieht ganz so aus, als bekäme ich heute Abend Rhabarberkuchen." Er rieb sich die Hände, machte auf dem Absatz kehrt und ging zurück in die Küche. „Liebling, schmeiß den Ofen an. Du musst einen Kuchen backen."

Paul ließ den Schlüsselbund um seinen Zeigefinger wirbeln und ging dann zur Tür. Diese zwei – seit dreiunddreißig Jahren verheiratet und trotzdem brachten sie einander noch zum Lachen. Kein Wunder, dass er sich niemals länger als ein paar Wochen mit irgendjemandem verabredet hatte. Seine Eltern hatten die Messlatte einfach zu hoch gehängt. Ein paar Verabredungen lang konnte er mit dem emotionalen Hoch, das ein neues, hübsches Gesicht in ihm auslöste, über die Runden kommen. Aber dann hielt die Realität Einzug. Unbehagen und Irritation, wie bei einem Schuh, der nicht passte und der niemals richtig passen würde. Seine Eltern, ja, die passten zusammen. Ganz bequem. Als ob der Schuh extra für den Fuß angefertigt worden sei, der ihn trug. Nur Gott konnte das tun. Und die Zeit. Und eine Liebe, die im alltäglichen Auf und Ab des Lebens eingelaufen worden war, nicht nur zu besonderen Gelegenheiten hervorgekramt. Er hätte nie gedacht, dass er sich mit irgendjemandem einmal so fühlen könnte. Außer Samantha. Bis Maddie gekommen war. Und jetzt ... Er schnappte sich seinen Mantel, stieß die Haustür auf und joggte zu seinem Auto.

Als er den Schlüssel ins Schlüsselloch der Fahrertür geschoben hatte, geriet er plötzlich ins Stocken. Er stützte sich mit dem Unterarm auf das Dach und starrte aufs Meer hinaus. Natürlich. An diesem Punkt hatte er einen entscheidenden Fehler gemacht. Liebe war keine Emotion, die einem durch die Herausforderungen des Lebens half. Sie war ein Band, eine Lebensart, eine Kraft, die Gott mit seinem Atem geschaffen hatte und die auf den ganz normalen, gewöhnlichen Aufs und Abs des alltäglichen Lebens fußte.

Isabelle Foster hatte versucht, ihm mit ihrem Gerede über Einkaufstouren zum Supermarkt, über einsame Apartments, über das Zählen der Schritte von der Tür bis zum Auto Angst einzujagen. Und sie hatte Erfolg gehabt – zumindest für eine Weile. Aber mit Gottes Hilfe wären dies keine Momente, die die Liebe bedrohten, sondern vielmehr wären genau dies die Fäden, aus denen die Liebe gewoben würde. Das war ihr Geheimnis. Es ging nicht um die Herausforderungen oder Belastungen oder Schwierigkeiten und noch nicht einmal um die Blindheit. Es ging darum, Leben miteinander zu verweben. Seins und Maddies. Das war es, was zählte.

Paul schlug mit der Hand auf das Autodach, dann riss er die Tür auf und glitt auf den Sitz. Er setzte aus der Auffahrt zurück und raste dann mit quietschenden Reifen die Straße hinunter. Gute zwei Kilometer später drosselte er das Tempo. Wenn er so bei ihr hereinplatzte, würde Maddie denken, er habe den Verstand verloren. Oder noch schlimmer: Sie würde denken, dass er nur aus Mitleid so handelte. Nein, er würde es langsam angehen müssen, ganz gemächlich. Sie waren eine lange Zeit einfach nur miteinander befreundet gewesen. Daraus mehr werden zu lassen war eine prekäre Angelegenheit. Vor allem jetzt.

Als er vor Maddies Apartment ankam, hatte Paul seine Gedanken und Gefühle wieder einigermaßen unter Kontrolle. Er hatte die Klingel kaum berührt, da flog die Tür auch schon auf und Kelli fiel über ihn her.

„Ich dachte, du kommst gar nicht mehr. Wo hast du so lange gesteckt?"

Paul blickte sich im Apartment um. Der Weihnachtsbaum stand noch da, wo er vor seiner Abreise gestanden hatte, er sah nur etwas vertrocknet aus. Auf dem Esstisch stand ein leerer Becher und das Kassettengerät in der Küche verschaffte Mac Davis Gehör. „Es ist eine lange Fahrt von Pacific Grove hierher."

„Falls Maddie auf dich hört, hat sie sich auf jeden Fall gelohnt. Ich meine, warum sollte sie das tun?"

„Was?"

„Jetzt schon ihren Abschluss machen. Sie will doch überhaupt nicht zurück nach Boston. Was denkt sie sich nur? Sie wollte doch eigentlich versuchen, hier eine Stelle zu finden. Was ist bloß passiert? Ihr zwei habt euch doch nicht gestritten, oder?" Kelli redete in ihrer Panik so schnell, dass die Wörter fast miteinander verschmolzen und einen einzigen Geräusch-Wirrwarr ergaben. „Vielleicht ist es irgendetwas, das ihre Mutter gesagt hat. Diese Frau ist so was von angespannt, dass man auf ihr Cello spielen könnte. Ganz im Ernst. So was Zugeknöpftes und Nervtötendes habe ich noch nie erlebt." Sie wickelte sich das Ende ihres pinkfarbenen Gürtels um den Finger, während sie Paul über den Flur folgte. Ihrem Geplapper tat das keinen Abbruch.

Die Mac-Davis-Klänge wurden jetzt von der Musik von James Taylor überdeckt, die ihnen aus Maddies Zimmer entgegenschallte und die Kellis letzten Satz verschluckte. Paul hielt inne und wandte sich zu Kelli um. „Okay, von hier aus schaffe ich es allein."

Kelli wich ihm nicht von der Seite.

„Ich wollte damit sagen, dass du besser gehen solltest."

„Oh, na klar." Kelli nickte, rollte den Gürtel von ihrem Zeigefinger ab und hastete in Richtung Küche. „Viel Glück!" Nachdem sie ihm diese letzten Worte zugerufen hatte, verschwand sie.

Paul hämmerte gegen die Tür. „Maddie, bist du da drin?"

„Paul?" Hinter der Tür ertönte Gepolter, dann schnelle Schritte. Die Tür schwang auf.

Er wusste nicht genau, was er erwartet hatte, aber es war ganz bestimmt nicht das. Er hatte sich auf fleckige Wangen, gerötete Augen oder vielleicht ein eisernes, wütendes Schweigen eingestellt. Aber stattdessen stand Maddie in ihrem geblümten Lieblings-T-Shirt vor ihm, das mit bunten Farbspritzern überzogen war, barfuß und mit einem Pinsel in der Hand, und sah lächelnd zu ihm auf. „Was machst du denn hier?"

„Ich, äh, also ..."

Sie trat ein paar Schritte zurück, um James Taylor zum Schweigen zu bringen, dann kam sie zurück zur Tür. „Also? Warum bist du hier?"

Paul verlagerte sein Gewicht auf die Fersen. „Tja, ich schätze, ich versuche herauszufinden, ob die Gerüchte wahr sind."

„Welche Gerüchte?"

Er wischte ihr einen Farbklecks von der Nasenspitze. Sie war so ... so ... so sehr Maddie. Einfach die normale, witzige Maddie. Er leckte sich über die Lippen. „Kelli sagte, du verhieltest dich sonderbar."

„Bist du deshalb vorbeigekommen? Um den Sonderling zu sehen?"

Mit einem Schlag färbte sich Pauls Kopf knallrot. „Ääh ..." Dann nahm er wieder Haltung an. Seine Augen verengten sich. „Warte mal eine Sekunde. Sie hat gesagt, du hättest gebacken."

Maddie schaute zu Boden und strich mit dem Zeh über den Teppich. „Na gut, erwischt. Aber ich backe nicht mehr."

„Aha!" Er musterte ihr Gesicht. „Sieht aus wie Maddie. Hört sich an wie Maddie." Er schnupperte. „Riecht aber eindeutig nicht wie Maddie. Könnte ein Außerirdischer sein."

„Oh, du ..." Maddie trat zurück und zeigte entrüstet mit dem Pinsel auf ihn. Ein sanfter Farbregen ergoss sich über sein Oberteil. „Ups! Entschuldige."

„Tollpatschig wie Maddie." Konzentriert studierte er ihren Gesichtsausdruck. Er war ganz Maddie, allerdings ... allerdings war da doch etwas anders. In ihrem Lachen lag etwas Gezwungenes, in ihren Augen etwas Dunkles. Sie versteckte es gut. Wenn er sie nicht so gut gekannt hätte, wäre es ihm bestimmt nicht aufgefallen.

Sie bedachte ihn mit einem finsteren Blick. „Ich bin nicht tollpatschig."

Seine Finger wanderten zu einem blauen Farbfleck auf seinem Ärmel. „Wirklich? Ist heute Bemalt-Paul-Tag oder was?

„Wenn du es sagst."

Er malte ihr einen blauen Strich auf die Wange. „Nein, das sage ich nicht."

„Nun denn, komm rein und verschaff dir selbst ein Bild von der Lage." Sie trat zur Seite und machte mit dem Pinsel eine einladende, feuchtfarbige Geste.

Paul trat ins Zimmer.

Das war ganz eindeutig nicht die Maddie, die er kannte. Mehr als ein Dutzend Gemälde, wenn man das so nennen konnte, lagerten auf jeder verfügbaren Fläche. Eine große Leinwand auf dem Bett, zwei kleinere Aquarelle auf der Kommode, mehrere schwarze Tücher, die anscheinend einer ganzen Packung farbiger Kreide zum Opfer gefallen waren, lagen unter dem Fenster auf dem Boden. Und an der Rückenlehne des Stuhls lehnten zwei kleinere bemalte Leinwände. Paul näherte sich ihnen vorsichtig und nahm die eine in die Hand. Das Bild hatte Ähnlichkeit mit einer unförmigen Tomate, die auf einem Pferd ritt. Er betrachtete es einen Moment und schaute dann zu Maddie hinüber. „Was ist das?"

Sie schlenderte näher und hielt ihm den schmalen Pinsel unter die Nase. „Was denkst du denn, was das ist? Das ist Kunst."

Er bedachte sie mit einem skeptischen Seitenblick. „So nennst du das also?"

Ihre Lippen hoben sich zu dem neckischen schiefen Grinsen, das er so liebte. „Ja, das tue ich. Und das hier", sie deutete mit dem Pinsel auf ein Bild von einer pummeligen braunen Masse, an der oben irgendwelche Karotten festzuhängen schienen, „das bist du."

Paul schluckte und schnitt eine Grimasse. „Was ist mit mir passiert? Bin ich geschmolzen?"

Sie streckte ihm die Zunge heraus. „Hast du noch nie von Picasso gehört? Außerdem setze ich dich hiermit davon in Kenntnis, dass diese Bilder eines Tages sehr wertvoll sein werden."

„Als was? Als Zielscheibe fürs Bogenschießen?"

Maddie verschränkte die Arme vor der Brust. Ihr Tonfall wurde sanfter und leiser. „Als die letzten Bemühungen eines blinden Mädchens."

Sofort schwand das Lächeln aus Pauls Gesicht. Das war sie also – die Wahrheit, oder zumindest ein Schimmer davon. Seine Stimme senkte sich zu einem Flüstern. „Komm schon, Maddie. Sag so was nicht."

Sie ging zur Bettkante, setzte sich und sah ihm in die Augen. „Wenn ich malen will, muss ich es jetzt tun."

„Und backen?"

„Jetzt."

„Maddie ..."

Sie hielt die Hand hoch, um ihn zu stoppen. „Du weiß, dass ich recht habe, Paul. Bald habe ich diese Möglichkeiten nicht mehr. Glaubst du ernsthaft, wenn ich nach Boston zurückkehre, kann ich dort backen oder malen oder am Meer spazieren gehen oder auch nur einen Ausflug zum Supermarkt machen? Dort kann ich gar nichts mehr machen." Sie wandte sich ab. „Zumindest nichts mehr, was von Bedeutung wäre."

Er setzte sich neben sie. „So schlimm wird es schon nicht."

„Woher willst du das wissen?"

Ein tiefer Seufzer entwich seinen Lippen. „Ich weiß es nicht. Aber es muss doch irgendetwas geben, das wir tun können. Ich könnte –"

„Pst!" Sie drehte sich wieder zu ihm um und legte ihm den Zeigefinger auf die Lippen. „Tu das nicht."

Paul verstummte. Er wusste, dass sie an den Abend in der Oper dachte. Genau wie er.

„Kelli hat dir erzählt, dass ich meinen Abschluss früher als geplant mache."

„Ja", würgte er hervor.

„Und du willst wissen, ob das wahr ist. Und wenn ja, warum."

„Ja."

Sie stand auf und entfernte sich ein paar Schritte von ihm. „Es ist wahr. Mir bleibt keine andere Wahl. Ich kann die Bücher nicht mehr lesen. Ich kann nicht erkennen, was ich schreibe. Ich kann die Tafelnotizen der Professoren, selbst wenn ich in der ersten Reihe sitze, nicht mehr entziffern. Die Dunkelheit breitet sich aus. Ich kann sie nicht aufhalten. Und deshalb habe ich keine Zeit, hier noch ein weiteres Semester herumzuhängen."

„Aber ..."

„Meine Mutter hat bereits alles mit der Universitätsleitung geklärt. Dass ich meinen Abschluss jetzt machen kann. Die Pflichtveranstaltungen habe ich ohnehin schon alle hinter mir."

„Aber ..."

„Sie sind bereit, für mich eine Ausnahme zu machen, wegen ... du weißt schon." Sie deutete mit ihren farbverschmierten Fingern auf ihre Augen.

„Aber ..."

Völlig überraschend wirbelte sie zu ihm herum. „Warum spielt das für dich so eine große Rolle? Was sind für dich schon ein paar Monate mehr? Hm? Sag mir das mal!"

Paul kramte in seinem Kopf nach irgendetwas, das er sagen könnte, irgendeinem starken Argument, das überzeugend war. *Ich liebe dich und will nicht, dass du fortgehst.* Sie würde ihm das niemals glauben. *Ich will, dass du bleibst – für immer.* Sie würde glauben, dass er verrückt geworden sei. *Wir könnten wie zwei alte Schuhe sein.* Sie würde wissen, dass er verrückt geworden war. *Ich werde für dich sorgen.* Das würde sich in ihren Ohren nach Mitleid anhören. Oder noch schlimmer: einer Lüge. Er schaute auf.

Ihr Blick senkte sich, wanderte beiseite. „Oder sollen wir so tun, als würde niemals Juni? Wäre das besser?" Ihre Stimme klang sanft und schmerzerfüllt. „Wir führen einfach unser bisheriges Leben fort – ich gehe zur Uni und du stürzt dich in deine Arbeit. Wir essen Pizza, lernen bis spät in die Nacht hinein und fahren um Mitternacht noch mal los, um Eiscreme zu kaufen."

Ja. Genau. Nur dass ... Er konnte die Worte nicht aussprechen. Zumindest nicht laut.

Sie tauchte den Pinsel in Farbe und zog einen langen schwarzen

Strich über die Leinwand. Als sie einen Moment lang aufblickte, sah er etwas in ihren Augen. Eine Sehnsucht. Ein Verlangen. Und noch etwas anderes. „Maddie?“ Er hauchte ihren Namen, hoffte, dass sie das, was er zu sehen meinte, mit Worten bestätigen würde, betete, dass sie ihm die Wahrheit sagen würde. Nur dieses eine Mal. *Maddie, liebst du mich?*

Sie schloss die Augen. „Diese Tage sind ein für alle Mal vorbei. Ich kann nicht mehr zurück. Ich wünschte ... Nein, ich kann nicht.“

„Wir finden schon eine Anstellung für dich.“ Das klang selbst in seinen Ohren lahm und dumm.

Maddie gönnte ihm nicht einmal einen Blick. „Du weißt, dass meine Mutter diesbezüglich recht hat. Niemand will ein Mädchen anstellen, das blind wird. Glaubst du, ich hätte das nicht schon probiert?“ Ein trauriges Lächeln, gerade, nicht schief, huschte über ihre Lippen und war augenblicklich wieder verschwunden. „Sag schon, sollen wir uns lieber etwas vormachen, Paul? Sollen wir einfach vergessen, dass ich erblinde?“

Noch immer saß er auf der Bettkante. „Nein, Maddie. Aber trotzdem ...“

„Sie kommt zurück, um mich zu holen. Und dann ändert sich alles.“

Paul rammte seine Hände in die Taschen seiner Jeans und spannte die Unterarme an. „Aber sie kommt nicht heute, oder?“

Maddie blickte verdutzt auf. „Nein.“

Paul nickte und erhob sich. „Also haben wir immer noch heute. Und morgen. Und den Tag danach. Lass uns diese Tage nicht vergeuden. Komm mit!“

„Wohin?“

„Zu meinen Eltern nach Pacific Grove.“

„Was?“

„Über Silvester.“

Maddie ließ ihren Pinsel in einen Behälter mit farbigem Wasser fallen. Ihre Augenbrauen schossen in die Höhe. „Du veräppelst mich doch. Dieses ganze Gerede nur wegen einer Einladung zu Silvester?“

Er zuckte mit den Schultern. „Kommst du?“

„Na schön.“ Einen Moment lang stand sie regungslos da. Dann griff sie nach dem Bild von dem pummeligen Karottenkloß und streckte es ihm hin. „Hier, das ist für dich.“

Gequält starrte er auf das furchtbare Bild. „Danke.“

„Gern geschehen."

Er nahm das Bild und balancierte es auf einem Finger. „Du glaubst also, so könntest du mich vertreiben … nur indem du mir ein furchtbares Bild gibst?" Die Anspannung wich aus seinem Körper und er legte ihr den Arm um die Schultern. Ja, das war die Maddie, die er kannte. Das war die Maddie, die er liebte.

Sie kam drohend näher. „Was? Du willst mehr?"

„Natürlich will ich das." *Du hast ja keine Ahnung.*

Sie kam. Diese Sache, vor der sie Angst hatte und die sie hasste. Diese Sache, die sie beinahe alles gekostet hätte. Sie waberte durch die Dunkelheit, atmete die Dunkelheit ein und forderte sie dazu auf, sich zu erinnern.

Nein, ich will nicht dorthin zurückgehen. Ich will mich nicht an damals erinnern.

Aber es spielte keine Rolle, was sie wollte. Das hatte es damals nicht getan und das tat es auch heute nicht.

Sie sog nach Luft. Rasselnd. Ihre Kehle brannte. Ein halber Zug und dann nichts mehr.

Ich ertrinke.

In ihrem eigenen Atem. Und in der Bedrohlichkeit von Erinnerungen an eine Zeit, die sie nicht noch einmal durchleben wollte.

Warum? Warum muss ich das alles noch einmal durchmachen?

Aber sie wusste warum. Diese Dunkelheit, die sie jetzt umgab, dieses raunende Wasser, diese wabernde Schwärze, hatte große Ähnlichkeit mit der Dunkelheit von damals. Sie waren identisch. Und es gab da etwas, woran sie sich erinnern musste, etwas Wichtiges, das damals geschehen war, das eine große Rolle spielte – selbst jetzt noch. Was war es nur? Damals hatte es nichts als Angst gegeben. Und Paul. Und einen Ozean, der bis zum Rand mit schwarzen Zweifeln gefüllt war.

Und Verleugnung der Tatsachen.

Ja, die hatte es auch gegeben.

Sie war so nah dran gewesen. An der Freiheit. Der Wahrheit. Der Liebe. Wenn sie das nur gewusst hätte.

Das Wasser um sie herum stieg an. Drohte sie zu ersticken. War eisig.

Herr, hilf mir! Ich kann nicht atmen! Ich kann mich nicht durch die Wellen emporkämpfen.

Etwas Kaltes drückte auf ihre Brust. Presste sie zusammen und hielt sie in eiserner Umklammerung.

Ein weiterer hart erkämpfter Atemzug. Ein schmerzvoller Stich.

Herr!

Dann erklang sie. Eine Stimme in weiter Ferne, jenseits der Dunkelheit. Sie war so dünn, so fern, und trotzdem konnte sie die Worte hören. Die Stimme eines Mannes.

„Es gibt nichts mehr, was wir noch tun können. Ihre Lunge füllt sich immer weiter mit Flüssigkeit."

Flüssigkeit. Natürlich.

Die Wellen türmten sich auf und brachen über ihr zusammen.

Kapitel 13

Paul stieß sich von der Wand des Krankenhauszimmers ab. „Maddie, nein!“ Er hastete ans Bett.

Maddie hustete, erzeugte sprudelnde Geräusche, verschluckte sich an ihrem eigenen Atem.

„Heben Sie sie an.“ Die Stimme des Arztes verschaffte sich einen Weg in Pauls Bewusstsein. „Drücken Sie ihren Kopf vor.“

Die Krankenschwester schob ihre Hand in Maddies Nacken und zog sie hoch. Nur ein paar Zentimeter. So wenig. Und dennoch genug. Vielleicht.

Maddies Kinn bewegte sich nach oben. Sie hustete wieder. Speicheltropfen überzogen ihre Lippen. Ein weiterer Atemzug zerriss die Luft.

Paul begann zu frösteln. *Maddie ...*

„Ganz ruhig.“ Der Arzt trat näher und lauschte ihrem Atem. Seine Augenbrauen zogen sich zusammen. Sein Kiefer verkrampfte sich.

Nicht so, Maddie. Geh nicht so. Paul konnte die Worte nicht laut aussprechen. Stattdessen hallten sie in seinem Kopf wider. Hallten dort wider und verstummten dann.

Die Krankenschwester griff nach der Fernbedienung des Bettes und presste den Finger auf einen der Knöpfe. „Sollen wir intubieren?“ Ein unangenehmes Quietschen erfüllte den Raum, während das Kopfteil des Bettes nach oben wanderte.

Paul verharrte am Fußende des Bettes, beobachtete, wartete, wagte es nicht, die Fragen zu stellen, die ihm durch den Kopf gingen. Er streckte die Hand aus, zog sie dann aber wieder zurück.

Der Arzt betrachtete Maddie und schaute dann in seine Richtung, bevor er das Wort ergriff. „Jetzt noch nicht. Erhöhen Sie die Sauerstoffzufuhr. Das müsste genügen. Zumindest für den Moment.“

Die Krankenschwester nickte. Dabei pressten sich ihre Lippen einen Moment lang zusammen und wurden ganz dünn. „Keine Sorge. Wir behalten sie im Auge.“

Paul lehnte sich vor. „Wird sie durchkommen?“

Der Arzt trat zurück. „Ihre Atmung ist immer noch nicht so gleichmäßig, wie ich mir das wünschen würde.“ Er zog einen Block aus seiner Tasche, kritzelte etwas darauf, riss die Seite ab und reichte sie der Schwester. „Geben Sie ihr das, wenn sich ihre Atmung verschlechtert. Und benachrichtigen Sie mich."

„Natürlich, Herr Doktor."

Der Arzt machte auf dem Absatz kehrt und verließ das Zimmer, aber die Krankenschwester blieb. Vorsichtig ergriff sie Maddies Hand und schaute ihr ins Gesicht. Sie sprach mit ihr, als wäre Paul überhaupt nicht anwesend. Ganz sanft und leise. „Geben Sie nicht auf, Liebes. Sie haben Menschen, für die Sie leben müssen. Halten Sie einfach noch ein bisschen länger durch. Das schaffen Sie doch, oder? Ich passe auf Sie auf. Machen Sie sich keine Sorgen."

Sie legte Maddies Hand zurück auf das Bett und strich anschließend die Laken glatt.

Dann passierte etwas Merkwürdiges. Etwas, womit Paul nicht gerechnet hatte. Die Krankenschwester umklammerte das Seitenteil von Maddies Bett. Ihre Augen fielen zu. Ihr Mund bewegte sich. Es kamen keine Worte über ihre Lippen, aber er konnte sie trotzdem hören. Konnte sie so klar hören, als ob die Frau schrie. „Hab Erbarmen, Herr. Verschone sie. Du bist jetzt ihre einzige Hoffnung. Nur du kannst sie retten. Ich kann ihre Angst spüren. Ich spüre die meine. Ich weiß nicht, warum das für mich von Bedeutung ist. Aber das ist es. Nur du kannst die Angst wegnehmen."

Das Wort hallte zwischen ihnen wider. *Angst*. Sie hielt ihn von Maddie fern. Genau wie sie es schon einmal getan hatte. Das war so lange her. Zu lange. Nicht lange genug.

Das Licht kommt, Maddie. Fürchte dich nicht vor der Dunkelheit. Jetzt nicht mehr.

Aber seine Worte waren zwecklos. *Erinnerst du dich nicht? In jener Nacht hätte sich alles ändern können. Wenn du es nur zugelassen hättest. Wenn du nur nicht so verängstigt gewesen wärst …*

Das Wasser zog sich zurück. Zumindest ein wenig. Genug. Maddie konnte wieder atmen. Und sich erinnern. Ja, sie konnte sich auch erinnern. Ein eingetrockneter Weihnachtsbaum. Ein warmes Feuer. Der Geruch von frisch gebackenem Brot. Und Mais. Sie erinnerte sich an

Mais. Das Gefühl der rauen Hüllblätter in ihren Händen. Das Geräusch, das sie von sich gaben, als sie sie vom Kolben abzog. Winzige Fäden, die sich um ihre Finger wickelten. Und hinter ihr das beständige Kratzen eines Löffels in einer Holzschüssel. Beständig und beruhigend und friedlich.

Dann kam sie, flüsterte durch die Jahre hindurch. Zog sie zurück. Winkte sie herbei, damit sie sich erinnerte. Und noch einmal hörte sie die Stimme von Pauls Mutter, ein sanftes Rauschen in ihren Ohren.

„Ich bin so froh, dass du dich dazu entschieden hast, Silvester bei uns zu verbringen, Liebes."

Maddie lächelte und schälte weiter den Mais. „Vielen Dank, dass Sie mich eingeladen haben, Mrs Tilden."

„Nenn mich Rhena. Du tust uns damit einen riesigen Gefallen, glaub mir. Dank dir ist mein Sohn endlich wieder erträglich. Du hättest mal erleben sollen, wie er hier mit diesem furchtbar langen, missmutigen Gesicht herumgestampft ist und sich geweigert hat, auch nur den geringsten Spaß zu haben."

Maddie schüttelte ungläubig den Kopf. „Paul? Das kann ich mir gar nicht vorstellen."

„Na ja, wir sind jedenfalls einfach nur froh, dass du hier bist. Wir mussten ihn praktisch mit Gewalt dazu bringen, dich anzurufen."

Maddie erstarrte und hörte auf, den Mais zu schälen. Ihre Stimme kam nur stockend. „Er wollte nicht, dass ich komme?"

Rhena schnaubte. „Meine Güte, nein, ich meine, ja. Also, was ich meine, ist, dass er sogar unbedingt wollte, dass du kommst. Er hat sich eher wegen uns Sorgen gemacht." Um ihre Worte zu unterstreichen, wedelte sie mit dem Löffel schwungvoll in Richtung Tür. „Ups!" Sie stieß einen schrillen Pfiff aus.

Sekunden später trottete ein gelber Labrador durch die Küchentür und leckte das bisschen Füllung auf, das auf dem Linoleumboden gelandet war.

Maddie lauschte dem *Flatsch* der Lefzen des Hundes und dem *Wusch*, mit dem seine Zunge über den Boden fuhr. Sie grinste. Niemals zuvor hatte sie gehört, wie ein Hund einen Küchenboden abschleckte. Es war ein unschönes Geräusch. Voller Nässe und primitivem Behagen. Es beruhigte sie.

Vielleicht wollte Paul sie hier haben. Vielleicht hatte er sie nicht nur aus Mitleid eingeladen, nicht nur weil sie blind wurde, ihre Mutter das herausgefunden hatte und ihr Leben sich dem Ende zuneigte. Nicht nur, weil sie all ihre Hoffnungen, all ihre Träume begraben musste. Oder aber er hatte sie genau deshalb gebeten zu kommen. Sie nahm einen anderen Maiskolben in die Hand. „Warum hat er mich eingeladen?“ Die Worte purzelten leise und zitternd aus ihrem Mund.

Der Löffel, der wieder in der Schüssel gekratzt hatte, verstummte. „Oh, meine Liebe, das muss ich dir doch nicht erklären.“ Rhena klopfte den Löffel rasch am Schüsselrand ab und wedelte mit der Hand in Richtung Tür. „Du kannst wieder abziehen, Rosie. Hier wird es keine weiteren Missgeschicke geben, die du aufwischen musst.“

Der Hund marschierte davon.

Maddie zog eine weitere Blätterlage ab. „Ich dachte, vielleicht, du weißt schon ... hat er Mitleid mit mir?“

Rhena warf den Löffel in die leuchtend gelbe Schüssel. „Wie bitte? Weshalb?“

„Du weißt schon.“ Maddie führte eine Hand zu ihren Augen.

Rhena zögerte. „Wir sollen eigentlich nicht darüber reden.“

Maddie hielt inne. „Oh.“

„Er hat Angst, dass wir irgendetwas sagen, das dich in Verlegenheit bringt. Und wahrscheinlich werden wir das auch tun. Aber dann wirst du uns eben einfach vergeben müssen. Denn die Wahrheit ist, dass Paulie dich nicht aus Mitleid eingeladen hat.“ Sie kicherte. „Oh nein, nicht einmal im Entferntesten. Und du kannst dich diesbezüglich auf mich verlassen.“

Maddie lächelte. „Ich habe ihm gesagt, dass ich kein Mitleid will.“

Rhena schob die Schüssel von sich fort. „Aber warum denn nicht?“

Einen Moment lang wusste Maddie nicht, was sie sagen sollte. Die Frage war so merkwürdig, kam so unerwartet. „Ich ... also ... ich möchte einfach nur wie ein ganz normaler Mensch behandelt werden.“

Rhena lachte. „Normal? Wer ist schon normal? Wenn du Mitleid bekommen kannst, dann nimm es, sage ich nur. Denn früher oder später werden wir es alle brauchen.“

Maddie spielte mit dem Maiskolben in ihrer Hand. „Wie meinst du das?“

Rhena nahm einen Stapel Schüsseln aus dem Schrank. „Diesseits des Himmels stoßen jedem von uns schlimme Dinge zu. Niemand kommt einfach so davon. Und deshalb kann so ein kleines bisschen Mitgefühl, ein kleines bisschen Verständnis und sogar ein kleines bisschen Mitleid eine gute Sache sein."

„Aber ..." Rhena kannte das nicht, verstand nicht. Mitleid war etwas Furchtbares. Das Schlimmste überhaupt. Es ... es ...

Pauls Mutter kam zu ihr herüber und legte Maddie sanft die Hand auf die Schulter. „Aber nicht die ganze Zeit, stimmt's?"

Maddie schüttelte den Kopf. „Nicht die ganze Zeit."

„Mach dir keine Sorgen, Liebes." Rhena tätschelte Maddies Arm. „Gott hat große Pläne mit dir."

„Große Pläne mit einem blinden Mädchen?"

„Jesus hat die Blinden sehend gemacht."

„Mich hat er bisher nicht geheilt."

„Nein, bisher nicht. Aber das wird er noch. Eines Tages. Du musst nur abwarten."

„Und Tee trinken?"

Rhena lachte. „Ganz recht, meine Liebe. Das ist mein Rat: Abwarten und Tee trinken."

Abwarten. Konnte sie das? Konnte sie noch glauben, dass Gott womöglich Pläne mit ihr hatte? Selbst jetzt? Nach all den unbeantworteten Gebeten oder vielmehr Gebeten, die das genaue Gegenteil bewirkt hatten? Konnte sie noch Vertrauen aufbringen? Glauben? Vermutlich nicht. Aber wenn sie Rhenas melodiöse Stimme so hörte, wünschte sie sich irgendwie, sie könnte es.

Vom Flur her wurden Schritte laut. „Ist das Essen schon fertig?" Die Stimme von Pauls Vater dröhnte durch den Raum.

Pauls Mutter stöhnte übertrieben auf. „Oh Earl, um Himmels willen."

„Was denn?"

Rhena schob sich näher an Maddie heran und flüsterte ihr lautstark ins Ohr: „Und zähl in der Zwischenzeit die kleinen Segnungen des Alltags, Liebes. Glaub mir, es gibt manches, was du lieber nicht sehen willst."

Earl grunzte. „Hör nicht auf sie, Mädchen. Ich bin immer noch ein Bild von einem Mann. Sehe nicht viel anders aus als mit zwanzig."

„Sei du lieber ruhig und knöpf deine Hose zu." Rhena schüttelte den Kopf. „Hab Erbarmen, Herr."

Earl schlenderte näher. „Ich bereite mich nur schon auf das große Festessen vor."

Am Rand ihres schwindenden Sehvermögens sah Maddie, wie er seinen Bauch tätschelte.

„Und steck das Hemd in die Hose!" Rhena wandte den Blick ab und murmelte Worte, die nur Maddie hören konnte. „Ganz ehrlich, an manchen Tagen wäre es ein Segen, blind zu sein." Laut fügte sie hinzu: „Kein Wunder, dass Paul Bedenken hatte, Maddie hierher einzuladen. Nur gut, dass sie nicht sehen kann, was ich sehe. Nicht viel anders als mit zwanzig?" Sie schnaubte. „Vielleicht dein kleiner Zeh. Aber wahrscheinlich nicht einmal der."

Maddie kicherte verlegen.

„Dem Herrn sei dank, dass ich dich nicht wegen deines Waschbrettbauchs geheiratet habe." Sie wandte sich Maddie zu. „Du hättest ihn bei unserer Hochzeit sehen sollen. Da kam er gerade vom Militär. Durchtrainiert und wie geleckt." Ihre Stimme wurde wieder lauter. „Damals hättest du den Knopf deiner Hose nicht aufmachen müssen."

Earl gluckste in sich hinein. „Daran sind allein deine Kochkünste schuld."

Rhena zwinkerte ihm zu und verwies ihn mit einer energischen Handbewegung der Küche. „Das habe ich alles schon mal gehört. Jetzt geh und mach dich fertig, bevor du Pauls Mädchen ernsthaft vergraulst."

Pauls Mädchen. Maddie rutschte der Maiskolben aus der Hand. „Oh, ich bin nicht ..."

Rhena brachte sie mit einem Laut zum Schweigen.

Maddie schluckte schwer und verstummte. *Pauls Mädchen. Wenn es doch nur so wäre ...*

„Braves Mädchen."

Maddie hob die bereits geschälten Maiskolben auf, trug sie zur Spüle und warf sie in einen großen Topf.

Pauls Mädchen.

Sie verbannte die Worte mit aller Kraft in den hintersten Winkel ihres Gedächtnisses. Und trotzdem hallten sie das ganze Essen über in ihrem Kopf wider und lösten in ihrem Herzen einen dumpfen Schmerz aus.

„B-2."

„Warte, Papa, wir sind noch nicht fertig." Pete zog den Stuhl neben sich heraus und klopfte auffordernd auf die Sitzfläche. „Setz dich hierhin, Maddie. Ich habe deine Bingokarte schon fertig."

Paul stellte seinen Eierpunschbecher beiseite und hastete zum Tisch. Zu spät. Maddie saß bereits neben Pete.

Pete grinste ihn an. „Du hattest sie schon während des Essens, Mann. Außerdem –" Er drehte sich zu Maddie um und flüsterte ihr lautstark zu: „Außerdem musst du wissen, dass man ihm nicht trauen darf. Wenn du nicht vorsichtig bist, bringt er dich um alle dir zustehenden Büroklammern und Seifenstücke."

Maddies Augenbrauen wanderten in die Höhe. „Seifenstücke?"

Pete lachte. „Es gibt natürlich Preise. Für die Gewinner. Wenn du Glück hast, gewinnst du vielleicht eine Packung Alka-Seltzer." Er rieb sich den Bauch und sprach mit Grabesstimme weiter. „Ich kann nicht glauben, dass ich das ganze Ding gegessen habe."

Paul zog sich einen Stuhl gegenüber von ihnen unter dem Tisch hervor. „Aber sorg dafür, dass Papa ihre Karte sieht."

„Natürlich. Ich weiß, wie das Spiel funktioniert."

Sein Vater hustete. „Wenn ihr zwei Witzbolde dann endlich fertig seid, können wir loslegen."

Seine Mutter hastete mit einer Schale Popcorn, Salzbrezeln und einem Teller Zimtschnecken aus der Küche, obwohl sie gerade erst gegessen hatten. Sie platzierte alles auf dem Tisch und ließ sich dann auf dem Platz neben Paul nieder.

Jenny saß am Kopf des Tisches und hatte ihre Bingokarte schon vorbereitet. „Nun mach schon hin."

„Hast du etwas in den Deckel geschrieben, Earl?"

Er nahm einen kräftigen Schluck von seinem Eierpunsch. „Natürlich."

„Lass mal sehen."

Jenny stöhnte. „Ich dachte, wir spielen jetzt endlich."

Paul warf ihr einen fragenden Blick zu. „Was ist denn mit dir los?"

„Als ob du das nicht wüsstest."

„B-2." Jennys Antwort ging in dem Dröhnen der väterlichen Stimme unter.

„Warte, ich will erst sehen, was du geschrieben hast." Ihre Mutter schnappte sich den Deckel des Bingospiels und drehte ihn so, dass sie die Innenseite sehen konnte.

„I-59."

„Earl!" Ihre Mutter versetzte ihm einen Klaps mit dem Deckel.

Jenny schnaubte auf.

Ihr Vater warf den Bingomarker zurück in die Schachtel. „Schon gut."

„Hey, ich hatte das!"

Pete lehnte sich auf seinem Stuhl zurück und neigte sich zu Maddie hinüber. „Papa schreibt jedes Jahr ein Paar Sätze in den Deckel des Spiels. Irgendwelchen Nonsens, zum Beispiel, wer mit uns gefeiert hat, wie das Wetter war – solche Dinge eben." Er schaute zu seinem Vater hinüber. „Wenn ich derjenige welcher wäre, würde ich etwas über den neuen HP-65 schreiben. Den ersten programmierbaren Taschenrechner, den es je gab. Und hier ist er." Er tätschelte die Brusttasche seines Polohemds. „Der Prototyp, den ihr Wochen vor dem Rest der Welt zu sehen bekommt." Er schaute düster drein. „Aber nein. Stattdessen schreibt er etwas über den Sonnenschein und den Nebel." Es folgte ein langgezogener, leidgeplagter Seufzer. „Als ob wir hier nicht jedes Jahr Nebel und Sonne hätten."

Seine Mutter nahm ihre Brille aus dem Etui und setzte sie sich auf die Nase. „Letztes Jahr hatten wir Regen. Steht genau hier."

Pete schnitt eine Grimasse.

Seine Mutter schob die Brille weiter nach oben und tippte mit dem Zeigefinger auf eine Stelle im Spieledeckel. „Du hast vergessen zu erwähnen, wie entzückend Maddie ist. Und dabei ist sie so eine Liebe." Sie streckte ihre Hand vor und winkte auffordernd mit den Fingern. „Komm, gib mir mal den Stift."

Jenny stöhnte laut auf und knallte ihre Ellbogen auf den Tisch. „Jetzt komm schon, Mama."

„Hast du heute Abend noch etwas vor, Jen?"

„Nein."

Paul wurde auf seinem Stuhl immer kleiner. Was Maddie wohl von dieser seiner verrückten Familie hielt, die sich über den Beginn eines Bingospiels in die Haare geriet? Als ob das Abendessen noch nicht schlimm genug gewesen wäre: Seine Mutter hatte diese peinliche Geschichte erzählt, wie er sich für das Theaterstück in der ersten Klasse als Gänseblümchen verkleidet hatte und dann über die ganze Bühne getanzt war, weil er unbedingt der Erste hatte sein wollen. Sein Vater hatte eine grauenhafte Schilderung von Pauls erstem Versuch, sich einen Oberlippenbart stehen zu lassen, beigesteuert. Und Pete hatte die ganze Zeit über auf diesem dämlichen Taschenrechner herumgedrückt und Maddie damit in den Ohren gelegen, dass sie ihn einfach ausprobieren müsse.

Nur Jenny hatte geschwiegen.

Paul schaute zu Maddie hinüber. Sie starrte auf ihre Bingokarte, bewegte den Kopf leicht nach links, dann nach rechts, als versuche sie einen Winkel zu finden, in dem sie die Zahlen sehen konnte.

Der Stift hörte auf, über die Innenseite des Deckels zu kratzen und seine Mutter hob den Kopf. „Fertig."

Jenny blickte mürrisch drein. „Na endlich."

Ihre Mutter schob ihr eine Zimtschnecke hin. „Das ist keine gute Art, das Jahr zu beenden, Schatz. Vielleicht hilft etwas Zucker."

Jenny seufzte. „Entschuldige." Sie versuchte sich an einem Lächeln. „Es ist nur ... ach, egal." Sie schaute zu Paul hinüber, wandte dann aber schnell den Blick ab.

Sein Vater ergriff das Wort. „Zum dritten und letzten Mal: B-2. Noch einmal wiederhole ich es nicht."

Paul deutete auf Maddies Karte. „Das hat sie."

Pete schlug seine Hand beiseite. „Ich weiß." Er wandte sich Maddie zu. „Er ist ein bisschen überfürsorglich, findest du nicht? Ist er auch so, wenn ihr in Palo Alto seid?"

Maddie grinste. „Nicht immer."

Paul stieß ein leises Knurren aus.

„N-40"

Er linste auf Maddies Karte. Das hatte sie auch. Aber Pete sagte nichts. Paul trommelte mit den Fingern. Raschelte auffordernd mit den Füßen.

Pete gluckste in sich hinein, dann flüsterte er Maddie etwas ins Ohr.

Sie nahm ein kleines rundes Plättchen in die Hand und legte es auf das N-40-Feld.

Fünf Minuten später riss Pauls Mutter die Arme in die Luft. „Bingo!"

Jenny sprang auf und vergrub eine Hand in der Tüte, die in der hinteren Ecke des Zimmers stand. Ihre Mutter lehnte sich auf ihrem Stuhl zurück. „Bitte die Küchenschwämme, Schatz." Sie schaute zu ihrem Vater hinüber. „Bitte sag mir, dass irgendjemand daran gedacht hat, Schwämme zu besorgen."

Jenny zog ein Dreierpäckchen aus der Tüte und winkte damit. „Genau wie jedes Jahr."

Pauls Mutter presste sich die Hand auf die Brust und atmete lautstark aus. „Gott sei Dank."

Sein Vater grummelte: „Hast du etwa an mir gezweifelt?" Gespielt wütend ließ er seine Hand auf den Tisch niedersausen. „Leert eure Karten." Er warf die aufgerufenen Nummern zurück in die Schachtel und mischte sie unter die anderen. „Die Freikarte auf das freie Feld."

„Das ist das Mittelfeld."

„Paul!" Pete verdrehte die Augen. „Sie weiß das."

Maddie legte das winzige Plättchen ohne fremde Hilfe auf das freie Feld in der Kartenmitte.

„O-72."

„Das zweite von oben." Nachdem Pete die Worte geflüstert hatte, sah er Paul mit hochgezogenen Augenbrauen an.

Paul schaute weg.

„I-22."

Nach zehn weiteren Ansagen hörte Paul ein leises „Pst!", gefolgt von einem „Bingo, du hast Bingo."

„Bingo!", rief Maddie laut.

Wieder sprang Jenny auf. Sie kam mit einem billigen gerahmten Foto von der kalifornischen Küste und einem Schokoladenriegel zurück. Beides drückte sie Maddie in die Hand.

Maddie nahm die Sachen und befühlte mit ihren Fingern den Rahmen. „Was ist das?"

Paul starrte Jenny an. Wie konnte sie nur? Was dachte sie sich bloß?

Jenny wurde knallrot und wich seinem Blick aus. Sie wusste doch Bescheid! Was für ein Spiel zog sie hier ab?

Paul stand auf.

Die anderen verstummten.

Langsam wanderte Maddies Hand über das Bild. Sie befühlte den Rahmen, die Rückseite, die kühle Vorderseite. Dann berührte sie den Schokoriegel. Sie runzelte die Stirn.

Paul wartete. Sein Magen verkrampfte sich.

„Ich will das nicht."

Niemand antwortete.

„Hat Paul es euch nicht gesagt?"

Hitze wanderte seinen Nacken herauf. Seine Hände ballten sich zu Fäusten.

„Ich mag nur Schokolade mit Mandeln."

Pete lachte laut auf.

Seine Mutter kicherte.

Sein Vater knallte wieder die Hand auf den Tisch. „Bringt dem Mädchen einen Mandelriegel. Wir wollen doch nicht, dass unser Gast mit seiner Schokolade unzufrieden ist."

Jenny sagte nichts. Sie sah nur Maddie an. Unnachgiebig.

Paul schaute erst zu ihr, dann wieder zu Maddie. Maddie lächelte. Lächelte aus vollem Herzen. Und in diesem Moment wusste Paul, dass er niemals zuvor etwas so Schönes gesehen hatte.

Abgesehen von ein paar Wolken in weiter Ferne war die Nacht klar. Die Luft war frisch, aber nicht kühl. Maddie trug dieses flauschige blaue Sweatshirt. Und ihr Gesicht leuchtete im Mondlicht.

Nachdem alle Bingopreise gewonnen, die Zimtschnecken gegessen und der Eierpunsch getrunken war, hatten sie sich auf die Veranda begeben – nur Maddie und er. Der dünne Sichelmond warf glänzende Lichtstrahlen auf den Rasen und überzog die Wellen des Meeres mit einem silbernen Schimmer. Auf der Strandpromenade fuhr ein Radfahrer mit eingeschaltetem Vorderlicht vorbei. Eine sanfte Meeresbrise brachte den Fliederbusch neben ihnen zum Rascheln und trieb die Wolken langsam südwärts.

Paul setzte sich auf die Bank und zog Maddie neben sich. „Du müsstest das sehen können." Sein Flüstern fiel zwischen sie und zog sie näher. Er legte seinen Arm hinter ihr auf die Rückenlehne der Bank.

Maddie zog einen Fuß unter sich und lehnte sich dann zurück. Sie schloss die Augen. „Sind die Sterne heute Abend gut zu sehen?"

Er ließ den Arm um ihre Schulter gleiten. „Schließ die Augen, vielleicht siehst du sie dann."

Ein zartes Lächeln umspielte ihre Lippen, als sie gehorsam die Augen schloss. „Erzähl mir davon."

„Die Sterne glitzern wie Tausende Diamanten auf einer Decke aus schwarzem Samt. Der Mond ist heute Abend nur eine hauchdünne Sichel, und trotzdem versprüht er wunderschönes Silberlicht. Und das Meer –", er hielt einen Moment inne, „– das Meer sieht aus, als hätte es jemand mit einer Million Perlen bestreut. Und ..." Er schnitt eine Grimasse. „Ich bin hierin nicht besonders gut."

Sie öffnete die Augen und lächelte zu ihm hoch. „Mach nur weiter, ich sehe es. Zumindest fast. Erzähl mir mehr." Dann fielen ihre Augen wieder zu.

Paul befeuchtete seine Lippen. Er wollte nicht über den Himmel sprechen oder das Meer oder die Sterne. Allerdings hätte er mühelos die Art beschreiben können, wie das Mondlicht ihre Wangen berührte, wie es ihr Haar scheinbar mit glänzenden goldenen Schleifen verzierte. Die Art, wie es ihren Mund aussehen ließ – so wie ... Er hielt inne, die Augen wie festgenagelt auf ihre vollen Lippen gerichtet, die minimal geöffnet waren, damit der Atem entweichen konnte. Sie war nah, so nah. So wunderschön. Wenn doch nur ...

Sie öffnete ein Auge. „Du bist wirklich schlecht hierin. Warte, lass mich es versuchen." Sie presste ihre Augen fest zusammen und deutete mit dem Kinn auf den Himmel. „Sterne, versprengt wie Tautropfen am ganzen Firmament. So nah, dass es scheint, als könnest du dich danach ausstrecken und sie berühren. Und wenn du es tätest, wären sie so kalt wie Eis, und genauso hart. Aber das da –", sie deutete wahllos auf ein Fleckchen am Himmel, „das da ist kein Stern. Das ist ein Flugzeug."

„Da ist kein Flugzeug."

Sie streckte ihm die Zunge heraus. „Tu mir den Gefallen und spiel mit. Schau mal da!" Jetzt zeigte sie westwärts. „Da ist eine Sternschnuppe."

„Wo?"

„Dort drüben. Ich kann sie sehen. Du nicht? Wünsch dir etwas. Schnell."

Ein Wunsch. Paul starrte zum Nachthimmel hinauf. *Wünsch dir etwas.* Er schaute zu Boden. Und dann wünschte er sich etwas. Formulierte im Geist einen riesengroßen, kühnen, unmöglichen Wunsch.

Die Tür schwang auf und prallte mit voller Wucht gegen die Hauswand.

Maddie sprang vor Schreck fast von der Bank.

Paul zog sich zurück. Als er sich umwandte, sah er Jenny in der Tür stehen. Verärgert runzelte er die Stirn. Er hätte es besser wissen müssen, als sich von einer eingebildeten Sternschnuppe etwas zu wünschen.

Jenny starrte sie an, die Augen zusammengekniffen, die Fäuste in die Hüften gestemmt. „Kommt schon. Sie beginnen im Fernsehen gleich mit dem Countdown."

Er blinzelte verdattert. „Countdown?"

Jenny stieß ein genervtes Knurren aus. „Neujahrscountdown, du Doofi. Times Square? Der glitzernde Zeitball?" Sie hob die Hände und wackelte mit den Fingern. „Viele, viele Lichter?"

Maddie sprang auf.

Paul folgte ihr ins Haus.

Im Wohnzimmer lief der Fernseher. Auf dem Bildschirm war das Gesicht von Moderator Dick Clark zu sehen.

Jenny ließ sich auf die Couch plumpsen und warf ihm eine Papiertröte und ein Kazoo zu. Er reichte das Kazoo an Maddie weiter.

„Zehn. Neun. Acht ..." Die Zahlen dröhnten aus dem Fernseher. Seine Familie stimmte in den Countdown mit ein. „Sieben. Sechs. Fünf. ..." Er schob sich näher an Maddie heran. „Vier. Drei. Zwei ..." Sie hob das Kazoo an ihre Lippen. „Eins. Frohes neues Jahr!"

Jeder schrie diese Worte. Außer ihm. Und Maddie. Sie blies das Kazoo. Er zog sie in seine Arme. Ihr Kinn hob sich. Seins senkte sich. Und da wusste er, dass er sie küssen würde. Endlich.

Doch dann drehte sie im letztmöglichen Moment den Kopf weg.

Kapitel 14

Ich glaube an die Existenz des Himmels. Ich glaube an Jesus. Und trotzdem fürchte ich mich vor der Dunkelheit. Selbst jetzt noch. Selbst nachdem ich all diese Jahre mit ihr gelebt habe. Ich sehne mich immer noch nach dem Licht. Gott, wo ist das Licht?

Die Gedanken schossen auf sie zu, durchspülten sie und versickerten in ihr wie eine Welle im Sand der Erinnerung.

Sie hatte damals auch Angst gehabt. Vor so vielen Jahren. Angst vor der Dunkelheit, die sie nicht verstand. Angst, dass Gott zwar sagte, dass er sie liebte, es aber nicht wirklich tat. Angst, dass die Blindheit der Beweis dafür war, dass er es nicht tat, dass er sie im Stich gelassen, sie verraten hatte. Dass er sie in den Schatten, die sich in ihre Seele geschlichen hatten, irgendwie verloren hatte. Bislang wurden die Schatten immer dichter. Trotz der Zweifel. Trotz aller Versuche, die sie unternommen hatte, um sie zurückzudrängen.

Ja, sie war schon einmal mit diesen Ängsten konfrontiert gewesen. Sie hatten einen vertrauten Geschmack. Sie schmeckten wie die Meeresgischt ...

Zu Maddies Füßen schlugen die Wellen mit voller Wucht gegen die Felsküste der Monterey Bay. Die Gischt spritzte so weit nach oben, dass Maddies Plateausandalen nass wurden. Ein Schwarm Möwen kreischte und setzte zum Sturzflug auf eine Felszunge an, die gute dreißig Meter vom Ufer entfernt lag. Weiter draußen hörte sie das Plätschern einer Gruppe Sporttaucher, die unter einem riesigen Algenteppich hindurchtauchte und aufs Meer hinausschwamm.

Sie wollte in ihrem Leben noch so viele Dinge machen: in einem Doppeldecker fliegen, Wildwasser raften, mit Schneeschuhen den Yosemite-Nationalpark erkunden, das Nordlicht sehen. Ihr lief ein kalter Schauer über den Rücken. Sie hatte gehofft, noch vieles machen zu können, hatte vieles geplant, aber tauchen – sich unter die Wasseroberfläche, mitten hinein in das kalte, schwarze Nass zu begeben – hatte nicht dazugehört. Vor allem an einem Tag wie diesem, an dem alles trüb und dunkel war. Das Wasser wie eine Nacht, die niemals endete. So viel konnte sie zumindest erkennen. Grauer Himmel. Schwarzes Wasser. Und Kälte. Klamme Nebelschwaden. Sie drangen bis zu ihrer Haut durch, legten sich auf den braunen Poncho, den sie sich übergeworfen hatte.

Eine weitere Welle warf sich gegen die Felsen und ergoss sich in einem sanften Sprühregen auf Maddies Arme und ihr Gesicht. Sie berührte die Stelle auf ihrer Wange, an der die Gischt sie geküsst hatte. So wie Paul sie geküsst hatte. Letzte Nacht. Zumindest beinah. Seine Lippen hatten ihre Haut kaum berührt, als sie sich weggedreht hatte. So leicht. So zart. So unschuldig. Und trotzdem hatte sie das schon völlig geschafft.

Sie zog die Finger weg und ließ den Meereskuss, wo er war. Ließ ihn bleiben, sich über sie lustig machen. Genau wie seiner. Er hatte es nicht so gemeint. Er hatte sich vermutlich gar nichts dabei gedacht. Aber oh, wie sehr er ihr Herz zum Klopfen gebracht hatte ...

Maddie zog die Knie an und schlang die Arme darum.

Oh Gott, warum hast du diese Dunkelheit kommen lassen? Und warum hast du sie nicht fortgenommen?

Er hätte das so einfach tun können. Hätte es tun können – doch er hatte es nicht getan. Warum? Weil in der Bibel zwar von Liebe die Rede war, das aber nicht wirklich so gemeint war? Oder weil manche geliebt waren und andere ... andere blind wurden? Hatte Gott sie wirklich verlassen, sie der Dunkelheit preisgegeben? Und falls er das hatte, würde sie ihn dann auch verlassen?

Sie starrte auf das Wasser hinaus und sah nur die gleißende Spiegelung des Sonnenlichts auf der Wasseroberfläche, aber diese war bereits so grell, dass es ihr in den Augen wehtat. Maddie blinzelte. Vielleicht war das mit Gott genauso. Vielleicht war er so strahlend, dass selbst ein flüchtiger Blick durch die Dunkelheit genug war, um die Sinne zu überreizen. Falls das so war, würde sie niemals die Antwort auf ihre Frage nach dem Warum finden. Zumindest nicht die vollständige. Was würde sie also tun? Vertrauen oder sich abwenden?

Sie senkte den Blick. Der Lichtschimmer verschwand. Es war zu schwer, in dieser Dunkelheit zu vertrauen. Es war aber auch zu schwer sich abzuwenden. „Wohin sonst sollen wir gehen?“, hatten die Jünger einst zu Jesus gesagt. „Du hast Worte des ewigen Lebens." Und das war immer noch wahr. Sie verstand es nicht, wusste nicht, warum Gott sie durchs Leben geführt hatte, nur um sie jetzt im Stich zu lassen. Aber sich abwenden, den Glauben völlig aufgeben? Das konnte sie auch nicht. Also wanderte sie hier umher, in dieser Wildnis aus Zweifeln und Angst. Sie saß am Ufer des dazugehörigen Gewässers und ließ die Feuchtigkeit an ihren Zehen lecken.

Und die Dunkelheit breitete sich aus, das Wasser stieg. Und nach und nach, einer nach dem anderen, fielen ihre Träume in diese Dunkelheit. Fielen hinein und waren für immer verloren. Bis letzte Nacht einer von ihnen wieder emporgeschleudert worden war, um sie zu quälen.

Sie legte das Kinn auf ihre Knie und drehte den Kopf zur Seite. *Ich hätte nicht herkommen sollen. Was habe ich mir bloß dabei gedacht?* Es war so schon schwer genug, mit Paul zusammen zu sein. Schwer genug, seine Lippen auf ihrer Wange zu spüren. Aber hier bei seiner Familie zu sein, ihre Freundlichkeit zu erleben, ihre Liebe zu spüren – das war wie eine Wunde, die nicht heilen konnte. Die nicht heilen würde.

Sie hob den Blick und erspähte am Horizont einen Hauch von Weiß. Vielleicht ein Segelboot. Sie konnte es nicht mit Gewissheit sagen. Dann erklang plötzlich das Heulen einer Robbe. Und ein Platscher. Und in der Ferne das Zuschlagen einer Tür.

Maddie vergrub ihr Gesicht wieder in ihren Knien. *Du kannst ihm das nicht zum Vorwurf machen. Er hat sich nichts dabei gedacht.* Er hatte nicht vorgehabt, sie daran zu erinnern, was niemals sein konnte. Niemals sein sollte. Er war ein guter Mann. Und sie waren schließlich Freunde, nicht mehr und nicht weniger. Schlicht und einfach Freunde. Wie hätte er wissen sollen, dass sie auf mehr gehofft hatte? So viel mehr. Und jetzt ...

Nein. Du weißt, was der Arzt gesagt hat.

Aber ...

Nein.

Es gibt Wunder.

Wunder?

Ja.

Das würde es auch brauchen. Und mehr.

Vor zwei Wochen war sie wieder beim Arzt gewesen. Er hatte ihr mit seinem Ophthalmoskop eine gefühlte halbe Stunde lang in die Augen geschaut. Anschließend hatte er ihr Sehvermögen mit einer Reihe winziger Lichter getestet, ihr eine Million Fragen gestellt und ihr wieder in die Augen geschaut. Und dann hatte er geseufzt. Den Klang dieses Seufzers würde sie niemals vergessen. Genauso wenig wie die Worte, die danach gekommen waren. „Es schreitet schneller voran, als wir erwartet haben. Vielleicht noch ein Jahr, dann haben Sie Ihr zentrales Sehvermögen endgültig verloren." Ein Jahr. Früher einmal war ihr das wie eine Ewigkeit erschienen. Jetzt war es nicht mehr als ein Augenschlag. Ein Jahr.

Der Arzt hatte ihr nahegelegt, mit einem Blindenhund zu trainieren, die Blindenschrift zu lernen, sich daran zu gewöhnen, mit einem Stock zu laufen, auf den Verkehr zu lauschen und zu hören, was man eigentlich nur sehen konnte. Maddie hatte genickt. Sie würde all diese Dinge tun. Vielleicht. Später. Aber nicht jetzt. Jetzt noch nicht.

„Meine Mutter hat das alles schon arrangiert. Zu Hause in Boston", hatte sie gesagt.

„Dann kehren Sie also bald dorthin zurück?" Der Arzt hatte ihre Akte zugeklappt und auf die Untersuchungsliege gelegt. „Ich werde Cindy bitten, Ihre Unterlagen fertig zu machen."

Bald. Zu bald. Maddie hatte nicht geantwortet. Stattdessen war sie aufgestanden und zur Tür gegangen. Im Wartezimmer hatte Paul auf sie gewartet. Wie immer. Er hatte sie zu einem halben Dutzend solcher Termine gefahren. Und inzwischen wusste er, dass er ihr nicht zu viele Fragen stellen sollte.

Ein Jahr. *Warum musste mir das zustoßen? Warum jetzt?*

Weitere Warums, die nicht beantwortet werden konnten. Die nicht beantwortet würden.

Sie hatte die Neuigkeit an jenem Tag für sich behalten. Hatte sie für sich behalten und ein tapferes Gesicht aufgesetzt. Genau wie immer. Aber heute fühlte sie sich kein bisschen tapfer. Nicht hier. Nicht an diesem Ort. Sie saß hier an einem Meer, das sie riechen, hören, fühlen konnte. Aber kaum sehen. Sie wusste, dass sie alles verlieren würde, was sie einmal geliebt hatte. Hatte sich Malcolm so gefühlt, bevor er, kurz bevor er ...?

Maddie hob den Kopf. Licht stieg über der Wasseroberfläche auf und besprenkelte ihre Augen. Sie blinzelte. Der Nebel hob sich. Die Feuchtigkeit wich. Aber es war immer noch kalt. Immer noch klamm.

Malcolm hatte das Meer immer gehasst. Er hatte immer gesagt, wenn man lange genug stillsäße, würde es kommen und einen einfach fortschwemmen. Das Meer. Das Unbekannte. Vielleicht hatte er recht.

Auch Malcolms Erblindung war rasch fortgeschritten. Zu rasch, als dass er sich hätte daran gewöhnen und anpassen können. Am einen Tag war er auf dem besten Weg in die Minor League, am nächsten war er zurück in Boston – in sein Zimmer eingesperrt, nahm Braille-Unterricht, benutzte einen weißen Stock und lebte blind. Genau, wie es von ihr erwartet wurde.

Ihre Mutter brachte ihn zu den verschiedenen Kursen, wo er lernte zu lesen, zu laufen, das Telefon zu finden, wenn es klingelte, das Geräusch von Straßenlaternen und Schritten wiederzuerkennen, die Möbel und anderen Alltagsdinge so zu arrangieren, dass er sich zurechtfand und den Menschen zu vergeben, die zu laut sprachen, weil sie dachten, er sei auch halb taub. Aber sie brachten ihm nicht bei, wie man jeden Traum, jede Hoffnung, jede Vision davon, wie das Leben hätte sein können, hinter sich ließ. Darüber verlor niemand auch nur ein einziges Wort.

Eines Tages kam Maddie von der Schule nach Hause und entdeckte Malcolm im Wohnzimmer, wo er gerade seinen Baseballschläger polierte. Er saß einfach nur da und rieb ihn mit einem Tuch ab. Vor und zurück, vor und zurück. Gleichmäßig, systematisch, langsam. Seine Augen waren geöffnet und er starrte vor sich hin, sah aber nichts. Sah niemals etwas. Zu diesem Zeitpunkt konnte er nur noch an den alleräußersten Rändern seines Gesichtsfeldes etwas erkennen. Aber er wusste trotzdem, dass sie es war.

„Hey, Malcolm."

„Hey, Mads." Er nannte sie immer so.

„Warum machst du das?"

„Keine Ahnung." Er polierte weiter, wischte über den Schläger und starrte auf die Wand.

„Willst du ein Eis?"

„Nein."

„Ich habe eine neue Kassette. Schau mal. Von den Monkees. Willst du sie hören?"

„Nein."

Sie seufzte, zuckte mit den Schultern und verließ das Zimmer. Am nächsten Tag rief ihre Mutter sie in der Schule an.

Malcolm war tot. Tot. Einfach so.

Und jetzt konnte sie nicht anders, als sich zu fragen, ob es für sie auch so sein würde. Am einen Tag würde sie ihr Leben in Blindheit in Angriff nehmen und am nächsten ...

Nein. Sie streckte die Beine aus und sprang auf die Füße. Sie würde nicht wie Malcolm enden. Das konnte sie einfach nicht. Zumindest noch nicht. Erst mal würde sie leben. Richtig leben. Und nicht einmal die sich unkontrolliert ausbreitende Dunkelheit würde sie davon abhalten können.

Hinter ihr wurden Schritte laut.

Paul beobachtete, wie sie dalag, reglos in das dünne weiße Kissen geschmiegt. Ihre Lippen waren spröde, gerissen. Ihre Haut farblos und irgendwie wächsern. Bald würden sie kommen. Eine Krankenschwester, ein Arzt, irgendjemand. Sie würden ihre Lippen eincremen, ihre Haut berühren, ihre Vitalzeichen kontrollieren. Und dann würden sie gehen. Und er würde hier warten, in der Düsternis, in den Schatten, neben ihr. Es schien ihm, als würde er schon ewig warten.

In der letzten Stunde hatte sich ihr Zustand nicht verschlechtert. Er hatte sich aber auch nicht verbessert. Die Aussichten waren düster, sagten sie. Es gab nicht viel Hoffnung. Aber er würde das nicht glauben. Er konnte es nicht. Es gab Hoffnung. Es musste sie geben. Er würde sie jetzt nicht verlieren.

Bitte ... Maddie.

Er stand auf und beugte sich über sie. Ohne zu weinen. Manch einer wäre wohl der Meinung, dass Tränen zeigen würden, wie sehr ihm das alles zu Herzen ging. Aber das war nicht wahr. Manches ging einfach tiefer als Tränen. Und seine Liebe für Maddie war so etwas.

Also senkte er ohne zu weinen den Kopf. Selbst wenn er gewollt hätte, hätte er es nicht gekonnt. Es waren keine Tränen mehr übrig. Nicht mehr. Er hatte sie alle schon vor langer Zeit aufgebraucht, zumindest hatte es den Anschein. Und jetzt blieb ihm nichts anderes als das Warten. Und die schwindende Hoffnung. Und die Liebe, die ihn schon so lange an sie band. Diese Liebe hatte sie schon einmal durch die Dunkelheit getragen – jene Tage, an denen er dachte, er würde den Verstand verlieren. Er hatte damals die Fäuste gegen Gott erhoben, ihn angeklagt, geschimpft, gezweifelt, war gehetzt auf und ab gelaufen. Hatte den Glauben verloren. Und ihn dann wiedergefunden. Jetzt tat er nichts davon. Er wartete nur ... und beobachtete ... und lauschte ihrer gestörten Atmung.

Herr, hilf uns. Mach sie ganz. Lass mich sie nach Hause holen.

Ein stilles Gebet. Einfach. Alles, was er zustande brachte. Alles, was er zustande bringen musste.

Sie regte sich, nur ein winziges bisschen. Sie wusste, dass jemand hier war. Das konnte er spüren. Und für den Moment musste das genügen.

Also wartete er. Genauso, wie er es vor so vielen Jahren getan hatte, als sie in Pacific Grove auf den Felsklippen gesessen hatte ...

Paul schob seine Hände in die Taschen seiner Jeans und starrte aus dem Wohnzimmerfenster seiner Eltern. Hinter ihm in der Küche lief der Kaffee durch. Im Radio wurden die neuesten Entwicklungen in der Watergate-Affäre verkündet, dann erklang die sinnliche Stimme von Gladys Knight & the Pips. Der verlockende Duft von gebratenem Speck waberte durch die Luft, aber das alles kümmerte ihn nicht. Ihn kümmerte nur, was jenseits der Straße passierte, über die Uferpromenade hinweg, auf den Felsen an der Küste. Von dort aus, wo er stand, konnte er nur den Umriss von Maddie erkennen, die zusammengekauert auf den Felsen saß. Sie hatte ihren braunen Poncho an, die Arme angewinkelt, den Rücken gebeugt. Eine Ewigkeit lang bewegte sie sich nicht.

Ihr Anblick schnürte ihm die Kehle zu. Er kannte diese Pose. Sie bedeutete, dass sie nachdachte, betete. Sie bedeutete, dass sie traurig war. Eine sanfte Meeresbrise fuhr in ihr Haar und wirbelte es ihr ins Gesicht. Sie hob nicht die Hand, um es fortzustreichen.

Er sollte zu ihr gehen. Vielleicht. Vielleicht aber auch nicht. Das war in Zeiten wie diesen so schwer zu sagen. Wäre sie froh ihn zu sehen oder würde sie sich wünschen, er hätte sie in Ruhe gelassen? Er wusste es nicht. Genauso wenig wie er wusste, was am Silvesterabend losgewesen war. Irgendetwas hatte sich letzte Nacht in ihrem Gesicht gezeigt. Nur einen Augenblick lang, einen Moment. Ein Blick, der etwas anderes erzählt hatte als das Wegdrehen ihres Kopfes. Und jetzt wusste er nicht, wem er glauben sollte – diesem flüchtigen Blick oder dem Gesicht, das sich weggedreht hatte.

Der Nebel löste sich allmählich auf und die Bucht reflektierte das Sonnenlicht. Trotzdem bewegte sie sich immer noch nicht.

Paul kniff die Augenbrauen zusammen. Sie sollte nicht so dort draußen sitzen. Das gleißende Licht war schlecht für ihre Augen. Eigentlich sollte sie das wissen. Es würde die Degeneration ihrer Netzhaut beschleunigen. Er schaute zur Garderobe im Flur hinüber. An einem der Haken baumelte eine Sonnenbrille an ihrem Umhängeband. Seine Sonnenbrille. Er bewegte sich zwei Schritte darauf zu, dann hielt er inne. Maddie würde nicht wollen, dass er ein solches Tamtam um sie machte, sie wie ein Baby behandelte. Sie würde wollen, dass er sie in Ruhe ließ.

Er seufzte und schaute wieder aus dem Fenster. In ihrer Haltung lag ein gewisser Ausdruck von Einsamkeit. Ihr Anblick schmerzte ihn in der Seele. Rief ihn zu sich. Aber er konnte diesem Ruf nicht folgen. Er sollte es nicht. Verzweifelt fuhr er sich mit der Hand durch die Haare.

Sie war in letzter Zeit so anders. Natürlich, sie verlor ihr Sehvermögen, aber es war mehr als das. Mehr als die drohende Erblindung. Das allein wäre schon genug gewesen, aber es war nicht alles. Fast hatte es den Anschein, als hielte sie so fest an ... ja, an was eigentlich? Vielleicht an sich selbst. Das ergab keinen Sinn. Nichts von alledem ergab Sinn. Sie kehrte nach Boston zurück, obwohl sie noch monatelang in der Lage wäre, allein zurechtzukommen. Das hatte der Arzt gesagt. Paul hatte sie zu einem Dutzend Terminen beim Augenspezialisten gefahren. Und jedes Mal hatte er dasselbe gesagt. Ihr Sehvermögen verschlechterte sich weiter. „Tragen Sie eine Sonnenbrille, wenn Sie rausgehen. Vermeiden Sie jegliche Anstrengung." Sie hatte die Instruktionen nach jedem Termin für ihn wiederholt. Halbherzig. Bitter. Manchmal hielt sie sich an sie, manchmal nicht.

Zuerst hatten ihre Freunde für sie gebetet. Marisol, Candy, Kelli – sie alle hatten sich um sie geschart und ihr die Hände aufgelegt. Aber inzwischen taten sie das nicht mehr. Und er war froh darüber. Manchmal war die Last ihrer Erwartungen genauso schwer wie die fortschreitende

Erblindung. Aber er betete immer noch. Still. Allein. Doch Gott beantwortete seine Gebete genauso wenig wie die der anderen.

Maddie wurde immer noch blind.

Tag für Tag sah sie ein wenig schlechter. Sie sagte ihm das nicht, aber er merkte es. Und das Schlimmste daran war, dass es nichts gab – absolut nichts – was er anderes hätte tun können als stillzusitzen, zuzuschauen und zu warten. Er hasste das.

Plötzlich bohrte sich ein Finger in seine Schulter. „Hey du, was machst du da?"

Paul drehte sich um.

Hinter ihm stand Jenny, die in der einen Hand einen Kaffeebecher, in der anderen einen tropfenden Löffel hielt. Mit diesem Löffel deutete sie jetzt auf ihn. „Der Kaffee ist fertig."

„Mama bringt dich um, wenn du ihren Boden mit Kaffee vollkleckerst."

„Und?"

„Also?"

Jenny schob sich den Löffel in den Mund und leckte ihn ab. „Zufrieden?"

Paul zuckte mit den Schultern.

„Also, was machst du?" Sie schob sich an ihm vorbei, blickte aus dem Fenster und machte ein missmutiges Gesicht.

„Nachdenken."

„Ach ja? Worüber denn?"

„Darüber, wie unhöflich du gestern Abend warst. Was ist nur in dich gefahren?"

Der mürrische Ausdruck auf ihrem Gesicht wurde noch düsterer. „Ich habe keine Ahnung, wovon du redest."

Paul baute sich vor ihr auf und hob die Augenbrauen. Von Pete hatte er erwartet, dass er Maddie ablehnen würde. Solidarität unter Junggesellen und so. Aber Pete hatte nicht ein einziges Wort gesagt. Hatte ihn kein bisschen aufgezogen. Es war Jenny, die hier und da bissige Kommentare hatte fallen lassen. Jenny, die sich nicht so für Maddie erwärmte, wie er es erwartet hatte. Was war ihr Problem? Aber in seinem tiefsten Inneren wusste er, was los war. Sie beide wussten es.

Jenny ließ den Löffel in ihren Kaffeebecher gleiten und seufzte. „Okay, du hast recht. Das war unhöflich. Und es tut mir leid, okay?

Sie hatte das nicht verdient. Aber irgendjemand muss dir die Wahrheit vor Augen führen."

„Maddie lässt mich erkennen, was wahr ist."

„Komm schon, Paul. Du weißt genauso gut wie ich ..."

Er hob die Hand und unterbrach sie mitten im Satz. „Sag es nicht."

„Du weißt, was ich meine."

Paul verschränkte die Arme vor der Brust und log. „Nein, das weiß ich nicht."

„Sei doch nicht so begriffsstutzig."

Auf Pauls Gesicht machte sich Hitze breit. „Warum magst du Maddie nicht?"

Jenny schaute zu Boden, dann wanderte ihr Blick nach links. „Ich mag sie."

„Klar."

„Du weißt es doch, Paul. Du weißt, was ich denke. Und du weißt, dass ich dich lieb habe. Ich will nicht, dass du verletzt wirst, das ist alles. Diesmal nicht."

„Maddie wird mich nicht verletzen."

Sie trat näher und senkte ihre Stimme zu einem Flüstern. „Meine Güte, du bist genauso blind wie sie."

„Mama und Papa akzeptieren Maddie. Warum kannst du das nicht?"

Jenny stieß erneut einen tiefen Seufzer aus und durchbohrte ihn mit ihrem Blick. „Willst du wirklich, dass ich es laut ausspreche? Also gut. Das liegt daran, dass sie nicht über Samantha Bescheid wissen. Zumindest nicht so wie ich." Ihre Stimme verhärtete sich. „Sie glauben, dass sie nur irgendein Mädchen war, mit dem du in der High School ein paar Monate lang ausgegangen bist, und waren ein bisschen traurig, als ... als ... du weißt schon. Aber ich war dabei. Ich kenne die Wahrheit. Und jetzt erwartest du von mir, dass ich das alles noch einmal miterlebe und nichts tue – nichts sage?"

„Noch einmal? Was hat denn das damit zu tun? Mit Maddie?"

„Das ist doch genau dasselbe. Und du weißt es."

Pauls Magen verkrampfte sich. „Ich kann nicht glauben, dass du das wirklich gesagt hast."

„Warum nicht?"

„Das ist nicht im Geringsten wie mit Sam."

„Sam hatte Leukämie. Maddie wird blind. Aber abgesehen davon ..."

„Du verstehst das nicht."

„Wirklich? Du hast dafür gebetet, dass sie geheilt wird, nicht wahr?"

Es fühlte sich an, als umklammere eine Eisenfaust sein Herz.

„Und was ist, wenn sie nicht geheilt wird? Wenn sie vollständig erblindet und du das nicht in Ordnung bringen kannst? Was machst du dann?" Jenny drehte sich so ruckartig um, dass sich ihr Kaffee über ihren Ärmel ergoss. „Na super. Schau dir an, wozu du mich gebracht hast." Sie streckte den Arm von sich und stürmte in Richtung Küche.

Paul schaute ihr einen Moment lang nach, dann drehte er sich wieder zum Fenster um. *Blöde Schwester. Was weiß sie schon?*

Zu viel.

Sie hat trotzdem unrecht.

Hat sie das?

Natürlich.

Paul schloss die Augen und rieb sich die Nase.

Sam ... Er hatte versucht zu vergessen. Versucht, diesen Schmerz zu begraben. Es waren nur ein paar Monate gewesen, damals in der High School. Aber wow, sie war so wunderschön gewesen. Innerlich und äußerlich. Sie hatte ihm alles bedeutet. Und dann ...

Das ist schon lange her.

„Nicht sooo lange."

Lange genug.

„Du begreifst es einfach nicht."

Die letzte Stimme in seinem Kopf hörte sich wie die seiner Schwester an. Paul rieb sich die Schläfen. Hier ging es nicht um Samantha. Es ging um Maddie. Und sie starb nicht, sondern wurde nur blind. Und dennoch ... Er presste seine Stirn gegen die Fensterscheibe. Samantha hatte er auch geliebt.

Bei ihrer ersten Verabredung hatten sie Minigolf gespielt. Irgendwann hatte sie Lust auf ein Nugateis bekommen. Genau wie er. Sie waren spazieren gegangen, hatten gelacht und sich geküsst. Nur ein Mal. Dann waren sie ein zweites Mal ausgegangen. Und ein drittes und viertes Mal. Sie waren gemeinsam zum Abschlussball gegangen – sie in einem lilafarbenen Kleid, er in diesem lächerlichen geliehenen Smoking. Und er hatte begonnen groß zu träumen, davon zu träumen, dieses wunderschöne Mädchen zu heiraten.

Doch dann hatten sich die Dinge geändert. Sam war immer häufiger müde gewesen. Und blass und schwach. Es gab keine weiteren Minigolfspiele, keine Joggingtouren am Strand. Nichts anstrengendes.

Eine ganze Woche lang sagte sie ihm nicht, was los war, dann stand plötzlich das gefürchtete K-Wort im Raum. Krebs. Leukämie. Ein großes Wort für einen Elftklässler. Samantha wurde kränker. Ging nicht mehr zu Schule. Verlor ihre Haare. Aber Paul ging trotzdem jeden Tag nach der Schule zu ihr. Seiner Familie erzählte er, er würde mit Freunden lernen. Aber das tat er nicht. Er war bei ihr. Er dachte, er könnte ihr helfen. Könnte das irgendwie in Ordnung bringen. Sie redeten viel, malten sich aus, was sie alles tun würden, sobald sie den Krebs besiegt hatte, schmiedeten Pläne für das letzte Schuljahr, wenn wieder Normalität eingekehrt wäre. Und wenn er allein war, nachts, ganz für sich in seinem Zimmer, betete er für Samantha.

Sam starb trotzdem. An einem regnerischen Samstag im Januar. Paul hatte das nicht in Ordnung bringen können. Und Gott hatte sich geweigert, es zu tun.

Danach war Paul drei Wochen lang krank. Musste sich übergeben, war zittrig. Seine Mutter und sein Vater dachten, er hätte eine Grippe. Aber Jen wusste es besser. Samantha war auch ihre Freundin gewesen. Nur Jen wusste, was sie einander bedeutet hatten. Nur Jen, seine Zwillingsschwester, die mit ihm den Verlust des Mädchens erlitten hatte, das er liebte. Die mit ihm getrauert und ihm beiseite gestanden hatte, die seine Hand gehalten hatte, als er beschloss, in die medizinische Forschung zu gehen – wegen Sam – und als er sich schwor, niemals wieder jemanden so nahe an sich herankommen zu lassen. Er würde sowieso nie wieder so für jemanden empfinden. Er würde Abstand halten, Beziehungen locker angehen. Und das hatte er getan. Mit Jennys Hilfe. Sie hatte ihn beschützt. Dafür gesorgt, dass er in Sicherheit war, dass er sich klug verhielt.

Doch dann war Maddie gekommen.

„Das hier ist etwas anderes." Paul sprach die Worte laut aus, doch sie klangen selbst in seinen Ohren unsicher und wenig überzeugend. Er sagte sie noch einmal, diesmal lauter.

„Wenn du es sagst."

Er warf einen Blick über seine Schulter. Jenny stand in der geöffneten Küchentür. Auf ihrem rechten Ärmel prangte ein großer nasser Fleck.

Ruckartig drehte er sich ganz zu ihr um und sah ihr in die Augen. „Ja, das tue ich."

Sie schüttelte den Kopf. „Bist du dir sicher? Denn das solltest du dir besser sein, Paul! Du solltest dir besser wirklich, wirklich sicher sein."

„Das bin ich." Aber das war er nicht. Nicht einmal annähernd.

Sie nickte langsam, schien aber immer noch nicht überzeugt. „Wir treffen uns heute Abend wieder mit der ganzen Clique am Strand. Vielleicht möchtest du diesmal auch kommen?"

„Das könnte Maddie gefallen."

Sie senkte den Kopf. Leise murmelte sie: „Samantha mochte das immer."

Pauls Augen verengten sich. „Jenny ..."

Mit einer resignierenden Handbewegung fegte sie seine Warnung beiseite. „In Ordnung. Aber bitte denk darüber nach, Paul. Bitte."

Er sah sie böse an.

Rasch legte sie sich den Finger auf die Lippen. „Ich sage kein Wort mehr. Außer –" Sie hielt kurz inne. „Sei vorsichtig, Paul. Mehr sag ich ja gar nicht. Sei wirklich, wirklich vorsichtig."

Er riss seine Sonnenbrille vom Garderobenhaken im Flur und stieß die vordere Haustür auf. Dann marschierte er nach draußen. Die Fliegengittertür ließ er hinter sich zuknallen. Erst nachdem er die Straße überquert und über den niedrigen Holzzaun gesprungen war, der die Promenade von der Küste trennte, schaute er zurück.

Jenny stand immer noch am Fenster und beobachtete ihn. Sie würde es damit nicht gut sein lassen. Noch lange nicht. Um darauf zu hoffen, kannte er sie einfach zu gut.

Dann trat sie zurück. Und Schatten verschleierten ihr Gesicht.

Kapitel 15

Irgendetwas lungerte da herum. Über dem Wasser. Nicht Unsicherheit. Nicht Zweifel. Angst. Vor dem schwarzen Wasser, das sie hier festhielt. Vor dem dumpfen Schmerz, der in ihrem Kopf widerhallte. Selbst vor dem dämmrigen Licht, das das Ufer markierte. Ein Licht, das sie sehen konnte, und das machte es irreal.

Das ist nicht fair. Warum ich? Wo ist Gott, wenn ich ihn am meisten brauche?

Fragen, die zu stellen sie sich weigerte, die anzuerkennen sie sich weigerte. Was war Glaube überhaupt? Die Abwesenheit von Zweifel? Das Fehlen von Angst? Nein. Selbst die Gläubigen hatten ihre Anfragen. Selbst die Helden der Bibel hatten ihre Zweifel, ihre dunklen Nächte.

Und sie hatte diese ebenfalls gehabt. In jener Nacht, in der es in Strömen geregnet hatte. Und früher, als der Sturm aufgezogen war und die Wolken sich drohend aufgetürmt hatten. Und noch früher, als die Wellen sich am Meeresufer gebrochen, das Feuer geknackt und ein Fremder mithilfe seiner Gitarre Lieder voller Gottvertrauen in die Dunkelheit hineingeschickt hatte.

Aber es hatte nicht damit begonnen. Sondern mit Jenny.

„Es soll heute Nacht kalt werden. Soll ich dir meine Jacke leihen?" Jennys Stimme drang durch die geöffnete Schlafzimmertür.

Maddie drehte sich um. „Ich habe meinen Poncho. Danke."

„Bist du dir sicher, dass du mitkommen willst?"

Maddie nahm ihre Bürste in die Hand und fuhr sich damit durch die Haare. Ihre Locken sprangen zurück, waren nicht bereit, sich zähmen zu lassen. „Es wird bestimmt spaßig."

„Oh. Okay."

Maddie kniff die Augen zusammen und wünschte, sie könnte Jennys Gesichtsausdruck sehen, nur dieses eine Mal. All ihre Unterhaltungen mit Pauls Schwester waren unangenehm und angespannt gewesen.

Höflich, aber steif. Und diese hier war bisher die schlimmste von allen. „Wenn du natürlich nicht willst, dass –“

„Sei nicht albern.“

„Okay.“

Maddie hatte damit gerechnet, dass Jenny nun verschwinden würde. Aber das tat sie nicht. Stattdessen trat sie durch die Tür und ließ sich auf dem Sitzsack nieder. „Also, was läuft da eigentlich zwischen Paul und dir?“

„Wie bitte?“

„Du weißt schon.“

„Wir sind Freunde. Schon seit über drei Jahren.“

„Nur Freunde, ja? Ihr seid also nie miteinander ausgegangen?“

Ein Lächeln legte sich auf Maddies Lippen. Sie legte die Haarbürste beiseite und ließ sich mit verschränkten Beinen auf dem Bett nieder. „Oh doch, wir sind die ganze Zeit über miteinander ausgegangen. Nur nicht so.“

„Warum nicht?“ Maddie konnte Jennys Stirnrunzeln aus ihrer Stimme heraushören.

Sie zuckte mit den Schultern. „Also, äh ... ich weiß nicht. Es war einfach nicht so, das ist alles.“

Aber es hätte so sein sollen.

Das konnte es nicht.

Ich wünschte ...

Tu das nicht!

Jenny schwieg eine lange Zeit. Dann richtete sie sich auf. Die Bohnen im Sitzsack verschoben sich und raschelten. „Ich denke, dann ergibt das in gewisser Weise einen Sinn.“

„Was?“

„Dass er dich bisher nie mit hergebracht hat. Mama sagte zwar, dass sie dich in Palo Alto getroffen habe, aber Paul hat dich nie mit nach Hause gebracht. Vermutlich ergibt das sogar einen Sinn.“

Warum hat er es getan? Jetzt, meine ich ... Maddie hob den Kopf. Ob sie sich trauen sollte nachzufragen? „Inwiefern ergibt das einen Sinn?“

„Na weil du blind wirst.“

In Maddies Magen machten sich Kälte und ein furchtbares Gefühl breit.

Jennys Stimme wurde leiser und die Worte purzelten aus ihrem

Mund wie Steine, die von einer Klippe gekickt wurden. Sie kamen in so schneller Abfolge, als habe sie Angst, sie zu vergessen, wenn sie zu lange wartete. „Hör zu, eins musst du verstehen – ich habe nichts gegen dich. Du scheinst ein toller Mensch zu sein. Wirklich. Aber ich liebe meinen Bruder. Ich will nicht, dass er leidet. Nicht noch einmal." Inzwischen klang ihre Stimme gepresst. „Ich weiß, dass das nicht deine Schuld ist, aber du musst trotzdem Bescheid wissen. Hierher bringt er immer alle, die in Schwierigkeiten sind. Dieses Mäusebaby, das er unter dem verrotteten Brett im Garten gefunden hatte. Die Taube mit dem einen Fuß und dem gebrochenen Flügel. Samantha. Stell mir über sie keine Fragen! Und natürlich den herrenlosen Schäferhundwelpen mit der vereiterten Pfote. Ich kann mich nicht an seinen Namen erinnern."

Maddie versuchte Jennys Worte zu rekapitulieren, doch der Versuch scheiterte. „Und dann? Hat er sie alle wieder aufgepäppelt? Die Pfote wurde wieder heil?"

Es würde Sinn ergeben, dass Paul sie hierhergebracht hatte, weil er dafür sorgen wollte, dass sie wieder in Ordnung kam.

Wieder änderte sich die Form des Sitzsacks. „Sport – das war sein Name. Sport." Jenny hustete. „Sie wäre mit der Zeit wieder in Ordnung gekommen, vermute ich. Paul brachte ihn zum Tierarzt. Der Doktor behandelte die Pfote, aber wie sich herausstellte, hatte Sport eine Infektionskrankheit: Staupe."

Warum erzählte Jenny ihr das? Was steckte hinter diesen gewehrschussartigen Wortsalven? „Also? Was ist passiert?"

„Er musste ihn einschläfern. Es gab nichts, was Paul hätte tun können."

Mit einem Mal hatte Maddie verstanden. Ihr drehte sich der Magen um. *Also bin ich wie ein streunender Hund, ja? Unheilbare Krankheit und so.* Wie konnte Jenny nur so grausam sein?

Die Antwort war offensichtlich. Und trotzdem schmerzhaft. Jenny beschützte lediglich ihren Zwillingsbruder, rettete ihn davor, sich in einen weiteren hoffnungslosen Fall verstricken zu lassen. Denn genau das war sie. Sie wusste das. Jenny wusste das. Nur Paul schien daran seine Zweifel zu haben.

Als hätten ihre Gedanken ihn herbeigerufen, schob Paul seinen Kopf durch die Zimmertür. „Kommt ihr?"

Jenny sprang auf. „Sind sie schon da?"

„Das Feuer brennt."

„Cool." Jenny hastete aus dem Zimmer. Erst in letzter Sekunde drehte sie sich noch einmal um.

Maddie konnte ihren Gesichtsausdruck nicht sehen, aber sie wäre jede Wette eingegangen, dass er eine deutliche Warnung enthielt: „Halt dich von meinem Bruder fern!" Sie hätte Jenny für diesen Blick verabscheuen sollen, aber in ihrem tiefsten Innern stimmte Maddie ihr zu. Das tat sie wirklich. Wenn er nur nicht der beste Freund wäre, den sie jemals gehabt hatte, jemals haben würde ...

Paul wartete auf sie. „Am besten nimmst du eine Jacke mit."

Maddie zögerte. „Ich weiß."

„Alles in Ordnung mit dir?"

„Sicher." Eine Lüge. Immer eine Lüge. Sie hasste das.

Maddie riss ihren Poncho von der Stuhllehne und eilte zur Tür.

Paul hielt sie auf. „Warte, lass mich das machen." Bestimmt nahm er ihr den Poncho aus der Hand.

„Ich kann das allein."

Er zuckte mit den Achseln. „Ich weiß." Trotzdem half er ihr. „Heute Abend ist Lisa mit von der Partie. Eine kleine Braunhaarige mit Brille. Sie ist seit dem Kindergarten mit Jenny befreundet. Und Joe. Ein netter Kerl. War als Kind ziemlich wild, aber am College hat er sich total verändert. Du wirst schon sehen. Und seine Schwester, Jodi."

Maddie zog sich zurück. „Ist sie die Blondine?"

Paul legte seinen Arm um ihre Schultern. „Woher weißt du das?"

„Jenny hat es mir erzählt."

Er führte sie zur Tür, wurde aber mit jedem Schritt langsamer. „Hm."

„Ist sie süß?" Maddie zwang sich dazu, die Frage herauszupressen.

Paul brauchte eine Weile, um zu antworten. „Vermutlich. Ich weiß nicht genau."

„Ja klar."

„Du kannst sie dir selbst ansehen." Er erstarrte und stieß einen Seufzer aus. „So habe ich das nicht gemeint, Maddie. Komm, lass uns ein bisschen Spaß haben. Wir grillen einfach nur ein paar Marshmallows. Joe spielt auf seiner Gitarre, wir sitzen ums Feuer herum und quatschen. Das ist keine große Sache. Dafür braucht man keine Adleraugen." Während er sprach, hakte er sie unter und zog sie mit sich zur Haustür. „Bis später, Mama", rief er in Richtung Küche.

„Vergiss deine Jacke nicht, Schatz."
„Mamaaa." Er zog das Wort genervt in die Länge.
Maddie stupste ihn mit dem Ellbogen an. „Siehst du?"
„Was?"
Sie schüttelte den Kopf und griff nach der Türklinke. Als sie nach draußen trat, schlug ihr ein kalter Windzug ins Gesicht und sie fröstelte. Dennoch versuchte sie sich nichts anmerken zu lassen. Weigerte sich, ihren Poncho enger zu ziehen. Diese Genugtuung würde sie ihm nicht geben.
Als sie tief einatmete, registrierte sie den Geruch von Salzwasser und Weihnachtssternen. Ein Auto rumpelte vorbei. Eine Hupe erklang.
„Da ist Lisa." Paul zog die Haustür hinter ihnen zu.
Maddie kniff die Augen zusammen und schaute über die Straße. Sie konnte auf dem Strand niemanden erblicken. Noch nicht einmal das Feuer sah sie. „Sind sie da?"
Pauls Jacke raschelte, als er den Reisverschluss zuzog. „Komm. Nimm meinen Ellbogen. Es ist dunkel hier draußen." Er hielt ihr seinen Arm hin.
„Dass es dunkel ist, sehe ich. Ich komme schon klar."
„Jetzt komm, Maddie." Er stieß ihr seinen Arm in die Seite. „Fang keinen Streit an."
Sie schaute zu seinem Gesicht auf, aber natürlich konnte sie es nicht sehen. Nur diesen verschwommenen Fleck, der „Paul" geworden war. Nur Dunkelheit und ein Streifen hautfarbener Elemente, die sie nicht identifizieren konnte. Sie wandte sich ab. Wie sehr vermisste sie das Glitzern in seinen Augen, sein herzliches Lächeln. Sie hatte seine Augen geliebt. Das war einfach nicht fair.
Wieder stupste er sie an.
Diesmal ergriff sie seinen Ellbogen – vorsichtig, zaghaft –, während sie sich insgeheim wünschte, sie könnte alles andere machen, nur nicht das.
„Geht es dir gut?"
„Alles prima." Eine weitere Lüge. Dieselbe.
„Du musst nicht mitkommen."
Maddie schnürte es die Kehle zu. „Du willst mich auch nicht dabeihaben." Ihre Worte erklangen als ein Flüstern, ein sanftes Ausatmen.
Paul trat näher. Er schaute ihr ins Gesicht. Zumindest glaubte sie, dass er das tat. „Wovon redest du?"

Sie drehte sich weg. „Vergiss es."

Einen Moment lang stand er ganz still. Und ihr entging nicht, dass er fast etwas gesagt hätte, sich aber im letzten Moment umentschied. Stattdessen ging er zur Verandatreppe. „Komm. Lisa hat die Marshmallows mitgebracht." Paul passte seine Schrittgröße an die ihre an, damit sie ihm besser folgen konnte. „Wir machen Engel auf Pferderücken."

„Wie bitte?"

„S'mores. Du weißt schon."

„Oh."

„Du hast doch schon mal S'mores gemacht, oder?" Paul erreichte das Ende des Gartens, stieß das Tor auf und hielt kurz inne, bevor er die Straße zusammen mit ihr überquerte. Auf der anderen Straßenseite blieben sie stehen. „Also?"

„Es gibt vieles, was ich noch nie gemacht habe."

Er griff mit der freien Hand nach der ihren und drückte sie. „Da drüben ist das Feuer. Kannst du es sehen?"

„Nein." Sie ließ ihre Hand fallen.

„Dort drüben." Er trat zurück, umfasste ihre Schultern und machte mit ihr eine Vierteldrehung nach links. „Kannst du es jetzt sehen?"

Sie nahm einen vagen orangefarbenen Schimmer vor schwarzem Hintergrund wahr. „Ja, jetzt sehe ich es."

„Wusste ich's doch."

Sie gingen auf das Feuer zu, eine kleine Uferböschung hinunter, über einige unebene Steine und dann über den algenverzierten Strand. Irgendwann konnte Maddie vor dem Hintergrund des leisen, beständigen Rauschens des Meeres das Knacken des Feuers hören. Sie sog den Geruch des Meeres in sich auf und ließ sich von ihm ein wenig beruhigen. Der Pazifik war irgendwie weiter, mächtiger als der Atlantik – zumindest der, mit dem sie aufgewachsen war. Selbst in Boston hatte sie das Meer geliebt, aber hier lockte es sie noch mehr an.

Wieder berührte Paul ihre Hand. „Kommst du?"

Erst jetzt bemerkte sie, dass sie stehen geblieben war. Sie zwinkerte. „Entschuldige."

„Sie sind alle da."

Mit einem Mal wurde Maddie das Stimmengewirr und die Klänge einer Gitarre bewusst. Sie waren ganz nah dran. Die Gitarre verstummte. „Hey Mann, wird auch langsam Zeit, dass du dich blicken lässt."

„Das ist Joe“, flüsterte Paul ihr ins Ohr.

Sie schaute finster zu ihm auf. „Wer sonst?“

Paul erhob die Stimme. „Tolles Feuer. Aber noch zu hoch für Marshmallows.“

„Von wegen.“

Paul lachte. „Ach ja, ich vergaß. Du isst sie am liebsten verbrannt.“ Maddie konnte fühlen, dass er so tat, als schaudere ihn. „Das hier ist Maddie, eine Freundin aus Stanford.“

„Hey Maddie.“ Joes Stimme kam näher, aber sie konnte ihn in der Dunkelheit immer noch nicht ausmachen. „Das hier sind meine Schwester Jodi und ihre Freundin Lisa.“

Maddie erstarrte. Joe hatte vermutlich auf die Mädchen gezeigt, aber sie wusste nicht, wo sie standen oder saßen. Ihre Hand, die wieder auf Pauls Arm lag, verkrampfte sich. Ihr Atem ging schneller.

Doch dann hatte sie wieder seine Stimme im Ohr, ein sanftes Flüstern, kaum mehr als ein Hauchen. „Sitzen links vom Feuer.“

Ihre Finger entspannten sich. Sie drehte sich nach links und lächelte. „Hi Jodi, hi Lisa.“

„Hi.“

„Hallo.“

Zwei Stimmen. Die eine ein warmer Alt, die andere eher nasal.

„Setz dich. Wir haben die Decken schon ausgebreitet.“ Das war die warme Stimme. „Und Joe hat Muscheln mitgebracht.“

„Muscheln?“ Maddie runzelte die Stirn.

Paul schob sich näher. „Joe bekommt die manchmal aus dem Restaurant seines Vaters. Sie sind gut. Du wirst sie mögen.“

Joes Stimme nach zu urteilen stand er irgendwo vor ihr. „Sie kochen schon. Sind bestimmt bald fertig. Magst du Muscheln, Maddie?“

Sie zuckte mit den Schultern. „Ich habe gehört, dass sie ziemlich gummiartig sein sollen.“

Er lachte. „Ja, aber du wirst trotzdem so tun müssen, als ob sie dir schmecken. Alles andere würde meine Gefühle verletzen.“

Maddie lächelte, als Paul sie zu einer der Decken führte, die im Sand lagen. Sie ließ sich im Schneidersitz darauf nieder, dann schaute sie nach links und anschließend nach rechts. Schatten, nur Schatten. Und das Schimmern der Flammen. Es war schwierig genug, tagsüber etwas zu sehen, aber hier am Strand, wo nichts als das Feuer die Dunkelheit durchbrach, war es nahezu unmöglich. Wie hatte sie nur denken können, dass das Spaß machen würde.

Schritte näherten sich.

„Welche Schokolade magst du? Helle oder dunkle?“, fragte die nasale Stimme zu ihr herunter.

„Für mich natürlich dunkle.“

Das Mädchen kicherte. „Ich weiß, Paul. Daran erinnere ich mich.“

Er stupste Maddie mit dem Ellbogen an. „Was ist mit dir, Maddie?“

„Helle Schokolade, bitte.“ Sie legte eine kurze Pause ein. „Ich habe Angst vor dem Dunklen.“

Einen Moment lang herrschte Schweigen. Dann stieß Paul einen Gluckser aus.

Und das Mädchen kicherte erneut. „Oh, ein Witz. Ich verstehe. Das ist süß. Angst vor dem Dunklen. Hi hi.“

Jetzt wünschte sich Maddie, sie hätte nichts gesagt. Ihr Gesicht wurde heiß.

Neben ihr lehnte sich Paul zurück. „Du bist wirklich blitzgescheit, Jodi. Dir entgeht nicht viel.“

Jodi. Die nasale Stimme gehört zu Jodi. Der Blondine.

Stille folgte. Maddies vermutete, dass Jodi Paul eine Grimasse schnitt. Wieder lachte er. Sein entspanntes Lachen. Sie hatte es schon tausendmal gehört. Aber nicht, während irgendeine Blondine mit einem Gesicht auf sie herunterschaute, das sie nicht sehen konnte.

Ein Sandregen ergoss sich über Maddies Knöchel, als das Mädchen eine Kehrtwende machte und zur anderen Seite des Feuers hinüberging.

Maddie kickte ihre Schuhe beiseite und schob die Beine vor, bis sie ihre Zehen im Sand vergraben konnte. Das Feuer war heiß und wärmte ihr Gesicht, die Luft war frisch und salzig.

Paul richtete sich wieder auf. „Ich hab's ihnen nicht gesagt.“ Er sprach ganz leise, da seine Worte nur für ihre Ohren bestimmt waren.

„Was gesagt?“

„Das mit deinem Sehvermögen.“

„Und? Warum solltest du auch?“

Die Decke bewegte sich, als Paul von ihr wegrutschte. „Nur für den Fall ... du weißt schon. Nur für den Fall, dass du Hilfe brauchst oder so. Sie könnten auch auf dich achtgeben.“

Maddie umklammerte mit beiden Händen die Decke. „Ich brauche niemanden –"

„Hey Leute, hört mal zu." Joes Rufen schnitt Maddie das Wort ab. Er schlug einen lauten C-Dur-Akkord an. „Das hier habe ich diese Woche geschrieben. Sagt mir, was ihr davon haltet."

Als Nächstes hörte Maddie, wie Decken verrutscht und Sand bewegt wurde. Die anderen setzten sich im Kreis um das Feuer.

„Leg los, Joe." Die warme Stimme. Lisas.

„Spiel es uns vor." Das war Jenny. Sie war also auch hier. Und saß rechts, fast auf der anderen Seite des Feuers.

Joe modulierte zu D-Dur, dann folgte ein schwermütiger gebrochener Akkord. Nachdem er das Ganze wiederholt hatte, begann er zu singen:

Jesus brachte die Toten zurück ins Leben.
Er brachte die Lahmen zum Gehen.
Er heilte den Mann, dem die Haut abfiel
Und brachte den Stummen zum Reden.

Paul hustete. „Dem die Haut abfiel. Das ist doch mal was Neues."

„Oh ja!", rief Joe, dann folgte ein weiteres „Ja, ja" und ein langes, beinah fieberhaftes Zwischenspiel, das mit lauten Schlägen auf den Korpus der Gitarre durchsetzt war. Maddie zuckte zusammen.

Jesus brachte die Tauben zum Hören.
Und ließ die Gefangenen frei.
Er heilte das Mädel, das blutete und blutete
Und brachte die Blinden zum Sehen.

Maddie lief ein kalter Schauer über den Rücken. Sie wussten nicht Bescheid. Paul hatte gesagt, dass sie nicht Bescheid wussten.

„Und jetzt hat er mich verändert." Diese Zeile wiederholte er zweimal, dann folgten wieder D-Dur und der gebrochene Akkord.

Und jetzt hat er mich geheilt.
Jesus hat mich frei gemacht.
Und ich kann wirklich sehen.

Es folgte eine Explosion von Tönen, nach der Joe von vorne begann. Aber Maddie hörte nicht mehr zu. Joe konnte nicht ahnen, wie sehr sein Lied sie verletzte, wie viel Schmerz es verursachte. Jesus heilte. Die Blinden sahen. Aber nicht sie. Niemals sie. Und auch Malcolm nicht.

Mit einem Schlag kehrten all die *Warums* zurück. Warum heilte Jesus sie nicht? Warum konnte ihr Leben nicht endlich wieder normal werden? Warum musste die Dunkelheit sich ausbreiten? Letzten Frühling war es noch einfach gewesen zu glauben. Der Dienstag war Bibelgruppenabend, sonntags ging sie in die Kirche. Und die anderen Tage waren gefüllt mit Unterricht und Hausaufgaben und Arbeit im Labor. Die Gebete bestanden aus ängstlichen Bitten um Hilfe bei Prüfungen und Hausarbeiten, die am nächsten Tag fällig waren. Und Heilung? Klar, sie und ihre Freunde hatten für Heilung gebetet. Für die Blinddarmnarbe eines Cousins. Aber niemals für ein Mädchen, das blind wurde. Und niemals für sie. Bis zum Sommer. Dann hatten sie gebetet. Gebetet und gebetet. Aber es war nichts passiert. Die Dunkelheit hatte sich immer weiter ausgebreitet, sie wuchs und vertrieb das Licht.

Wie sollte der Glaube in einer solchen Situation aussehen? Was bedeutete das jetzt: zu glauben? Sie wusste es nicht, aber sie betete immer noch und lächelte und tat so, als habe sich nichts geändert. Dabei gab es für sie keine Freiheit, keine Heilung. Nur Mitleid. Nicht von Gott, sondern von Paul. Das Eine, was sie niemals gewollt hatte, war geschehen: Sie war zu einem Projekt geworden.

Nein, keinem Projekt. Einem streunenden Hund namens Sport.

Sie zog die Beine an und schlang die Arme darum. *Hör auf. Aufhören! Hör sofort auf mir zu erzählen, dass Jesus die Blinden heilt.*

Das Lied endete ziemlich abrupt und eine unangenehme Stille machte sich breit. Paul räusperte sich. „Ich glaube, es ist sogar besser als das letzte."

„Findest du?" Joes Stimme bewegte sich nach oben, als würde er aufstehen.

„Was hat es dir gesagt? Hat es zu dir gesprochen?"

„Klar." An der Art, wie Paul das Wort aussprach, merkte Maddie, dass er grinste. „Es hat mir gesagt, dass du verrückt nach Jesus bist."

Joe lachte laut auf. „Und stolz darauf."

Alle lachten. Bis auf Maddie.

„Spiel ‚Kumbaya, my Lord.‘“ Jennys Stimme erklang nun mehr aus der Nähe.

Joe stimmte einen G-Dur-Akkord an, dann begann das Lied. Die Mädchen sangen, Joe spielte, Paul summte. Er würde nicht singen. Das tat er niemals. „Ich könnte den Ton nicht einmal halten, wenn mein Leben davon abhinge“, sagte er immer, was eines der vielen Dinge war, die sie an ihm mochte. Aber jetzt bemerkte sie, dass er beim Summen durchaus den Ton traf. Vermutlich würde er sogar ganz passabel singen, wenn er es versuchte. Eines Tage müsste sie ihm das einmal sagen.

Seine Schulter streifte die ihre. Dann flüsterte er: „Der Mondschein liegt heute Abend wunderschön auf dem Wasser. Hast du Lust auf einen Spaziergang?“

„Würde Joe uns das nicht übel nehmen?“

„Nee, er weiß, was ich von seiner Musik halte.“

„Und was ist das?“

„Nicht viel.“

„Aber er ist dein Freund.“

„Das bist du auch. Komm schon.“

Das Lied endete.

Maddie rührte sich nicht.

„Es ist Zeit für die S'mores!“ Joes Stimme dröhnte über das Lagerfeuer. „Die Kohlen sind genau richtig. Selbst nach Pauls Standards.“

Sie drehte sich zu Paul um. „Ich vermute, wir bleiben hier.“ Er grummelte: „Sieht ganz so aus.“ Dann stand er auf. „Wer will Marshmallows?“

„Stöcke sind hinten im Käfer.“ Lisas Stimme erklang aus der Ferne, als wäre sie schon halb die Böschung hinaufgeklettert.

„Käfer?“ Vor Maddies geistigem Auge erschien ein riesiger Käfer, in dessen Hinterteil jede Menge Stäbe steckten.

„Sie meint ihren VW.“ Er zögerte. „Jetzt kommt sie mit ihnen zurück. Ich bringe dir einen mit.“

Maddie stand auf. „Ich kann ihn mir selbst holen.“

Er legte ihr die Hände auf die Schultern und drückte sie wieder auf ihren Platz. „Setz dich. Entspann dich. Amüsier dich einfach, okay?“

Sie lauschte seinen Schritten, die sich immer weiter von ihr entfernten und drehte ihr Gesicht dann zum Wasser hin. *Ich bin kein Streuner. Das bin ich nicht – noch nicht.*

Einige Minuten später hockte sich Paul vor sie. „Hier." Er hielt ihr etwas hin.

Als sie danach griff, berührten ihre Hände etwas Pappiges, Klebriges. „Was ist das?"

„Dein Engel auf Pferderücken."

„Du hast ihn für mich gemacht?"

„Ja klar."

Sie sah eine schnelle Bewegung, als gestikuliere er ausladend. Ihr Gesicht wurde düster. „Aber ich habe dir noch nicht einmal gesagt, wie ich ihn mag."

Paul stöhnte übertrieben auf. „Es gibt nur eine Art, einen Engel auf Pferderücken zu machen. Man nimmt einen Graham Cracker, legt Schokolade darauf, dann den perfekt gerösteten Marshmallow, dessen Inneres zähflüssig ist und das Äußere braun, aber nicht verbrannt, und bedeckt das Ganze mit einem weiteren Cracker. Dieses Türmchen presst man dann leicht zusammen, damit der Marshmallow die Schokolade zum Schmelzen bringt. Und voilà: das perfekte S'more."

Maddie antwortete nicht. Und sie griff auch nicht nach dem S'more.

Paul richtete sich auf. „Was ist denn heute Abend mit dir los?"

In ihrem Bauch bildete sich ein eiskalter Klumpen, der in ihre Brust hochwanderte. Sie weigerte sich aufzublicken. Weigerte sich, auch nur den Versuch zu unternehmen, ihn zu sehen. „Ich bin nicht dein Projekt, Paul."

Er trat einen Schritt zurück. „Wovon redest du?"

„Jenny hat mir von Sport erzählt."

„Was ist denn das? Ein Streit unter Liebenden?" Joes Frage drängte sich zwischen sie.

„Nein." „Ja."

Paul und sie sprachen gleichzeitig. Sie funkelte ihn böse an, obwohl das nichts brachte.

„Sie mag mein S'more nicht." Paul sagte das wie einen Witz, aber niemand lachte.

Joe schnaubte auf. „Unmöglich."

„Verrückt, nicht wahr?" Paul umfasste ihr Handgelenk. „Wir kommen gleich wieder. Haltet das Feuer solange am Leben." Er zog sie auf die Füße. „Komm mit. Wir machen diesen Spaziergang. Jetzt." Und schon zerrte er sie vom Feuer weg. Fünf Meter. Zehn. Fünfzig. Bis weder das Stimmengemurmel und das Knacken des Feuers noch das Entzweibrechen der Graham Crackers zu hören waren. Nur das Meer verstummte nicht. Das Klatschen der Wellen gegen die Felsen. Und Paul.

Er blieb stehen und drehte sich zu ihr um. „Okay, worum geht es hier eigentlich? Ganz bestimmt nicht um Marshmallows und Schokolade." Sein Tonfall war leise, hart und wütend.

Maddie verschränkte die Arme vor der Brust. „Du weißt, dass ich dein Mitleid niemals gewollt habe."

„Und das hast du auch nicht bekommen."

„Wirklich nicht?"

Seine Hand schlug auf seinen Oberschenkel, zumindest vermutete sie das. „Warum? Weil ich dir ein S'more gemacht habe? Jetzt komm mal wieder auf den Boden der Tatsachen zurück, Mad."

„Ja, weil du mir ein S'more gemacht hast. Und weil du mir in den Poncho geholfen hast. Und mich dazu gezwungen hast, deinen Ellbogen zu umfassen. Und mich hergebracht hast und ... und ... und überhaupt ..."

„Du meine Güte, jetzt mach dich mal locker." Er war so nah, dass sie die Schokolade in seinem Atem riechen konnte. Dunkle Schokolade.

Ich habe Angst vor dem Dunklen ...

Sie zitterte. „Das kann ich nicht. Ich werde blind, falls du dich erinnerst. Als ob du das vergessen könntest."

Er seufzte. „Natürlich vergesse ich das nicht. Warum sollte ich?"

„Weil ..." Ein bohrender Schmerz durchzuckte sie und sie konnte den Gedanken nicht laut zu Ende führen. *Weil ... weil ich will, dass du es tust.*

„Maddie." Er sagte ihren Namen ganz sanft. Zu sanft. Der Klang allein schmerzte.

Sie schniefte. „Verstehst du denn nicht, Paul? Ich will nicht Maddie, das blinde Mädchen, sein. Die arme Maddie. Die Maddie, auf die alle aufpassen müssen."

Er berührte ihren Arm. „Das bist du nicht."

Tränen traten ihr in die Augen. „Doch, das bin ich. Und du weißt es."

Er umfasste ihre Schultern und drückte sie unnachgiebig. „Soll ich dir sagen, was ich weiß? Du bist diejenige, die sich zu Maddie, dem blinden Mädchen, macht. Du bist diejenige, die nicht darüber hinwegsehen kann."

„Sehen? Ha ha." Sogar sie selbst konnte die Bitterkeit in ihrer Stimme hören.

Paul ließ die Arme sinken. „Ja, aber das ist kein Witz. Du klammerst dich so sehr daran fest, dass du dir selbst die Luft abschnürst, dass du dich in deiner Angst ertränkst. Es ist nicht die Dunkelheit, vor der du Angst haben solltest. Du selbst bist es."

„Ich habe keine Angst."

„Ja, klar."

„Ich habe *keine* Angst davor, blind zu werden." Sie straffte die Schultern und schleuderte die Lüge heraus, als könnte nur sie sie retten. Er wusste nicht, wie es war, zu erblinden. Er hatte keine Ahnung. Wusste er denn nicht, dass sie sich, wenn sie losließ, wenn ihr auch nur eine einzige Sache aus den Händen glitt, selbst in Luft auflösen würde? Sie konnte dem Heute nicht trauen. Sie konnte dem Morgen nicht trauen. Wie konnte er da von ihr erwarten, dass sie ihm vertraute?

Plötzlich war Paul ganz nah. Seine Stimme war sanft und sie spürte seinen Atem auf ihrer Wange. „Wovor hast du dann Angst?"

Sie trat zurück. *Vor dir!*

„Sag mir die Wahrheit."

Mitleid? Ja. Nein. Dunkelheit? Verlust? Veränderung. Einer Veränderung, über die sie keine Kontrolle hatte. Eine Veränderung, die sie nicht verstand. Und er war ein Teil dieser Veränderung. Er wusste es nur nicht.

„Du hast gesagt, es sei deine Mutter, die so ist, aber eigentlich bist du es. Du bist diejenige, die einfach nicht damit zurechtkommen und leben kann. Es ist ja nicht so, als hättest du Krebs, Maddie. Es ist ja nicht so, als würdest du sterben."

„So wie Sport?"

Er wich zurück. „Sport?"

„Der Hund."

Er lachte bitter und schmerzerfüllt auf. „Nein, nicht wie Sport, Maddie. Wie Samantha, okay?"

Maddies Atem entwich ihren Lungen, als hätte sie einen Schlag auf die Brust bekommen. „Samantha? Sie ist ..."

„Tot. Ja, Maddie." Er ergriff ihren Arm und hielt ihn fest.

„Das wusste ich nicht ..."

Seine Stimme wurde so tief, dass sie sie fast nicht wiedererkannte. „Also erzähl mir nichts über Mitleid."

Sie schloss die Augen. „Ich bin nicht wie sie."

„Nein, das bist du nicht. Aber eine Sache ist gleich."

Und sie wusste, welche das war. Sie waren beide hoffnungslose Fälle, beide nicht zu heilen. Beide nichts als eine Quelle des Schmerzes und des Bedauerns. „Eine Sache?"

Mit einem Mal war er wieder ganz nah, so nah, dass sie sich sicher war, sein Herz schlagen zu hören.

Sie konnte sich nicht bewegen. Wagte es nicht. *Paul ...*

„Eine Sache." Er schob sich näher, bis seine Lippen ihr Ohr streiften. „Sie habe ich auch geliebt." Kaum hatte er die Worte ausgesprochen, machte er auf dem Absatz kehrt und stampfte davon. Maddie ließ er dort im Sand zurück, sprachlos und zitternd.

Geliebt? Hatte er wirklich von *Liebe* gesprochen? Er konnte das unmöglich so gemeint haben. Er war nur durcheinander.

Einen Augenblick lang konnte sie seine Schuhe über den nassen Sand laufen hören. Dann verklang das Geräusch. Die Wellen brachen sich unverändert am Ufer. Vom Meer her wehte eine sanfte Brise zu ihr herüber. Und schließlich drehte Maddie sich um und begab sich auf den Weg zurück zum Feuer.

Als sie näher kam, konnte sie nach und nach die Stimmen der anderen hören. Lisas. Joes. Und ein wenig näher, seitlich von ihr, Jennys und Jodis. Wenige Schritte später konnte sie ihr Gespräch ohne Probleme verstehen.

„Sie sind nur Freunde."

Maddie blieb stehen.

„Dann ist er also noch zu haben?" Das war Jodi, die Blondine. „Cool." Maddie drehte sich weg. Sie stolperte auf die Stufen zu, die die Uferböschung hinaufführten. Ihre Füße hämmerten auf die Steine, ihre Hände waren zu Fäusten geballt. Nur einmal hielt sie inne und schaute zurück. Der warme Schimmer des Feuers war immer noch zu sehen, und daneben zwei Menschen. Paul vielleicht. Und diese Jodi. Vermutlich war sie sogar ganz süß, trotz dieser nasalen Stimme.

Maddie erreichte die Uferpromenade und steuerte auf die Straße zu. Paul folgte ihr nicht. Warum sollte er auch. Liebe? Er konnte das unmöglich gesagt haben. Konnte das unmöglich so gemeint haben. Wenn er es so gemeint hätte, wäre er jetzt an ihrer Seite. Aber das war er nicht. Das sollte er auch nicht sein.

Ist mir doch egal. Ist es mir wirklich! Sie waren nur Freunde. Genau wie Jenny gesagt hatte. Nur Freunde. Und vermutlich nicht einmal mehr das.

Irgendwo zu ihrer Rechten blitzte ein Licht auf.

Kapitel 16

Das Erinnern hatte zwei Seiten, das wusste Paul. Es brachte Heilung und es tat weh. Es verletzte und machte Hoffnung. Es deckte Versagen auf und die Fußspuren Gottes. Maddie wusste das. Genau wie er. Warum also musste die Nacht so lange dauern? Warum dehnten sich die Minuten zur Ewigkeit, wenn das Licht der Schwärze wich und die billigen Neonröhren knisterten und flackerten? Wenn die Schritte auf dem Flur seltener und leiser wurden, niemand mehr ausgerufen wurde und nur noch das gleichmäßige, nicht enden wollende Piepen des EKG-Geräts die dunklen Nachtstunden erfüllte? Warum? Wegen der Erinnerung. Wegen der Hoffnung. Weil das Morgen auf den Bausteinen des Gestern aufgebaut war. Weil Maddie und er schon einmal an diesem Punkt gestanden hatten.

Und jetzt war er so nah, so nah bei ihr in der Dunkelheit. Er konnte sie fast berühren, konnte beinah fühlen, wie sich ihr Atem mit dem seinen vermischte.

Dann drehte sie ihr Gesicht weg und stöhnte in eine Dunkelheit, die mehr in ihrem Innern war, als dass sie sie umgab. Das Stöhnen wurde schwächer. Die Tür schwang auf.

Die Krankenschwester schaute hinein. „Dann gute Nacht. Ich gehe jetzt heim.“ Ihre Stimme stockte und sie seufzte. „Morgen früh bin ich zurück. Bis dahin“ – ihre Stimme wurde leiser – „nun, bis dahin sollten wir Bescheid wissen.“

Paul nickte. „Vielen Dank. Ich werde Wache halten.“

Die Tür schloss sich und Paul und Maddie waren wieder allein. Allein in der Dunkelheit, allein mit den Erinnerungen, die als einziges in der Lage waren, die Nacht zu erhellen.

„Siehst du das denn nicht, Maddie?“ Er sprach die Frage laut aus, doch die Worte hinterließen in der Nacht keinen Eindruck, kein Geräusch in der Stille. „Ich bin bei dir. Du musst der Dunkelheit nicht allein begegnen. Das musstest du nie.“

Dieses Mal stöhnte sie nicht. Aber sie drehte den Kopf auch nicht in seine Richtung.

„In jener Nacht am Strand war ich auch da. Du wusstest das nicht. Aber ich habe dich nie allein gelassen …“

Paul beobachtete, wie sie den Poncho enger zog, die Arme verschränkte und die Schultern auf eine Art hochzog, die ihm Schmerzen in der Brust verursachte und seine Kehle trocken werden ließ.

Tu das nicht, Maddie.

Aber sie tat es. Sie drehte sich um und ging auf die Böschung zu, weg von ihm.

Er würde ihr nicht folgen. Sie wollte nicht, dass er das tat, und er legte keinen Wert darauf, die Situation noch weiter zu verschärfen. Schließlich geschah es nicht jeden Tag, dass ein Mann einem Mädchen seine Liebe gestand und dieses daraufhin in die Dunkelheit davonstürmte. Er schüttelte den Kopf und verschränkte die Arme vor der Brust.

Was sie heute Abend gesagt hatte, war verrückt. Was hatte ein Hund mit alledem zu tun? Und warum war ihre Erblindung auf einmal irgendwie seine Schuld? Also echt, er hatte nun wirklich alles Menschenmögliche getan, um ihr zu zeigen, dass er für sie da war. Er hatte sich die Zeit genommen zu recherchieren, wie man einen blinden Menschen am besten führte. Über sechs Stunden hatte er in der Bibliothek verbracht. Noch dazu an einem Samstagabend. Hatte alles nachgeschlagen. Den Verlauf von Stargardt, Fortschritte in der Ophthalmologie, sogar wie man einen guten Blindenhund aussuchte. Und schließlich hatte er sich ein Buch über Helen Keller ausgeliehen. Nun gut, vielleicht war das blöd gewesen, aber er hatte sein Bestes getan. Er hatte es versucht. Also warum war das nicht gut genug? Warum war sie heute Abend davongelaufen? Direkt nachdem er ihr gesagt hatte, dass er sie liebte?

Weil ich zuerst davongelaufen bin.

Die Wahrheit. Sie drang ihm durch Mark und Bein. Aber er hatte einfach nicht länger dort stehen bleiben können, mit offengelegter Seele, durch und durch verletzlich. Während ihm das Wort *Liebe* auf der Zunge brannte. Er hatte sich geschworen, dass er das niemals wieder geschehen lassen würde. Aber es war trotzdem geschehen. Und mehr noch. Samantha hatte ihm wirklich am Herzen gelegen. Er war am

Boden zerstört gewesen, als er sie verloren hatte. Aber Maddie liebte er. Liebte sie wirklich. Und dennoch war er davongelaufen.

Das Feuer flammte auf und spuckte Funken in den schwarzen Nachthimmel. Zu schwarz. Zu dunkel. Paul knirschte mit den Zähnen. Merkte sie nicht, wie dunkel es war? Zu dunkel, als dass sie den Weg nach Hause alleine schaffen könnte, trotz der kurzen Entfernung, die sie zum Haus zurückzulegen hatte. Es war lächerlich, so davonzustürmen, wenn sie nicht einmal halbwegs sehen konnte, wohin sie ging. Sie sollte es besser wissen. Paul seufzte tief. Vielleicht tat sie das sogar. Aber nicht heute Nacht. Heute Nacht hatte er sein Herz verloren. Und Maddie ihren Verstand.

Er stemmte die Fäuste in die Hüften und starrte hinter ihr her. Auf der anderen Seite des Feuers stimmte Joe ein weiteres Lied an, ein düsteres, volkstümliches Lied, das dem Rauschen des Meeres entgegenlief. Jenny stimmte in das Lied mit ein. Sie traf die Töne, doch ihr Gesang klang trotzdem schrill. Maddie hielt nicht einmal inne.

Paul presste die Zähne fest aufeinander. Er sollte sie einfach gehen lassen. Wenn sie ihn verlassen wollte, na schön. Wenn sie nach Boston zurückkehren wollte, na schön. Wenn sie wild entschlossen war, das alleine durchzustehen, sollte er sie einfach gehen lassen. Er ließ die Arme sinken und entspannte seinen Unterkiefer. Vielleicht sollte er das. Aber er konnte es nicht. Er konnte noch nicht einmal wegschauen.

Wenn es irgendjemand anderes als Maddie wäre ...

Er ging einen Schritt, um ihr zu folgen, und hielt dann inne. Wenn Maddie wüsste, dass er ihr hinterherlief, würde sie wütend und würde ihn wieder mit Anschuldigungen überhäufen. Er machte einen weiteren Schritt.

Als sich eine Hand auf seinen Arm legte, drehte er sich um.

„Hi Paul." Jodi lächelte zu ihm auf, den freien Arm hinter ihrem Rücken versteckt.

„Hi."

Auf seine Erwiderung hin zog sie ihre Hand hinter dem Rücken hervor und streckte ihm einen Stab hin, auf dem ein Marshmallow steckte. Sie wackelte auffordernd damit. „Machst du mir ein S'more?"

Er runzelte die Stirn und schaute wieder zu Maddie hinüber.

„Was?"

„Ein S'more." Sie tätschelte seine Brust. „Joe behauptet, du seist der beste S'more-Macher der Welt."

Paul schaute auf ihre weit aufgerissenen Augen und ihren Schmollmund. Er blinzelte. „Oh, äh, na dann ... ja klar. Warum nicht?"

Sie schob ihm den Stab zu. „Jenny sagte, du würdest das machen. Sie sagte ..."

Doch Paul hörte ihr gar nicht zu. Stattdessen beobachtete er Maddie, die inzwischen halb die Böschung hinaufgeklettert war.

Jodi schob ihren Arm um seine Hüfte.

Genau in diesem Moment hielt Maddie inne und schaute zurück.

Paul hob die Hand, ließ sie aber gleich wieder fallen. Wenn er könnte, würde er den Blickkontakt mit ihr suchen. Aber Maddie war mit Sicherheit nicht in der Lage, ihn zu sehen, nicht aus dieser Entfernung, nicht bei diesen Lichtverhältnissen. Er hätte sie rufen können. Aber das tat er nicht. Er wagte es nicht.

Sie wird die Straße überqueren. Allein. Im Dunkeln. Wieder einmal.

Die Gedanken schossen ihm mit einer schnellen Abfolge von Bildern durch den Kopf, die wirkten, als stammten sie aus einem Albtraum. Die rennende Maddie, ein rasendes Auto. Quietschende Bremsen. Nur dass es kein Albtraum war. Es war eine Erinnerung. An einen Laster im Regen. Eine Pizzeria. Scheinwerfer. Und dieser kurze Moment, in dem er gedacht hatte, er käme zu spät.

Wie konnte sie ihm das noch einmal antun? Wie konnte es sein, dass sie sich nicht an das Risiko erinnerte? Er schob Jodi den Stock wieder zu. „Vielleicht später."

„Paul?"

Der Stock fiel zwischen ihnen zu Boden. Paul hob ihn nicht auf, sondern rannte in Richtung Böschung und hastete sie hinauf. Sie war nicht auf der Straße. Noch nicht. Aber beinah. Nur noch ein kurzes Stück den Weg entlang. Ein paar Stufen hoch. Der Bordstein, eine Straßenlaterne und eine Straße, auf der alles passieren konnte.

Er kürzte den Weg ab, indem er quer über einen Sandstreifen sprintete und über einen niedrigen Zaun sprang. Die Straßenlaterne warf ihr fahles Licht auf Lisas VW Käfer und bedeckte auch Maddie mit winzigen Lichtpunkten, als sie den Bürgersteig erreichte. Am Straßenrand blieb sie stehen. Er bewegte sich weiter auf sie zu. Näher, immer näher. Aber sie hörte ihn nicht. Wusste nicht, dass er da war.

Gut.

Er schlich sich in den Lichtkegel der Straßenlaterne. Sie stand genau davor.

Tu das nicht, Maddie. Sei nicht dumm. Du kannst doch gar nicht sehen, ob irgendetwas kommt.

Sie trat auf die Straße. Ohne zu schauen. Ohne es auch nur zu versuchen. Ohne zu wissen, ob irgendjemand angefahren kam.

Und es kam jemand angefahren. Ein Licht flammte auf. Paul wirbelte herum.

Ein Fahrradfahrer raste auf sie zu. Um seinen Kopf trug er ein Stirnband, an dem eine Lampe befestigt war. Wie eine Rakete schoss er den Berg hinunter, fest in die Pedale tretend.

Paul schaute zurück. Maddie war mitten auf der Straße stehen geblieben, sodass sie dem Radfahrer nun unmittelbar im Weg stand. Nur dass sie das nicht wusste.

Er stürzte auf die Straße. Fast hätte er sie angeschrien, fast ihren Namen gerufen. Aber stattdessen warf er sich dem Radfahrer in den Weg und wedelte wie verrückt mit den Armen. Verzweifelt. Hoffend. Betend.

Das Rad scherte aus. Ein Mann fluchte.

Und Maddie war in Sicherheit.

Paul warf einen Blick über seine Schulter und schaute zu ihr herüber. Sie stand zitternd in der Düsternis der Straße. Fast wäre er zu ihr gegangen und hätte sie in seine Arme geschlossen, aber was hätte er sagen sollen? Wie hätte er es sagen sollen?

Ich liebe dich. Ich bin hier.

Er trat auf sie zu, aber sie rannte über die Straße – weg von ihm. Ohne ihn zu sehen. Ohne ihn zu bemerken. Ohne auch nur zu wissen, dass er da war.

Einen Augenblick später schlug eine Tür zu. Und sie war fort.

Paul wälzte sich entnervt von einer Seite auf die andere. Nach mehreren erfolglosen Bemühungen, endlich einzuschlafen, setzte er sich auf und schüttelte sein Kissen zurecht. Er starrte an die Decke und lauschte den Zahlen des Weckers, die von 4:59 auf 5:00 umsprangen. Dann zog er an seiner Decke, strampelte sie beiseite, knüllte sie zusammen und deckte sich schließlich doch wieder damit zu. Er drehte sich zum wohl tausendsten Mal um und schloss die Augen.

Aber das half nicht. Der Schlaf wollte einfach nicht kommen. Er lag jetzt schon seit Stunden wach. Und in all dieser Zeit waren ihm nur zwei Dinge bewusst geworden. Das eine war, dass er wütend war. Wütend auf Maddie, auf Gott, auf Jenni und Jodi und Joe. Wütend, dass Maddie blind wurde und er nichts dagegen tun konnte. Wütend, dass Gott etwas dagegen tun konnte, es aber nicht tat. Wütend, dass Maddie letzte Nacht davongerannt war und er zum ersten Mal, seit er sie kannte, nicht in der Lage gewesen war, die Dinge in Ordnung zu bringen. Und das zweite war, dass er sie trotz alledem liebte.

Er wusste, was er zu tun hatte. Er musste ihr die Wahrheit sagen. Die ganze Wahrheit. Selbst wenn sie sie für Mitleid halten würde. Selbst wenn er ihre Freundschaft dadurch für immer verlieren würde. Wieder schüttelte Paul sein Kissen auf und drehte sich auf seine linke Seite. Er würde das gleich am nächsten Morgen machen. Sobald sie aufgestanden war. Er würde in ihr Zimmer marschieren und ...

Ihm wurden die Augen schwer. Er würde ihr sagen, dass er sie liebte. Sein Mund öffnete sich. Sie mehr liebte, als ihre Mutter es tat. Mehr als ihre Freunde. Mehr als Gott es tat. Er liebte sie und er würde für sie sorgen und dafür, dass alles in Ordnung kam. Er würde ...

Endlich schlief er ein.

Paul rutschte auf seinem Krankenhausstuhl tiefer. Er war damals ein solcher Idiot gewesen. Voller grandioser Träume und dummer Ankündigungen. Er hatte gedacht, er wüsste Bescheid, verstünde alles. Aber er hatte nichts gewusst, gar nichts. Er hatte nicht gewusst, dass es nicht die Blindheit war, die sie verletzen würde, sondern er. Eine ganz normale Fahrt durch den Regen. Bei etwas zu hoher Geschwindigkeit. Ein Reh im Scheinwerferlicht. Und jetzt saß er hier neben ihr in der Dunkelheit eines Krankenhauszimmers und wartete darauf, dass sie aufwachte und merkte, dass er da war. Ob sie das jemals tun würde?

Es tut mir leid, Maddie. Ich wollte dir niemals wehtun.

Paul schreckte aus dem Schlaf hoch. Sein Blick hetzte zum Wecker hinüber: 9:48. Er setzte sich auf und fuhr sich mit der Hand durch die Haare. Sie standen an der einen Seite hoch, doch das kümmerte ihn nicht.

Er hatte geträumt. Etwas Gutes. Etwas Wichtiges. Er konnte sich nicht erinnern. Hatte es etwas mit Maddie zu tun gehabt? Ihm stockte der Atem. Er wollte ihr doch sagen, dass er sie liebte. Heute Morgen. Jetzt.

Mit einem Satz sprang er aus dem Bett und warf sich ein T-Shirt über. Maddie wäre es egal, wie er aussah. Wäre es egal, ob seine Frisur an die eines Stachelschweins erinnerte oder er barfuß war. Er steuerte auf die Tür zu und riss sie auf. Nachdem er den Flur zwei Schritte hinuntergehetzt war, hielt er inne und wandte sich um. Für Maddie spielte es vielleicht keine Rolle, wie er aussah, aber falls er Mundgeruch oder Käsfüße hätte, wäre ihr das bestimmt nicht egal.

Es wäre nicht gut, wenn er ihr seine Liebe gestand – sie bat, bei ihm zu bleiben, ihn zu heiraten – und dabei nach Knoblauch stank. Hustend begab er sich ins Badezimmer. Dort putzte er sich die Zähne und sprühte sich großzügig mit Deo ein. So, jetzt war er fertig.

Zielstrebig lief er den Flur hinunter und klopfte an Maddies Tür. Es antwortete ihm niemand. Er klopfte erneut. Lauter diesmal. Nichts. Ungeduldig drehte er den Türknopf und stieß die Tür auf. Das Bett war gemacht, der Schrank leer, ihr Koffer verschwunden.

Paul stand wie erstarrt da. Sein Herz hämmerte wie verrückt und ihm schossen tausend Gedanken durch den Kopf. Wollte sie, dass er sie heute nach Hause brachte? Jetzt schon? War sie so verärgert? Vermutlich, ansonsten hätte sie wohl nicht so früh am Morgen schon alles zusammengepackt. Er hatte es vermasselt. Mehr, als er gedacht hatte.

Er ging aus dem Zimmer und lief über den Flur in die Küche. An der Arbeitsfläche, unweit der gurgelnden Kaffeemaschine, lehnte Jenny. Als sie ihn sah, lächelte sie, griff nach einem leeren Becher und hielt ihn ihm hin. „Willst du auch einen?"

„Wo ist Maddie?"

Jenny stellte den leeren Becher ab und nippte an ihrem eigenen Kaffee, bevor sie antwortete. „Schon weg. Sie ist vor etwa einer Stunde gegangen."

Paul umklammerte die Platte des Küchentischs. „Sie ist weg? Wie kann sie denn weg sein?"

Jenny trank einen weiteren Schluck. „Sie lässt dir Auf Wiedersehen sagen und ihren Dank ausrichten."

„Was?"

„Ihre Mitbewohnerin hat heute Morgen angerufen. Sie sagte, Maddies Mutter würde kommen."

„Heute? Sie sollte doch erst Ende der Woche kommen."

Jenny schnaubte laut auf. „Tja, ich vermute, sie wusste nicht, dass sie ihre Pläne zuerst mit dir abstimmen muss. Na und, was soll's?"

Paul zog sich einen Stuhl unter dem Tisch hervor und setzte sich. „Maddie kann kein Auto fahren. Hat Papa sie zurückgebracht? Oder Mama?"

„Nee. Da ist irgend so ein Mädchen vorbeigekommen. Sie sagte, Maddies Mitbewohnerin habe sie auch angerufen. Und da sie auf dem Rückweg von King City sowieso hier vorbei kam, war es für sie gar kein Problem, Maddie mitzunehmen." Jenny runzelte die Stirn. „Maddie schien das recht zu sein. Ich verstehe nicht, warum das für dich ein solches Problem ist."

„Was für ein Mädchen?"

„Keine Ahnung. Sie hatte so einen abgefahrenen Poncho an. Der war echt cool."

„Marisol?"

Jenny zuckte mit den Schultern. „Wäre möglich."

Paul stützte die Ellbogen auf den Tisch und vergrub den Kopf in den Händen. Marisol. Sie war mit Marisol zurückgefahren. Also das war wirklich dumm.

Jennys Becher schepperte, als sie ihn auf der Arbeitsfläche abstellte. „Oh, Maddie hat noch etwas gesagt. Sie sagte, du sollest dir keine Sorgen machen. Sie käme schon klar. Und was dann kam, war echt merkwürdig. Sie sagte, sie werde schließlich nicht sterben."

Paul biss die Zähne zusammen. Natürlich würde sie das sagen. Nach letzter Nacht. „Ich fahre ihr nach."

Jenny griff nach ihrem Becher und wirbelte herum. Dabei spritzte etwas Kaffee auf den Tisch. „Warum denn das? Paul, es ging ihr gut, als sie abgereist ist. Sie musste zurück. Also was soll das? Du bist nicht ihr Schutzengel."

Paul hob den Kopf und starrte Jenny an. „Nein, das bin ich nicht. Ich wünschte, ich wäre es. Oder wenn schon nicht das, dann zumindest derjenige, der für sie da ist, wenn sie mich braucht. Derjenige, der sie nach Hause bringt. Zumindest das hätte ich tun können."

„Lass es gut sein."

„Nein."

Jenny schüttelte den Kopf. „Verhalte dich endlich mal klug, Paul."

Klug. Ja, er musste sich klug verhalten. Paul atmete tief aus. „Jetzt würde ich einen Kaffee nehmen." Wahrscheinlich hatte Jenny recht. Er konnte mit Maddie reden, sobald er zurück war. Ihr dann sagen, was er ihr sagen wollte, wenn er besser vorbereitet wäre. Wenn sie allein wären. Es dauerte noch ein paar Tage, bis sie nach Boston zurückkehrte. Er hatte also noch genug Zeit, sie zum Bleiben zu überreden. Er konnte immer noch tun, was getan werden musste, sagen, was gesagt werden musste. Er konnte sie immer noch bitten, seine Frau zu werden.

Jenny reichte ihm seinen Becher. „Wahrscheinlich ist es so sogar besser."

Er ließ den Kaffeebecher sinken, ohne etwas getrunken zu haben. „Warum?"

„Ach du weißt schon."

„Fang gar nicht erst davon an."

„Wirklich, Paul."

„Jen, ich meine das ernst."

„Worüber streitet ihr zwei euch?" Ihr Vater schlenderte durch die Küchentür und begab sich auf direktem Weg zur Kaffeemaschine.

Paul machte ein mürrisches Gesicht. „Nichts."

Jenny setzte ein falsches Lächeln auf. „Maddie."

Die Augenbrauen ihres Vaters schossen in die Höhe. „Ah, dann hast du ihm also gesagt, was du getan hast?"

Paul ballte die Hände zu Fäusten und starrte Jenny an. „Was hast du getan?"

Jenny drehte sich weg. „Ich hab gar nichts getan. Das ist nicht meine Schuld."

Ihr Vater verschränkte die Arme. „Du hast sie einfach weggehen lassen, oder etwa nicht?"

„Das habe ich nicht."

„Oder war das etwa Pauls Schuld?" Er warf seinem Sohn einen vorwurfsvollen Blick zu, bevor er sich einen Kaffee eingoss, zwei Stück Würfelzucker darin versenkte und ihn umrührte. „Wenn mein eigener Sohn natürlich nicht so ein fauler, nichtsnutziger Trottel wäre ..."

„Das ist nicht fair."

Er schüttelte den Kopf. „Der frühe Vogel fängt den Wurm. Oder in diesem Fall das Mädchen."

Paul stöhnte.

Sein Vater schnalzte mit der Zunge. „Und dann auch noch ein so tolles Mädchen. Ein solches Mädchen lässt du nicht einfach entkommen."

Aber genau das hatte er getan. Vielleicht war er wirklich ein nichtsnutziger Trottel.

„Aber na ja. Noch ist nicht alles verloren. Das Telefon hängt da drüben." Sein Vater deutete auf den senfgelben Apparat an der Wand.

Paul schnitt eine Grimasse. Durch seinen Kopf schwirrte die Erinnerung daran, wie Maddie ihm den Rücken zugewandt und über die Straße gehastet war. „Und was soll ich sagen?"

„Das kriegst du schon raus." Sein Vater grinste und hob den Becher an seine Lippen. „So einem Mädchen wie Maddie begegnest du nicht alle Tage. Natürlich wirst du einige Überzeugungsarbeit leisten müssen."

„Papa?"

Er lachte, trat einen Schritt vor und schlug Paul auf die Schulter. „Immerhin ist sie nicht blond."

„Papa!"

Er gluckste weiter in sich hinein, während er aus der Küche ging. Im Türrahmen blieb er stehen und schaute zurück. „Jenny, komm hier raus. Lass dem Jungen ein bisschen Privatsphäre."

Jenny warf Paul einen kurzen Blick zu, dann starrte sie zu Boden. „Vermutlich ist sie noch nicht einmal zu Hause." Ihr Gemurmel war fast nicht zu hören.

„Doch, das ist sie mit Sicherheit."

„Woher willst du das wissen?"

„Ich habe Marisol fahren sehen."

Jenny schwieg einen langen Moment. „Du weißt, dass du da nicht anrufen müsstest, nicht wahr? Vergiss es einfach."

„Das kann ich nicht, Jen."

„Warum nicht?"

„Geh einfach, okay? Ich muss mir über ein paar Dinge klar werden."

Jenny nickte und verließ das Zimmer.

Sobald sie fort war, stand Paul auf und ging zum Telefon. Er riss den Hörer von der Gabel, klemmte ihn sich zwischen Ohr und Schulter und wählte Maddies Nummer. Und dann hörte er zu, wie das Telefon klingelte und klingelte und klingelte.

Kapitel 17

Der Himmel türmte sich auf und wölbte sich. Der Doppeldecker bebte. Wind zerrte an Maddies Gesicht und ließ ihren Schal hinter ihr herflattern. Unablässig knabberte er an ihren Wangen und sorgte dafür, dass ihr kalte Schauer über den Rücken rannen. Doch durch die dicke Lederjacke, die zu tragen man sie gezwungen hatte, oder die blöde Lederhaube, die eng an ihrem Kopf anlag und unter dem Kinn gebunden war, konnte er nicht dringen. Die Brille, die sie trug, war deutlich zu eng. Unbarmherzig drückte sie auf ihre Wangenknochen und sorgte dafür, dass ihre Augen wie die einer siamesischen Katze aussahen. Sie waren zu solchen Schlitzen gezogen, dass sie selbst dann kaum etwas hätte sehen können, wenn ihr Sehvermögen intakt gewesen wäre. Gebannt schaute Maddie über den leuchtend roten Flügel des Doppeldeckers nach draußen. Das Flugzeug flog eine Linkskurve. Hunderte Meter unter ihr erstreckten sich die grünen Wälder der Half Moon Bay. Das behauptete zumindest die Stimme in ihrem Ohr.

Maddie korrigierte den Sitz ihrer Kopfhörer und klemmte die kleine Papiertüte, die sie bisher in den Händen gehalten hatte, unter ihren Oberschenkel. „Nur für den Fall der Fälle“, hatte der Pilot gesagt. Aber Maddie würde sie nicht brauchen. Das hatte sie sich fest vorgenommen. Das hier war ihr erstes großes Abenteuer, bevor ... bevor ...

Sie fuhr mit der Hand über die enggezogenen Gurte, die sie auf dem Vordersitz des Flugzeugs festschnallten, dann kräuselte sie die Stirn und versuchte die Nase des Doppeldeckers zu erkennen. Natürlich gelang es ihr nicht. Da war nur ein roter Spritzer, der sich von der unendlichen Weite des graublauen Himmels abhob.

An ihre Ohren drangen das sanfte Dröhnen der Maschine und die Stimme des Piloten. Seit dem Start hielt er über die Kopfhörer einen Monolog, erzählte ihr, was er sehen konnte und sie nicht. Was sie hätte erblicken können, wenn sie das hier schon vor zwei Jahren gemacht hätte, als sie erstmals davon hörte, dass Stanfordstudenten einen Rabatt auf Doppeldeckerflüge über die Bucht bekamen. Aber sie hatte das auf die lange Bank geschoben. Hatte gedacht, es gäbe einen passenderen Zeitpunkt dafür. Dafür und für vieles andere. Sie war so dumm gewesen.

Aber das hatte jetzt ein Ende. Sie konnte nicht länger warten. Spätestens seit jener Nacht in der Oper war ihr das bewusst. Sie hatte gewusst, dass dieser Tag kommen würde und dass sie ihre Chance würde nutzen müssen. Schnell, ganz sang- und klanglos. Bevor ihr ihr Leben gestohlen würde. Im Prinzip hatte sie es gewusst, seit ihre Mutter herausgefunden hatte, wie es um sie stand, und darauf bestanden hatte, dass sie nach Boston zurückkehrte. Nun, jetzt würde sie noch nicht heimkehren.

Sie hatte die Broschüren schon seit Monaten. Und in der letzten Zeit hatte sie einige Telefonanrufe getätigt, einige Pläne geschmiedet. Sie hatte Informationen über Taxiunternehmen und Busrouten eingeholt, über die Fahrpläne an bestimmten Tagen. Noch konnte sie gut genug sehen, um sich selbst zurechtzufinden. Dafür reichte ihr peripheres Sehen gerade so aus. Das hatte sie zumindest gedacht, als sie ihr Apartment heute Morgen mit ihrer prall gefüllten Reisetasche über der einen und ihrer Handtasche voller Geld über der anderen Schulter verlassen hatte. Sie hatte sich selbst gesagt, dass sie schon zurechtkäme. Sie würde das schaffen. Und sie konnte es.

Dennoch gestaltete sich dieser Doppeldeckerflug nicht unbedingt so, wie sie es erwartet hatte. In der Broschüre hatte alles so glamourös gewirkt. Und es hatte auch Spaß gemacht, als sie abgehoben und in den Himmel eingetaucht waren. Irgendwie war es wundersam gewesen, zu den Wolken aufzusteigen, während der obere Flügel seinen Schatten auf ihr Gesicht warf und der Flugzeugmotor gemächlich vor sich hin knatterte. Aber es war holpriger, als sie erwartet hatte, wenn auch nicht ganz so laut. Paul hätte es gehasst. Er hatte ihr tausendmal erzählt, wie wenig er es mochte zu fliegen, selbst in regulären Linienflugzeugen, in denen man kaum merkte, dass man sich in der Luft befand.

„Ich begebe mich doch nicht in eine dieser Sardinenbüchsen", hatte er gesagt, wann immer sie gefrotzelt hatte, er müsse einmal mit nach Boston kommen und sich die dortigen Sehenswürdigkeiten anschauen. „Es ist eine weite Fahrt." Und dann hatte sie stets provozierend hinzugefügt: „Aber ein kurzer Flug."

Mit einem leisen Knurren hatte Paul geantwortet und anschließend im Brustton der Überzeugung verkündet: „Niemals. Ich versichere dir, dass wird nie, aber auch wirklich niemals geschehen."

Sie konnte sich kaum vorstellen, was er sagen würde, wenn er sie jetzt sähe. Und wahrscheinlich hatte er sogar recht. Es war kalt und sie hatte ein flaues Gefühl im Magen. Jetzt begann ihr Bauch sogar zu krampfen.

Aber das war nicht das Schlimmste. Das Schlimmste war, dass all dieses Wackeln und Kippen der Angst keinen Abbruch tat. Oder dem Bedauern. Beide flogen mit ihr, wie Bienen, die durch ihren Kopf brummten und in ihre Seele stachen. Sie hatte gedacht, sie könnte all das hinter sich lassen, es – zumindest eine Zeit lang – durch den Nervenkitzel des Fliegens ersetzen. Es hatte nicht geklappt.

Der Pilot verstummte. In ihrem Kopf ersetzte eine andere Stimme die seine, die eines Mannes. Eines Fremden. Irgendeines Typen, den sie auf dem Parkplatz getroffen hatte. Sie hatte ihn nur gefragt, ob er wisse, wo sich der Eingang zum Terminal befand. Er hatte erwidert, dass sie genau davorstehe. Und dann hatte er diese verhassten Worte gemurmelt: „Bist du blind oder was?"

Sie hatte mit nur einem Wort geantwortet, während sie sich an ihm vorbeischob. „Fast."

Es hätte sie interessiert, ob sein Gesicht daraufhin rot geworden war. Das hätte es eigentlich werden müssen. Ihres tat es zumindest.

Maddie kniff die Augen zusammen und schaute angestrengt auf den verschwommen grünen Teppich hinunter, den sie gerade überflogen. Und dann änderte sich die Farbe plötzlich.

„Wir befinden uns jetzt über dem Meer." Die blecherne Stimme erklang erneut, begleitet von einem inzwischen vertrauten Rauschen. „Ruhiger Tag heute. Das Wasser ist so glatt wie Seide und weit und breit sind keine schaumbedeckten Wellen zu sehen. Und das, obwohl gerade Flut ist. Das sieht man an den Klippen. Schauen Sie mal."

Das Flugzeug setzte zum Sinkflug an.

Maddies Magen revoltierte. Hastig atmete sie tief ein.

„Sehen Sie den Sprühnebel aufsteigen?"

Sie versuchte ihn sich vorzustellen. Dicke Mammutbäume, die am blaugrünen Wasser standen. Die Gischt, die sich an den Klippen brach. Eine Straße, die sich durch die Hügel zur Bucht hinunterwand und winzige Autos, die auf ihr fuhren.

„Wir fliegen jetzt in Richtung Norden. Wenn wir Glück haben, können wir aus der Ferne einen Blick auf die Golden Gate Bridge erhaschen."

Die Golden Gate Bridge. Sie hätte sie so gerne gesehen. Aber das würde sie nicht. Niemals wieder. Und trotzdem: Sie hatte diesen Moment. Dieses Gefühl, hoch oben über die Welt hinwegzufliegen, das Streichen des Windes über ihr Gesicht, den Geruch der kalten Meeresluft und dieses eigenartige Gegrummel in ihren Eingeweiden.

Das ist nicht von Bedeutung. Nichts hiervon ist von Bedeutung. Sie verdrängte den Gedanken schnell wieder. Es war von Bedeutung. Es machte die Sache besser. Das musste es einfach. Das hier war alles, was ihr blieb.

„Dort drüben! Schauen Sie direkt nach Norden."

Maddie hob ihre Hand, um dem Piloten zu bedeuten, dass sie ihn gehört hatte. Der Wind riss an ihrer Hand und stieß sie zurück. Schnell nahm sie den Arm wieder herunter. Die Windschutzscheibe vor ihrem Gesicht beschützte sie vor dem vollen Ausmaß der Windkraft. Hinter ihr war sie sicher. Außerhalb ihres Windschattens jedoch ...

Ein kalter Schauder durchfuhr ihren Körper. *Nein, so ist das nicht.* Maddie griff nach oben und schob ihre Brille zurecht. Sie musste diese Dinge einfach tun. Musste es versuchen. *Wenn ich es nicht tue, ende ich genau wie Malcolm.* Das sagte sie sich immer wieder. Und dennoch wusste sie tief in ihrem Innern, dass sie dieser Hand glich, die aus dem Windschatten gestoßen worden war. Einer Hand, die zurückzuziehen sie sich nicht traute.

Gott, ich will doch nur leben. Ich will nicht blind werden. Ich will nicht nach Hause zurück.

Sie hob wieder die Hand und ließ den Wind daran rütteln. Hob sie und ließ sie oben. Eine Sekunde, zwei. Zehn.

„Also gut dann." In ihrem Ohr erklang erneut die Stimme des Piloten.

Als sie die Hand zurückzog, tauchte das Flugzeug ab. Setzte zu einem Looping an.

Der Pilot lachte. Und für einen kurzen Augenblick flogen sie auf dem Kopf. Als wären sie schwerelos.

Maddies Magen rutschte in ihre Kehle. Und blieb dort.

Das Flugzeug richtete sich wieder auf. Der Pilot plapperte aufgekratzt vor sich hin.

Maddie griff nach der Papiertüte und tat das, was sie sich fest vorgenommen hatte, nicht zu tun.

Paul hatte kaum einen Fuß in Maddies Apartment gesetzt, als es geschah. Er war direkt vom Haus seiner Eltern in Monterey aus zu ihrer Wohnung gefahren, Kelli hatte ihm die Tür geöffnet und lediglich den Bruchteil einer Sekunde später stürzte Isabelle sich mit hoch erhobenen Fäusten auf ihn. Ihre Finger umklammerten ein zerknülltes Blatt Papier.

„Das ist alles Ihre Schuld!" Mit voller Wucht klatschte sie ihm das Papier gegen die Brust.

Er nahm es in die Hand und runzelte die Stirn.

„Sie 'aben sie angetrieben. 'aben Madison be'andelt, als ob nischts wäre. 'aben sie denken lassen ... sie glauben gemacht ..." Sie kam stotternd zum Halt, atmete zitternd ein und drehte sich dann weg. „Isch wusste es. Man kann Ihnen nischt trauen."

Kelli schloss die Wohnungstür. „Das ist schon okay, Mrs Foster. Sie kommt bestimmt zurück."

Paul zog seine Jacke aus und warf sie auf die Couch. „Wovon redet ihr? Wo ist Maddie? Und was ist das hier?" Fragend hielt er das Papier in die Höhe.

Mrs Foster wirbelte zu ihm herum. „Als ob Sie das nischt wüssten." Sie stemmte den einen Arm in die Hüfte und fuchtelte ihm mit der freien Hand vor der Nase herum. „Sie wissen ganz genau, wo sie ist. Und Sie sorgen besser dafür, dass sie augenblicklisch 'ier'er zurückkommt." Ihr Zeigefinger deutete auf den Boden und dann wieder auf ihn. „'aben Sie misch verstanden, junger Mann?"

Paul schaute hilfesuchend zu Kelli hinüber. „Was ist denn hier los?"

Ihr Gesicht war merkwürdig blass. Sie kaute auf ihrer Unterlippe und schaute ihn dann endlich an. „Sie ist weg, Paul."

„Weg?"

„Gleich nachdem Marisol sie abgesetzt hat, ist sie verschwunden. Zumindest vermute ich das. Als ich vom Laden zurückkam, war sie schon weg."

„Aber ..."

„Lies den Brief."

„Was für einen Brief?"

Kelli deutete auf das Papier, das er in der Hand hielt.

Paul starrte es an, als wäre es plötzlich giftig geworden. Unsicher schaute er zu Mrs Foster hinüber. Sie stand mit zusammengepressten Kieferknochen da, ihre Brust bebte vor Wut und ihr Fuß tippte unablässig auf den roten Zottelteppich. Langsam zog er das Blatt Papier auseinander und las.

Liebe Mama,

es tut mir leid, dass du ganz umsonst gekommen bist. Ich weiß, dass es eine teure Reise ist. Ich hätte dir gesagt, dass du deinen Flug canceln sollst, aber du bist früher als erwartet gekommen und so hatte ich keine Gelegenheit dazu. Jetzt bist du also hier und hast herausgefunden, dass ich nicht da bin. Und ich komme auch nicht zurück. Jedenfalls nicht so schnell. Du musst das verstehen, Mama. Ich kann nicht mit dir nach Boston zurückkehren. Zumindest jetzt noch nicht. Es gibt einiges, was ich noch machen muss. Sachen, die ich tun möchte, bevor es zu spät ist.
Ich weiß, dass du über meine Entscheidung nicht glücklich bist. Ich weiß, dass du mir nicht deinen Segen gegeben hättest. Aber ich bin jetzt erwachsen. Ich muss mein eigenes Leben leben. Wirklich leben. Nicht so wie Malcolm.

Paul hörte, wie Mrs Foster schnell einatmete. Es klang fast wie ein Schluchzer, allerdings ein unterdrückter. Er schaute auf. Ihre Augen waren wässrig, aber ihre Kieferknochen genauso angespannt wie eh und je. Und da sah er sie. Die Angst. Und das leichte Zittern ihrer Lippen. Und er erkannte, was sie war: eine Mutter, die Angst hatte. Sein Griff lockerte sich und er las weiter.

Mach dir keine Sorgen, Mama. Ich komme schon klar. Sobald ich zurück bin, rufe ich dich in Boston an. Aber in der Zwischenzeit sollst du

wissen, dass ich in Sicherheit und beschäftigt bin. Bitte such nicht nach mir. Und setz Kelli nicht unter Druck. Sie wusste nichts von meinen Plänen. Niemand wusste davon.
Ich hab dich lieb, Deine Maddie

Paul las den Brief noch ein zweites Mal. Es war ihre Handschrift, ihr Tonfall. Aber er konnte es trotzdem nicht glauben. Wohin war sie gegangen? Was genau hatte sie vor? Und warum hatte sie nicht auf ihn gewartet? Der letzte Gedanke rammte sich wie ein Messer in seine Brust, das dann auch noch grausam herumgedreht wurde. Er wäre mit ihr gegangen, hätte ihr bei allem geholfen, was sie tun wollte. Hatte sie das gewusst? War ihr das denn nicht bewusst gewesen? Er hielt inne. Vielleicht war es das. Und vielleicht war genau das der Grund ... Er verdrängte diesen schmerzlichen Gedanken, ließ den Brief sinken und wandte sich Kelli zu. „Du hast es nicht gewusst?“

Kelli verzog das Gesicht und schüttelte den Kopf. „Ich habe dir ja gesagt, dass sie sich merkwürdig verhält. Aber hiermit hätte doch niemand rechnen können. Wer hätte sich auch nur träumen lassen, dass ...“ Sie zuckte mit den Schultern. „Und mich bezeichnen sie als flatterhaft.“

Mrs Foster lief inzwischen hektisch vor der Couch auf und ab. Ihre Schuhe erzeugten auf dem Zottelteppich ein merkwürdiges Geräusch. „Setz das Mädschen nischt unter Druck. Schließlich bist du derjenige, der an diese ganze Schlamassel schuld ist. Kinobesuche und Sinfoniekonzerte und wer weiß was noch alles.“

Kelli legte ihm die Hand auf die Schulter. „Mach dir keine Sorgen, Paul, Gott wird uns helfen.“

Mrs Foster richtete sich zu voller Größe auf und erdolchte ihn beinah mit ihrem Blick. „Das ’ätte er besser tun sollen.“

Kelli trat beiseite. „Das ist nicht Pauls Schuld.“

Paul knüllte das Blatt Papier wieder zusammen und ließ es auf den Tisch fallen. Mrs Foster hatte recht. Es war seine Schuld. Maddie war weggerannt. Nicht vor ihrer Mutter, sondern vor ihm. Und er musste einen Weg finden, wie er sie zurückbringen konnte.

Endlich blieb Mrs Foster stehen. Sie presste sich die Hände gegen die Schläfen. „Es muss doch irgendwelsche ’inweise geben. Irgendeine Möglischkeit, sie zu finden.“

Kelli ließ sich auf einen der Sitzsäcke plumpsen. „Aber sie hat doch gesagt, dass wir nicht nach ihr suchen sollen. Sollten wir nicht besser tun, was sie sagt?"

Mrs Foster bedachte Kelli mit einem vernichtenden Blick. „Sei nischt blöd, Mädschen. Natürlisch suchen wir nach ihr. Und 'olen sie 'eim. Isch kann sie doch nischt da draußen 'erumwandern lassen" – sie wedelte mit der Hand durch die Luft – „Gott weiß wo, und das na'ezu blind. Alles könnte passieren." Ihre Stimme sackte in sich zusammen und wieder konnte Paul die Furcht aus ihr heraushören. „Wirklisch alles."

Kelli stand auf. Auch ihre Stimme drohte zu brechen. „In ihrem Zimmer sind ein paar Sachen."

Paul schob sich näher an sie heran. „Was für Sachen?"

„Verschiedene Unterlagen, Broschüren. Alles versteckt."

„Das ist doch unfassbar!" Mrs Foster drehte sich stehenden Fußes um und umrundete die Couch. „Warum 'ast du das nicht frü'er gesagt?"

Kelli errötete. „Ich glaube, es wäre besser, wenn wir darüber beten würden. Sollen wir uns dazu an den Händen fassen?"

Mrs Foster blieb stehen und schaute zu Kelli zurück. Ihre Lippen waren geschürzt. Dann wirbelte sie wieder herum und hastete auf Maddies Zimmer zu.

Paul folgte ihr.

Mrs Foster stieß Maddies Tür auf und trat ins Zimmer. Als Paul ihr folgen wollte, warf sie ihm einen finsteren Blick zu. „Sie warten draußen, Mr Tilden. Alles andere ge'ört sisch nischt –"

Paul ließ sich nicht beirren und ging auf Maddies Schreibtisch zu.

„Mr Tilden!"

Er öffnete eine Schublade nach der anderen. Dann rief er über seine Schulter hinweg. „Hey, Kelli, wo genau hast du die Unterlagen gesehen?"

Kelli kam herbeigelaufen und deutete auf Maddies Bett. „In einer Kiste, die darunter steht. Ich habe sie eines Tages entdeckt, als ich nach meinen Hausschuhen gesucht habe."

Sofort warf sich Paul auf die Knie und klappte den braunen Überwurf nach oben. Dann kroch er unter das Bett. Ziemlich weit hinten, in der Nähe des Kopfteils stand eine kleine Kiste. Er zog sie heraus und öffnete sie. In ihrem Inneren lagen fein säuberlich gestapelt eine Reihe von dünnen Broschüren und ein kleiner Block, auf dessen oberstes Blatt sich verschiedene Nummern durchgedrückt hatten.

Über ihm atmete Mrs Foster scharf ein.

Er nahm den Block in die Hand und hielt ihn ins Licht. „Vermutlich hat sie das Blatt mit ihren Notizen mitgenommen, aber einige der Nummern kann ich dennoch entziffern." Als Nächstes zog er die Broschüren aus der Kiste.

„Gib die mir." Mrs Foster riss sie ihm aus der Hand und blätterte sie hastig durch. Von Broschüre zu Broschüre wurde ihre Atmung schwerer, mühevoller. „'err, 'ilf uns." Die Broschüren fielen zu Boden.

Paul hob sie wieder auf. Ein Dutzend Bilder sahen ihm entgegen. Ein Typ in einem Kanu, eine alte Eisenbahnstrecke, ein Doppeldecker, ein Segelboot, eine Hütte in den Wäldern, ein Rennauto und ein Foto vom Half Dome, dem berühmtesten Berg des Yosemite-Nationalparks. Er stand auf.

Mrs Foster presste sich die Hand auf den Mund, wodurch ihre Worte kaum zu verstehen waren. „Sie glauben doch nischt ... Sie würde es doch nischt wagen ..."

Paul legte den Papierblock auf den Stapel Broschüren und ging zum Telefon. Wenn er Maddie richtig kannte, würde sie es wagen. All das und noch mehr.

Er nahm einen Bleistift aus ihrem Schreibtisch und fuhr damit leicht über das oberste Blatt Papier. Die Zahlen waren nun deutlicher zu sehen. Er nahm den Hörer ab und wählte die oberste Nummer.

„Rigo's Taxi-Unternehmen. Roxy am Apparat. Was kann ich für Sie tun?"

Taxi. Paul formte das Wort lautlos mit seinen Lippen, damit Kelli und Mrs Foster Bescheid wussten, bevor er Roxy fragte, ob sie im Lauf des Vormittags jemanden von Maddies Adresse abgeholt hatten.

„Lassen Sie mich kurz nachsehen, Sir."

Paul wartete. Erst als er den Hörer vom rechten ans linke Ohr wechselte, bemerkte er, wie fest er ihn umklammert gehalten hatte.

„Sir? Ja, ich bin fündig geworden. Wir haben um 9:56 eine Frau von dieser Adresse abgeholt."

Instinktiv schaute Paul auf seine Uhr. Vor sechs Stunden. Warum nur war er nicht früher hergekommen?

„Wissen Sie, wohin sie gegangen ist? Wo Sie sie abgesetzt haben?"

Eine lange Pause begegnete seiner Frage. Erst nach einer ganzen Weile meldete sich die Frau wieder zu Wort. „Gibt es ein Problem, Sir?"

Paul rieb sich die Stirn und seufzte. „Nein, nicht wirklich."

Bevor er weitersprechen konnte, riss ihm Mrs Foster den Hörer aus der Hand. Sie starrte ihn böse an, dann sprach sie ins Telefon. „'allo. Mit wem spresche isch da bitte?" Sie wartete einen halben Atemzug lang, bevor sie weitersprach. „Ja, es gibt ein *problème*. Der medizinische Zustand des Mädschens, das Ihr Fahrer abgeholt hat, ist mehr als bedenklisch. Sie ist 'eute Morgen weggegangen, ohne jemandem Bescheid zu sagen und könnte in Gefahr sein. Isch bin mir sischer, Ihr Unternehmen möschte nischt verantwortlisch für ..." Sie wickelte sich die Telefonschnur um den Zeigefinger. „Sie können? *Oui*. Tun Sie das." Ruckartig zog sie ihren Finger aus den Windungen der Telefonschnur, legte ihre Hand auf das Mundstück und flüsterte Paul dann zu: „Die Frau funkt ihren Fahrer an. Wir sollten die Antwort gleisch 'aben. Man darf solschen Leuten nischt gestatten –"

Ihr Satz blieb unbeendet, stattdessen nahm sie die Hand vom Hörer. „*Oui*?"

Paul konnte hören, dass die Frau am anderen Ende der Leitung einen Schwall von Worten von sich gab.

Mrs Foster klackte mit den Fingernägeln auf der Tischplatte. „Das war alles, was er wusste?" Eine weitere Pause folgte. „*Merci*." Sie legte auf. Ihre Hände zitterten. Während sie die Tischplatte fest umklammerte, atmete sie tief ein. „Das Kind ist *fou*. Verrückt." Sie rieb sich die Schläfen. „Was soll isch nur tun?" Sie drehte sich zu Paul und Kelli um. „Das ist schlimmer, als isch erwartet 'atte."

Paul trat vor. Sein Herzschlag beschleunigte sich. „Wo ist sie?"

„Der Fahrer hat sie an einem Flugplatz abgesetzt."

Kelli schnappte nach Luft. „Das ist alles, was wir wissen?"

Paul starrte auf den hohen Stapel Broschüren unter dem Block. „Dann kann sie überall sein. Wirklich überall."

Und in diesem Moment wusste er, dass er sie verloren hatte.

Kapitel 18

Irgendetwas war nicht in Ordnung. Maddie konnte es anhand des Nebels spüren, der durch ihren Kopf waberte, anhand der Schmerzen, die durch ihren Körper wirbelten und ihre Schatten auf die Leinwand ihrer Träume warfen.

Ja, sie hatte geträumt. Von dunklem Wasser, geformt von Angst. Und vom Fliegen. Nein, das war real gewesen. Das Wasser war der Traum? Oder nicht? Und träumte sie immer noch?

Sie tat es. Schließlich konnte sie das Plätschern von Wasser hören. Oder war das nur ihr Atem, der sich in ihren Ohren so gleichförmig und rau anhörte? Im Hintergrund war ein leises Piepen zu hören. Und ein Geräusch wie das von Gummisohlen auf Fliesen.

Aber sie verhallten und ertönten nicht wieder. Sie hatten sie alleingelassen, hier, in diesem wässrigen Traum. Hier, wo Verwirrtheit sich mit Erinnerung vermischte. Wo sie an einen Ort zurückgewinkt wurde, an den sie nicht gehen wollte.

Paul ...

Aber er war nicht hier. Nicht hier, an der Grenze des Wassers.

Paul ...

Wenn sie nur seine Stimme hören könnte, die nach ihr rief. Nur noch ein einziges Mal.

Paul ...

Es war zu spät. Sie wusste das. Sie erinnerte sich. Genau wie damals. Als sie ein solcher Dummkopf gewesen war, und nicht nur das. Sie war verrückt gewesen – verrückt, ein ganzes Leben in wenige Woche pressen zu wollen, verrückt danach zu vergessen und den Schmerz in ihrem Herzen zum Schweigen zu bringen. Alles hatte sie an Paul erinnert.

Sie war allein. Jetzt. Damals.

Allein.

Maddie warf die Arme in die Luft und schrie sich die Seele aus dem Leib. Ihr Körper wurde nach links geschleudert, dann nach rechts. Ihr

Sitz sackte weg und sie flog – völlig frei. Der Wind schlug ihr ins Gesicht, ihr gellten die Ohren von all den Schreien und der Giant Dipper rüttelte sie kräftig durch.

Sie lachte, als der Zug der Achterbahn über eine Unebenheit hinwegsauste und dann in eine Haarnadelkurve einbog. Schon seit Jahren hatte sie vorgehabt, einen Ausflug zur Strandpromenade von Santa Cruz zu machen und dort mit der legendären Holzachterbahn zu fahren. Zu schade, dass jetzt Winter war und die Fahrattraktion nur am Wochenende geöffnet hatte. Aber zumindest war sie hier und fuhr mit der Achterbahn, von der Paul ihr erzählt hatte. Er hatte gesagt, es sei wie Fallschirmspringen während eines Erdbebens. Und das war es wirklich. Sie liebte es.

Wenn er sie jetzt nur sehen könnte. Der Zug ratterte einen weiteren Hügel hinunter und schoss dann kreischend in eine Linkskurve. Sie tastete nach der Sicherheitsstange und grinste. Dies war das fünfte Mal, das sie heute mit der Achterbahn fuhr. Und sie war fest entschlossen, noch fünf weitere Male zu fahren, bevor der Tag vorüber war.

Der Zug fuhr in die letzte Kurve ein und kam dann ruckartig zum Halt. Die Sicherheitsstange hob sich. Konzentriert legte Maddie ihre Hände auf die beiden Seiten des Wagens und tastete sich heraus. Sie zählte ihre Schritte, bis sie den engen Durchgang erreichte, der zur Strandpromenade führte. Der Weg war ihr vertraut. Die Rampe herunter, um die Ecke und zurück in die Schlange. Sie streckte die Hand aus und legte sie auf die Wand. Sie war rau und die Farbe blätterte ab.

Jemand schob sich unwirsch an ihr vorbei. Maddie stolperte und stieß sich den Ellbogen an der Brüstung. Sie hielt inne und rieb sich den schmerzenden Arm. Dann ging sie wieder los. Nach ein paar Schritten war sie an der frischen Lust. Der Geräuschpegel um sie herum war gigantisch. Über ihr Schreie von den Passagieren eines weiteren Zugs, der über die Schienen sauste. Das Geschrei von Möwen. Ein weinendes Baby. Das Getrommel von kleinen Füßen und eine Mutter, die rief: „Johnny, du kommst augenblicklich wieder her." Das Quietschen von Reifen. Ein Kinderwagen? Möglicherweise auch ein Rollstuhl. Und dazu der Duft von Zuckerwatte und Popcorn, der den Geruch des Meeres überdeckte.

Maddie bog um die Ecke, machte zehn Schritte, dann drei weitere und streckte die Hand nach der Brüstung aus, von der sie wusste, dass sie da war. Die Schlangen waren heute kurz. Sie ließ die Finger über die Brüstung gleiten, während sie am Gebäude entlanglief und auf die Öffnung zuging, die zu der Schlange im Inneren führte.

Ah ja, da war sie. Maddie lächelte, als über ihr ein weiterer Zug vorbeirumpelte. Das hier war eindeutig das Beste, was sie bisher getan hatte. Es war besser als diese Fahrt über die Rennstrecke auf dem Beifahrersitz eines Rennwagens, besser als ihre Wanderung entlang der deutlich markierten Wanderpfade des Redwood-Nationalparks, und sogar besser als eine Strandburg zu bauen, wie sie es an diesem Vormittag ganz in der Nähe des Wassers getan hatte. Auf einer Achterbahn machte es fast Spaß, blind zu sein. Nichts sehen zu können beeinträchtigte das Fahrvergnügen nicht. Es beeinträchtigte es nicht im Mindesten.

Maddie schob sich durch das Drehkreuz und entdeckte das Ende der Schlange. Zwar konnte sie das leuchtend rote T-Shirt der Person vor ihr nur als Farbfleck wahrnehmen, aber wenn sie direkt hinter ihr bliebe, würde sie es merken, wenn sich die Schlange vorwärtsschob. Sie legte ihre Fingerspitzen auf die Wand und wartete. Und wartete. Und wartete.

Vor zwei Tagen hatte sie sich fast entschieden, als Nächstes eine Heißluftballonfahrt zu machen, doch dann hatte sie sich an den Flug mit dem Doppeldecker zurückerinnert und beschlossen, dieses Abenteuer an sich vorüberziehen zu lassen. Jetzt war sie sehr froh darüber. Dieser Ausflug an die Strandpromenade war so viel besser. Ihr billiges Motel hatte die perfekte Lage. Es waren nur wenige Schritte bis zum Anfang der Strandpromenade und es gelang ihr mühelos, dorthin zu finden. Die Promenade selbst war breit und ordentlich, die Stufen zum Strand hinunter deutlich markiert und die Geräusche so klar und eindeutig, dass sie sich daran orientieren konnte. Und manchmal, wenn der Giant Dipper den höchsten Punkt erreichte, wenn sie kurz davor war, in die Tiefe zu stürzen, konnte sie sich fast einbilden, dass sie doch nicht blind wurde.

Eine Hand tippte ihr auf die Schulter. Vor Schreck sprang Maddie einen halben Meter in die Höhe, dann drehte sie sich um.

„Gehen Sie jetzt oder was?“

Maddie blinzelte den Besitzer der harschen Stimme verdutzt an. Vermutlich handelte es sich um eine Frau. Eine, die die Sanftheit ihrer Stimme weggeraucht hatte und der nichts als dieses tiefe Rasseln geblieben war.

„Also was ist jetzt?"

Maddie runzelte die Stirn. „Wie bitte?" Sie drehte sich wieder um. Der rote Farbklecks war immer noch vor ihr. Die Person hatte sich nicht einen Zentimeter weiterbewegt.

„Ach was soll's ..." Die raue Stimme stöhnte genervt und stürmte an ihr vorbei.

„Hey!" Maddie streckte die Hand aus und berührte die Person vor sich. Der rote Stoff bebte und fiel dann zu Boden. Sie schnappte nach Luft.

„Erzählen Sie mir nicht, Sie hätten darauf gewartet, dass diesem Mantel Beine wachsen und er läuft?" Die Stimme kam jetzt von vorne und bewegte sich von ihr weg.

Maddies Magen rutschte ihr in die Kniekehlen. Vor ihr war gar keine Schlange, sondern nur ein roter Mantel, den irgendjemand zwischen Wand und Geländer geklemmt hatte. Der Wind hatte ihn aufgeplustert und sie glauben gemacht ... Sie biss sich auf die Unterlippe und hastete weiter, bis sie eine andere Farbe sah. Diesmal war es gelb. Maddie drehte ihren Kopf möglichst unauffällig nach links und nach rechts, bis sie genug sah, dass sie sich sicher sein konnte, dass es sich wirklich um einen Menschen handelte. Und wenn sie richtig riet, handelte es sich um die Frau, die hinter ihr gestanden hatte.

Die Frau knurrte warnend. „Ich geb meinen Platz ganz bestimmt nicht auf. Wenn Sie nicht gehen, wenn Sie gehen müssen, verlieren Sie Ihren Anspruch. So ist das nun mal."

So ist das nun mal. Maddie schluckte schwer und wandte sich ab. *Ich hasse das. Ich hasse es, blind zu werden.* Selbst die Achterbahn konnte diesen Schmerz nicht wegrütteln.

Sie verdrängte den Gedanken. Vor Selbstmitleid zu zerfließen, würde ihr nicht helfen. Das wusste sie. Malcolm hatte sich in Selbstmitleid gesuhlt. Und wozu hatte das geführt?

Einen kurzen Augenblick lang hatte Maddie Paul klar vor Augen, seinen Blick, aus dem einem der Schalk entgegensprang, seine zu einem neckischen Grinsen verzogenen Lippen. Ihr schnürte sich die Kehle zu.

Er wäre mitgekommen, wenn ich ihn gefragt hätte.

Aber sie hatte ihn nicht fragen können. Es ging einfach nicht. Nicht nach jener Nacht am Lagerfeuer. Es war ihm gegenüber nicht fair. Und ihr selbst gegenüber auch nicht. Allerdings würde sie bald zurückkehren und sich ihm stellen müssen. Dann würde sie diesen bestimmten Tonfall aus seiner Stimme heraushören. Den, der ihr unmissverständlich zu verstehen gab, dass sie sich töricht und dumm verhielt. Der ihr bedeutete, dass die Dinge sich geändert hatten, dass ihre Freundschaft am Ende war. Schließlich liebte er sie nicht wirklich.

Aber noch musste sie nicht zurückkehren. Musste sich dem nicht stellen. Ihm nicht stellen. Es gab noch eine Sache, die sie zuvor tun musste.

Maddie wandte ihr Gesicht der Fensteröffnung in der Wand zu und atmete die salzige Meeresluft ein. Nein, sie war noch nicht am Ende angelangt. Morgen würde sie zu ihrem letzten Abenteuer aufbrechen. Und dann ...

Der gelbe Farbklecks vor ihr bewegte sich und Maddie folgte ihm. Als die Schlange sich teilte, suchte sie sich ihren Weg zu der Absperrung, die zum hintersten Zugwagen führte. Der Bahnsteig vibrierte. Das Getöse des Zugs ertönte. Ein Quietschen, dicht gefolgt von einem Fauchen, und Maddie wusste, dass die Wagen vor ihr zum Halt gekommen waren.

Sie wartete, bis sie Getrampel vernahm und hörte, dass die anderen einstiegen. Dann erst folgte sie ihrem Beispiel. Die Hände vorsichtig auf die Ränder der Öffnung gelegt. Ein Schritt vorwärts. Umdrehen, hinsetzen, die Sicherheitsstange herunterziehen. Ein Pfeifen. Und dann schoss der Zug vorwärts, tauchte in die völlige Dunkelheit ein. Schneller, immer schneller.

Diesmal lachte Maddie jedoch nicht. Sie kreischte auch nicht. Sie lächelte noch nicht einmal.

Diesmal dachte sie die ganze Zeit über an Paul und daran, dass er hätte bei ihr sein müssen. Dass er es niemals sein würde. Niemals wieder. Es hatte nicht sein sollen.

Hätte es einen Unterschied gemacht, wenn ich nicht erblindet wäre? Wäre aus uns jemals mehr geworden als nur gute Freunde?

Paul hatte niemals zuvor etwas so Seltsames gesehen wie Isabelle Foster, die ihr Gesicht in den Händen vergrub und weinte. Sie saß auf der Couch, wischte sich immer wieder mit einem Taschentuch über die

Augen und schniefte vor sich hin. Und allem Anschein nach gab es nichts, was Paul hätte tun können, um dem ein Ende zu setzen.

Mrs Foster war drei Tage lang wütend geblieben. Hatte ihm für alles die Schuld gegeben – von Maddies Verschwinden bis hin zu ihrer Erblindung. Dann hatte sie angefangen zu weinen. Und nicht mehr aufgehört.

Trotzdem verbrachte Paul jede Mittagspause in Maddies Apartment und schaute jeden Abend nach der Arbeit noch einmal dort vorbei. Obwohl das bisher nichts gebracht hatte. Überhaupt nichts. Er griff nach dem Telefon. Erneut. Dies war nun schon das dritte Mal, dass er die Heißluftballonfirma anrief. Am Tag von Maddies Verschwinden hatte er alle Nummern aus Maddies Broschüren durchtelefoniert. Nur der Doppeldeckerpilot hatte mit ihr zu tun gehabt, aber er konnte ihm nicht sagen, wohin sie gegangen war. Allerdings schien der Mann recht erzürnt darüber zu sein, dass Maddie ihm nicht gesagt hatte, dass sie mit Reiseübelkeit zu kämpfen hatte.

Paul lächelte. Sie war wirklich mutig, diese Maddie. Doppeldeckerflüge, Kajaktouren und wer weiß was noch. Eine Frau müsste schon überaus wagemutig sein, um das alles allein zu machen. Aber er hatte immer gewusst, dass sie das war. Das war eine der Eigenschaften, die er an ihr liebte. Und eine der Eigenschaften, die ihn in den Wahnsinn trieb, vor allem in letzter Zeit. Er lehnte sich auf seinem Stuhl zurück und wählte die Nummer.

Jetzt ergab es auch einen Sinn, warum Maddie so wütend geworden war. Es lag nicht in ihrer Natur, von jemandem abhängig zu sein oder bedürftig. Und dennoch hatte die fortschreitende Erblindung sie dazu gezwungen und er in gewisser Weise auch.

Das Telefon klingelte und klingelte.

Wenn es nach ihm gegangen wäre, hätte er Maddie vielleicht ihre Abenteuer erleben lassen, anstatt zu versuchen sie aufzuhalten und nach Hause zu holen. Er hätte diesen Hörer womöglich einfach wieder aufgelegt und nicht versucht, sie zu finden. Aber Mrs Foster hatte bis ins quälendste Detail hinein jede Kleinigkeit beschrieben, die eventuell schiefgehen könnte. Jede der über hundert Arten, wie Maddie sich verletzen, verloren gehen oder getötet werden könnte. Und so telefonierte er die Nummern auf den Broschüren durch. Wieder und wieder und wieder. Natürlich, er sorgte sich auch um Maddie. Aber es war, wie sie ihm gesagt hatte: Sie konnte für sich selbst sorgen. Er wünschte nur, sie hätte ihn mit sich kommen lassen. Vielleicht hätte sie das sogar getan, wenn es jene Nacht am Strand nicht gegeben hätte, wenn er ihr nicht gesagt hätte, dass er sie liebte und dann davongegangen wäre.

Am anderen Ende der Leitung nahm jemand ab. „Hallo? Wagen Sie eine Fahrt in Petes Heißluftballons. Was kann ich für Sie tun?"

Paul erkannte die Stimme des Mannes wieder und räusperte sich verlegen. „Hallo, ich habe mich gefragt, ob Sie vielleicht eine Kundin namens Maddie oder Madison –"

Der Mann fiel ihm unwirsch ins Wort. „Sie ist nicht hier. Genauso wenig, wie sie es gestern oder vorgestern war."

„Es tut mir leid, dass ich Sie damit behellige."

Mrs Foster wischte sich wieder die Augen, dann stand sie auf und trat ans Fenster.

Der Tonfall des Mannes verschärfte sich. „Ich habe Ihre Nummer. Sobald sie hier auftaucht, rufe ich Sie an, okay? Und ich sage ihr, dass ihr Vater sie sucht."

Paul schnitt eine Grimasse. „Ich bin nicht ihr Vater."

„Sie hören sich aber ganz danach an." Der Mann legte auf.

Mrs Foster drehte sich zu Paul um. „Sie ist nischt dort." Das war keine Frage.

Paul seufzte. „Nein." Er legte den Hörer zurück auf die Gabel, nahm ihn jedoch gleich wieder ab.

Kelli kam mit einem Becher Tee in der Hand aus der Küche. Dampf stieg von ihm auf, als sie ihn zu Mrs Foster hinübertrug. „Zwei Stücke Zucker und ein Schuss Milch."

Mrs Foster nahm den Becher entgegen, lehnte sich dann vor und klammerte sich mit einer Hand an der Fensterbank fest. Ihre Stimme senkte sich zu einem schmerzerfüllten Flüstern. „Das ist meine Schuld." Es war das erste Mal, dass sie das sagte, das erste Mal, dass sie sich selbst auch nur die geringste Schuld zuschrieb.

Kelli legte Maddies Mutter eine Hand auf die Schulter. „Mrs Foster." Die ältere Frau ließ die Fensterbank los und schüttelte den Kopf. „*Non.* Isch kann es nischt abstreiten. Isch 'abe sie dazu getrieben. Isch 'ätte ihr sagen sollen ..." Ihr Atem stockte. „Isch 'ätte ihr die Wahr'eit sagen sollen."

„Die Wahrheit?“ Paul ließ den Hörer auf die Gabel sinken, ohne eine weitere Nummer gewählt zu haben. „Die Wahrheit worüber?“

Mrs Foster schluckte schwer und zeigte dann auf das Telefon. „Rufen Sie noch einmal bei der Rennbahn an.“

„Das habe ich schon.“

Seufzend rieb sie sich ihren Nasenrücken. „Der Wildwasserrafting-Verein?“

„Hat Winterpause.“

„Vielleischt liegen in ihrem Zimmer noch mehr Broschüren versteckt.“

„Von was für einer Wahrheit haben Sie geredet?“

„Vielleischt 'at sie in ihrem Kleiderschrank noch welsche versteckt.“

„Da habe ich schon nachgesehen.“

Mrs Foster stellte ihren Becher ab, richtete sich zu voller Größe auf und drehte sich zu Paul um. „Se'en Sie erneut nach, *monsieur.*“

Seine Augenbrauen schossen in die Höhe.

„*S'il vous plaît.* Bitte.“

Er schob die übrigen Broschüren beiseite und stand auf. „Hören Sie, es ist eindeutig, dass Maddie nicht gefunden werden will. Warum lassen wir sie nicht einfach in Ruhe? Sie wird bestimmt bald zurückkommen.“

Mrs Fosters Körper versteifte sich. „Sie wissen über'aupt nischts 'ierüber.“

„Ich kenne Maddie.“

„Tun Sie das wirklich?“

„Ja.“

Ihre Augen wurden schmal. „Und wissen Sie auch, wie es ist, blind zu werden?“

Er schaute weg und setzte sich wieder. „Natürlich nicht.“

Sie entfernte sich vom Fenster und kam auf ihn zu. Erst wenige Zentimeter vor seinem Stuhl kam sie zum Halt. „Dann lassen Sie misch Ihnen eins sagen. Isch 'abe meinen Sohn in Ru'e gelassen. Und jetzt 'abe isch keinen Sohn mehr. Isch werde nischt zulassen, dass der gleische Fehler noch einmal gemacht wird.“

„Aber Maddie hat gesagt ...“

„Maddie weiß nischt –“ Sie brach mitten im Satz ab und drehte sich weg.

Er wartete, aber sie sprach nicht weiter. Also ergriff Paul schließlich das Wort. „Weiß was nicht, Mrs Foster?"

Es dauerte einen Moment, bevor sie antwortete. Aber sie redete nicht mit ihm, sondern mit der Wand, der Luft, irgendeiner unsichtbaren Person, die nur sie kannte. „Madison weiß nischts. Über'aupt nischts." Erst jetzt wandte sie sich um. „Se'en Sie noch einmal nach, bitte. Wir müssen sie finden."

Paul nickte, erhob sich und ging über den Flur in Maddies Zimmer. Er schaltete das Licht an. Es war merkwürdig, dass Mrs Foster nicht selbst nachsah. Sie hatte auch keinen der Anrufe selbst getätigt. Es war, als könne sie es nicht. Als würde ein unabsehbarer Schaden entstehen, wenn sie es täte. Paul betrat Maddies Zimmer und schloss die Tür hinter sich. Irgendetwas an dieser Frau war merkwürdig. Es war nicht nur Maddies Blindheit, die ihr Angst machte.

Er durchquerte das Zimmer und öffnete eine der Schubladen von Maddies Kommode. Langsam durchstöberte er ihre Pullover, dann ihre perfekt zusammengelegten T-Shirts. Ihr Lieblings-T-Shirt fehlte. Das verwaschene mit dem Gänseblümchen auf der Vorderseite. Ein paar andere waren auch weg. Er ließ seine Hand einen Moment lang auf dem obersten T-Shirt liegen. Es war grün und hübsch. Er erinnerte sich noch gut an das letzte Mal, dass sie dieses Oberteil getragen hatte. Sie waren Pizza essen gegangen und hatten sich den neuesten Bond-Film angesehen. Seine Finger streichelten den Stoff. Er hätte sie in jener Nacht geküsst. Wenn sie nur nicht ausgerechnet an diesem Abend entdeckt hätte, dass sie blind wurde. Damals hatte sich alles geändert.

Paul nahm das T-Shirt aus der Schublade, setzte sich auf den Fußboden und hob den weichen Stoff an sein Gesicht. Er roch immer noch nach Parfüm. Paul seufzte. Die Dinge hätten anders laufen sollen. Er hätte anders sein, schneller handeln sollen. Er hätte erkennen müssen, was sich direkt vor seinen Augen befand, bevor es zu spät war. Wenn er das getan hätte, hätte es einen Unterschied gemacht? Wäre er dann jetzt bei ihr, anstatt zu versuchen, sie ausfindig zu machen? Hätte sie seinen Kuss erwidert?

Er warf das T-Shirt zurück in die Schublade und stieß sie zu. Kein Wunder, dass Mrs Foster das nicht machen wollte. Es hatte zu viel Ähnlichkeit mit dem, was Angehörige nach einer Beerdigung taten. Die Kleidungsstücke des Toten durchzugehen, die Schränke, die

Schubladen. Dinge zu berühren und sich zu erinnern. Er schüttelte den Gedanken energisch ab und stand auf.

Maddie war nicht tot. Ihr ging es gut. Und sie würde zurückkommen. Daran hatte er keinen Zweifel. Er zog eine weitere Schublade auf und durchsuchte ihre Tops, Schlaghosen und Socken. Nichts.

Ratlos schlenderte er zu ihrem Schreibtisch hinüber und zog die Schublade auf. Darin waren sich nur Stifte und ein Stapel liniertes Papier. Er nahm die Blätter raus und hielt inne. Darunter lag das kleine blaue Lesezeichen, das er ihr geschenkt hatte, als sie ihre erste Zwei in Physik geschrieben hatte. Er legte den Papierstapel auf die Arbeitsfläche des Schreibtischs und lächelte. Das Lesezeichen war ein Beileidsgeschenk gewesen. Die arme Miss ‚Ich-schreibe-immer-nur-Einser' hatte eine Zwei minus geschrieben. Paul griff nach dem Lesezeichen und las den Spruch darauf. „Gott ist auch in Zeiten der Dunkelheit bei dir." Kein Wunder, dass sie das Lesezeichen unter den Papierstapel geschoben hatte. Damals war es witzig gewesen. Aber jetzt ...

Er runzelte die Stirn und fuhr mit dem Daumen über die glatte Oberfläche des Lesezeichens. Die Worte hoben sich in leuchtend gelber Schrift von einem grünblauen Hintergrund ab. Ein Wasserfall floss durch die Mitte des Bildes. Er kniff die Augen zusammen und las die winzige Bildunterschrift. *Die Bridal Veil Falls im Frühling.*

Paul umklammerte den Papierstreifen fester und drehte sich dann langsam zu dem Bild an der gegenüberliegenden Wand um. Der Yosemite-Nationalpark. Im Winter.

Er wusste, wohin sie verschwunden war.

Kapitel 19

Maddie drückte ihre Hand gegen das Hüttenfenster und schloss die Augen. Es war kalt draußen, aber nicht zu kalt. Noch nicht. Sie öffnete ihre Augen. Das Licht, das durch das Fenster in die winzige Hütte fiel, die sie für das Wochenende gemietet hatte, war noch hell genug. Sie berührte den groben Vorhangstoff. Ihr blieb noch genug Zeit, bevor die Nacht anbrach. Wenn sie jetzt losging, könnte sie es schaffen. Sie könnte es machen. Und morgen würde sie dann vielleicht nach Hause zurückkehren. Oder auch nicht.

Vielleicht würde sie noch ein, zwei weitere Tage hier bleiben, in dieser Hütte am östlichen Rand des Yosemite Valley. Was hatte sie schließlich zu verlieren? Sie hatte keinen Grund, so schnell wie möglich nach Hause zurückzukehren. Es gab dort schließlich nichts, was sie erwartete. Nichts, außer noch mehr Verlust. Und jetzt war sie hier, bereit für ihr letztes großes Wagnis. Und vielleicht würde dieses es irgendwie, auf irgendeine Art und Weise schaffen, diese schwarze Leere der Angst in ihrer Seele zu füllen. Vielleicht würde diesem Wagnis gelingen, was keines ihrer anderen Abenteuer geschafft hatte – sie vergessen zu lassen, zumindest einen Moment lang. Vielleicht könnte dieser Ausflug ihr Herz heilen.

Das kann nur Gott …

Sei still!

Sie wollte nicht über Gott nachdenken, über ihre Fragen, ihre Zweifel. Nicht hier, wo ihre letzte Herausforderung auf sie wartete.

Sie bewegte ihre Finger, bis ihre Haut quietschend über die Glasscheibe fuhr. Irgendwo da draußen stürzte Wasser die Yosemite Vernal Falls hinunter. Es fiel in die Tiefe und gefror zu Millionen Eistropfen. Und wenn die Sonne herauskam, konnte man die Reflektion von Dutzenden Regenbogen auf dem zu Schnee gewordenen Wasser sehen, das sich am Fuß der Wasserfälle ansammelte. Es war ein Anblick für die Ewigkeit. Ein einmaliges Schauspiel. Das hatte zumindest der Mann behauptet, der sie und eine Horde anderer Schneeschuhfahrer an diesem Vormittag durch das Tal geführt hatte. Er hatte ihnen davon erzählt, sie aber nicht hingeführt. Stattdessen war er auf halbem Weg stehen geblieben, hatte sich umgedreht und sie zurückgeleitet. Nur ein flüchtiger Kommentar zu dem, was vor ihnen lag, mehr war ihnen nicht vergönnt gewesen.

Und so hatte sie nichts gesehen, nichts gehört als das Rauschen des Merced River, der unter einer Holzbrücke hindurchfloss und irgendwo hinter den Bäumen verschwand. Sie konnte den Fluss immer noch hören, wie er gegen die Felsen klatschte, wie er sie dazu aufrief, seinem Gesang zu folgen und sich auf den Weg zu seinem Ursprung zu machen, zu den Wasserfällen.

Sie erinnerte sich an den Weg. Vorsichtshalber hatte sie die Schritte gezählt. Genau auf die Windungen und Kreuzungen geachtet. Sie konnte zu der Stelle zurückfinden. Wenn sie es wollte.

Und das wollte sie. Deshalb war sie schließlich hergekommen. Aus diesem Grund hatte sie dieses Dorf als Basisstation gewählt. Deshalb hatte sie das Bild gekauft, das in ihrem Apartment in Palo Alto hing. Sie konnte nicht zurückkehren – würde nicht zurückkehren – bevor sie am Fuß dieser Wasserfälle gestanden und gefühlt hatte, wie der gefrorene Nebel über ihr Gesicht streifte, bevor sie das herabfallende Wasser zumindest ansatzweise gesehen hatte.

Maddie lehnte sich vor, bis sie die Kühle des Fensters an ihrer Stirn spürte. Sie hatte noch Zeit. Die Möglichkeit, eine weitere Sache zu machen. Sich zu beweisen, dass sie es konnte. So zu tun, als wäre sie normal und alles so, wie es sein sollte. Sie konnte dem Ruf des Wassers folgen, bevor es zu spät war. Diesen einen letzten Traum konnte sie sich noch erfüllen.

Und dann ...

Sie trat vom Fenster zurück, stülpte sich ihre Handschuhe und ihre Mütze über, schloss den Reißverschluss ihrer neuen Daunenjacke und band ihre Stiefel zu. Dann öffnete sie die Hüttentür und ging nach draußen.

Schnee fiel vom Himmel. Feine Flocken benetzten ihre Wimpern, kühlten ihre Wangen in Sekundenschnelle aus. Sie streckte die Hand aus, sodass die herabrieselnden Schneekristalle darauf landeten. Es war nur ein leichter Schneefall. Keine große Sache. Für den nächsten Morgen war ein Sturm angekündigt. Aber der Morgen war noch weit weg. Und außerdem musste man hin und wieder mal ein Risiko eingehen, die letzten Strahlen des Lichts – des Lebens – einfangen, solange man das noch konnte. Sie konnte es. Jetzt. Bevor der Sturm aufzog. Jetzt, solange die Nachmittagssonne noch durch die Wolken schien und farbintensive Regenbogen über die Wasserfälle warf, die zu sehen sie nicht in der Lage war.

Sie stampfte mit ihren Stiefeln mehrfach auf und tastete dann nach den Schneeschuhen, die sie an die Hüttenwand gelehnt hatte. Um sie anzuziehen, musste sie sich hinhocken. Das waren vielleicht unbequeme Dinger. Ihre Beine fühlten sich mit ihnen gute fünf Kilo schwerer an. Sie waren geliehen und nicht von besonders guter Qualität. Aber sie funktionierten. Und sie ermöglichten es ihr, diese eine letzte Sache zu machen, von der sie immer geträumt hatte.

Maddie stand auf, schloss die Augen noch ein weiteres Mal und visualisierte den vor ihr liegenden Weg. Dreißig Schritte, dann nach links drehen, dann weiter bis zu dem Weg, an dem sich ein Führungsseil entlangzog. Zweihundertfünf Schritte später würde sie sich ins freie Gelände begeben und dem Weg folgen, der zum Fuß der Vernal Falls führte. Sie würde sie von dort aus finden. Es war einfach, einem Weg zu folgen, der inmitten von Felsen und Bäumen verlief.

Maddie lächelte. Sie zog ihre Mütze weiter herunter, stülpte die Kapuze darüber und begann zu zählen. Ein Schritt. Zwei. Die Luft war klar, belebend. Siebzehn, achtzehn. Was Paul wohl sagen würde, wenn er sie jetzt sehen könnte? Was würde ihre Mutter sagen? Sie schnitt eine Grimasse. Ihre Mutter würde ausrasten, sich in einen Wutanfall hineinsteigern. Es war besser, dass sie nicht Bescheid wusste. Gut, dass Maddie nicht auf sie gewartet hatte, um sie persönlich von ihren Plänen in Kenntnis zu setzen.

Auf der Straße hinter ihr rumpelte ein Laster vorbei. Und in der Ferne vermischten sich Stimmen mit lautem Gelächter. Anscheinend war die Schlittschuhbahn gut besucht. Irgendjemand rief etwas. Ein anderer antwortete in der gleichen Lautstärke. Sie konnte die einzelnen Wörter nicht ausmachen, aber sie konnte sagen, dass die Rufer sich von ihr wegbewegten. Eine Tür schlug zu. Irgendetwas knarrte.

Dreißig. Sie drehte sich nach links. Ihre Schneeschuhe sackten tiefer in den Schnee ein. Maddie ging unablässig weiter und zählte. Der Einfallswinkel des Lichts verriet ihr, dass sie sich weiter östlich halten musste. Sie korrigierte ihre Schritte. Der Schnee unter ihren Füßen wurde fester. Er schien höher zu liegen als am Vormittag. Es fiel ihr schwerer, ihre Füße zu heben und einen Schritt vor den anderen zu setzen. Aber sie stampfte weiter. Langsam. Beharrlich. Bis ihr Atem stoßweise kam.

Sie konnte dunkle Flecken im Schnee ausmachen – Steine oder heruntergefallene Äste. Scheinbar war sie wieder in Richtung Norden abgedriftet. Der Schnee war hier weicher, aber sie stampfte weiter. Nach einigen Schritten wurde der Schnee wieder fester. Sie grinste und nahm einen Schluck aus der Wasserflasche, die um ihren Hals hing.

Ihre Füße hatten zu dem festgetrampelten Pfad zurückgefunden. Sie beschleunigte ihre Schritte. Der Himmel schien wolkenverhangen zu sein – es war nämlich dunkler, als es zu dieser Tageszeit hätte sein sollen. Eigentlich müssten vor ihr noch einige Stunden Tageslicht liegen. Aber Maddie hatte den Eindruck, dass es jetzt schon zu dämmrig, zu grau war.

Irgendwo zu ihrer Linken hörte sie den Aufprall einer Ladung Schnee, die anscheinend von einem der Bäume gerutscht war, und den Ruf eines Blauhähers, dem kurz darauf aus der Ferne ein zweiter antwortete. Der Pfad verengte sich. An beiden Seiten rückten die Bäume näher. Sie erinnerte sich an diesen Abschnitt. Kurz danach waren sie umgekehrt. Wenn sie immer weiter ginge, müsste sie folglich in einer guten halben Stunde am Fuß der Wasserfälle ankommen – vielleicht auch etwas später.

Sie ging schneller. Es war so schade, dass Malcolm jetzt nicht bei ihr sein konnte. Er hätte den Yosemite-Nationalpark geliebt, die Kälte hingegen gehasst. Ein trauriges Lächeln umspielte ihre Lippen. Sie hatten immer davon gesprochen, eines Tages den Half Dome zu erklimmen. Im Sommer, natürlich. In einem Frühjahr hatten sie sogar konkrete Pläne geschmiedet. Hatten Broschüren angefordert, die über Unterbringungsmöglichkeiten informierten. Hatten die winzigen gepunkteten Linien auf den Karten studiert, die ihnen verrieten, wie die Wanderwege verliefen. Hatten geplant, was sie zu essen mitnehmen wollten, und sich ein billiges Zelt gekauft. Maddie besaß dieses Zelt immer noch. Es versteckte sich irgendwo in den Tiefen ihres Bostoner Kleiderschranks. Malcolms Zelt, das sie nicht einmal benutzt hatten.

Ihr Arm streifte einen Ast zu ihrer Rechten. Sofort ergoss sich eine Ladung Pulverschnee über ihre Schulter. Sie ging weiter nach links.

Ich wünschte, du wärst hier, Malcolm. Ich wünschte, du hättest nicht ... Ich wünschte, Mama hätte nicht ...

Maddie schob den Gedanken mit aller Macht beiseite und widmete sich stattdessen einer besseren, früheren Erinnerung. Sie hetzte hinter Malcolm her die Klippen am Moshup Beach hoch. Sie mit ihren kurzen Kleinmädchenbeinen, er mit seinen langen Teenagerstelzen. Unter ihren Tritten lösten sich etliche Kieselsteine und stürzten über den Abgrund. Malcolm blieb stehen, drehte sich um und rief ihr zu: „Leg mal einen Zahn zu, Winzling." Seine Stimme schien von den Klippen widerzuhallen. „Von hier oben aus kannst du die ganze Welt überblicken."

Neugierig hatte sie das Tempo erhöht, bis sie ihn eingeholt hatte. Und sie hatte tatsächlich die ganze Welt überblicken können. Weit übers Wasser hinaus. Bis in die Unendlichkeit.

Malcolm hatte ihr den Arm um die Schultern gelegt und mit einem Grinsen auf den Lippen zu ihr heruntergeschaut. „Du bist echt in Ordnung, Winzling. Und lass dir von niemandem etwas anderes einreden."

In diesem Moment hätten sie die Stimme ihrer Mutter vernommen. Sie hatte vom Ufer aus zu ihnen hinaufgebrüllt. Verlangt, dass sie augenblicklich wieder herunterkamen. Irgendwelche Regeln zitiert, denen zufolge es verboten war, die Klippen zu erklimmen – Regeln, die sie nicht das Mindeste interessiert hatten – und düstere Warnungen ausgestoßen, welch schlimme Konsequenzen ein Sturz von den Felsen haben würde.

Nun, sie waren nicht abgestürzt. Stattdessen waren sie wieder nach unten geklettert, verschwitzt und glücklich, und den Strand entlanggerannt, bis die Stimme ihrer Mutter nicht mehr zu hören war.

Maddie blieb stehen und seufzte. Nein, sie waren nicht abgestürzt. Zumindest nicht an jenem Tag. Der Absturz war erst später gekommen. Sehr viel später. Aber es war besser, diesem Gedanken nicht ausgerechnet jetzt nachzuhängen.

Sie kämpfte sich weitere zwanzig Schritte durch den Schnee, dann blieb sie stehen. Es war kälter als zuvor und dunkler. Sie ging einen Schritt weiter. Ihr Fuß versank knietief im Schnee. Sie zog ihn heraus und versuchte es weiter rechts erneut. Aber der Schnee war immer noch zu weich, zu puderig. Maddie runzelte die Stirn. Eigentlich hätte sie inzwischen am Fuß der Wasserfälle angelangt sein müssen. Aber das war sie nicht. Langsam drehte sie sich im Kreis. Der Weg war nicht dort, wo sie ihn vermutete. Sie ging zurück und bewegte sich auf einen Lichtflecken zwischen den Bäumen zu.

Ihr Fuß rutschte ab. Der Boden gab nach. Sie erlangte gerade noch rechtzeitig ihr Gleichgewicht wieder und schob sich zurück. Das war nicht der Weg. Es war eine Schlucht.

Wieder drehte sie sich um und schob sich vorsichtig nach vorne. Ein Ast zerkratzte ihr das Gesicht und riss ihr die Kapuze vom Kopf. Sie setzte sie wieder auf, bevor sie den linken Arm ausstreckte, um die Umgebung zu erkunden. Ihr Ärmel streifte die weichen Nadeln einer Kiefer. Sie drehte sich nach rechts und schob wieder den Arm vor. Ihre Hand versank zehn Zentimeter im Schnee. Ein Felsbrocken, ganz in Weiß gehüllt. Wieder drehte sie sich um. Noch ein Baum. Links. Drei Schritte. Ihr Fuß stieß gegen etwas Hartes im Schnee. Sie stolperte vorwärts. Und fiel.

Ihr Rücken knackte. Ihre Handschuhe steckten metertief im Schnee. Feuchtigkeit durchdrang den Stoff an ihren Knien. Ihre Hände tasteten sich vor, bis sie gegen etwas Festes, Dunkles stießen. Ein umgestürzter Baumstamm. Und daneben ein weiterer Felsen.

Maddie kämpfte sich auf die Füße. Sie zitterte am ganzen Körper. Der Weg war verschwunden. Ihre Arme bebten. Sie stolperte vorwärts. Wieder der Felsbrocken. Und zurück. Bäume. Nichts als Bäume.

Der Schnee fiel inzwischen in dicken Flocken. Immer schneller, immer dicker. Sie hielt den Atem an und lauschte angestrengt. Kein Wasserrauschen, keine Autogeräusche oder menschliche Stimmen. Nichts als Stille und Schneegestöber. Sie sank zu Boden und lehnte sich an den Felsen.

Ich hab mich nicht verirrt. Ich kann mich nicht verirrt haben. Oh Gott … bitte nicht.

Und dann brach die Nacht über sie herein. Und mit ihr der Sturm.

Eine tödliche Kälte erfasste Maddies Füße, kroch ihre Beine hinauf. Durchdrang ihre Ellbogen, zog sich durch ihre Arme. Sie breitete sich in ihren Knochen aus, ihrem Gehirn, gefror an der Stelle, an der ihr

Atem auf nackte Haut traf. Aber das war damals gewesen. Jetzt war es nicht kalt. Nicht hier in dieser Dunkelheit, in diesem merkwürdigen Zimmer, in dem die beklemmende Stille nur von dem komischen Piepen durchbrochen wurde, das irgendwo jenseits der Schwärze herkam. Trotzdem fühlte sie sie noch. Ranken aus Eis. Die höher wucherten. Die sich zuzogen. Sie würgten.

Das ist nicht jetzt.

Aber das war es doch. Ihr war kalt. So kalt.

Ich sterbe.

Das Piepen verlangsamte sich. Ihre Atmung verlangsamte sich. Sie konnte ihre Zehen nicht mehr spüren. Genauso wenig wie den Rest ihrer Füße. Sie waren verschwunden. Alles war verschwunden. Außer der Kälte. Dem Eis. Dem Schnee, der sie wie eine Decke einhüllte. Und dicker wurde.

Und dann war sie wieder dort. In den Wäldern des Yosemite-Nationalparks. Zurück in dieser Zeit, in der es dunkel wurde, der Schnee ohne Unterlass fiel und es nichts gab, was sie zurück ins Warme und ins Licht führen konnte. Sie hatte ein kleines Loch gegraben, links und rechts von sich Schneehaufen aufgetürmt. Dann hatte sie sich mit dem Rücken an den Felsen gelehnt und gehofft, dass die Zweige über ihr sie von dem Schnee abschirmen würden. Beinah taten sie es.

So kauerte sie dort. Inmitten der Kälte und Finsternis. Und wartete.

Benommenheit überfiel sie. Und Teilnahmslosigkeit. Sie brauchte dringend Schlaf, aber sie konnte nicht schlafen. Das Bett war zu hart. Ein Fenster stand offen. Sie sollte es zumachen. Nein. Augenblick mal. Das hier war nicht ihr Zimmer. Es war ... sie war ... Sie konnte sich nicht erinnern. Warum war es so kalt?

Ich habe mich im Sturm verirrt.

Nein. Da war kein Sturm.

Aber warum war es dann so kalt, so nass? Und dieses Geräusch ... es klang, als heulte der Wind in den Bäumen. Der Kunstfellkragen ihrer Jacke kitzelte sie an der Wange. Sie öffnete die Augen, sah aber nichts, nicht einmal Schatten. Der Schnee um sie herum war vereist. Und es schneite immer noch. Er landete über ihr in den Ästen und ab und an ergoss sich eine Ladung über sie. Sie zog die Beine enger an ihre Brust, aber das half nichts. Die Kälte durchdrang immer noch jede Faser ihres

Seins; ihre Arme und ihr Rückgrat wurden von einem Kälteschauder nach dem anderen durchlaufen.

Der Sturm sollte nicht vor morgen früh aufziehen.

Vielleicht war schon Morgen. Vielleicht hatte ihr Sehvermögen sie jetzt vollends im Stich gelassen. Aber nein, es konnte noch nicht Morgen sein. Es war immer noch Nacht. Dunkel. Schwarz. Frostig.

Über ihrem Kopf ächzten und knackten die Äste. Ihre Füße waren taub.

Niemand wird mich finden. Niemand weiß, dass ich hier bin.

Ihr schnürte sich die Kehle zu. Verzweifelt schnappte sie nach Luft. Das schmerzte, als schlitze ein Messer ihr Brustbein auf. Sie zwang sich zu einem weiteren Atemzug. Es war, als habe sie Tausende kleine Glassplitter geschluckt.

Gott, hilf mir. Rette mich …

Jetzt betete sie demütig. Jetzt flehte sie um Hilfe. Die Fragen waren verschwunden, genauso die Stimme in ihrem Kopf, die ihr beständig zuflüsterte, dass Gott sie im Stich gelassen, sie verraten habe. Der Wind, die Kälte und das Eis hatten das alles ausgelöscht und nur das eine zurückgelassen: *Gott, hilf mir jetzt …*

Maddies Kopf fiel auf ihre Knie. Und mit einem Mal konnte sie wieder sehen. Aber der Anblick, der sich ihr bot, war irgendwie merkwürdig und verzerrt, wie eine Reflektion auf dem Wasser. Bilder, die ein halb erfrorener Verstand im Delirium formte. Sie waren nicht real. Aber das waren sie doch. So real wie eine Erinnerung. Sie ließ sich darauf ein, folgte den verzerrten Bildern, angetrieben von der Kälte und dem Wind, zu einer Begebenheit, die sie fast vergessen hatte.

Die Bilder zerflossen und erwachten zum Leben. Und dann sah sie es.

Malcolms Gesicht. Sein Haar war völlig zerwuschelt, sein T-Shirt zerknittert, als habe er darin geschlafen. Neben ihm auf dem Bett lag sein grüner Schlafsack.

Draußen regnete es.

„So kannst du nicht in die Sonntagsschule gehen.“ Das war ihre Stimme. Damals war sie noch jünger gewesen. Sehr viel jünger. „Und wir sind schon spät dran.“

„Ich komme nicht mit.“

„Das musst du aber.“

Malcolm streckte die Hand hinter sich, berührte das Bett und setzte sich darauf. „Es gibt keinen Gott. Warum also sollte ich in die Sonntagsschule gehen?"

Maddie stieß ein leises Knurren aus. „Red doch nicht so einen Blödsinn."

Malcolm zog sein T-Shirt aus. Seine Arme waren mit merkwürdigen roten Linien überzogen. „Sieh mich an, Mads." Er lachte. „Sieh mich an und schau genau hin. Du kannst das wenigstens. Ich kann dich überhaupt nicht sehen."

Sie glitt in ihren Socken über den Boden und drehte sich weg.

„Wenn es einen Gott gäbe, wäre ich dann blind? Was für ein Gott würde einem Mann sein Augenlicht nehmen? Ihm alles nehmen, was ihm etwas bedeutet?"

„Mama hat gesagt, dass du gute Fortschritte machst, lernst, dich mit dem Stock zurechtzufinden und so. Und sie hat gesagt, dass du nächsten Monat einen Hund bekommst."

„Ich will keinen Hund."

„Du könntest ihn RBI nennen. Du weißt schon: Runners Batted In. Wie beim Baseball." Sie lächelte.

„RBI steht für Runs Batted In. Und der Hund hat schon einen Namen, wenn er zu uns kommt."

„Oh." Ihr Lächeln erstarb.

Malcolm verfiel in Schweigen. Anstatt etwas zu sagen, zwirbelte er das T-Shirt in seinen Händen und schlug damit gegen das Kopfteil seines Bettes.

Sie faltete die Hände und wippte von den Fersen auf die Zehenspitzen und wieder zurück. „Komm schon. Beeil dich. Du musst dir noch die Haare kämmen."

Er drehte den Kopf in ihre Richtung, als ob er sie anschauen würde, aber sie wusste, dass das nicht der Fall war. „Was muss geschehen, damit du die Wahrheit erkennst, Mads?"

„Was für eine Wahrheit?"

„Dass ich nicht mehr zur Sonntagsschule gehe. Oder zur Kirche. Oder zur Chorprobe. Oder zum Bibelkreis. Oder irgendeiner anderen Veranstaltung, die etwas mit einem Gott zu tun hat, der mich so zurückgelassen hat?" Er deutete mit dem Finger auf seine Augen.

„Gott liebt dich immer noch."

„Warum sollte ich das glauben? Weil es in der Bibel steht?" Er warf sein T-Shirt zu dem Korb hinüber, der in der Ecke stand. Es landete daneben. „Ich bin zu alt für diesen Kinderkram. Ich glaube nicht mehr an Märchen."

„Ich glaube, dass das wahr ist."

„Irgendwann wirst du das genauso sehen wie ich. Eine Tages wird dir irgendetwas Schlimmes zustoßen, und dann realisierst du, dass Gott entweder nicht existiert oder dass du ihm egal bist. Und dann wirst du an genau demselben Punkt stehen wie ich jetzt und dich fragen, warum du deine Zeit mit Beten verschwendet hast."

Die Bilder in ihrem Kopf wurden unschärfer und wurden durch andere ersetzt. Dasselbe Bett, immer noch zerknüllt. Derselbe Schlafsack, der jetzt auf dem Boden des Kleiderschranks lag. Dasselbe T-Shirt, gewaschen und gefaltet, das darauf wartete, weggeräumt zu werden. Aber kein Malcolm. Er war weg. Für immer.

„Es tut mir leid, Madison." Hinter ihr erklang die Stimme ihrer Mutter.

„Aber ..."

„Komm da raus. Komm schon."

Sie drehte sich um und sah, dass die Augen ihrer Mutter gerötet, ihre Wangen fleckig und blass waren. Ihre Tränen glitzerten im Licht.

„Mama?" Sie flog ihrer Mutter in die Arme und vergrub ihr Gesicht in dem weichen Stoff ihres Oberteils. Sie hielten einander fest. Und weinten zusammen um Malcolm.

Das Bild verblasste ... verschwand ... und sie war wieder in der Kälte, allein mit den Bäumen des Yosemite-Nationalparks. Das Heulen des Windes hatte sich verstärkt. Die Blauhäher waren längst verschwunden. Weit und breit war kein weiches Oberteil in Sicht, in das sie hätte weinen können. Keine Arme, die sie festgehalten hätten. Vielleicht hatte Malcolm recht gehabt ...

Nein. Es war nicht Gottes Schuld, dass sie hier draußen in der Dunkelheit war und im Schnee vor sich hin fror. Nicht er hatte sie entgegen jeder Vernunft hierher getrieben. Es war ... was war es gewesen? Angst vielleicht. Vor der Dunkelheit. Vor der Blindheit. Vor der Ungewissheit, wie sich ihr Leben entwickeln würde.

Sie war vor der Ungewissheit davongerannt, mitten hinein in die Wälder des Yosemite-Nationalparks. Sie hatte versucht, in einem Doppeldecker davor wegzufliegen, ihr in den Kurven einer hölzernen Achterbahn zu entkommen, sie im Sand von Santa Cruz zu vergraben. Aber sie hatte sie gefunden. Die Ungewissheit – und mit ihr die Angst und der eisige Wind.

Sie spürte ihre Beine nicht mehr. Genauso wenig wie ihre Hände. Sie legte ihren Kopf auf ihre Arme und schloss die Augen.

Nein, Malcolm. Du hattest unrecht. Ich glaube noch ...

Maddie hörte ein Geräusch. Es klang, als zerbräche ein Ast. Und dann vernahm sie die Stimme eines Engels.

Kapitel 20

„Maddie! Maddie, nicht! Hör auf damit!" Paul drängte sich näher an sie heran. Er hätte sie am liebsten geschüttelt, doch das wagte er nicht. Das Piepen des EKG-Geräts hatte sich verlangsamt und war unregelmäßig geworden. Bestimmt würde die Krankenschwester jeden Augenblick ins Zimmer stürmen.

„Maddie!" Paul sah zur Tür. Weit und breit keine Krankenschwester in Sicht. Trotzdem ging er nicht auf den Flur hinaus, um nach einer zu suchen. Er traute sich nicht, Maddie allein zu lassen. Ihr Herz schlug langsam, so schrecklich langsam. Er umrundete das Bett und trat auf die andere Seite, dann kehrte er wieder an seinen ursprünglichen Platz zurück. Warum nur hörte sie ihm nicht zu?

Ihre Atmung wurde noch flacher. Jeder Versuch, Luft zu holen, verursachte ein furchtbares Zischen.

„Maddie!"

Sie stöhnte.

„Maddie."

Er wandte sich ab und betete.

Ihr Herzschlag beruhigte sich. Er fühlte es, bevor er es anhand des EKG-Geräuschs hören konnte. Ihre Atmung wurde tiefer, rasselte aber immer noch.

Paul ließ sich auf den Stuhl sinken. Obwohl es mitten in der Nacht war, war er nicht müde. Er verspürte kein Bedürfnis zu schlafen, kein Verlangen, irgendetwas anderes zu tun als sie zu betrachten und zu warten und sie aus ihrer Dunkelheit zurückzurufen.

Denn gerade hätte er sie beinah verloren. Beinah. Es war haarscharf gewesen. Und das nicht zum ersten Mal.

Paul und ein Parkranger namens Sandy stapften durch den knirschenden Schnee. Was für eine Mutter nannte ihren Sohn Sandy? Warum hatte es nicht ein Name wie Dirk oder Sven oder sogar Bob sein können – irgendein männlicher Name, der ihm Vertrauen einflößte? Aber nein, er war in dieser Kälte, in dieser Dunkelheit, allein mit Sandy.

Ihre Taschenlampen warfen erbärmlich kleine Lichtkegel auf den schneebedeckten Weg. Millionen kleiner Eiskristalle reflektierten das Licht. Die Luft war weiß, genau wie der Boden. Der Himmel war irgendwo in der Dunkelheit verschwunden.

„Hier entlang." Sandy war ihm ein Stück voraus. Wie er den Weg erkennen konnte, war Paul völlig unbegreiflich. Er selbst sah weit und breit nichts als Schnee. Und der sah hier nicht anders aus als an dem Punkt, an dem sie losgelaufen waren.

„Siehst du die Bäume da?" Sandy leuchtete mit seiner Taschenlampe auf eine schiefe Tanne, die von etlichen Miniaturausgaben umgeben war. „Gleich sind wir wieder am Anfang des Wanderwegs angelangt. Siehst du irgendwas?"

Paul schob seine Kapuze ein Stück zurück. Die dicken Handschuhe machten ihm das Hantieren mit der Taschenlampe beinah unmöglich. Er umfasste sie mit beiden Händen und richtete sie auf den linken Wegesrand. Nichts. Genau wie beim letzten Mal, als sie hier vorbeigekommen waren. Nichts als Schnee und Bäume und Dunkelheit.

Sandy stapfte zu ihm zurück. „Bist du dir sicher, dass sie hier entlang gegangen wäre?"

Paul nickte. „Ich glaube schon."

Sandy ließ den Lichtkegel über den Weg wandern. „Kein leichter Weg, wenn dein Sehvermögen nicht intakt ist."

Es war selbst mit intaktem Sehvermögen kein leichter Weg. Zumindest nicht bei diesem Sturm. Aber er musste es versuchen.

Er war so voller Zuversicht gewesen, als er am Spätnachmittag hier angekommen war. Sie hatten ihm ihre Zimmernummer gegeben, ihm gesagt, wann sie eingecheckt hatte und wann sie abzureisen gedachte. Er hatte sich das alles so einfach vorgestellt: Geh zu ihrer Kabine, klopf an die Tür, bring sie zur Vernunft und begleite sie dann zurück zum Haupthaus, damit sie mit ihrer Mutter spricht. Dann könnten sie alle nach Hause gehen. Er hatte keine Probleme gewittert. Sich keine Sorgen gemacht.

Doch dann war sie nicht da gewesen.

Fünf Minuten lang hatte er an der Tür geklopft – bis seine Fingerknöchel ganz rot gewesen waren und gepocht hatten. Dann hatte er versucht, durch das Fenster ins Hütteninnere zu sehen, und anschließend fast ein Loch in den Verandaboden gelaufen. Nach einiger Zeit hatte er nochmals geklopft, ins Haus gelinst, war auf und ab gelaufen. Bis der Himmel dunkel geworden und der Schnee in dicken Flocken gefallen war. Denn da hatte er gewusst, dass sie nicht zurückkommen würde.

Ihre Mutter war unzählige Male zwischen dem Haupthaus und der Hütte hin und her gelaufen. Schließlich hatte sie Sandy mitgebracht.

Niemals würde er den Ausdruck in den Augen dieser Frau vergessen, als sie in die Nacht hinausstarrte. Ihr Gesicht war weißer als Schnee gewesen, ihre Hände so fest gefaltet, dass ihre Fingernägel die Haut unterhalb der Knöchel zerfetzt hatten. Als Sandy und er aufgebrochen waren, hatte sie die Enden dieses lächerlich dünnen Schals gezwirbelt, den sie sich um den Hals gewickelt hatte. Sie hatte sie gezwirbelt und gezwirbelt und gezwirbelt. Und irgendetwas von Malcolm gemurmelt.

Sandy und er hatten sich also diese riesigen Taschenlampen und ein Erste-Hilfe-Set geschnappt und waren zum Fuß der Vernal Falls aufgebrochen. Er war sich so sicher gewesen, dass sie dorthin gegangen war. Schließlich hing in ihrem Zimmer dieses Bild und sie hatte ihm etliche Male erzählt: „Eines Tages werde ich mit Schneeschuhen zum Fuß dieser Wasserfälle laufen, Paul, und dann werde ich sehen können, wie sich das Wasser direkt vor meinen Augen in Schnee verwandelt. Eines Tages."

Er hatte dann immer erwidert: „Aber nicht heute", woraufhin sie ihm die Zunge herausgestreckt und gelacht hatte.

Aber wäre sie jetzt, wo ihr Sehvermögen sie im Stich ließ, wirklich so töricht? Würde sie allein in die Wälder losziehen, während ein Sturm aufzog? Seine Maddie? Hatte sie wirklich den Verstand verloren?

„Du wärst überrascht, was verrückte Menschen hier oben so alles machen", hatte Sandy gesagt.

Aber Paul wollte das nicht glauben. „Maddie ist nicht verrückt. Sie ist nur ..."

„Was?"

„Sie wird blind."

Danach war Sandy um einiges schneller gelaufen. Aber das war nun schon zwei Stunden her. Zwei entsetzlich lange Stunden. Sie waren zum Fuß der Wasserfälle und wieder zurück gelaufen. Sie hatten gerufen und gebrüllt, geschrien und gepfiffen. Aber sie hatten keine Antwort erhalten. Einmal hatte Paul gemeint, Schneeschuhspuren zu sehen. Sandy war sich da jedoch nicht so sicher gewesen. „Wenn der Schnee so heftig fällt wie jetzt, werden alle Spuren sofort ausgelöscht“, hatte er gesagt.

Aber Paul hatte darauf bestanden, dass sie es erneut versuchten. Dass sie den Pfad noch einmal abliefen und nach Stellen Ausschau hielten, an denen Maddie die Orientierung verloren haben könnte, vom Weg abgekommen sein und ... Er wollte nicht weiterdenken. Abseits der Wanderwege waren diese Wälder nicht sicher. Alles konnte passieren, wenn eine Frau, die schon bei Tageslicht kaum sehen konnte, wohin sie ging, sie bei Nacht allein durchstreifte.

Und so waren sie nun hier, kämpften sich durch das feuchte Unterholz, bogen immer wieder vom Wanderpfad ab und kehrten dorthin zurück, nur um kurz darauf erneut auszuscheren. Auf der Suche, unablässig auf der Suche. Ihre Taschenlampen schwächelten bereits und ihre Stimmen wurden langsam heiser.

Von Maddie weit und breit keine Spur.

Paul hatte noch niemals zuvor in seinem Leben so sehr gebetet. Es war komisch: Wie sehr hatte er auf Gott geschimpft, weil er Maddie nicht geheilt und überhaupt zugelassen hatte, dass sie an dieser dämlichen Stargardt-Geschichte erkrankte. Er hatte getobt und gewütet. Aber jetzt, wo er Gott brauchte – wo es keine andere Hoffnung gab – kam er zu ihm zurück, mit seinem Herzen in der Hand, und flehte um Gnade. Er vermutete, dass Gott an so etwas gewöhnt war.

Hilf mir, sie zu finden. Zeig mir den Weg ...

Seine Taschenlampe erzeugte ein komisches Licht, erhellte die Schneeflocken in der Luft und ermöglichte den Blick auf ... nichts. Da waren nur ein merkwürdiges Flattern, irgendwelche Schatten und absolut nichts, was einen Sinn ergab. Paul war inzwischen völlig durchnässt und fror wie verrückt. Seine Nase lief. Trotzdem hörte er nicht auf, die Umgebung abzuleuchten. Zu seiner Linken befand sich eine Baumgruppe, zu seiner Rechten ein Felsen. Ein kleines Stück weiter lagen einige Baumstämme, dick mit Schnee bedeckt. Hier sah alles gleich aus, fühlte sich alles gleich an, war alles gleich. Wie sollte er Maddie hier jemals finden?

Er zog einen Ast beiseite. Dieser brach daraufhin. Eine riesige Ladung Schnee begrub Pauls Stiefel unter einer weißen Decke. Die Taschenlampe wurde dunkler, hatte erste Aussetzer.

Es hatte keinen Sinn.

„Paul!"

Er sprang in die Höhe.

„Hier drüben." Sandys Stimme waberte gespenstisch durch den Schnee.

Paul orientierte sich an dem Schein von Sandys Taschenlampe. Sein Herz pochte wie verrückt. „Hast du sie gefunden?"

„Schau her." Er richtete den Lichtkegel auf die Bäume.

„Was ist da?"

„Eine Schlucht."

Eine Schlucht? Enttäuscht ließ Paul die Schultern hängen. Warum sollte er sich für eine Schlucht interessieren?

„Hier liegt deutlich weniger Schnee als dort drüben." Sandys Taschenlampe richtete sich auf eine Stelle am Rand der Dunkelheit, die Pauls Vermutung nach die Schlucht war. „Sieht so aus, als hätte sich eine ordentliche Portion Schnee in den Abgrund verabschiedet. Siehst du es? Fast so, als ..."

Als wäre jemand hier gewesen und fast in die Schlucht gestürzt. Paul hastete zu Sandy hinüber.

Der Ranger ließ den Lichtstrahl sorgfältig, systematisch über den Boden der schmalen Schlucht gleiten. „Ich sehe nichts."

Paul ging es genauso.

„Ich klettere runter." Sandy trampelte den Schnee fest und begann dann seitlich in die Schlucht hinabzusteigen. „Du gehst weiter den Wanderweg ab. Wir treffen uns in zehn Minuten wieder hier. Und geh mir bloß nicht verloren. Ich habe keine Lust, nach euch beiden zu suchen."

Paul runzelte missmutig die Stirn. Den Wanderweg weitergehen? Da war er schon gewesen. Maddie war nicht dort. Sie war nirgends. Vielleicht hatte er sich geirrt.

Inzwischen war Sandy am Fuß der Schlucht angelangt. Einen Augenblick später verschwand sein Licht hinter einer Felszunge.

Paul richtete seine Taschenlampe auf die abfallende Böschung. Da war nichts. Und dann wurde das Licht schwächer. Schon wieder. Er schüttelte die Taschenlampe. Der Lichtkegel zitterte und verlor weiter an Intensität. Paul trat von der Schlucht zurück. Der Schneefall wurde immer dichter, bis er gar nicht mehr sehen konnte, was sich dahinter befand. Er hatte keine Ahnung, ob das sterbende Licht auf Bäume oder Steine oder die unendliche weiße Schneedecke fiel.

Er drehte sich um und stapfte los. Sein Fuß blieb an irgendeinem Hindernis hängen und sofort strauchelte er vorwärts. Erst im letzten Moment gelang es ihm, sein Gleichgewicht zurückzugewinnen. Er kniff die Augen zusammen, um trotz der Schatten und des blendenden Schnees etwas sehen zu können, aber es war hoffnungslos. Alles, was er sah, war ein großes konfuses Durcheinander. Nichts ergab einen Sinn. Nichts gab ihm einen Hinweis darauf, wo Maddie sein könnte, wo sie hingegangen sein könnte. Bei dieser Beleuchtung konnte er überhaupt nichts sehen.

Und plötzlich wusste er es. Genau so fühlte sie sich, so lebte sie. Und zwar nicht nur jetzt im Schnee, sondern jeden Tag. Den ganzen Tag über. Sie war verwirrt, wurde geblendet, konnte nur kleine Ausschnitte sehen, obwohl sie mehr sehen müsste. Alles sehen müsste.

Oh Maddie, es tut mir so leid …

Inmitten dieser Dunkelheit wurde ihm plötzlich alles klar: Ihre Verzweiflung und warum sie nicht wie eine Blinde behandelt werden wollte, warum sie sich dagegen wehrte, dagegen anrannte und sich an den letzten Überbleibseln ihres Sehvermögens festklammerte. Warum sie hierher gekommen war und warum sie es nicht hätte tun sollen.

„Maddie! Wo bist du?" Er schrie die Worte, hörte sie verhallen und im Schnee untergehen. Und trotzdem brüllte er weiter.

Aber er konnte sie nicht finden, nicht so. Nicht in diesem Sturm, mit diesem Licht. Er kämpfte sich zwei Schritte vor und blieb dann stehen.

„Maddie!"

Keine Antwort.

Er schaute auf seine Taschenlampe hinunter. Dann schaltete er sie aus. Dunkelheit umgab ihn. Völlige, eiskalte Dunkelheit.

Jetzt bin ich auch blind, Maddie. Genau wie du. Ich bin hier draußen im Schnee, im Sturm. Ich kann nicht sehen, wohin ich gehe. Ich bin orientierungslos. Allein. Habe Angst.

Genau wie du.

Wohin bist du gegangen, Maddie? Wo in dieser unendlichen Dunkelheit steckst du?

Er machte vorsichtig einen Schritt nach vorne. Dann zwei weitere. Er konnte die Neigung und die Beschaffenheit des Bodens unter seinen Füßen spüren. Er konnte fühlen, wie sich der Untergrund nach links bog, wie er fester wurde, nur ganz leicht, sodass er vermutete, dass er auf dem Weg war. Aber der Untergrund kippte immer noch weg. Als er in der Lage gewesen war, den Weg zu sehen, war er darauf geblieben, weil seine Augen ihn über den schmalen Pfad geführt hatten.

Doch jetzt wollten ihn seine Füße in eine andere Richtung führen, weiter nach links, weg vom Weg, weg von dem Pfad, dem er zuvor gefolgt war. Er ging ganz langsam weiter, tastete sich vor, die eine Hand vor sich gestreckt, die andere zur Seite.

Er berührte die Nadeln eines herabhängenden Asts. Und dann etwas Riesiges, Großes. Seine Hand fühlte weiter. Ein Felsen vielleicht, bedeckt mit Schnee. Er drehte sich nach rechts und stürzte. Wie ein gefällter Baumstamm. Schnee bohrte sich in seine Nase, hing in seinen Augen. Er hustete und spuckte einen Mundvoll aus. Dann setzte er sich auf und tastete hinter sich nach dem Gegenstand, der ihn zu Fall gebracht hatte. Als seine Hand etwas berührte, schob er sich näher heran. Seine Finger fuhren über einen rauen, dicken Stamm. Einen umgestürzten Baum, der nun fast vollständig mit Schnee überzogen war. Er umklammerte einen Ast, der gerade in die Höhe ragte und zog sich auf die Füße.

Das hier erklärte den blauen Fleck, den er auf Maddies Stirn gesehen hatte, den Kratzer auf ihrer Wange, ihre Vorsicht, wenn sie durch Türen trat oder Treppen hinunterstieg. Wie leicht war es zu stolpern und zu fallen, wenn man den Untergrund nicht sah. Wie oft war sie gegen eine halb geschlossene Tür gelaufen, über etwas so Banales wie einen Hocker gefallen, die Treppe hinuntergestürzt, nur weil es eine Stufe mehr gab, als sie vermutet hatte? Er hatte sie das schon tun sehen. Gesehen, wie sich ihr Körper anspannte und vorbeugte, während sie versuchte, ihr Gleichgewicht wiederzufinden. Er hatte ihr helfen wollen, doch sie war so zuversichtlich gewesen, so fest entschlossen. Sie wollte ihr Leben leben – trotz ihrer Blindheit. Das Problem war, dass sie nicht wusste, wie sie das bewerkstelligen konnte.

Paul wischte sich den Schnee von den Hosenbeinen und dem Mantel. Seine Hand fuhr energisch und lautstark über den Stoff. Dann hörte er es. Ganz schwach und fast nicht auszumachen. Ein Geräusch, das sich wie ein Stöhnen anhörte. Ein menschliches Geräusch.

Er riss die Taschenlampe aus seiner Jackentasche. Knipste sie an. Das Geräusch erklang nicht noch einmal, aber er war sich sicher, dass er es sich nicht nur eingebildet hatte. Es war von links gekommen. Er richtete den Lichtstrahl in diese Richtung und ließ ihn umherkreisen.

Ein Hauch von Gelb.

Er hielt die Lampe ganz still. Gelb und daneben diese albernen, grellvioletten Handschuhe. Sie saß ungefähr zehn Meter entfernt in einem Loch im Schnee, ganz zusammengekauert, ohne sich zu bewegen. „Maddie!" Er rannte auf sie zu. Seine Füße waren zu langsam, zu schwer in all den Schneemassen.

Sie bewegte sich nicht, schaute nicht auf.

Er warf sich neben ihr auf die Knie und wischte ihr den Schnee von der Kapuze, von den Schultern. Ihre Augen waren geschlossen, ihre Arme wie festgefroren um ihre Beine geschlungen. Das Licht der Taschenlampe ließ ihre Jacke schimmern, als er sie in seine Arme schloss.

„Maddie?" Er zog sie näher.

Sie war eiskalt.

Maddie erwachte mit unglaublichen Schmerzen, die durch ihre Füße schossen. Eine nackte Glühbirne leuchtete ihr in die Augen. Das Licht tat ihr weh. Ihre Zehen pochten. Aber sie war nicht wach. Zumindest nicht diesmal. Da war kein Licht, keine Glühbirne. Aber der Schmerz war real. Nur kam er nicht von ihren Füßen. Diesmal nicht. Aber da war eine Stimme. Sowohl damals gewesen als auch heute. Eine Stimme wie die eines Engels.

Paul?

Er kann nicht hier sein. Das hatte sie damals gedacht.

Aber er war da gewesen. Er hatte sie gefunden. Konnte er sie wieder finden? Auch hier? An diesem düsteren Ort zwischen Licht und Wasser?

Sie versuchte der Düsternis zu entkommen, suchte nach diesem schrecklichen Schmerz, nach der grellen Birne, nach irgendetwas, das sie aus dieser Zwischenwelt herausziehen würde, zurück in die Welt der Erinnerungen.

Und dann war sie wieder dort.

„Halt still, Maddie."

„Paul?" Einzelne Ausschnitte des Zimmers verschwammen vor ihren Augen, tauchten in die Dunkelheit in der Mitte ihres Gesichtsfelds ein und wieder heraus. Sie schob den Kopf höher und konnte an der gegenüberliegenden Wand irgendwelche Poster ausmachen – Schaubilder vielleicht oder Gemälde. Und in der Ecke etwas Oranges, möglicherweise ein Stuhl. An der angrenzenden Wand erkannte sie dunkelgrüne Punkte – ein zugezogener Vorhang vor fest verschlossenen Fenstern. Und über ihr die nackte Glühbirne, die von einer geweißten Zimmerdecke herabhing. „Wo bin ich?" Sie versuchte sich aufzusetzen.

Ein starker Arm, der ihr vertraut war, legte sich um ihre Schultern und stützte sie. Maddie entspannte sich. Ihre Jacke war verschwunden, genauso wie ihre Handschuhe, und ihre Haare klebten büschelweise an den Seiten ihres Gesichts fest. Sie berührte die verschlissene Decke, unter der sie lag. Sie roch nach Desinfektionsmittel und nassem Hund. Ein Schmerz durchzuckte ihre Beine. Er ging von den Füßen aus. Sie schaute zu ihnen hinunter. Am Fuß des Bettes standen zwei Personen, die eine kräftig und knallgelb gekleidet, die andere dünn und am ganzen Leib zitternd. „Mama?"

Eine andere Stimme antwortete. Ein Mann, dessen tiefe Stimme zu seinem bulligen Körperbau passte. „Keine schwerwiegenden Erfrierungen an den Zehen, soweit ich sehen kann. Sie werden also keine verlieren." Er berührte den Spann ihrer Füße. Eine Schmerzwelle durchrollte ihren Körper, ausgehend von der Stelle, an der er sie berührt hatte. „Nur oberflächliche Kälteschäden." Er zog die Hände weg. „Obwohl sich das für Sie vermutlich schlimm genug anfühlt."

Sie riss die Augen auf und versuchte ihre Füße zu erkennen. „Es fühlt sich an, als ob sie verbrennen würden."

„Das ist gut." Er hielt inne und sie fragte sich, ob er wohl lächelte. „Einmal abgesehen davon, wie schlimm es sich anfühlt. Diese warmen Handtücher werden Ihnen helfen und dann stehen Sie in null Komma nichts wieder auf diesen Zehen." An seiner Stimme konnte sie hören, dass er jetzt den Kopf drehte. „Mrs Foster, reichen Sie mir bitte noch einmal das warme Wasser?"

Der Schmerz ließ leicht nach. Das Geräusch von plätscherndem

Wasser erfüllte den Raum. Ein Rauschen, ein Plumpsen und das hektische Geprassel von Tropfen, die auf die Wasseroberfläche auftrafen. Dann kehrten die Höllenqualen zurück.

„Ganz ruhig, Madison." Sie konnte die Anspannung in der Stimme ihrer Mutter hören, die Strenge, die entweder ein Zeichen von Angst oder von Wut war. Maddie wusste nicht, welches von beidem der Fall war.

Der Schmerz ließ wieder etwas nach.

Und sie fragte sich, was passiert war, was sie hier tat und warum dieser Mann warme Handtücher auf ihre schmerzenden Füße legte. Das war alles so merkwürdig, so unwirklich. Sie hätte es für einen Traum gehalten, wenn der Schmerz nicht gewesen wäre.

„Gut, dass Sie Menschen haben, denen etwas an Ihnen liegt, Miss." Der Mann ergriff erneut das Wort, während er das Handtuch ins Wasser eintauchte und wieder auf ihren Fuß legte. „Es wäre eine harte Nacht da draußen geworden."

Plötzlich erinnerte sich Maddie. Der blendende Schnee, die furchtbare Kälte und die Dunkelheit, die sie in ihre Fänge genommen, festgehalten und mit stürmischen Armen umklammert gehalten hatte. Sie bemühte sich um einen klaren Kopf. Sie hatte sich verirrt, aber jemand hatte sie gefunden. Ein Engel. Nein. Paul. Sie lehnte sich an ihn. „Wie hast du mich gefunden?"

Er drückte ihre Schultern. „Das Bild in deinem Zimmer hat dich verraten. Und das ist auch gut so."

Sie nickte und schloss die Augen. „Ich habe dieses Bild immer geliebt." Eine merkwürdige Müdigkeit legte sich über sie. Behaglichkeit. Wärme. Doch dann zerschnitt eine emotionsgefüllte Stimme die Stille.

„Sie kommt also in Ordnung?"

Der Mann zu ihren Füßen beantwortete die Frage. „Ich bin nur ein Parkranger, aber ich habe schon Füße behandelt, die tausendmal schlimmer als die hier aussahen. Sie wird wieder. Mit der Zeit." Seine Stimme wurde lauter, als er ihr Bein tätschelte. „Bis es so weit ist, gibt es für Sie keine Alleingänge mehr, kleines Fräulein. Keine einsamen Wandertouren. Vor allem nicht, wenn ein Sturm aufzieht."

„Er sollte nicht vor morgen früh hier sein." Die Worte kamen nur langsam aus ihrem Mund und klangen, als lalle sie.

Der Ranger lachte. „Das ist die Strafe dafür, dass Sie dem Wettermann vertraut haben."

Ihre Mutter mischte sich wieder in die Unterhaltung ein. „Ob mit oder ohne Sturm – für Madison wird es keine weiteren Wandertouren geben."

Eine eisige Kälte, die Millionen Mal schlimmer war als der Schnee, drückte Maddies Brust zusammen. „Mama!"

„Nein, du kommst mit mir zurück nach Boston. Isch kann nischt – isch werde nischt zulassen, dass du dein Leben noch einmal aufs Spiel setzt."

„Mir geht es gut."

Einen Augenblick lang schwieg ihre Mutter. Als sie sich wieder zu Wort meldete, klang ihre Stimme sehr viel weicher und brach fast. „Isch kann disch nischt verlieren. Nischt wie ..."

Malcolm.

Der Name stand unausgesprochen im Raum.

Ihre Mutter schniefte. „Nein, es ist an der Zeit, dass du 'eimkommst. Es wird Zeit, dass du lernst, wie du mit der Blind'eit leben kannst."

Blindheit. Sie hasste das Wort.

„Das 'ier wird nischt noch einmal passieren. Niemals wieder. Niemals. Niemals. Niemals!" Der Tonfall ihrer Mutter wurde jetzt hysterisch. „'örst du misch?"

Paul drückte ihren Arm.

Maddie glitt tiefer in die Kissen und öffnete die Augen. Die Glühbirne über ihr schien hin und her zu schwingen, aber eigentlich konnte es nicht sein, dass sie sich bewegte. Nicht hier drin. Es war ihr Kopf, der sich drehte, der stille Protest, der ihren Blick schwanken ließ. Sie biss die Zähne zusammen und presste ein Wort zwischen ihren Lippen hervor. „Nein."

„Keine Diskussionen. Du weißt nischt –"

„Aber –"

Pauls Stimme kitzelte sie im Ohr, ihr Tonfall war ruhig, bezwingend. „Maddie, du hättest da draußen sterben können."

Sterben? Das Wort hallte in ihrem Kopf wider und ließ sie verstummen. *Sterben?* So wie Malcolm. Sie zitterte am ganzen Körper. Ihr Widerstand brach in sich zusammen. Sie war so ein Dummkopf gewesen – genauso verrückt wie Malcolm, vielleicht sogar verrückter. Kein Wunder, dass die Stimme ihrer Mutter inzwischen eine Tonhöhe erreicht hatte, die Farbe abblättern lassen würde.

Der Schmerz in ihren Füßen war jetzt einem dumpfen Pochen gewichen. Hastig griff sie nach oben und umklammerte Pauls Hand. Sie drückte seine warme Hand so fest, als würde dadurch etwas von seiner Stärke auf sie übergehen und ihr für die vor ihr liegenden Monate und Jahre Kraft geben. „Oh Paul ..."

Er hob ihre Hand an seine Lippen und küsste sie. Sein Mund war so weich und trotzdem fest. Ihre immer noch kalte Haut kribbelte. So sanft. Überraschend. Zärtlich. Der Schmerz aus ihren Füßen wanderte in ihre Brust.

Sie schaute zu ihm auf. Wie gerne hätte sie ihn gesehen. Wenn sie nur wüsste, was seine Augen ihr erzählten. „Paul ..." Sie sagte seinen Namen. Dann brach er ihr das Herz.

„Du musst gehen, Maddie."

Schmerz explodierte in ihrer Brust. „Gehen?"

„Deine Mutter hat recht. Du musst nach Boston zurückgehen."

Ihr wurde schwarz vor Augen.

Erneut erklang seine Stimme. Sie war so weit weg. So weit, obwohl er direkt neben ihr stand. „Wir können nicht ..." Ein Schauder durchlief seinen Körper. „Ich kann nicht ..." Er legte ihre Hand behutsam in ihren Schoß. „Wir können nicht länger so tun, als würde das nicht passieren."

Das. Die Erblindung. Er sprach über ihre Erblindung. Und er hatte recht. Aber seine Worte taten so furchtbar weh. „Es ist nur so, dass ..."

„Pscht!" Er legte ihr den Zeigefinger auf die Lippen. „Ich weiß."

„Wie könntest du das wissen?"

Sein Daumen streichelte ihre Wange. „Es ist nur so, dass du nicht blind werden willst."

Er wusste es. Verstand es. Zumindest ein bisschen. Tränen traten in ihre Augen.

Am Fuß des Bettes wurde ein merkwürdiges Geräusch laut. Ein Schniefen. Ein leiser Schluchzer. Weinte ihre Mutter etwa? Weinte sie um Augen, deren Sehkraft rasch nachließ, die sie fast getötet hätten? Die sie getötet hätten, wenn Paul nicht gewesen wäre? Weinte sie um ein Leben, das hätte sein können?

Maddie drehte ihr Gesicht zu Wand und ergab sich dem Schmerz.

Maddie hielt Pauls Hand, als der Lautsprecher über ihr knackte und eine sachliche Stimme sie informierte: „Letzter Aufruf für Flug 762 nach Boston. Letzter Aufruf."

„Ich ruf dich an", sagte er.

„Schreib nicht", antwortete sie.

Ein Lächeln trat in seine Stimme. „Ich könnte es tun. Wenn du es auch tust."

Und das würde sie, in der großen, kindlich wirkenden Schrift von beinah Blinden. Sie drückte seine Hand ein wenig fester. „Ich danke dir – für alles." Blöde Worte, blöd. Worte, die nichts bedeuteten und zugleich alles. Es gab so viel, was sie ihm sagen, was sie ihm erzählen wollte. Einen Moment lang stellte sie sich vor, wie es wäre, wenn sie sich jetzt einfach auf ihre Zehenspitzen erheben, ihre Hand auf seine Schulter legen, seinen Kopf zu sich hinunterziehen und ihm ins Ohr flüstern würde: „Nur dass du es weißt – ich liebe dich." Aber sie tat es nicht. In ihrer Fantasie legte sie dann eine Hand auf seinen Hinterkopf, vergrub die Finger in den kurzen weichen Locken seines Haares und küsste ihn. Aber auch das tat sie nicht. Stattdessen stand sie einfach nur da – wie eine Idiotin – während Tränen ihr die Kehle zuschnürten und sie seine Hand in der ihren hielt.

„Du solltest besser gehen."

„Ich weiß."

„Ich werde dich vermissen."

„Ich werde dich auch vermissen." Das war alles, was sie sagen konnte. Das Beste, was sie tun konnte. Es wäre falsch gewesen, ihm mehr zu sagen.

Sie ließ seine Hand los und drehte sich zu der Schleuse um, die zum Flugzeug führte.

„Komm, Madison, es ist Zeit zu gehen."

Maddie lief die Schleuse hinunter, doch in der Hälfte blieb sie stehen und drehte sich um. Paul war noch da. Sie wusste es, obwohl sie ihn nicht einmal mehr gut genug sehen konnte, um ihm zum Abschied zu winken. Doch sie winkte trotzdem.

Sie winkte und winkte, bis ihre Mutter ihren Arm nahm und sie wegführte.

Kapitel 21

Der Frühling wich den ersten Vorboten des Sommers 1974. Maddie erkannte das an der Wärme der Luft, aber nicht länger an dem Winkel, in dem das Licht durchs Fenster fiel. Sie erkannte es am Lachen der Kinder, die auf dem Bürgersteig Hinkelkästchen spielten, und der Klingel des Eiswagens, der einmal am Tag vorbeifuhr.

Aber all diese Geräusche traten nun in den Hintergrund, wurden überdeckt von der Melodie, die vom Plattenspieler kam. Es war ein schlichtes Lied. Es hätte sie nicht zum Weinen bringen dürfen. Sie hatte Frankie Valli schon hunderte Mal über seine verlorene Liebe singen hören, seit ihre Mutter die Vorabveröffentlichung der Platte mit nach Hause gebracht hatte. So ein schlichtes Lied. Zu Herzen gehend. Über einen Jungen, der seine Kindheitsfreundin vermisste. Darüber, wie seine Augen sie einst bewundert hatten. *Seine Augen ...*

Sie schloss die ihren und wandte sich ab.

Ihre Mutter hatte die Musik nur angemacht, um ein paar Hintergrundgeräusche zu erzeugen. Eigentlich sollte sie die Musik ausblenden und stattdessen auf die kleinen Hinweise lauschen, die ihr verrieten, wo genau im Zimmer sie sich befand. Am anderen Ende des Zimmers hatte ihre Mutter eine Eieruhr aufgestellt und sie aufgezogen. Sie tickte jetzt. Maddie sollte sich auf das Ticken konzentrieren und die Uhr finden.

Sie hatte es schon viermal getan – jedes Mal ein bisschen schneller, ein bisschen sicherer.

Aber dann hatte ihre Mutter den Plattenspieler angeschaltet, die Platte aufgelegt und die Nadel platziert. Und die Musik war erklungen, die das tickende Geräusch überdeckte und ihre Sinne mit Erinnerungen an Paul erfüllte.

Ihre Augen hatten ihn bewundert, bevor sie ihre Sehkraft verloren hatten. Und als wäre er Millionen von Meilen entfernt, hatte er nicht sehen können, dass sie ihn liebte. Und jetzt war es zu spät. Für ihre Augen, für ihr Herz. Und das Lied machte alles nur noch schlimmer.

Meine Augen haben dich bewundert, Paul ...

Tick. Tick. Tick.

Aber auch wir sind getrennte Wege gegangen ...

Tick. Tick.

Du bist die Liebe, die ich zurückgelassen habe ...

Tick.

Und dann hielt sie die Eieruhr in der Hand und die Platte war zu Ende.

„Annehmbar." Ihre Mutter ergriff die Uhr. „Aber langsam. Versuch es noch mal."

Maddie seufzte.

Ihre Mutter berührte sie an der Schulter. „Diesmal mit denen 'ier." Sie legte Maddie etwas Flaches, Langes in die Hand.

Maddie umklammerte das Ding und sah nach unten. In ihren Fingern lag eine merkwürdige Brille. Sie trug keine Brille. „Mama?"

„Setz sie auf."

Die Nadel hüpfte immer noch aufs Innere der Platte und wieder zurück.

„Was für eine Brille ist das?"

„Eine, dursch die kein Lischt fällt, natürlisch."

Maddie warf die Brille beiseite, die ihr das Sehvermögen vollständig rauben würde. „Bin ich nicht so schon blind genug? Ich brauche die nicht."

Ihre Mutter hob die Brille auf und drückte sie Maddie erneut in die Hand. „Du musst lernen, wie du völlig ohne zu se'en zurechtkommen kannst."

Maddie schob störrisch den Unterkiefer vor. „Das ist doch Blödsinn."

Ihre Mutter sagte irgendetwas, das Maddie nicht verstehen konnte, aber sie hörte den Namen ihres Bruders aus dem Gemurmel heraus. Sie trat näher. „Malcolm hielt das auch für Blödsinn, nicht wahr? Hast du ihm diese furchtbare Brille auch aufgezwungen?"

Einen Augenblick lang schwieg ihre Mutter, dann nahm sie Maddie die Brille aus der Hand. „*C'est bien.* Wenn du wie Malcolm sein willst, na schön." Die Stimme ihrer Mutter klang angespannt, hart, als stoße sie die Worte zwischen Lippen hervor, die zu fest aufeinanderpresst waren.

Maddie griff nach dem Arm ihrer Mutter und ließ die Finger zu ihren Händen gleiten. Sie nahm die Brille wieder zurück.

Ihre Mutter trat näher. Ihre Stimme wurde weicher. „Isch tue das nur zu deinem Besten, Madison. Die Dunkel'eit beginnt in der Mitte, aber sie breitet sich immer aus. Es kann sein, dass du dein peripheres Sehvermögen nischt be'ältst. Malcolm hatte es nischt mehr und deine Großmutter auch nischt. Malcolm hat diese Brille nischt benutzt. Wenn er es getan hätte, wäre er vielleicht ..."

Ihre Mutter hatte recht. Maddie wusste das und das machte sie nur noch wütender.

„Setz sie auf und mach es noch einmal."

Sie setzte sie auf. Aber sie mochte das Ganze immer noch nicht. Sie war all diese Lektionen so satt. War es satt, gegen Wände und niedrige Tische zu stoßen. Sie hatten schon geübt, unterschiedliche Geldscheine unterschiedlich zu falten, ohne Hilfe ein Ei zu kochen und Toast zuzubereiten, die Größe und die Ränder von Geldstücken zu ertasten, damit sie Dimes von Nickels oder Quarters unterscheiden konnte. Und jetzt diese Übung. Auf ein Geräusch zuzulaufen und es zu finden, ohne hinzufallen oder in etwas hineinzulaufen. Tja, sie bekam das nicht hin. Vielleicht würde sie das nie.

Aber in einer Hinsicht waren diese Lektionen hilfreich. Sie ließen die Blindheit weniger beängstigend erscheinen. In anderer Hinsicht halfen sie jedoch kein bisschen; sie taten nichts gegen den Schmerz in ihrem Herzen. Nichts hatte dagegen geholfen – weder all ihre Abenteuer noch ihre Rettung noch die Monate hier bei ihrer Mutter.

Das Problem war, dass sie vor nicht allzu langer Zeit noch über einen Squashplatz gerannt und einen kleinen blauen Ball gegen die Wand geschmettert hatte. Jetzt schmetterte sie selbst gegen irgendwelche Möbelstücke. Vor nicht allzu langer Zeit war sie an langsameren Studenten vorbeigepest, wenn sie mit dem Fahrrad zu ihren Unikursen gefahren war. Jetzt gab es kein Pesen mehr. Und keine Kurse. Es gab nur die Dunkelheit, die Lektionen und diesen entsetzlichen Song von Frankie Valli, der sie daran erinnerte, wie sehr das alles wehtat.

Ihre Schienbeine pochten schon, weil sie bei ihren bisherigen Durchquerungen des Zimmers zweimal gegen den Wohnzimmertisch und einmal gegen einen Stuhl gelaufen war. Ihr Kopf schmerzte von ihren Versuchen, sich zu konzentrieren. Und jetzt tat ihr auch noch die Brust weh, weil sie die Tränen zurückhielt und ihren Kummer herunterschluckte. Sie lockerte bewusst ihre Hände, rieb sich die Stirn und nahm die Brille ab. „Lass uns einfach aufhören."

„Noch ein letztes Mal mit der Brille, *s'il te plaît.*"

Maddie sprang vor Schreck in die Höhe. Sie hatte geglaubt, dass ihre Mutter schon in die andere Hälfte des Raums gegangen war, aber sie stand direkt neben ihr. Maddie hasste das – hasste es, nicht zu wissen, wo die Leute waren, ob sie sie ansahen, ob sie kurz davor waren, etwas zu sagen. Rücksichtsvolle Menschen würden sie am Arm berühren und ihr ihre Namen nennen. Aber die meisten waren nicht rücksichtsvoll. Die meisten wussten nicht, wie sie das sein konnten. Aber es war nicht so, als ob das eine Rolle gespielt hätte. Schließlich war sie kaum noch von anderen Menschen umgeben. Meistens war sie für sich allein.

„Mit der Brille, Madison."

Maddies Hand verkrampfte sich und umklammerte die Brille fester, aber sie setzte sie nicht auf. „Na gut. Aber ich hasse das." Sie wusste, dass sie sich kindisch und nörgelig anhörte, aber das war ihr egal. Einfach alles am Blindwerden war furchtbar – die Brille, die schattenhaften Bilder, die sie nicht dechiffrieren konnte, die blauen Flecken, die Unbeholfenheit ihrer Füße, die Zweifel. Und vor allem diese endlosen Lektionen, die ihr eigentlich helfen sollten, sich sicherer zu fühlen, die stattdessen aber nur betonten, was sie alles verloren hatte.

Ihre Mutter nahm die Brille an sich, setzte sie Maddie auf die Nase und kontrollierte, dass sie richtig hinter den Ohren saß.

Die verschwommenen Bilder an den Rändern von Maddies Blickfeld verschwanden. Die hell-dunklen Kontraste wichen einer vollkommenen Schwärze. Sie trat einen Schritt zurück.

Selbstbewusste Schritte verrieten Maddie, dass ihre Mutter sich von ihr wegbewegte. Dann erklang das Ticken von Neuem.

Maddie ging drei Schritte nach vorne. Und stieß gegen den Stuhl. Schon wieder. Sie fluchte.

„Achte auf deine Ausdrucksweise, Madison."

Mit all ihrer Kraft umklammerte sie die Stuhllehne. Schließlich drehte sie den Kopf in die Richtung, in der sie ihre Mutter vermutete. „Warum hast du mir das vererbt? Diesen furchtbaren, entsetzlichen Albtraum von einer Krankheit?"

Es war unfair, ihrer Mutter die Schuld zu geben, aber Maddie konnte nicht anders. So war sie, seit sie nach Boston gekommen war – unwirsch, unhöflich, unverschämt. Die vernünftige, normale Maddie hatte sie in dem Studentenkomplex in San Francisco zurückgelassen und sie schien unfähig, sie hierher nachzuholen.

Ihre Mutter stieß ein leises, ersticktes Geräusch aus. „Wenn isch dir das 'ätte ersparen können ..."

Maddie machte eine wegwerfende Handbewegung in die Richtung, aus der die Stimme ihrer Mutter kam. „Ich weiß, ich weiß. Es tut mir leid."

„Aber wir werden diesen Kampf gewinnen. Das werden wir."

Maddies Unterkiefer verkrampfte sich. „Komm schon, Mama, du weißt doch, dass das nicht heilbar ist."

„Das 'abe isch nischt gemeint. Du wirst lernen, damit zureschtzukommen. Mit'ilfe des Stocks und deiner übrigen Sinne. Isch besorge dir einen 'und. Du wirst schon se'en ..."

Maddie schnitt eine Grimasse. „Schlechte Wortwahl, Mama."

„Isch bringe das für disch in Ordnung." Ihre Mutter hielt inne. „Das muss isch."

Maddie fuhr sich mit der Zunge über die trockenen Lippen. „Es tut mir leid, dass ich gesagt habe, es sei deine Schuld."

Ihre Mutter antwortete nicht. Die Eieruhr klingelte.

„Ich versuche es noch einmal. Quer durch den Raum. Noch ein letztes Mal. Ziehst du die Eieruhr noch mal auf?" Sie hörte Schritte, ein Klacken, dann tickte die Eieruhr von Neuem.

„Ich lasse wieder die Musik laufen."

„Nein!" Maddie räusperte sich. „Ich meine ... könnten wir bitte ein anderes Lied anmachen? Bitte?"

„Wenn du willst."

Wieder Schritte, dann ein Kratzen, ein Klicken, ein Quietschen und schließlich erfüllte die Stimme von Perry Como den Raum.

Maddie atmete erleichtert auf. Perry Como konnte sie leicht ignorieren. Langsam und vorsichtig bewegte sie sich durch das Zimmer, konzentrierte sich auf das Ticken und ließ vor ihrem inneren Auge einen Plan von dem Raum und der Anordnung der Möbel entstehen. *Geh um den Wohnzimmertisch herum. Geh nach links. Orientier dich an der Standuhr. Geh am Fenster vorbei. Draußen fährt ein Auto vorbei. Noch ein Schritt, dann nach rechts. Das Ticken wird lauter. Nach vorne, nach rechts, nach vorne. Streck den Arm aus. Da!*

Und wieder hielt sie die Uhr in den Händen.

Erleichterung durchflutete sie. Vielleicht würde sie das doch hinbekommen. Vielleicht könnte sie es lernen. „Vielleicht kann ich ja eines Tages meine eigene Wohnung haben, wenn ich gut genug werde."

„Nein!" Die Vehemenz, mit der ihre Mutter ihr widersprach, überraschte Maddie.

„Jetzt natürlich noch nicht. Aber eines Tages –"

„Nein."

„Aber du hast gesagt –"

„Lass uns spazieren gehen."

„Was?"

„Draußen."

Maddie griff nach der Brille auf ihrer Nase.

„Be'alt sie auf. Du musst üben, auf den Verkehr zu 'ören. Ic' 'abe deinen Stock."

Maddie stöhnte. Natürlich hatte ihre Mutter ihren Stock und ihre Bücher in Brailleschrift und ihre Uhr, die die Zeit ansagte. Sie hatte alles. Alles, das Maddie am liebsten in Porto Alto vergessen hätte. Aber als sie nach dem Fiasko im Yosemite-Nationalpark in ihr Apartment zurückgekehrt war, waren ihre Sachen alle schon gepackt und nach Boston geschickt worden. All die neuen Blindenutensilien hatten hier auf sie gewartet, um sie zu begrüßen und sie willkommen zu heißen. Für ihre Mutter war das ein Ausdruck von Rücksichtnahme, für Maddie eine Quelle des Schmerzes.

Sie hörte, wie der Stock ausgeklappt wurde und die einzelnen Teile ineinanderrasteten.

Es war ein langer weißer Stock mit einer leuchtend roten Spitze, dessen Länge genau auf ihre Größe abgestimmt war. Ihre Mutter hatte sich solche Mühe gegeben, aber Maddie war das egal. Für sie war das kein Hilfsmittel, sondern ein Symbol, das in die ganze Welt hinausschrie, dass sie keine richtige Frau war, dass sie nicht so war, wie sie hätte sein sollen. Hätte sein können.

„Ich will mit diesem Ding nicht rausgehen."

„Stell disch nischt so an."

„Die Leute werden mich komisch ansehen."

„Nun, das spielt keine Rolle, denn du wirst es nischt merken."

„Doch, das werde ich."

„*Madison.*"

Maddie kannte diesen Tonfall. Seit sie als Krabbelkind die Notenblätter ihrer Mutter durchwühlt hatte, bedeutete er, dass sie unartig und egoistisch war. Und vielleicht war sie das auch. Aber mit diesem furchtbaren Stock rauszugehen ...

War es nicht schlimm genug, dass sie hier keine Freunde hatte? Sie ging niemals aus. Machte niemals irgendetwas, das Spaß machte, irgendetwas nur zum Vergnügen. Das Einzige, was sie tat, war zu üben, blind zu sein. Sie gingen zur Kirche und direkt wieder nach Hause. Manchmal nahm ihre Mutter sie mit in den Supermarkt und einmal sogar zu einem Sinfoniekonzert. Sie mochte Konzertbesuche immer noch nicht, obwohl das das einzige Vergnügliche gewesen war, was sie seit ihrer Ankunft in Boston vor vier Monaten gemacht hatte.

Anfangs waren einige ihrer alten Schulfreunde vorbeigekommen, um ihr Hallo zu sagen. Sie hatten auf dem Sofa gesessen und verlegen einige Worte gewechselt. Versprechungen waren gemacht worden, dass man sich „bald wiedersehen" werde, aber dann hatte sie nichts mehr gehört. Abgesehen von einer. Christy hatte sie eingeladen, mit ins Kino zu kommen, und Maddie war mitgegangen, nur um endlich mal aus dem Haus rauszukommen, nur um die Geräusche und Special Effects zu hören. Aber es war furchtbar gewesen. Und sie sah es nicht ein, zwei Dollar dafür zu zahlen, dass sie einen Soundtrack hörte und sich fragte, was wohl gerade auf der Leinwand passierte.

„Komm jetzt, *chérie.*"

Maddie streckte die Hand vor und lief in Richtung Tür. Diese dämliche Brille verhinderte, dass sie Licht durch den Türrahmen fallen sah. Vorsichtig schob sie sich vorwärts. Das war lächerlich. Sie sollte keine fünf Minuten brauchen, um zur Tür zu kommen. Missmutig verzog sie das Gesicht und ließ die Hand sinken. Die Tür sollte sich ohnehin genau vor ihr befinden. Sie musste dort sein.

„Ich komme." Maddie ging schneller. Und rannte genau ins Fenster hinein. Ihre Stirn explodierte vor Schmerz, genau wie ihre Nase. Sie stolperte zurück zum Sofa. Ihr Kopf hämmerte wie verrückt. Sie stolperte und fiel über die Armlehne des Sofas – mitten hinein in den seidenen Plüsch. *Ich hasse das! Ich hasse es, hasse es, hasse es ...*

Ihre Hände ballten sich zu Fäusten und ihre Kehle wurde eng. Sie sprang vom Sofa.

„Versuch es noch einmal, Madison."

„Nein!"

Maddie hielt die Tränen zurück, schluckte sie herunter und rammte stattdessen ihre Faust in die Wand.

❧

Paul schwenkte den Erlenmeyerkolben, damit die Flüssigkeit sich vermischte. Er saugte mit der Pipette genau einen Milliliter verdünnter Natronlauge auf und fügte sie zu der Lösung hinzu. Nichts. Keine plötzliche Trübung. Kein Anstieg der Temperatur. Die Flüssigkeit blieb genau dieselbe. Klar. Kalt. Unverändert. Er musste irgendetwas falsch gemacht haben.

Er stellte den Kolben beiseite und griff nach seinen Notizen. Zehn Milliliter destilliertes Wasser als Ausgangsbasis. Er hatte die pulverisierte Verbindung, die John hergestellt hatte, hinzugegeben, das Ganze umgerührt, erhitzt, gekühlt, und dann drei Tropfen Scopolamin hinzugefügt. Genau drei, und keinen mehr. Er war vorsichtig gewesen, ganz vorsichtig, damit er nichts von dem Scopolamin verschüttete und sich vor allem nicht mit der Hand über die Augen fuhr, nachdem er die Flasche berührt hatte. Wenn er auch nur das kleinste Tröpfchen in die Augen bekäme, müsste er tagelang eine Sonnenbrille tragen, weil das Scopolaminhydrobromid seine Pupillen extrem erweitern würde. Zuletzt hatte er die Natronlauge hinzugegeben. Es hätte klappen sollen. Die Flüssigkeit hätte sich trüben und erwärmen müssen. Es sei denn ... Er schaute auf das Blatt Papier, das John ihm gegeben hatte, und glich es mit seinen Notizen ab.

Paul stöhnte auf. Er hatte die falsche Menge von der pulverisierten Verbindung dazugegeben. Es hätten dreihundert Milligramm sein sollen, nicht dreißig. Kein Wunder, dass nichts passiert war.

Er seufzte und entsorgte das Gemisch. Es half alles nichts – er musste noch einmal von vorne anfangen. Und es diesmal richtig machen. Vorsichtig maß Paul das destillierte Wasser ab, dann gab er es in einen sauberen Erlenmeyerkolben. Als Nächstes griff er nach dem Becherglas, das Johns Pulver enthielt. *Dreihundert. Nicht dreißig. Konzentrier dich!*

Aber es hatte keinen Sinn. Er brauchte eine Pause. Vielleicht einen Kaffee mit viel Zucker und Milch. Paul korrigierte den Sitz seiner

Schutzbrille und öffnete den obersten Knopf seines Laborkittels. Dabei raschelte der Brief in seiner Tasche.

Hinter ihm klopfte jemand an den Türrahmen. Als er sich umdrehte, fiel sein Blick auf einen Mann mit stacheligem schwarzen Haar und abgewetzten schwarzen Bikerstiefeln, die unter seinem Laborkittel hervorschauten.

„Hey Kumpel." John schnippte mit den Fingern und deutete auf das Becherglas. „Bist du mit dem Experiment fertig?"

„Ich brauche noch eine Stunde."

„Alles in Ordnung, Mann?" Als John fragend die Arme vorstreckte, wurden die beiden tätowierten Schlangen sichtbar, die sich um seine Handgelenke schlängelten.

Paul schüttelte den Kopf. Dann log er. „Klar. Ich hab in letzter Zeit nur zu viel gearbeitet. Du kennst das ja."

John zuckte mit den Schultern. „Kathy hat gesagt, du hättest Mädelsprobleme."

Paul zwang sich zu einem Lachen. „Mädelsprobleme? Wer? Ich?"

„Ich hab ihr gesagt, dass sie falsch liegt. Paul Tilden soll Probleme mit einer Frau haben?" Er prustete. „Ich kenne dich schon zu lange, um das zu glauben."

„Dann verzieh dich und lass mich arbeiten, ja?"

John klopfte wieder gegen den Türrahmen. „Ich habe das Spektrometer für heute Nachmittag reserviert."

Paul bedeutete ihm mit einer energischen Handbewegung, dass er endlich verschwinden solle. „Ich weiß. Du bekommst das, was wir dafür brauchen, auf jeden Fall rechtzeitig."

„Cool." John trat aus der Tür und stampfte den Gang hinunter. Volle dreißig Sekunden lang hörte Paul das Stampfen von Johns Stiefeln, dann wurde das Geräusch schwächer und verschwand schließlich ganz.

Paul zog sich die dünnen Latexhandschuhe von den Händen, durchquerte den Raum und schloss die Tür. Dann griff er nach seinem Notizblock und ging zu dem Schreibtisch, der in der Ecke stand. Er warf den Block auf die Tischplatte, zog sich einen Stuhl näher und ließ sich darauffallen.

Wieder knisterte der Brief in seinem Kittel. Diesmal zog er ihn heraus. Er war heute Morgen in der Post gewesen. Ungeduldig hatte er den Umschlag aufgerissen, das Papier herausgezogen und ihre Worte in sich aufgesogen. Doch sie waren nicht leicht zu schlucken gewesen und lagen ihm schwer im Magen. Trotzdem faltete er die Seiten jetzt erneut auseinander und las die riesigen, kindlichen Buchstaben ein zweites Mal.

Lieber Paul,
danke für deinen Brief. Die Worte waren groß genug, sodass ich sie lesen konnte. Allerdings hat meine Mutter sie auch gesehen. Ich weiß nicht, ob sie wusste, dass der Brief von dir war, aber sie schien nicht glücklich darüber zu sein. Das habe ich an der Art und Weise erkannt, wie sie im Zimmer umhergelaufen ist und merkwürdige Geräusche von sich gegeben hat. Bitte schreib mir trotzdem weiterhin. Es ist schön, von dir zu hören. Ich ...

Das nächste Wort hatte sie so sorgfältig durchgestrichen, dass Paul es nicht entziffern konnte. Es folgte ein neuer Absatz.

Nicht, dass ich hier keine Freunde hätte. Etliche der Mädchen, die früher mit mir in einer Klasse waren, sind vorbeigekommen und so hatten wir die Gelegenheit, an alte Freundschaften anzuknüpfen. Vor nicht allzu langer Zeit war ich sogar im Kino. Der Film lief schon eine Weile, wir wussten also, dass er gut sein musste. Natürlich konnte ich nicht besonders viel sehen, aber es hat Spaß gemacht, sich die Dialoge und die Musik und die ganzen Soundeffekte anzuhören. Es ist witzig, dass mir die Hintergrundmusik nie besonders aufgefallen ist, solange ich die Leinwand sehen konnte. Aber wie auch immer ... wir haben „Der wilde wilde Westen" mit Gene Wilder und Madeline Kahn gesehen. Sie war wirklich großartig. All diese Leidenschaft in ihrer Stimme. Ich wette, sie bekommt in diesem Jahr den Oscar.

Paul überflog den nächsten Teil, in dem Maddie die Handlung des Films wiedergab und noch mehr von ihren Freunden schrieb, deren Namen aufzählte und dann von all den aufregenden, lustigen Sachen berichtete, die sie so tat. Als er am letzten Absatz ankam, hielt er inne und las langsam weiter.

> Du siehst also, dass du dir keine Sorgen um mich machen musst. Mir geht es gut. Ich eigne mir alle möglichen neuen Fähigkeiten an und kann inzwischen fast schon allein spazieren gehen. Ich vermute, blind zu werden ist doch nicht so schlimm, wie ich dachte.
> Schreib bald zurück.
> In Liebe, Maddie

Paul überflog noch einmal den gesamten Brief, dann knüllte er ihn zusammen und schmiss ihn in den Papierkorb. Maddie machte es vielleicht nichts aus, dass sie blind wurde, aber er hasste es. Nichts von alledem wäre passiert, wenn die Blindheit nicht gewesen wäre. Die Blindheit, die Gott nicht heilte. Diese verdammte Blindheit, die ihm Maddie in dem Moment genommen hatte, als ihm bewusst geworden war, was er hatte. Was er beinah hatte, um genau zu sein.

Paul stöhnte und stürmte zu seinen Kolben und Bechergläsern zurück. Er stellte den Kolben ein Stück beiseite und griff nach der Phiole, die das Scopolaminhydrobromid enthielt. Die Flüssigkeit glitzerte, als er sie über sich auf die Ablage stellte. Seine Hand zitterte. Sein Magen knurrte.

Ich brauche echt eine Pause.

Er nahm seine Laborbrille ab und rieb sich die Augen. Zu spät bemerkte er seinen Fehler.

Kapitel 22

Liebe Maddie,
du wirst nicht glauben, was ich getan habe. Ich habe mir bei der Arbeit Scopolamin in die Augen gerieben und jetzt sind meine Pupillen so groß wie Dollarstücke. Ich muss den ganzen Tag über eine Sonnenbrille tragen und natürlich regnet es die ganze Zeit, sodass die Leute mich komisch angucken, wenn ich rausgehe. Die Jungs bei der Arbeit halten das alles für einen riesigen Spaß. Sie nennen mich neuerdings Ray, in Anlehnung an Ray Charles.

Maddie lächelte angesichts der riesigen Buchstaben, die Paul geschrieben hatte, und drehte das Blatt dann um. Auch die Rückseite war mit großen, schwarzen Wörtern bedeckt, die kräftig genug waren, dass sie sie ohne Hilfe lesen konnte.

Tony (du erinnerst dich doch an Tony, oder? Das ist der Kleine mit dem Afro ...) ruft jedes Mal, wenn ich an seinem Labor vorbeilaufe, ‚Yeah, Baby', in der grauenvollsten Ray-Charles-Imitation, die du je gehört hast. Und dann fängt er an ‚Baby, let me hold your hand' zu singen, was nicht so schlimm wäre, wenn er nicht der schlechteste Sänger aller Zeiten wäre. Und außerdem habe ich den Fehler begangen, ihm zu erzählen, was mir gestern passiert ist. Da hat nämlich wirklich jemand meine Hand gehalten. In gewisser Weise, zumindest.

Maddie setzte sich auf einen Stuhl und knipste die Stehlampe an. Das Tageslicht schwand allmählich und die Abenddämmerung ließ den Himmel grau und trist aussehen. Sie richtete den Strahl der Leselampe so, dass das Licht auf Pauls riesige Buchstaben fiel. Dann griff sie nach der zweiten Seite.

Das ist eine Geschichte, die dir gefallen wird. Ich bin dort, wo der Fischmarkt ist, über die Embarcadero gelaufen, als ich plötzlich diese Hand auf meinem Arm gespürt habe. Ich sah nach unten und erblickte eine kleine alte Dame – die mir über die Straße half! Das ist kein Scherz. Eine richtige, waschechte kleine alte Dame. Sie tätschelte meinen Arm und erzählte mir, was für ein feiner junger Mann ich sei und dass das mit meinem Augenlicht doch wirklich zu schade sei. Ich habe es nicht übers Herz gebracht, ihr zu sagen, dass ich wirklich gut genug sehen konnte, um die Straße zu überqueren.

Dann entdeckte ich meinen Heilbutt. Es hat ewig gedauert, weil auf dem Markt so viel los war, und ich musste anstehen. Und dann habe ich gewartet. Und gewartet. Und gewartet. Ich war fast dran, als dieser Krawattenträger im schicken Anzug plötzlich auftauchte und ein paar Schritte vor mir stehen blieb. Er starrte mich eine Ewigkeit lang an und es war klar, dass er nicht damit rechnete, dass ich ihn sehen konnte. Und dann, als ich fast dran bin, schiebt sich der Typ heimlich, still und leise vor mir in die Schlange. Zu seinem Glück hat der Marktverkäufer etwas gesagt, bevor ich die Chance dazu hatte. Mir schossen Bilder davon durch den Kopf, wie ich den Kerl ungespitzt in den Boden rammte und ihm diese Brille in die Nase stopfte. Und den Heilbutt gleich hinterher. Nicht sehr christlich, ich weiß. Aber trotzdem …

Auf der dritten Seite änderte sich das Schriftbild, als hätte Paul eine Pause eingelegt und den Brief später weitergeschrieben. Die Buchstaben wurden kleiner. Maddie riss die Augen auf und zog sich das Licht noch näher. Sie kippte das Blatt in diese und jene Richtung, bis sie die Worte besser erkennen konnte.

Wie auch immer, was ich damit eigentlich sagen wollte, war, dass ich eine Vorstellung davon bekomme, was du durchmachst. Ich wette, du erlebst so etwas ständig. Kein Wunder, dass du an jenem Tag am Strand all diese Dinge gesagt hast. Ich erlebe das jetzt seit drei Tagen und es geht mir schon gewaltig auf die Nerven.

Also wie machst du das, Maddie? Treu am Glauben festzuhalten, meine ich. Immer noch an Gott zu glauben, auf ihn zu hoffen und ihm zu vertrauen, obwohl er dich nicht heilt? Wie schaffst du es, dir ein dankbares Herz zu bewahren, wenn sich jemand vor dir in die Schlange schiebt, wenn irgendeine alte Tante, die du nicht kennst, dir über die Straße helfen will?

Maddie hielt inne und schaute zu ihrem Stock hinüber, der am Schirmständer neben der Tür lehnte. Wie sie es schaffte, treu zu bleiben? Wie sie Gott weiterhin vertraute? Das tat sie nicht. Zumindest fühlte es sich nicht so an. Sie zweifelte, machte sich ihre Gedanken und quälte sich mit der Frage nach dem Warum. Aber sie glaubte immer noch. Der Schnee hatte ihr das klargemacht. Jesus war real. Und er war Gott. Er hatte sie gerettet. Sie wusste das, aber irgendwie war das nicht genug.

Gott, wie vertraue ich dir in der Dunkelheit? Wie lerne ich es, dort zu laufen, wo ich nichts sehen kann? Wie führe ich ein Leben in Blindheit, wenn ich mit meinem Sehvermögen alles verloren habe, was ich je wollte? Bist du da draußen, Gott? Siehst du … siehst du selbst mich?

Sie wusste es nicht. Kannte die Antwort auf ihre Fragen nicht. Wusste nicht, wie es mit ihrem Glauben weitergehen würde. Wusste nicht, warum sie blind wurde, wenn es doch einen Gott im Himmel gab, der sie eigentlich lieben sollte. Früher einmal, so erschien es ihr jetzt jedenfalls, war alles so klar gewesen. Glaub an Jesus. Sei gehorsam. Geh zur Kirche. Sei glücklich. Aber dieses Rezept half nicht mehr. Nicht in dieser Dunkelheit. Nicht inmitten all der Zweifel. Würde Gott sie sogar hier finden? Sogar in diesen Schatten aus Schmerz und Verlust? Und falls er es tat, was könnte er ihr sagen, das auch nur den geringsten Unterschied machen würde?

Maddie seufzte und schüttelte den Kopf. Paul war es wieder einmal gelungen, den Finger mitten hinein in die Wunde zu legen – in eine Wunde, die sie ignoriert hatte. Ihm entging einfach nichts. Sie hatte ihren Brief mit heißer Luft und Lügen aufgeblasen. Er hatte mit Tiefe und Wahrheit geantwortet. Und dabei hatte sie immer gedacht, dass er der oberflächlichere von ihnen beiden sei. Sie hatte falsch gelegen. Ganz, ganz falsch. Sie schniefte und las weiter.

Ich vermisse dich, Maddie. Ich wünschte, du wärst hier. Aber ich verstehe jetzt, warum du das nicht sein kannst. Ich versuche dich diese Woche anzurufen. Vielleicht am Freitag. Ich habe letzte Woche schon mal angerufen, aber deine Mutter sagte mir, du seist nicht da. Ich glaube nicht, dass sie mich mag.

Maddie runzelte die Stirn, drehte das Blatt um und las die letzte Seite.

Womöglich irre ich mich, aber normalerweise knallt niemand den Hörer so auf die Gabel, wenn er den Menschen am anderen Ende der Leitung mag. Mein Ohr klingelt immer noch.
Wir sprechen uns also bald. Aber du musst dann laut und deutlich sprechen, denn ich mag jetzt zwar blind aussehen, aber in Wirklichkeit bin ich taub. Ha ha.
In Liebe, Paul

P.S. Kelli hat seit letzter Woche pinkfarbene Cowboystiefel und einen dazu passenden, ebenfalls pinkfarbenen Hut. Wenn sie ans Telefon geht, sagt sie jetzt immer 'Howdy'. Du musst einen Zahn zulegen, schnell lernen, was du zu lernen hast, und dann hierher zurückkommen, bevor es zu spät ist. Sie macht uns alle völlig verrückt.

Maddie gluckste in sich hinein. Das Geräusch erstarb jedoch auf ihren Lippen, als sie das Klackern von hochhackigen Schuhen auf den Küchenfliesen vernahm. Schnell faltete sie den Brief zusammen und schob ihn in ihre Tasche. Sie würde ihn später noch einmal lesen. Wenn sie allein war.

„Mama?" Es musste ihre Mutter sein. Sie trug diese neuen hochhackigen Lederstiefel, die sie letzte Woche bei Saks gekauft hatte. „Soll ich dir helfen, das Abendessen zu machen?"

„'ast du 'eute schon Brailleschrift lesen geübt?"

Maddie gab keine Antwort.

„Madison?"

„Ja, Mutter?"

„Üb lesen."

„Ich will aber nicht." Sie sagte die Worte so leise, dass ihre Mutter sie nicht hören konnte.

„'ast du misch ge'ört?"

Sie erhob die Stimme. „Ja." Natürlich hatte sie sie gehört. Sie hörte sie immer. Maddie ging zu ihrem Braillebuch, das auf dem Wohnzimmertisch lag. Ihre Finger strichen über die Oberfläche.

Das Telefon klingelte.

Maddie machte einen Satz. Vielleicht war es Paul. Sie hastete in Richtung Küche. *Um den Stuhl herum, weich dem Tisch aus, achte auf die Stufe.* Sie hatte lange genug geübt, um die Strecke schnell zu bewältigen. Aber sie war nicht schnell genug. Gerade als sie durch die Küchentür eilte, brach das Klingeln ab.

Die Stimme ihrer Mutter sagte ein freundliches *„Allô?"*

Maddie blieb stehen und lehnte sich gegen den Türrahmen. Ihre Hand fuhr über die Stelle, an der zwei Bahnen der goldgeblümten Tapete aneinanderstießen, während sie wartete.

„Nein. Tut mir leid." Die Freundlichkeit war wie weggewischt. *„Oui. Certainement."* Sie schwieg.

Maddie pulte an der Tapete herum und zog einen Streifen getrockneten Tapetenkleister ab.

„Non. Isch 'abe es Ihnen doch gesagt. Sie ist nischt da."

Sie richtete sich auf und ließ die Hand sinken. „Mama? Wer ist das denn?"

Ihre Mutter knallte den Hörer auf die Gabel.

Maddie ging auf sie zu. „Wer war das?" Sie deutete mit dem Zeigefinger auf die Wand, an der das Telefon hing.

Ihre Mutter blockierte ihr den Weg. „Niemand. Da 'atte sisch jemand verwählt."

Maddie plusterte sich auf. „Das war Paul, nicht wahr? Er hat gesagt, dass er anrufen würde."

„Er 'at es gesagt?"

„In seinem Brief geschrieben."

„Was für einem Brief?"

„Dem, den er mir geschrieben hat."

„Gib ihn mir." Gebietend streckte sie die Hand aus.

Maddie legte ihre Handfläche auf ihre Hosentasche und drückte den Brief fest gegen ihr Bein.

„Nein, das mache ich nicht."

Ihre Mutter schob sich näher an sie heran. „Doch. Das tust du."

Maddie gab sich nicht die Blöße zurückzuweichen. „Das *war* Paul. Du hast ihm gesagt, ich sei nicht da. Wie kannst du es wagen?"

Ihre Mutter schnippte mit den Fingern und deutete auf Maddies Tasche.

„Isch will diesen Brief se'en, Madison. *Immédiatement.*"

Jetzt wich Maddie doch zurück. „Nein."

„Isch tue das nur zu deinem Besten. Du musst mir vertrauen."

„Dir vertrauen?" In Maddies Inneren fügten sich plötzlich einige Bruchstücke zusammen. Sie hatte diese Worte schon einmal gehört. Aber damals waren sie leise ausgesprochen worden, geflüstert, schmerzerfüllt – vor Malcolms Zimmertür. „*Vertrau mir ... Es ist zu deinem Besten ...*" Und dann war Malcolm gestorben.

Maddie schob die Schultern zurück und starrte ihre Mutter an. „Das hast du bei Malcolm auch gesagt."

„Wo'er weißt du das?"

„Ich habe dich gehört, Mutter. An jenem Tag bevor ... bevor ..."

„Du 'ast keine Ahnung, wovon du da sprischst."

Hitze wanderte Maddies Brust hinauf, zog sich über ihren Nacken, ihr Gesicht und entlud sich in einer wütenden Anklage. „Du hast ihn erstickt. Ihm alles genommen. Du hast behauptet, du würdest ihm helfen, aber du hast ihm damit nicht geholfen. Kein Bisschen. Und jetzt erwartest du von mir, dass ich dir vertraue? Das werde ich ganz bestimmt nicht. Nicht nach dem, was Malcolm zugestoßen ist."

„Isch 'abe das Einzige getan, was isch tun konnte." Die Stimme ihrer Mutter wurde leiser, bebte vor Emotionen. „Aber es war zu spät."

Maddies Stimme hingegen wurde lauter und wischte die Worte ihrer Mutter fort. „Was hast du für Malcolm getan, das wirklich zu seinem Besten war?"

Sie erhaschte am Rand ihres Gesichtsfelds einen flüchtigen Blick auf ihre Mutter. Das Bild war verschwommen, verzerrt, aber sie kannte diesen Gesichtsausdruck. Die Lippen fest zusammengepresst, die Wangen blass und das nervöse Pochen der Ader an ihrer Schläfe, die nur sichtbar wurde, wenn sie besonders wütend war. Nun, jetzt war sie wütend. Wütend genug, dass Maddie das nervöse Pulsieren trotz ihrer schlechten Augen sehen konnte. „Was auch immer es war – es war das Falsche. Und jetzt willst du mir dasselbe antun."

„Du verstehst das nischt. Das 'ast du nie getan."

„Ich verstehe genug um zu wissen, dass es deine Schuld war."

„Ja, das war es."

Maddie erstarrte. Sie hatte erwartet, dass ihre Mutter widersprach, jede Verantwortung abstritt, sich verteidigte. Aber die Erwiderung ihrer Mutter hatte weich, besiegt geklungen. Traurig. „Du gibst es zu?"

Ihre Mutter trat noch näher. „*Oui.* Isch gebe zu, dass isch diese 'exe weggeschickt 'abe und isch 'ätte es frü'er tun sollen. Wenn isch doch nur ..." Sie hielt inne, als ob sie die nächsten Wörter nicht über ihre Lippen brachte. Zitternd atmete sie ein und aus. Die Luft entströmte ihr mit einem Zischen, das die Stille zwischen ihnen brach.

„Von wem redest du?"

„Patricia. Du erinnerst disch doch noch an Patricia, *n'est-ce pas*?"

„Seine Freundin?"

„Wenn man sie so nennen konnte."

„Du hast sie davon abgehalten, ihn zu sehen?" Genau wie bei Paul. Genau wie ...

Maddie rollte ein Kälteschauder über den Rücken. Es wollte ihr nicht gelingen, einzuatmen. Verzweifelt schnappte sie nach Luft, doch die Luft blieb ihr in der Kehle stecken und ihr wurde schwindelig. „Aber ..."

„Isch 'abe getan, was isch tun musste. Isch 'abe es nur nischt reschtzeitig getan."

„Du hast ihm alles genommen."

„Nischt alles. Auf jeden Fall nischt genug."

Und plötzlich wurde Maddie alles klar. „Du hast ihn umgebracht. Du, mit deinen Sorgen, deiner überfürsorglichen Art, deiner Angst vor dieser dämlichen Krankheit namens Stargardt. Du konntest ihn nicht einfach sein Leben leben und glücklich sein lassen." Ihre Augen wurden schmal. „War es nicht schlimm genug, dass er nicht mehr Ball spielen konnte? War es nicht schwer genug für ihn, wieder hier einziehen und alles aufgeben zu müssen – alles, was er je gewollt, wovon er geträumt, was er sich erhofft hatte? Musstest du ihm auch noch Patricia nehmen?"

„*Oui.*" Die Stimme ihrer Mutter klang flach, resigniert.

„Du hast meinen Bruder umgebracht."

Ihre Mutter schaute weg. „Das 'abe isch nischt."

Maddies Wangen röteten sich vor Zorn und jetzt voll entflammter Angst. Sie schaute ihre Mutter an, ohne sie zu sehen, und spuckte wuterfüllte Worte aus. „Wie kannst du das sagen? Wie?"

Ihre Mutter schwieg einen Augenblick lang. Aber Maddie merkte, dass sich irgendetwas geändert hatte. An ihrer Haltung, ihrem Auftreten, an der Spannung, die in der Luft lag. „Isch 'abe disch auch im Stisch gelassen, nischt wahr? Obwohl isch es so sehr versucht 'abe."

Maddie schob das Kinn vor und weigerte sich, einen Rückzieher zu machen. Nicht dieses Mal. „Wie kannst du sagen, dass du ihn nicht umgebracht hast?"

„Du willst die Wahr'eit? *Oui*, vielleischt ist es Zeit dafür." Ihre Mutter murmelte diese Worte. Dann trat sie vor und drehte Maddies Kinn in ihre Richtung. Sanft. Unerwartet. Sie beugte sich vor und flüsterte Maddie etwas ins Ohr.

„Isch kann das sagen, weil dein Bruder nischt tot ist, Madison."

Kapitel 23

Paul ließ den Hörer auf die Gabel sinken und fuhr sich mit der Hand durch die Haare. Ihm schossen ein paar ungehörige Bezeichnungen für Mrs Foster durch den Kopf. Maddie war da gewesen. Das wusste er einfach. Aus irgendeinem Grund blockierte Mrs Foster seine Anrufe. Er wusste nicht, warum sie es tat, aber das musste aufhören. Er musste etwas unternehmen.

Aber was konnte er tun? Wieder und wieder und wieder anrufen, bis er irgendwann zu Maddie durchkam? Und dann? Was um alles in der Welt könnte er sagen, das auch nur den geringsten Unterschied machen würde? Wie könnte er ihr helfen, die Dinge in Ordnung bringen? Er war kein Arzt. Er konnte ihr Sehvermögen nicht wiederherstellen. Er war einfach nur ein Typ, mit dem sie früher einmal Squash gespielt hatte. Nur ein Typ ...

Paul knallte seine Faust auf den Tisch, aber das half nicht. Es sorgte nur dafür, dass seine Hand pochte. Er schüttelte sie aus und schlenderte zur gegenüberliegenden Zimmerwand hinüber. Auf dem Regal dort lag ein Roman, den sie ihm gegeben hatte. *Der Hobbit.* Sie hatte gemeint, dass er das Buch lieben würde. Er hatte es nie gelesen. Daneben lagen ein zerschmetterter Squashball, eine dahingekritzelte Telefonnummer von jemandem namens Sherry und ein Foto, das letztes Jahr aufgenommen worden war.

Er starrte es an. Es war ein Schnappschuss von Maddie und ihm, den ein Freund nach einem besonders intensiven Squashspiel gemacht hatte. Maddie und er trugen dieselben weißen Stirnbänder. Sie hielt ihren Schläger hoch und schnitt eine Grimasse. Er stand mit schweißglänzender Stirn und dem leuchtend blauen Squashball in der Hand daneben. Maddie hasste dieses Foto. Er liebte es. Und nicht nur, weil er jenes Spiel mit einem schmalen Vorsprung von zwei Punkten gewonnen hatte. Das Bild hatte einfach etwas. Es war irgendetwas an der Art, wie sie in die Kamera schaute, schmollend die Unterlippe vorgeschoben, aber mit einem Grinsen in den Augen.

Paul strich mit dem Zeigefinger sanft über den Rahmen, dann drehte er sich um und ging weg. Er marschierte in die Küche, öffnete den

Kühlschrank und nahm eine Dose Mountain Dew heraus. Die würde ihn die ganze Nacht lang wach halten. Genau das brauchte er jetzt. Er drückte die Metalllasche nach hinten, brach sie ab und warf sie in den Mülleimer in der Ecke. Sie fiel scheppernd zu Boden. Er ließ sie liegen und nahm einen großen Schluck von der gelben Limonade. Sie brannte ihm in der Kehle und trieb ihm das Wasser in die Augen. Er trank einen weiteren Schluck.

Paul schaute erneut zum Telefon hinüber. Was sollte er machen? Sie ziehen lassen? Sollte er ihre Beziehung jetzt, wo sie schwierig – fast unmöglich – war, einfach aufgeben?

Nein.

Denn irgendetwas war merkwürdig an diesem blöden Brief, den sie ihm geschrieben hatte. Irgendetwas, das nichts mit den Worten zu tun hatte, die sie geschrieben hatte, vielleicht aber mit denen, die sie so gründlich durchgestrichen hatte. Er hatte das Ding weggeschmissen, aber aus seinem Gedächtnis hatte er es nicht so einfach streichen können. Er hatte darüber nachgedacht, lange gegrübelt und dann endlich hatte er es verstanden. Das ganze Ding war eine Lüge. Eine riesige, heitere, ‚Ich-setz-jetzt-ein-fröhliches-Gesicht-auf'-Lüge. Und es gab nur einen Grund, warum Maddie ihm eine solche Lüge vorsetzen würde. Sie wollte nicht, dass er sich Sorgen machte. Sie wollte ihm Schmerzen ersparen. Weil er ihr wichtig war. Und vielleicht, nur vielleicht, könnte es sein, dass sie ihn auch liebte. Er konnte sich dessen nicht sicher sein. Aber in einem war er sich sicher – irgendwie würde er das herausfinden.

Er stürzte den Rest seiner Limo herunter, zerdrückte die Dose mit der Hand und warf sie dann in Richtung Mülleimer. Diesmal traf er.

Ich muss etwas unternehmen.

Paul nahm den neuen Brief, den er Maddie geschrieben hatte, vom Tisch, faltete die Blätter auseinander und schaute auf die letzte Seite. *Ich hoffe, ich habe mit dir gesprochen, bevor du diesen Brief erhältst,* stand da. Er griff nach einem Stift und strich diese letzte Zeile durch. Dann kritzelte er ein P.S. darunter. *Ich habe am Freitag angerufen. Deine Mutter sagte, du seist nicht zu Hause, aber ich glaube ihr nicht. Ruf mich an.* Er schrieb seine Telefonnummer in größerer, dickerer Schrift als den Rest, obwohl sie die bereits hatte. Obwohl sie sie vermutlich auch in seiner normalen großen Schrift hätte lesen können. Er unterstrich sie zweimal, dann faltete der den Brief wieder zusammen.

Jetzt musste er ihn nur noch zu Kelli bringen. Er riss seinen Mantel von der Stuhllehne und stürmte aus dem Haus. Zwanzig Minuten später stand er vor Maddies altem Apartment und hämmerte gegen die Tür. Niemand antwortete. Er klingelte. Dann klopfte er wieder. Diesmal schwang die Tür auf. Aber es war nicht Kelli, die öffnete. Es war Ryan.

Ryan schob sich eine Locke seines Hippie-Haars hinter das Ohr. „Hey, Mann, was geht ab?" Paul schob sich an ihm vorbei in die Wohnung. „Wo ist Kelli?" Sein Blick wanderte durchs Wohnzimmer. Er bemerkte die Schüssel Kartoffelchips, die auf dem Wohnzimmertisch stand, die Bibeln, die auf der Couch und dem Stuhl lagen, und eine halb gefüllte Keksrolle mit Oreos, die an einer Lampe lehnte. „Ist sie da?"

„Einkaufen."

„Mhm." Paul lief durch den Raum, drehte sich um und nahm sich einen Keks. „Sie hätten doppelt so viel Füllung da reinmachen sollen." Er pulte den oberen Schokoladenkeksdeckel ab und aß zuerst die weiße Creme.

Ryan schnappte sich die Keksrolle und stellte sie neben die Chips. „Was machst du hier, Mann? Kommst du zum Bibelstudium?"

„Wann kommt Kelli zurück?" Er griff nach den Chips.

„Ihr zwei geht doch nicht miteinander aus, oder?" Ryan nahm die Chipsschüssel auf den Schoß.

Paul starrte ihn an. „Nein. Natürlich nicht."

„Was ist dann los?"

„Nichts." Paul schob sich ein paar Chips in den Mund und wandte Ryan den Rücken zu. Dem Kerl würde er gar nichts erzählen. Und er hatte auch nicht vor, zum Bibelstudium zu bleiben. Nicht heute. Früher war er jeden Dienstag und dann freitags gekommen, aber das tat er inzwischen nicht mehr. Jetzt musste er Kelli nur diesen Brief geben, dann wäre er hier weg. Kelli würde dafür sorgen, dass Maddie den Brief bekam.

Kurz nachdem sie nach Boston zurückgekehrt war, hatte Paul versucht, Maddie direkt zu schreiben. Er hatte den Brief an die Postfachadresse geschickt, die sie ihm gegeben hatte. Aber Maddie hatte seinen Brief nicht bekommen. Genauso wenig wie den nächsten, den er ihr geschrieben hatte. Die Briefe von Kelli schien sie aber ohne Probleme zu bekommen. Mit denen gab es keinerlei Schwierigkeiten. Er zerkrümelte die verbliebenen Chips in seiner Hand.

„Hey, Mann!"

„Tut mir leid." Paul beugte sich vor und pickte die Krümel vom Stuhl.

Jetzt bekam Maddie seine Briefe und auch er bekam die, die Maddie für ihn an Kelli schickte. Aber er hatte jetzt genug. Vielleicht war es an der Zeit, mit diesen Spielchen aufzuhören und –

„Was liegt dir so schwer im Magen, Mann?" Ryans Frage riss Paul aus seinen Gedanken.

Er drehte sich um. „Wie bitte?"

„Willst du ein Rootbier oder so?"

Rootbier. Ryans Patentlösung für alles. Kein Problem war so groß, dass ein Rootbier es nicht lösen konnte. „Nein. Danke."

Ryan stellte die Chipsschüssel wieder hin und zeigte drauf. „Nimm dir so viel du willst. Es ist genug da." Er stockte kurz. „Bist du sicher, dass es dir gut geht?"

Paul sah den Typen zum ersten Mal seit langer Zeit wieder richtig an. Er bemerkte die Stoppeln an seinem Kinn, die Art, wie seine Augenbrauen aufeinander zu wuchsen, sodass zwischen ihnen nur ein Zentimeter Platz war. Er hatte Ryan nie gemocht, aber vielleicht war das nicht fair. Klar, der Kerl war ein Trottel, aber das war nicht seine Schuld. Er war ein guter Kerl, ein ehrlicher Kerl. Er verdiente eine ehrliche Antwort.

„Nein, mir geht es nicht gut."

Ryan zog ein pinkfarbenes Pelzkissen von dem Stuhl, der Paul am nächsten stand. „Komm, setz dich. Kelli ist bald zurück."

Paul setzte sich und rieb sich die Schläfen. „Danke."

„Also, was ist los?"

„Maddie."

Ryan nickte. „Kelli hat erzählt, dass ihre Mutter ein richtiges ..." Er räusperte sich. „Tja, du weißt schon. Ich werde es nicht laut aussprechen, so direkt vor der Bibelstudiengruppe und so. Aber wir wissen beide, was ich meine."

Paul lächelte. „Ja, das tun wir."

„Also?"

„Also – ich weiß nicht, was ich tun soll."

Ryan nahm sich eine Handvoll Chips und schob sie sich in den Mund. „Warum überhaupt was tun?" Ein Chipskrümel flog aus seinem Mund und blieb auf dem Tisch kleben.

„Häh?"

„Tja, Maddie ist weg. Du bist hier." Ryan zuckte mit den Schultern und setzte sich auf den Stuhl ihm gegenüber. „Und nimm es mir nicht übel, aber du bist mir nie wie der Kerl erschienen, der auf was Langfristiges aus ist."

Zuerst war Paul empört, doch dann seufzte er. Ryan hatte recht. Das wusste jeder. „Das hier ist was anderes."

„Warum?"

Paul lehnte sich zurück, streckte die Beine aus und schaute Ryan einen Augenblick lang in die Augen. Dann erst antwortete er. „Weil ich sie liebe."

Ryan stützte die Ellbogen auf seine Knie. „Ja? Tja, da bist du nicht der Einzige."

Paul stockte der Atem. „Was? Wer? Du?"

Ryan lachte. „Ich? Red keinen Müll."

„Dann ..."

„Ich habe natürlich Gott gemeint." Er verdrehte die Augen. „Du weißt schon, Gott?" Sein Zeigefinger deutete auf die Decke. „Der Kerl über uns. Der Herr des Universums. Der große Häuptling. Der Schöpfer von Himmel und Erde."

„Ja, ich weiß, wer er ist." Pauls Kiefer verkrampfte sich und er wusste mit einem Mal wieder, warum er Ryan nicht mochte.

„Und nicht zu vergessen Jesus." Er nahm eine Bibel in die Hand, wedelte damit und warf sie Paul auf den Schoß. „Der Kerl, der am Kreuz gestorben ist, um sie zu retten. Dieser Kerl."

„Komm zum Punkt."

Ryan stieß einen tiefen Seufzer aus. „Der Punkt ist, dass Jesus dein Mädel mehr liebt, als du es tust. Du musst dir keine Sorgen machen. Er kümmert sich um sie."

Paul verschränkte die Arme. „Und das läuft ja auch sooo gut."

Ryan starrte ihn an. Seine Augen verengten sich zu Schlitzen. „Das läuft sehr gut. Du kriegst es nur nicht so mit."

Paul richtete sich auf. „Was weißt du schon?"

Ryan hob die Hände und bedeutete Paul damit, dass er sich ergab.

„Ich weiß gar nichts." Er stand auf und hielt Paul die Hand hin. „Nur, was ich in diesen letzten Jahren gesehen habe."

Paul ergriff die Hand und Ryan zog ihn auf die Füße. „Und was hast du gesehen?"

„Zwei Menschen, die Gott liebt. Die zu blöd sind zu erkennen, was sich direkt vor ihrer Nase befindet."

Einen Moment lang standen sie schweigend da, dann versetzte Ryan Paul einen Schlag auf die Schulter. „Mach dir keine Sorgen, Mann. Das wird schon. Du musst Jesus einfach vertrauen und deinen Part tun."

„Und was ist mein Part?"

„Ich hab keine Ahnung. Aber überlass ihm seinen Part. Wenn du das tust, dann erkennst du auch, was dein Part ist, das wette ich mit dir." Er drückte Pauls Arm. „Ich werde für dich beten, Mann. Du musst nur Vertrauen haben."

Vertrauen. Damit tat er sich nicht leicht. Nicht seit ... nun, nicht seit Samantha gestorben war. Paul löste sich aus Ryans Umklammerung und ging auf die Tür zu. Als er sie öffnete, wäre er fast in Kelli hineingerannt. „Hey!" Er duckte sich weg, bevor die Krempe ihres Cowboyhuts ihn am Kinn erwischte.

Sie blieb stehen. „Hey. Was machst du denn hier?"

„Ich brauche Maddies Adresse. Ihre richtige Adresse. Mit Straßennamen und allem drum und dran."

„Okay." Sie warf ihm einen merkwürdigen Blick zu, schob sich an ihm vorbei und stellte ihren Einkaufsbeutel auf dem Wohnzimmertisch ab. „Wer hat die Chips gegessen?"

„Er." Paul und Ryan antworteten gleichzeitig.

Kelli lachte in sich hinein, als sie in die Küche ging. Ein Schrank wurde geöffnet. Dann erklang das Geräusch eines Stifts, der über ein Blatt Papier fuhr. Kurz darauf kehrte Kelli zurück und reichte ihm einen Zettel. „Das wird aber auch Zeit." Das war alles, was sie sagte, bevor sie zum Tisch marschierte und ihren Einkaufsbeutel auszupacken begann.

Paul warf einen Blick auf den Zettel, schob ihn in seine Hosentasche und ging. Er nahm zwei Stufen auf einmal, während Ryans Worte immer noch in seinem Kopf widerhallten. „*Du musst einfach Vertrauen haben ... Gott liebt sie mehr ... Tu du deinen Part, nicht seinen.*" Sinnlose Worte, blöde Worte. Nein. Er selbst war blöd. Am Fuß der Treppe angekommen blieb Paul stehen und blickte zurück nach oben.

Blöd genug, sie gehen zu lassen. Zu glauben, dass er lieber gar nichts versuchen sollte, wenn er nicht alles in Ordnung bringen konnte. Blöd genug zu glauben, dass er der Einzige war, der sie liebte. Ryan hatte recht. Vielleicht liebte Gott Maddie mehr, als er es tat. Aber konnte er das glauben – trotz ihrer Blindheit, trotz alledem, was passiert war? Trotz all der unbeantworteten Gebete? Glaubte er es? Und wenn ja, was war die Konsequenz?

Er wandte sich um und ging zu seinem Auto. In seiner Hosentasche raschelte das Papierstück. Paul öffnete die Fahrertür und schob sich auf den Sitz. *„Tu du deinen Part …"* Der Schlüssel in seiner Hand schimmerte im Mondlicht. Er schob ihn ins Zündschloss. *Ich bringe das Auto nicht zum Laufen. Ich drehe nur den Schlüssel, drücke das Gaspedal. Aber ich bringe es nicht zum Fahren.*

Was, wenn … was, wenn … Was, wenn er Maddie einfach lieben und Gott für den Rest sorgen lassen konnte? Was, wenn er sie nicht retten, nicht alles in Ordnung bringen musste? Nicht ihre Blindheit heilen oder dafür sorgen musste, dass das schwarze Loch aus ihrem Gesichtsfeld verschwand? Nicht so tun musste, als ob es keine Rolle spielte? Nicht auf alles eine Antwort haben musste? Er könnte einfach für sie da sein, bei ihr sein. Was, wenn das genug war?

Das könnte er tun.

Paul drehte den Schlüssel herum und der Motor ging an.

Das ist überhaupt nicht wie bei Samantha. Aber so hätte seine Zeit mit Samantha aussehen sollen. So hätte sie aussehen können. Einfach zusammen sein. Glücklich über die Zeit, die sie hatten. Dankbar. Denn Gott liebte auch Samantha viel mehr. Selbst als Sam starb …

Paul umklammerte das Lenkrad mit angespannten Händen. *Ich weiß, was zu tun ist.* Er warf durch die Windschutzscheibe einen Blick auf den Himmel. *Ich werde …*

Er zog das Stück Papier aus seiner Hosentasche und betrachtete erneut die Adresse. Maddies Adresse. Boston. Ein Hauch von Angst durchströmte ihn. Nein, er würde keine Kehrtwende machen. Nicht jetzt. Er wusste, was er zu tun hatte. Seinen Part. Nur seinen Part.

Ich muss Gott sie nur zuerst lieben lassen. Er legte den Rückwärtsgang ein.

Selbst wenn diese Liebe Blindheit beinhaltet. Selbst wenn sie niemals geheilt wird. Selbst …

Paul starrte auf die blasse, eingefallene Frau, die vor ihm im Krankenhausbett lag. Immer noch war ihre Atmung flach, mühevoll. Ihm kam ein Lied in den Sinn. Ein altes Lied, das vor einigen Jahren zu ihren Lieblingssongs gehört hatte: „Just remember I love you." Es würde alles gut. So war es damals gewesen und so würde es auch jetzt sein. Alles würde gut.

Er musste Gott sie nur zuerst lieben lassen … selbst wenn sie sterbend in einem Krankenhausbett lag. Selbst wenn Gott sie heilen könnte. Und es nicht tat. Jedenfalls jetzt noch nicht. Noch nicht jetzt.

Er beugte sich vor und begann zu singen.

Maddie war fast da. War fast an dem Ort, an dem sie sich daran erinnern konnte, was damals geschehen war und was jetzt geschah. Warum sie an diesem kalten Ort am Wasser war. Worauf sie wartete. Und warum dieser Schmerz in ihrer Brust kein Ende nahm.

Das schwarze Wasser wich zurück. Sie konnte beinah sehen, was dahinter lag. Es zehrte an den Ausläufern ihrer Erinnerung. Beständig, kalt, unbarmherzig. Aber dahinter war ein Licht. Dämmrig nur, aber real. Ein beständiges Piepen. Und da war jemand.

Außerdem war da noch etwas anderes. Ein Nebel, und in ihm eine Melodie. Sanft, gesungen. Ruhig, mit lieben Worten. Ein bekanntes Lied. Eines ihrer Lieblingslieder. Von vor Jahren, so vielen Jahren. Es zog sie in seinen Bann. Rief sie. Führte sie zurück …

Nicht tot. Maddie wich von ihrer Mutter zurück, bis sie mit den Ellbogen gegen die Küchenwand stieß. Wie konnte Malcolm noch am Leben sein, nach, nach …?

Ihre Mutter drehte sich um.

Maddie wartete.

Von der Küchenarbeitsplatte erklang das beständige Gurgeln und Plätschern der Kaffeemaschine. Der Wasserhahn tropfte. Die Uhr tickte. Das Aroma von frisch gebrühtem Kaffee erfüllte den Raum. Und die Worte ihrer Mutter standen noch unkommentiert im Raum.

„Malcolm ist nicht tot?"

Ihre Mutter trat näher, bis sie ihre Hand auf Maddies Arm legen konnte. „Nein, das ist er nischt."

Maddie versuchte das Gesicht ihrer Mutter zu sehen, versuchte deren Gesichtsausdruck auszumachen, aber es wollte ihr nicht gelingen. Alles, was sie sehen konnte, war ein Lichtschimmer, als ob die Augen ihrer Mutter voller ungeweinter Tränen standen. „Aber …"

„Aber er könnte es genauso gut sein."

So leise, so traurig kam dieser Nachschub, dass Maddie ihn fast überhört hätte. Und trotzdem stoppte er die wütende Erwiderung, die ihr bereits auf der Zunge gelegen hatte, die Anschuldigung, brachte alles in ihr zum Schweigen außer der Angst. „Ich verstehe das nicht."

„Isch weiß."

„Du hast mich angelogen. All die Jahre."

„So lange war es nischt."

Maddie ging um ihre Mutter herum, dann bewegte sie sich mit ausgestreckter Hand vorwärts, bis sie die Rückenlehne eines Küchenstuhls berührte. „Wie konntest du das nur vor mir geheim halten?"

„Isch wollte disch beschützen." Die Stimme ihrer Mutter klang dumpf, als habe sie ihr immer noch den Rücken zugewandt. „Isch wollte, dass du weiterleben, das 'inter dir lassen kannst."

„Malcolm ist mein Bruder."

„Und er ist mein *Sohn*."

Der Schmerz, der in diesem letzten Wort mitschwang, raubte Maddie den Atem. „Und du wolltest mich beschützen. Vor Malcolm?"

„Nein." Ihre Mutter schwieg. Wieder hielt diese furchtbare Stille Einzug. Dieses Mal war sie voller unausgesprochener Worte, ungefragter Fragen. Nach einer Weile sprach ihre Mutter endlich weiter. „Davor, was aus ihm geworden ist."

Maddie runzelte die Stirn und zog den Stuhl hinter dem Tisch hervor. Die Beine quietschten auf dem Linoleumboden. „Was denn? Blind?"

„*Oui*, blind. Aber nischt nur vom Sehvermögen 'er. Du verstehst das nischt, Maddie. Du weißt nischt Bescheid."

Maddie atmete tief und lange ein. „Dann erzähl es mir. Alles. Ich will, dass du mir alles erzählst, die ganze Geschichte."

„Madison …“

„Alles, Mama. Das bist du mir schuldig.“

Die Absätze ihrer Mutter klackerten über den Boden, als sie zur gegenüberliegenden Seite des Küchentischs ging und sich ebenfalls einen Stuhl herauszog. Der Plastikbezug des Stuhls quietschte, als sie sich setzte. „Bist du dir sischer?“

„Ja.“

„Einen Teil der Geschischte kennst du schon.“

Maddie nickte. „Malcolm begann sein Sehvermögen zu verlieren.“

„Genauso wie du.“

„Du hast ihn dazu gebracht, heimzukommen.“

„Isch ’abe ihn eingeladen. *Oui.*“

„Genauso wie mich?“

Ihre Mutter seufzte. „Mach das nischt schwerer als nötig. Er wollte ’eimkommen. Ihm war sonst nirgendwo mehr etwas geblieben.“

„Also kam er heim und du hast ihm beigebracht, wie man ein Leben in Blindheit führt.“

„Nein. Das ’abe isch dir doch schon gesagt.“

„Nein?“

Das Plastik quietschte erneut. „Was glaubst du, warum isch dir einen Stock und Braille-Büscher zu Weihnachten geschenkt ’abe? Warum isch mir so oft freinehme, um dir zu ’elfen? Warum wir jeden Tag üben? Mit Dunkelbrillen. Musik. Ausflügen dursch den Raum. Über die Straße. Dursch die Stadt. ’ören üben. Lernen. Deine anderen Sinne trainieren, damit sie das tun können, was deine Augen nischt mehr zu tun in der Lage sind.“

Weil du gemein bist. Grausam. Maddie konnte die Worte nicht laut aussprechen, weil sie zum ersten Mal vermutete, dass sie nicht wahr waren. Ein Schauder rann ihr über den Rücken. „Ich weiß es nicht. Warum?“

„Weil isch das für Malcolm nischt getan ’abe. Und isch ’abe ihn verloren. Isch will disch nischt auch noch verlieren. Und …“

„Und?“

„Und weil isch disch liebe.“

In Maddies Ohren klangen diese Worte merkwürdig. Sie hallten dort wider, klangen zugleich wahr und unwahr. Offenbarten etwas, hielten aber auch etwas zurück. Da musste noch mehr sein. „Und Malcolm hast du nicht geliebt?“

Die Stimme ihrer Mutter war schmerzerfüllt. „Sag das nischt. Sag das niemals. Isch 'abe deinen Bruder sehr geliebt."

„Aber?"

Ihre Mutter atmete schwer aus. „Aber isch 'abe ihn im Stisch gelassen. Isch 'abe ihn nischt gerettet." Maddie fühlte, dass Luft sich bewegte, als habe ihre Mutter eine abwinkende Handbewegung gemacht. Dann sprach sie ganz leise weiter, so als schmerze sie jedes einzelne Wort. „Du erinnerst disch nischt. Wie könntest du auch? Du warst in der Schule und beim Tennis und beim Basketball und beim Musikunterrischt."

„Den habe ich gehasst."

„Isch weiß."

Maddie legte ihre Ellbogen auf den Tisch und stützte das Kinn in die Hände. „Genau wie Malcolm."

„Auch das weiß isch. Isch 'atte ge'offt, dass die Musik ihm 'elfen könnte. Eusch beiden 'elfen könnte."

„Das hat sie nicht."

„Anscheinend nischt. Aber isch musste es versuchen. Aus Liebe, Madison."

„Was ist mit Malcolm passiert?"

Ihre Mutter zögerte und Maddie fragte sich, ob sie weitersprechen würde. Ob sie das Geheimnis offenbaren würde, das sie jahrelang für sich behalten hatte.

„Mama?"

„Patricia."

„Wer?"

„Du 'ast gesagt, du erinnerst disch an Patricia."

„Das Mädchen?"

„*Oui.*"

„Was ist mit ihr?"

„Du willst wissen, warum isch gerade den 'örer aufgelegt 'abe, warum isch gesagt 'abe, du seist nischt da, warum isch dir gesagt 'abe, du sollest ihm weder schreiben noch ihn anrufen?" Die Stimme ihrer Mutter wurde schärfer. „Es ist wegen Patricia."

Maddie wartete.

Nach einer Weile sprach ihre Mutter weiter. Jetzt war ihr Tonfall geradezu bitter. „Oh, Malcolm war von Patricia so angetan. Für sie war es nischt wischtig, dass er blind wurde. Sie liebte ihn trotzdem. Sie verstand. Er lag ihr am 'erzen." Ihre Mutter atmete hektisch ein. „Lag ihr so sehr am 'erzen, dass sie ihm Drogen brachte. DLS, SDL, LDS."

„LSD?"

Die Fingernägel ihrer Mutter trommelten hektisch auf der Tischplatte. „*Oui.* Das war es. Und Mari'uana und wer weiß was alles."

„Du wusstest das damals?"

„Isch 'abe es vermutet und nischts unternommen, um es zu stoppen. Er 'at mir leidgetan. Isch dachte, dass es womöglisch keine Rolle spielte. Aber das tat es."

„Was ist aus Patricia geworden?"

„Es 'at weniger als zwei Monate gedauert, bis ihr der blinde Junge zu langweilig wurde. Sie 'atte keine Lust mehr, ihn 'erumzuführen, niemals gesagt zu bekommen, wie schön sie war, all die Dinge zu machen, die die Partnerin eines blinden Mannes tun muss. *Oui.* Der Reiz des Neuen verflog schnell und sie verließ ihn. Den Rest kennst du."

„Er wurde von einem Auto überfahren."

„Eines Tages ist er im Drogenrausch auf die Straße gelaufen und ..."

Maddie hörte ein angestrengtes Schlucken, als versuche ihre Mutter einen Schluchzer zu unterdrücken. „Und dann was? Er ist nicht tot."

Ihre Mutter schniefte. „Isch wollte nischt, dass du das weißt."

„Warum nicht?"

„Er erkennt disch nischt mehr. Er erkennt niemanden."

„Wo ist er?"

„In einem 'eim, das auf Menschen mit 'irnverletzungen spezialisiert ist."

„Verbessert sich sein Zustand?"

„Nein. Sie sagen, dass das so bleiben wird."

„Ich will zu ihm."

„Nein." Ihre Mutter klang jetzt erbittert. „Das 'at gar keinen Sinn. Dabei kann nischts Gutes ..."

„Ich muss."

„Isch werde dir 'elfen. Alles wird gut. Du musst nischt zu ihm. Es ist zu ... zu schmerzhaft. Vertrau mir." Ihre Mutter beugte sich über den Tisch und ergriff Maddies Hand.

Maddie konnte fühlen, dass ihre Mutter zitterte, konnte die Tränen spüren, die ihre Wangen hinunterrannen. Sie streckte die Hand aus und berührte die nasse Haut. „Du musst mich nicht mehr beschützen."

„Aber …“

Aus Maddies Seele sprudelten Worte, die sie lange unterdrückt hatte, die lange unter Missverständnissen und Angst begraben gewesen waren. „Du konntest ihn nicht retten, Mama. Und du kannst auch mich nicht retten.“

„Aber …“ Ihre Mutter verschluckte sich an ihrem Widerspruch. Schließlich flüsterte sie: „Aber mir fällt sonst nischts ein, was isch unternehmen könnte.“

Maddie spürte, wie ihre inneren Widerstände schmolzen. Sie verspürte Verständnis und sogar Mitleid. Nicht für sich, sondern für ihre Mutter. Während all dieser Jahre hatte Maddie gedacht, sie sei schlichtweg überfürsorglich und kontrollsüchtig, aber jetzt erkannte sie, dass es das nicht war. Angst und Liebe und Schuldgefühle und Kummer hatten sich miteinander vermischt und eine merkwürdige Mixtur an Emotionen ergeben, die zu Handlungen führten, die mehr verletzten als halfen. Die niederdrückten, obwohl sie doch befreien sollten. Das konnte nicht so weitergehen. Es war nicht nötig, dass ihre Mutter sie rettete. Ja, jetzt verstand sie. Maddie drückte die Hand ihrer Mutter. „Das ist schon in Ordnung, Mama. Ich habe schon einen Retter.“

Maddie legte ihrer Mutter die Arme um die Schultern und umarmte sie auf eine Art und Weise, die ihr ungewohnt und merkwürdig vorkam. Ihre Wange presste sich gegen die Schulter ihrer Mutter. Auch in ihren Augen standen jetzt Tränen. „Sei einfach nur meine Mama, okay? Das ist alles, was ich will.“

„Oh chérie.“ Den Lippen ihrer Mutter entwich ein Schluchzer. Dann sagte sie etwas, das Balsam für Maddies Seele war. Etwas, das Maddie ihre Mutter noch niemals zuvor hatte sagen hören. Zumindest nicht zu ihr.

„Es tut mir so leid, Maddie. So unendlisch leid …“

Kapitel 24

Da war etwas. Eine Dunkelheit und ein Licht. Eine Möwe über dem Wasser. Ein Lied. Eine Erinnerung. Eine Stimme, die ihr Herz mit Sehnsucht erfüllte. Mit einer Hoffnung, die sie schon lange begraben glaubte.

Ich muss dieses Wasser durchqueren.

Aber das tat sie nicht. Stattdessen stand sie am Wasser. Still. Frierend. Reglos. Sie wartete auf einen Moment, der nicht kommen würde. Zumindest nicht hier. Nicht an dieser schwarzen Küste.

Ich muss zurückkehren. Ich muss aufwachen. Jetzt.

Doch das Wasser blieb. Die Dunkelheit. Das Licht. Die Möwe. Das Lied, gesungen von einer Stimme, die dem Gestern angehörte.

Sie war so nah dran. So nah an dem Licht, das sie einst gekannt hatte. Es war genau dort drüben. Jenseits des Wassers.

„Durchquere es."

Ich kann nicht.

„Warum nicht?"

Ich habe Angst ... Ich habe Angst zu sterben.

„Komm ... hab keine Angst." Die Worte winkten sie herbei. Sanft und schimmernd. Fest und warm. Strahlend über den Wellen.

Sie trat einen Schritt vor. Wasser leckte an ihren Zehen. Ein weiterer Schritt. Feuchtigkeit umwaberte ihre Knöchel. Noch einer. Sie zitterte und blieb stehen.

Ich will nach Hause gehen. Ich will frei sein. Oh Gott, bitte hilf mir, dieses Wasser zu durchqueren.

Und dann kam die Erinnerung.

Es war weder ein Haus noch ein Krankenhaus, sondern eine merkwürdige Mischform aus beidem. Vor den Fenstern hingen dünne, luftige Vorhänge und an den Wänden strahlend bunte Bilder. Doch die Böden waren mit zerschrammten Linoleumplatten ausgelegt, die das künstliche Licht der langen Neonröhren reflektierten. Und es stank penetrant nach Desinfektionsmittel, was wohl weitaus weniger angenehme Gerüche überdecken sollte. An den Flurwänden waren Handläufe angebracht und eine weiß angemalte Metalltür reihte sich an die andere. Auf ihnen allen standen Nummern, die so riesig waren, dass selbst Maddie sie sehen konnte. Und diese Hitze. Sie strömte von der Anmeldung in den Flur und ließ die Luft stickig erscheinen.

Maddie verlangsamte ihre Schritte, als sie den Flur hinunterlief, und versuchte leiser zu laufen, damit ihre Füße nicht so viel Krach auf dem Linoleumboden machten. Ihre Mutter, die neben ihr lief, schien sich um die Lautstärke ihrer Schritte keinen Gedanken zu machen.

„'ier drüben ist es, Madison."

Maddie schob ihren Stock ein bisschen weiter vor und tippte damit gegen die Wand zu ihrer Linken. Obwohl sie die Wand vage erkennen konnte, wurde von ihr erwartet, dass sie übte, sich allein mithilfe des weißen Stocks zurechtzufinden. Ihr war gesagt worden, dass es gut wäre, in einer fremden Umgebung zu üben. Doch sie kam sich einfach nur blöd vor und konzentrierte sich vorrangig darauf, mit dem Stock so wenig Krach wie möglich zu machen. Aber das Geräusch hallte dennoch von den Wänden wider, vermischte sich mit dem Durcheinander aus Geräuschen und Licht – da waren ihre sanften Schritte und die dominanten hochhackigen ihrer Mutter, dahinter ein Gemisch aus Gesprächen und Schreien, ein laufender Fernseher, das Aufplumpsen eines Wischmops sowie die Stimme von Marlin Perkins, die den Anfang seiner beliebten Tiersendung ankündigte. Maddie driftete nach links ab. Ihr Arm streifte den Handlauf.

„Bitte nischt so nah an der Wand, Madison."

„Ja, Mutter."

Ihre Mutter wurde langsamer. „Wir müssen das nischt machen."

„Ich schon."

Ihre Mutter seufzte.

Sie hat recht. Ich kann immer noch umdrehen. Maddie unterdrückte diesen Gedanken. Jetzt war sie hier. Und Malcolm auch. Irgendwo hier war er. Er war am Leben und das war alles, was zählte.

Als ihre Mutter ihren Arm berührte, blieb Maddie stehen. Der Flur hatte sich zur Rechten hin geöffnet. Sie drehte sich um. Da war eine Art von Tresen oder Schalter, hinter dem ein Mensch saß.

„Malcolm Foster, *s'il vous plaît.* Ist er in seinem Zimmer?"

Ihre Frage wurde mit wildem Papiergeraschel beantwortet, gefolgt von einer kecken Stimme, die einer sehr jungen Krankenschwester zu gehören schien. „Momentan ist er im Aufenthaltsraum. Der befindet sich am Ende des Gangs." Es folgte eine Bewegung, als habe die Frau in die richtige Richtung gezeigt.

Maddie versuchte sie besser zu sehen und gewann den Eindruck, als habe die Frau sehr große Augen und dunkle Haare.

Die Stimme von Marlin Perkins wurde lauter. Dann wurde sie von Vogelgekreische abgelöst, dass einem die Haare zu Berge standen. Die Frau hinter dem Tresen stand auf und rief: „Mach das bitte leiser, Marcy."

Die Tiersendung wurde nur noch lauter.

Die Frau stöhnte. „Sie liebt Tiere über alles." Genervt umrundete sie den Tresen. „Ihr Mann hätte ihr niemals ihren eigenen Schwarzweiß-Fernseher vorbeibringen dürfen." Ihre Stimme wurde lauter. „Marcy!" Sie wandte sich Maddie zu. „Ich bin gleich zurück." Hastige Schritte bewegten sich von ihnen weg. Es folgte ein wildes Geschnatter verschiedenster Stimmen, dann ertönte Marlins Stimme wieder auf Zimmerlautstärke. Einen Augenblick später stand die Frau vor ihnen. „Also, Sie haben nach Malcolm gefragt?"

Maddies Mutter antwortete. „Wie geht es ihm 'eute?"

„Er hat sich heute Morgen selbst die Zähne geputzt. Julie musste ihm nur die Zahnpasta draufmachen." Sie setzte sich auf ihren Platz.

Ihre Mutter trommelte mit den Fingernägeln auf dem Tresen. „Isch 'abe seine Schwester 'ergebracht, damit sie ihn se'en kann."

„Oh?" Der Tonfall der Frau offenbarte ihre Zweifel an dieser Entscheidung. „Sie soll ihn sehen?"

Maddie zitterte.

„Ja. Ihn *se'en.* Also gut, er ist im Aufent'altsraum, nischt wahr?"

„Oh, äh, ja." Die Frau stotterte, stockte. Sie räusperte sich. „Der große Raum hinten links. Aber Sie dürfen nicht erwarten –"

„Das wissen wir."

Die Frau sagte nichts, aber Maddie vermutete, dass sie nickte. Es folgte das Geräusch von Papier, das zu einem Stapel zusammengeschoben wurde. „Seine Therapiesitzung beginnt erst um vier."

„Merci."

Maddies Mutter berührte ihren Arm und Maddie ging daraufhin den

Gang hinunter. Aus einem Zimmer zu ihrer Linken erklang die Stimme von James Brown, begleitet von den sanften Klängen eines Saxofons. Maddie blieb stehen. „Malcolm?“ Ihr Bruder liebte James Brown.

„Das ist er nischt, Madison. Komm.“

Maddie ging an einem anderen Zimmer vorbei, aus dem ein stumpfsinniger rhythmischer Gesang herausdrang, und an einem weiteren, aus dem es nach Urin roch. „Wir hätten ihm etwas mitbringen sollen. Blumen vielleicht. Irgendwelche, die gut riechen.“

„Sie erlauben ’ier keine Blumen.“

„Keine Blumen?“

„Nein. Und auch keine Nüsse oder Süßigkeiten. Nischts, woran die Leute ersticken können.“

Maddie schüttelte den Kopf. Wie konnte Malcolm nur an diesem furchtbaren Ort leben, wo es keine Blumen, keine Schokolade, kein Licht und keine frische Luft gab?

„Sie sind sehr gut zu ihm. Als er ’erkam, konnte er noch nischt einmal die ’and zum Mund führen. Jetzt kann er an den meisten Tagen allein essen. Manschmal kann er sisch sogar selbst die Schuhe anziehen.“ Der Tonfall ihrer Mutter wurde weicher. „Einmal ’at er die pinkfarbenen ’ässchenschuhe von Marcy angezogen. Sie ’aben ein Foto davon in sein Zimmer ge’ängt.“ Maddie konnte ein trauriges Lächeln aus der Stimme ihrer Mutter heraushören. Jetzt verlangsamte sie ihre Schritte. „Wir sind da.“

Maddie trat über die Türschwelle in ein größeres quadratisches Zimmer. Überall schienen Tische verteilt zu stehen, in der einen Ecke ein Fernseher und an der Wand ein Sofa. Maddie drehte den Kopf, versuchte das Bild einzufangen, das sich ihr bot. An den Tischen saßen Menschen, die sie nur verschwommen sehen konnte. Zwei auf dem Sofa. Drei in Rollstühlen. Welcher von ihnen war Malcolm. Sie vernahm sinnloses Gebrabbel. Irgendjemand sang in merkwürdig monotonem Tonfall „Happy Birthday“.

Die Hand ihrer Mutter strich ihr über den Arm. „Er ist dort drüben am Fenster. Er sitzt immer gerne im Lischt.“

„Kann er …?“

„Nein, er kann es nischt sehen, aber die Krankenschwestern sagen, dass er es merkt. Isch weiß nischt, woran er es erkennt. Vielleischt an der Wärme. Und des’alb setzten sie ihn immer ins Lischt.“

In Maddies Kehle formte sich ein Kloß. Sie faltete ihren Stock zusammen und klemmte ihn sich unter den Arm.

Ihre Mutter berührte ihre Hand. „Lass misch den nehmen." Sie entwand Maddie den Stock. „Komm. 'alt disch an meinem Ellbogen fest."

Maddie tat wie geheißen und war ausnahmsweise einmal dankbar für die Führung.

Ihre Mutter leitete sie durch das Labyrinth von Stühlen und Menschen, Tischen und Sofas zu einem der Rollstühle am Fenster. Maddie konnte nur wenig von der Person sehen, aber sie sah genug, um zu erkennen, dass sie mit ihrem Bruder nicht die geringste Ähnlichkeit hatte. Dieser Mann war hager, abgemagert, seine Schultern waren gekrümmt, sein Haar schwarz und zottelig.

Ihre Mutter berührte die Hand des Mannes. „Malcolm? Malcolm, *chéri*, isch bin es, deine Mutter."

Der Mann im Rollstuhl rührte sich nicht.

„Isch 'abe deine Schwester mitgebracht." Sie stockte. „Isch 'abe Maddie 'ergebracht, damit sie disch se'en kann."

Immer noch keine Antwort. Nicht eine Bewegung, nicht ein Laut, nicht einmal, soweit Maddie das erkennen konnte, ein Flackern im Auge.

Ihre Mutter seufzte. „Isch 'abe das vermutet. Er wird disch nischt erkennen."

Maddies Brust fühlte sich an, als würde sie von einem Eisenkorsett umklammert. Zitternd rang sie nach Luft. „Das ist schon okay, Mama. Ich erkenne ihn auch kaum."

Ihre Mutter schniefte und zog sich zurück.

Maddie kniete vor Malcolms Stuhl nieder und legte ihm ihre Hand aufs Knie. Sie strengte sich an, um ihn so gut wie möglich zu sehen. Die eingefallenen Augen. Die spitzen Wangenknochen. Die hohle Dunkelheit. Das war zu merkwürdig, zu anders. Aber irgendwo da drin musste der Bruder stecken, den sie einst gekannt hatte, den sie einst mit klarem Blick hatte sehen können. Sein Lächeln. Sein Lachen, das Hochziehen der einen Augenbraue. Das alles war verschwunden. Sie streckte die Hand aus und berührte sein Gesicht. Tastete es ab. Es fühlte sich so anders an. Ihm schien kalt zu sein, obwohl es in diesem Zimmer so warm war, zu warm. „Hallo Malcolm." Ihre Stimme stockte.

Ein Geräusch kam über seine Lippen, etwas, das wie „Maaaa" klang.

Es war kein Wort, sondern nur ein Geräusch, aber das war immerhin etwas.

Maddie legte ihre Hand zurück auf sein Knie. Die Sekunden verstrichen. Sie konnte anhand des beständigen Tickens der Wanduhr, das das Stimmengewirr und die Fernsehgeräusche übertönte, hören, wie sie verrannen.

„Oh Malcolm, es tut mir leid, dass ich nicht früher gekommen bin." Sie wollte mehr sagen, so viel mehr, aber die Worte wollten ihr nicht über die Lippen kommen. Sie blieben in ihrer Kehle stecken und weigerten sich, ausgesprochen zu werden. Sie wollte ihm sagen, dass es ihr leidtat, dass sie nicht für ihn dagewesen war, dass es ihr leidtat, was passiert war, dass es ihr leidtat, dass sie jetzt nichts unternehmen konnte, um ihm zu helfen. Wollte ihm sagen, dass sie ihn vermisste – die Bilder von Wasserfällen, die er für sie gezeichnet hatte, die Geistergeschichten, die er ihr im Schein der Taschenlampe unter dem Bettlaken erzählt hatte, als sie noch Kinder gewesen waren, seine Angewohnheit, sie ‚Mads' zu nennen und ihr sanft ins Kinn zu kneifen. Und sie wollte ihm eine witzige Geschichte erzählen und ihn lachen hören, ihm von ihrem Abenteuer im Yosemite-Nationalpark erzählen und dass sie fast die Wasserfälle gesehen hätte, über die sie immer gesprochen hatten.

Doch stattdessen kniete sie einfach nur mit Tränen in den Augen da und umklammerte sein Knie, während die Minuten verstrichen und im Fernsehen eine Margarinewerbung lief.

Nach einer Zeit tippte ihre Mutter ihr auf die Schulter. „Wir sollten ge'en, Madison."

Sie blickte nicht auf. „Jetzt noch nicht. Bitte." Ihre Worte waren kaum zu hören.

„Isch 'abe dir einen Stuhl gebracht."

Erst jetzt bemerkte Maddie, dass ihre Knie schmerzten und ihr Rücken fast steif war. „Danke." Sie hob die Hand und ertastete das kalte Metall eines Klappstuhls. Nachdem sie sich erhoben und gesetzt hatte, ließ sie ihre Finger zum Arm ihres Bruders hinaufwandern.

„Isch ge'e vor zum Empfang und rede mit dem Therapeuten." Ihre Mutter verschwand. Maddie beugte sich weiter zu Malcolm vor. Die ganze Zeit über hatte er sich nicht bewegt, war nicht hin und her gerutscht, hatte keine Hand gehoben und noch nicht einmal den Kopf gedreht, als der Lichteinfall vom Fenster sich verändert hatte. Er war so anders, so ganz, ganz anders. Und trotzdem ... Sie hob die Hand und strich ihm durchs Haar. „Du brauchst einen neuen Haarschnitt."

Natürlich antwortete er ihr nicht. Maddie scheitelte sein Haar mit den Fingern und strich es zurück, so wie er es früher getragen hatte.

„Maaaaa."

„Das ist richtig, Mal. Ich bin hier. Endlich." Ihre Stimme zitterte. Sie fuhr sich über die Nase und wischte sich die Tränen von ihren Wangen. Dann räusperte sie sich und versuchte ihre Stimme so ruhig wie möglich zu halten. „Erinnerst du dich noch an diese Geschichte von dem kleinen Hund namens Pierre, die du mir immer erzählt hast? Du hast gesagt, er hieße so, weil er immer in die Luft pinkele."

Maddie zwang sich zu einem Lächeln. „Letztes Jahr hatte ich einen Typen namens Pierre in meinem Chemiekurs. Ich habe das ganze Semester gespannt darauf gewartet, ob er seinem Namen alle Ehre machen würde, aber das hat er nicht."

Malcolm bewegte sich immer noch nicht. Er schien nicht einmal zu wissen, dass sie da war.

Sie schloss die Augen und legte ihre Stirn auf seinen Arm. Schmerz durchbohrte ihre Brust, und Kummer verwob sich mit Bedauern. „Oh Malcolm, das Leben ist nicht so geworden, wie wir es uns ausgemalt hatten, nicht wahr?" Sie rieb sich wieder die Nase. „Du lebst hier an diesem Ort und versuchst etwas so Einfaches zu lernen wie dir einen Löffel in den Mund zu schieben. Das ist nicht das Leben, das du gewollt hast. Es erscheint mir so falsch, so unfair. Und trotzdem bist du hier. Und ich bin hier. Wir können uns unser Leben nicht aussuchen, nicht wahr?" Sie presste ihre Wange gegen seinen Arm. „Wir bekommen, was wir bekommen, und was dann? Du sitzt hier fest und ich ... ich ..."

Malcolm zuckte.

Maddie schaute auf und legte den Kopf zur Seite, bis sie ihn fast sehen konnte.

Doch Malcolm blickte immer noch geradeaus. Sein Kopf bewegte sich nicht und seine Augen sahen nichts.

„Ich habe auch Stargardt, Mal. Ich werde blind, so wie du. Wusstest du das? Wahrscheinlich hat Mama es dir nicht erzählt. Sie sagt, du verstehst nicht viel von dem, was die Leute zu dir sagen. Nicht mehr. Aber ich wollte trotzdem, dass du es weißt. Denn von all den Menschen auf dieser Welt weißt du am besten, wie es ist." Sie streichelte seinen Arm.

Er reagierte nicht.

Aber sie fuhr trotzdem fort, ließ all den Gedanken freien Lauf, die viel zu lange in ihr verborgen geblieben waren. All den Fragen, Zweifeln, dem Schmerz und den Ängsten. All das flüsterte sie ihm so leise zu, dass nur er es hören konnte, wenn er es denn hören konnte. Und vielleicht war auch das der Grund, warum sie all das zur Sprache brachte. Vielleicht tat sie es, weil er sie vermutlich nicht hören konnte und auch nicht beurteilen würde. Und weil er ihr Bruder war und sie ihn liebte. Das hatte sie immer getan.

„Ich dachte, du wärst tot. Dachte, ich wäre es bald auch. Aber du bist hier und nur noch ein Schatten deiner selbst. Sitzt in einem Stuhl in einem Licht, das du nicht sehen, sondern nur fühlen kannst. Ich verstehe das alles nicht. Wie ist das passiert? Wie konnte das passieren – dir passieren?" Dann sprach sie die Frage aus, die sie schon quälte, seit sie die Wahrheit über Malcolm herausgefunden hatte. „War blind zu werden noch nicht schlimm genug?" Sie hielt inne und schluckte ihre nächsten Worte herunter. Das hier war nicht gerade hilfreich. Nichts würde helfen. Nichts konnte das erklären ... außer ...

Maddie hob den Kopf, bis ihr das Licht voll ins Gesicht strahlte. Sie riss ihre Augen so weit wie möglich auf und erlaubte dem dunklen Kreis in der Mitte ihres Gesichtsfelds, sich mit dem verschwommenen Bild ihres Bruders zu vermischen. Der blinde Fleck war jetzt größer als noch vor einem Monat. Und ihr peripheres Sehvermögen ließ nach. Blindheit. Sie hatte diese Blindheit für alles verantwortlich gemacht. Ihre Ängste. Ihre Zweifel. Ihre Zusammenbrüche. Und sie hatte Gott für die Blindheit verantwortlich gemacht, ihm vorgeworfen, dass er sie betrogen habe.

Aber vielleicht hatte sie damit unrecht gehabt.

Sie legte ihre Hand auf Malcolms und spannte die Finger an. Es war nicht die Blindheit, die ihm das angetan hatte. Die Blindheit hatte ihn nicht Drogen nehmen, die Hoffnung verlieren und an jenem Tag auf die Straße laufen lassen. Es war nicht die Blindheit gewesen, sondern die Angst davor. Die gleiche Angst, die sie in einen Doppeldecker, eine Achterbahn, einen Schneesturm getrieben hatte.

„Ich habe Angst gehabt, Malcolm. So viel Angst." Sie umfasste seine Hand mit ihren beiden. „Aber die Angst hilft mir nicht, nicht wahr?

Dir hat sie nicht geholfen.“ Sie strich mit dem Daumen über seinen Handrücken. „Und auch Wegrennen hilft nichts. Doch genau das habe ich getan. Und auch das hat sich nicht bezahlt gemacht. Ich dachte, ich sei mutig, aber ich war einfach nur verängstigt. Hatte Angst, dass ich überhaupt kein Leben haben würde, sobald ich blind würde, wenn ich jetzt nicht darum kämpfte. Aber ich hatte keine Ahnung, begriff überhaupt nichts. Das hier in dem Stuhl hätte ich sein können, Mal. Es hätte mir genau wie dir ergehen können.“

Maddie dachte an die letzten Monate, das letzte Jahr zurück. An all das, was seit jener Nacht geschehen war, als die Leinwand mitten im Titelsong von 007 verschwunden war. Seither hatte sie gekämpft. Dagegen angekämpft, blind zu werden. Hatte gedacht, dass die Leute Mitleid mit ihr hatten. Ihr war wichtiger gewesen, was sie verlor, als das, was sie noch hatte. War nicht in der Lage gewesen zu glauben, dass Gott auch in der Dunkelheit war, dass seine Liebe stärker war als die Blindheit. Und so hatte sie sich festgeklammert, hatte Anschuldigungen erhoben und sich geweigert loszulassen. Dabei hätte sie einfach nur vorwärts gehen, sich ihren Ängsten stellen und glauben müssen, dass Gott sie genug liebte, um sie auch hier hindurchzutragen, selbst durch die Orte, die sie hinter all den Schatten nicht sehen konnte. Gott hatte sie nicht betrogen. Die Angst hatte ein böses Spiel mit ihr getrieben. Sie hatte sich in ihr Leben hineingedrängt, sie verführt und Bilder ohne Hoffnung gezeichnet. Bilder, die sie sich zu glauben erlaubt hatte. Wenn sie anstelle der Blindheit doch nur die Angst bekämpft hätte.

Sie lehnte sich auf ihrem Stuhl zurück, bis Malcolm nur noch ein Schatten war. Auch ihn hatte die Angst getrieben – hierher. Hatte ihn durch die Dunkelheit gejagt, bis er viel mehr als nur sein Sehvermögen verloren hatte.

Fast hätte sie zugelassen, dass mit ihr das Gleiche geschah.

Sie legte den Kopf schief. „Wir können nicht mehr rennen, nicht wahr, Mal? Dieses Leben ist das einzige, das wir haben. Deins hier an diesem Ort und meins in der wachsenden Dunkelheit. Was würdest du mir sagen, wenn du es könntest, großer Bruder? Welchen Rat würdest du mir geben?“

Sie schloss die Augen und ließ ein Bild von ihrem Bruder, wie er früher einmal ausgesehen hatte, auferstehen. Seine Hände in die Hüften gestemmt, breite Schultern, sein Mund zu einem Lachen verzogen. Die

Sonne ließ die roten Strähnen in seinem Haar aufleuchten. *Wahrscheinlich gibt es hunderte Dinge, die du ändern würdest, wenn du es könntest … Wenn du der Blindheit noch einmal gegenüberstehen könntest, diesmal ohne Drogen, ohne die Angst, ohne diesen letzten Gang auf die Straße. Was würdest du mir sagen, jetzt, wo ich derselben Dunkelheit gegenüberstehe?*

Maddie beugte sich vor und legte ihre Wange auf seine Brust. Sie konnte sein Herz schlagen hören, konnte seinen warmen Atem auf ihrer Haut spüren. Und mit einem Mal konnte sie seine Antwort fast hören. Beständige, einschlagende, ruhige Worte fanden ihren Weg durch die Dunkelheit. *„Lebe, Mads. Lebe und liebe und sei glücklich. Vertrau darauf, dass Gott dich liebt. Hab keine Angst. Es gibt Schlimmeres als die Dunkelheit.“*

Maddie öffnete die Augen und wich zurück. „Die Angst ist schlimmer als die Dunkelheit. Ich werde keine Angst mehr haben.“

Malcolm schob seine Hand auf die ihre. Und dann drückte er sie.

Kapitel 25

Maddie saß mit ihrer Braille-Bibel auf dem Schoß im Wohnzimmer und fuhr mit den Fingern sanft über die Erhebungen auf der Seite. Die Bibel war riesig, obwohl dieser Band nur die vier Evangelien enthielt. Die anderen Bände standen auf dem Regal hinter ihr. Sie las gerade im Johannesevangelium die Geschichte von dem Mann, der blind geboren worden war, aber die Erhebungen waren immer noch schwer zu entziffern. Sie brauchte mehr Übung. Wenn sie die Geschichte nicht so gut gekannt hätte, wäre sie nicht in der Lage gewesen, sie zu lesen. Wieder fuhr sie mit den Fingern über die Wörter.

„Meister", fragten die Jünger, „wer ist schuld daran, dass dieser Mann blind ist? Hat er selbst Schuld auf sich geladen oder seine Eltern?" Maddie berührte die Erhebungen auf der nächsten Seite.

„Weder noch", antwortete Jesus. „Vielmehr soll an ihm die Macht Gottes sichtbar werden."

Sie liebte diese Geschichte, vor allem, weil sie witzig war, aber auch wegen ihrer Tiefe. Sie erinnerte sie daran, dass für Gott nichts unbrauchbar war. Selbst die Blindheit nicht. Sie wandte ihr Gesicht der Morgensonne zu, die durch das Wohnzimmerfenster fiel.

In der Küche klingelte das Telefon und ihre Mutter ging ran. Maddie ließ ihre Finger wieder auf die Seite sinken und las weiter.

„Solange ich in der Welt bin, bin ich das Licht der Welt ..."

Eine Minute verstrich, dann eine zweite, bevor sie die Schuhe ihrer Mutter wieder über den Boden klackern hörte. Sekunden später sagte ihre Mutter von der Türschwelle aus: „Telefon für disch, Madison. Es ist dieser Junge aus Kalifornien."

Maddie legte das Buch beiseite. *Paul?* „Du hast ihm gesagt, dass ich da bin?"

„Isch 'alte das nach wie vor nischt für klug. Aber *oui,* isch 'abe ihm gesagt, dass du da bist."

Maddie schoss hoch und machte sich auf den Weg in die Küche, wobei sie erst dem Wohnzimmertisch und dann einem Stuhl auswich, der nicht richtig unter den Küchentisch geschoben worden war. Sie nahm den Hörer von der Küchenarbeitsplatte. „Hallo?"

„Wie geht's, Bergsteigerin?"

„Du bist es wirklich! Für mich gibt es keine Wandertouren im Dunkeln mehr."

„Versprochen?"

„Versprochen." Sie hielt inne. „Hey, du bist echt gut zu verstehen. Wir müssen eine extrem gute Verbindung erwischt haben."

„Äh, ja." Er zögerte. „Für dich natürlich nur das Beste."

„Ha ha. Also, was ist los?"

„Das sollte ich dich fragen. Deine Mutter sagte, es sei viel passiert. Damit muss sie recht haben, denn schließlich ist es das erste Mal, dass sie mir nicht erzählt hat, du seist nicht zu Hause."

„Ich weiß. Tut mir leid." Maddie wickelte sich das Telefonkabel um den Zeigefinger. „Hat sie erzählt, dass ich meinen Bruder gesehen habe?"

„Den, der nicht tot ist?"

„Sie *hat* dir davon erzählt. Tja, das hat alles verändert. Ich bin echt blöd gewesen, aber das hat jetzt ein Ende." Sie wusste, dass sie ins Plappern geraten war, aber sie konnte nichts dagegen tun. „Es ist an der Zeit, dass ich lebe, Paul. Einfach lebe mit ... mit dem Sehvermögen, das mir eben bleibt, egal ob es viel oder nichts ist."

„Das freut mich, weil –"

„Mein Leben hatte einen Preis. Einen hohen Preis. Und das ist genug. Ich werde ab sofort keine Angst mehr haben."

„Gut, weil –"

„Ich übe mich im Lesen der Braille-Schrift, benutze meinen Stock und habe sogar ein bisschen Basketball gespielt. Ehe du es dich versiehst, habe ich noch ein Date."

„Eine Verabredung?" Seine Stimme wurde scharf. „Mit wem?"

Sie wechselte den Hörer an das andere Ohr. „Tja, also, das ist das Problem. Scheint so, als wäre ich jetzt nicht besser darin, eine Verabredung zu ergattern, als vor meiner Erblindung. Das Date wird also vermutlich noch etwas warten müssen."

„Ich besorge dir eine Verabredung."

Sie lachte. „Ja klar. Du rufst einfach einen von deinen vielen Freunden hier in Boston an, nicht wahr?"

„Das ist mein Ernst. Ich besorge dir eine Verabredung."

Maddie lehnte sich mit der Schulter an die Wand. „Für wann? Nächstes Jahr?"

„Heute Abend. Sieben Uhr. Sorg dafür, dass du rechtzeitig fertig bist."

„Ich verstehe. Ein Blind Date. Ha ha."

„Korrekt. Also sei fertig."

„Das ist doch nicht dein Ernst."

„Ich habe dir doch schon gesagt, dass das mein Ernst ist."

Maddie runzelte die Stirn. Dieser Scherz ging jetzt schon lange genug. „Okay, genug gewitzelt. Ferngespräche sind teuer, falls du das vergessen hast."

„Wirst du fertig sein? Es wird eine schicke Verabredung, also zieh besser dein schickstes Kleid an."

„Paul!"

„Versprich es mir."

„Es ist dein Ernst."

„Das ist es."

„Okay, aber wen kennst du in Boston?"

„Überlass die Details mir. Ich habe meine Beziehungen."

„Solange er keinen Mundgeruch hat ..."

„Das wird er nicht."

„Oder stinkt."

„Dafür sorge ich."

„Und ich will nicht ins Kino gehen. Ich habe beschlossen, dass ich Kinos hasse."

„Das ist okay. Der nächste Bondfilm läuft sowieso erst im Dezember an."

„Woher weißt du so etwas?"

„Ich weiß alles. Und jetzt mach dich besser fertig. Du hast eine Verabredung."

„Aber du und ich haben schon seit Ewigkeiten nicht mehr miteinander gesprochen."

„Ich ruf dich morgen an. Und dann kannst du mir alles über deine Verabredung erzählen."

„Das sollte besser eine gute Verabredung sein."

„Vertrau mir."

„Das tu ich."

Paul schwieg einen Moment lang, dann legte er auf. Maddie lauschte dem Freizeichen volle dreißig Sekunden, bevor sie den Hörer zurück auf die Gabel legte. Sie kicherte. Eine Verabredung. Sie schüttelte den Kopf. Paul war verrückt. Diese ganze Angelegenheit war verrückt. Aber vielleicht war verrückt in Ordnung. Gestern noch hätte sie sich dem Ganzen geradewegs verweigert. Aber heute sahen die Dinge anders aus. Sie war anders. Sie würde leben, einige Wagnisse eingehen, die Geschenke genießen, die ihr gemacht wurden. Und Gott dafür danken. Selbst für ein Blind Date. Selbst für eine Verabredung aus Mitleid.

Ihr Gesicht verfinsterte sich und sie fegte diesen Gedanken schnell beiseite. Mitleid war ihr jetzt egal. Es wäre nett, einmal auszugehen. Die erste Verabredung ihres neuen Lebens, in dem sie Gott vertraute und sich der Dunkelheit ohne Angst stellte. Außerdem würde Paul jemanden finden, der nicht zu furchtbar war. Jemanden, dem er vertraute. Jemanden, von dem er glaubte, dass sie ihn mögen würde. Und das wäre gut genug für sie.

Maddie ging auf die Küchentür zu und rief nach ihrer Mutter. „Mama, hol das Bügelbrett raus. Ich gehe heute Abend aus."

Die Stimme ihrer Mutter ertönte direkt neben ihr. „Mit wem?"

Maddie machte vor Schreck einen kleinen Satz. „Das weiß ich nicht."

„Wie bitte?"

„Es ist ein Blind Date." Sie grinste. „Erscheint einem irgendwie angebracht, findest du nicht auch?"

Ihre Mutter warf die Hände in die Luft. „Bist du verrückt geworden?"

Maddie lachte und umarmte sich selbst. „Weißt du was? Ich glaube, das bin ich tatsächlich."

Maddie zog die winzige Bürste aus dem Fläschchen und hielt sie hoch. Mascara. *Was habe ich mir nur dabei gedacht?* Sie bewegte sie vor und zurück, bis sie sich an einer Stelle befand, an der sie sie trotz des Lochs in ihrem Gesichtsfeld sehen konnte. *Wenn ich nicht schon blind wäre, würde ich es hierdurch mit Sicherheit.* Sie führte sie näher an ihre Wimpern. *Stich dir nicht die Augen aus. Stich dir nicht die Augen aus.* Die Spitze des Bürstchens landete in ihrer Augenbraue. *Großartig.*

„Madison, bist du fertig?" Ihre Mutter schien irgendwo im Flur zu stehen.

Maddie drehte sich zur Tür um und erhob ihre Stimme so stark, dass sie beinah brullte. „So gut wie."

„Gut. Es ist nämlisch sieben … oh!" Ein gelber Fleck in der Tür verriet Maddie, dass ihre Mutter näher gekommen war.

Maddie runzelte die Stirn. „Was ist los?"

„Du siehst aus wie ein … wie ein Clown."

Maddie stöhnte auf. „Zu viel Rouge?"

„*Oui*, Rouge. Und Lippenstift. Und was ist das für ein schwarzer Klumpen in deiner Augenbraue?"

„Ich hoffe, er kommt zu spät."

„Morgen werden wir das üben. Wir zählen die Strische und lernen, genau die rischtige Menge aufzutragen." Die Schritte ihrer Mutter kamen auf sie zu. „Aber jetzt musst du misch dir 'elfen lassen."

Maddie legte die Mascarabürste aus der Hand. „Ja, bitte. Mit Blind Date hat Paul bestimmt nicht gemeint, dass der Typ blind sein wird."

Ihre Mutter lachte in sich hinein. „Darauf dürfen wir wohl nischt 'offen. Also müssen wir das in Ordnung bringen, wenn du den Jungen nischt abschrecken willst."

Maddie schnitt eine Grimasse. „Vielen Dank, Mama. Komm bloß nicht auf blöde Gedanken."

„Führ misch nischt in Versuchung. Du weißt doch, dass isch diese Sache mit der Verabredung nischt gut 'eiße."

„Ja, ich weiß."

„Du kannst verletzt werden."

„Ich weiß."

„Aber isch kann nischt dein Retter sein." Sie hielt inne. „Das ist zu viel für misch."

Maddie lächelte. „Du kannst aber mein Make-up-Retter sein."

Ihre Mutter brummte missbilligend.

Während ihre Mutter ihre Wangen und Lippen abwischte und erneut Rouge und Lippenstift auflegte, hielt Maddie so still wie möglich. Sie bemühte sich darum, ihre Augen halb offen zu halten, als ihre Mutter den Mascara und den Lidschatten auftrug.

Schließlich tippte ihre Mutter ihr auf die Nasenspitze. „So, fertig. Du bist *très belle.*" Sie strich den Kragen von Maddies Kleid glatt. „Deine Stumpf'ose 'at doch keine Laufmaschen, oder?"

Maddie streckte die Beine aus.

„Es ist alles in Ordnung. Steh mal auf."

Maddie tat wie geheißen.

Ihre Mutter schniefte auf. „Ach, wann 'ast du disch eigentlisch in eine so 'übsche junge Dame verwandelt? Isch kann nur 'offen, dass deine Verabredung disch zu schätzen weiß."

„Das wird er mit Sicherheit, Mama." Sie sagte das zwar, doch insgeheim war sie sich dessen nicht so sicher. Ein Fremder. Eine Verabredung aus Mitleid. Sie fuhr sich mit der Zunge über die Lippen.

„Nein, nein! Das darfst du nischt tun." Ihre Mutter tätschelte ihr die Wange. „Du kannst sie aufeinanderpressen, aber nischt ablecken."

Maddie ließ den Kopf hängen.

„Blick nach vorne. Schultern zurück." Sie berührte Maddies Schulter. „Du bist eine wunderschöne Frau, die mit einem gut ausse'enden Mann ausgeht. Du wirst den Kopf schön 'och'alten."

Maddie streckte den Arm aus, bis ihre Hand den Arm ihrer Mutter berührte. „Hast du ihn gesehen? Weißt du, wer es ist?"

„Warum fragst du?"

„Du hast gesagt –"

„Das war die Klingel. Er ist da."

Maddie hatte es auch gehört.

„Du wartest einen kurzen Moment und dann kommst du nach. Isch öffne die Tür. Das ge'ört sisch so."

Maddie nickte und lauschte den Schritten ihrer Mutter, die sich selbstbewusst und zielstrebig von ihr entfernten. Dann öffnete sich die Tür.

„Sie sind gekommen." Aus den Worten ihrer Mutter war Resignation herauszuhören. Maddie schnappte sich ihre kleine Handtasche und hastete aus ihrem Schlafzimmer.

„Sie wird glauben, dass Sie niemand anderen für eine Verabredung gefunden 'aben."

Maddie gelangte im Vorraum an und wandte sich zur Tür. Ihre Hände zitterten. Sie versuchte sie ruhig zu halten. „Wer ist es?"

Ihre Mutter drehte sich zu ihr um. „'ast du das nischt erraten? Es ist dieser Junge aus Kalifornien."

Maddies Atem stockte. „Paul?" Sie brachte seinen Namen kaum über ihre Lippen.

Er kam auf sie zu. Und da wusste sie: Er *war* es. Unmöglich. Wunderbar. Wirklich.

„Ich hatte niemals vor, dass es ein anderer sein sollte, Maddie." Seine Stimme. Ruhig und selbstbewusst. Voller ... voller ... in ihr schwang etwas mit, was sie darin noch niemals zuvor gehört hatte. „Das musst du wissen. Ich hatte immer vor, dass ich es bin."

„Aber wie ...?"

„Ich habe dir Rosen mitgebracht." Er berührte ihre Hand und zog sie zu sich hin. „Es sind nicht die schönsten, aber sie riechen himmlisch." Das Papier knisterte, als er ihr die Blumen in den Arm legte.

„Welche Farbe haben sie?"

Er zögerte einen Moment, bevor er antwortete. „Sie sind natürlich rot."

Rot? Er konnte das unmöglich so meinen ... er war ...

„Riech mal daran."

Als sie es tat, stellte sie fest, dass er recht hatte. Sie rochen fantastisch. „Sie sind wunderschön."

Er kam näher. „Genau wie du."

Maddie lächelte und errötete. „Ich kann nicht glauben, dass du es bist."

„Bist du enttäuscht?" Er hauchte sie sanft an. „Siehst du, kein Mundgeruch. Und auch kein unangenehmer Körpergeruch. Überzeug dich selbst."

Sie schob sich noch näher an ihn heran, ging auf die Zehenspitzen und atmete ein. „Eau de Toilette!"

Er hatte ein Duftwasser aufgelegt.

Schritte wurden laut. Weiche Sohlen bewegten sich über den harten Fußboden. Vor dem Krankenhauszimmer verstummten sie. Sekunden zogen sich zu Minuten. Die Tür bebte. Und dann entfernten sich die Schritte wieder.

Paul beugte sich weiter vor zu Maddie. Er konnte ihren Atem rasseln hören, spürte den Kampf, den jeder Atemzug für sie bedeutete.

Die Schritte näherten sich wieder. Es waren zwei Personen. Dann öffnete sich die Tür.

Paul stand auf und trat zurück.

Sie näherten sich dem Bett. Die Krankenschwester und ein junger

Arzt. Er war so jung. Jünger, so schien es, als Paul jemals gewesen war. Sie schauten zu ihm hinüber. Die Schwester blieb vor Maddies Infusion stehen. Sie kontrollierte den Pegelstand im Infusionsbeutel, starrte auf das EKG und strich Maddie dann sanft – ganz sanft, eine Haarsträhne aus der Stirn.

Der Arzt beobachtete sie. Einen Augenblick lang schaute er wieder in die Ecke, in der Paul stand. Er öffnete seinen Mund, doch ihm schienen die Worte zu fehlen und er wandte sich wieder ab, ohne gesprochen zu haben.

Und Paul verstand. Es war schon alles gesagt. Dem gab es nichts mehr hinzuzufügen. Es blieb nichts als zu kontrollieren und zu warten und zu hoffen.

Der Arzt griff nach dem Stethoskop, das ihm um den Hals hing, schob die Kunststoffenden in seine Ohren, trat dann vor und drückte den silbernen Kopf auf Maddies Brust. Zwanzig lange Sekunden lauschte er, dann stieß er einen tiefen Seufzer aus und zog die Bügel aus seinen Ohren. Er sah zur Schwester hinüber und murmelte etwas.

Paul konnte nur eines der Worte ausmachen: „Bald."

Die Krankenschwester nickte. „Ich weiß."

Paul schob sich näher ans Bett heran. Maddies Haut sah im grellen Schein des Neonlichts fahl und blass aus, so ganz anders als im weichen Kerzenlicht.

Aber sie war dennoch wunderschön. Jetzt, im kalten Flimmern der Neonröhre, wo eine Veränderung kurz bevorstand. Und damals, vor all diesen Jahren, als er sie über einen Tisch hinweg betrachtet hatte, der von Kerzenlicht erhellt worden war.

Auch damals hatte ihnen eine Veränderung bevorgestanden. Eine Veränderung, die auf dem Flügel eines Gebets daherkam.

Damals und heute.

Sie war fast da.

Sie war atemberaubend schön. Seine Maddie, die ihm an dem leinengedeckten Tisch eines der gehobensten französischen Restaurants der Stadt gegenübersaß. Sie trug ihre Haare inzwischen anders, ein wenig länger und an den Seiten zurückgesteckt. Die Kerze zwischen ihnen flackerte und ließ Schatten über das weiße Leinentuch tanzen.

„Ich habe hier noch nie gegessen."

„Ich habe extra diesen Tisch gewählt."

Sie sprachen gleichzeitig und lachten dann.

Maddie lehnte sich zurück. „Wie ist es dir überhaupt gelungen, hier einen Tisch zu ergattern? Ich habe gehört, dass sie immer Monate im Voraus ausgebucht sind."

„Deine Mutter hat ein paar Fäden gezogen."

„Sie war eingeweiht und hat mitgemacht?"

„Ich habe sie unter Druck gesetzt."

Und das hatte er. Sowohl mit Drohungen als auch mit Versprechungen, gleich nachdem er ins Telefon gerufen hatte: „Ich glaube, Maddie liegt etwas an mir!", und sie zurückgezischt hatte: „Natürlisch tut es das, *fou*." Pauls Herz hatte bei dieser Erwiderung einen Luftsprung gemacht und es hatte wie verrückt gepocht, als er ihrer Mutter erklärt hatte, dass er Maddie ausführen würde, egal, was Isabelle sagte. Er war gerne bereit gewesen zu versprechen, dass er sie nicht verletzen oder ihr falsche Hoffnungen oder – und das war merkwürdig gewesen – ihr irgendetwas namens SLD mitbringen würde. Dann hatte ihre Mutter eine Weile hin- und herüberlegt und schließlich gesagt: „Ich kenne ein gutes Restaurant."

„Du musst sie ziemlich stark unter Druck gesetzt haben."

„Stark genug." Paul beugte sich vor. „Sie sagte, dieses Lokal sei etwas besser als irgendeine Pizzabude."

Maddie grinste. Ihre Augen leuchteten. „Du würdest die Pizza hier in Boston sowieso nicht mögen. Sie machen sie im New York Style, mit dünnem Boden."

Er schnappte scherzhaft nach Luft. „Ist denn nichts heilig? Nicht einmal Pizza?"

Sie kicherte. „Also, verrätst du mir jetzt, was an diesem Tisch so besonders ist?"

„Er steht am Fenster."

„Und?"

„Und du hast einen fantastischen Ausblick über die nächtlichen Lichter der Stadt, fast bis zum Wasser hinunter."

Maddie runzelte die Stirn. „Du weißt doch, dass ich sie nicht sehen kann."

Er stützte die Ellbogen auf den Tisch. „Aber du kannst sie dir vorstellen, oder etwa nicht?"

Ein sanftes Lächeln erhellte ihr Gesicht. „Ja, das kann ich."

„Die Lichter sind hell und funkeln. Wie Diamanten auf schwarzem Samt."

„Dieses Bild hast du schon einmal verwendet."

„Ich hatte gehofft, dass du dich daran erinnern kannst."

„Natürlich erinnere ich mich."

„Aber diesmal sind da mehr Lichter. Tausende. Und sie reflektieren sich in diesen Ohrringen, die du heute trägst. Die baumeln aber schon ein wenig herab, oder?"

Sie richtete den Zeigefinger auf ihn. „Hey, wenn du auf meine Ohrringe schaust, betrachtest du nicht die Aussicht."

Er lehnte sich zurück. „Du hast mich ertappt."

Sie senkte den Blick und spielte mit der Serviette auf ihrem Schoß. „Hör auf damit, ich werde schon ganz rot."

„Ich weiß."

Verlegen führte Maddie eine Hand zu ihrer Wange. „Was siehst du da draußen sonst noch?"

Paul gluckste in sich hinein. „Nun, wenn du den Hügel hinunter und über die Lichter hinwegschaust, kannst du fast das Wasser sehen." Sein Blick wich nicht von ihrem Gesicht. „Da fliegt ein Schwarm Fischreiher vorbei."

„Du kannst unmöglich irgendwelche Fischreiher sehen."

„Unterbrich mich nicht."

Sie wandte ihr Gesicht dem Fenster zu. „Also gut, erzähl bitte weiter."

„Ihre Flügel schimmern im Mondlicht. Im Hafen liegt ein Segelboot mit einem strahlend weißen Segel. Und auf dem Kai steht ein Mann im schwarzen Anzug und ... warte, er ... er macht Pantomime."

„Lass mich raten – er tut so, als wäre er in einem Kasten?"

„Nein, Scherzkeks, er zeigt auf sein Herz und reicht es dann der Frau, die ihm gegenübersteht."

„Ist da auch ein Mann mit einer Drehorgel und einem Affen?"

Paul faltete die Hände. „Ja, da ist einer!"

„Und der Affe trägt einen gelben Hut."

Ein Lachen entwich seinen Lippen. „Natürlich."

Sie drehte sich wieder zu ihm hin. „Oh Paul, ich habe dich vermisst."

Er musterte ihr Gesicht. Die sanfte Wölbung ihrer Wangen, die Haarlocke, die sich aus der Frisur gelöst hatte, der Schwung ihrer Wimpern, als sie wieder nach unten schaute und mit ihrer Serviette spielte. „Ich habe dich auch vermisst, Maddie. Mehr, als du dir vorstellen kannst."

„Es ist ein weiter Weg von Kalifornien nach Boston."

„Zu weit."

„Du bist geflogen?"

„Manche Ängste müssen einfach überwunden werden."

Ihr Kopf schoss in die Höhe. „Woher weißt du das?"

„Ich weiß doch alles."

Ihre Augen verengten sich. „Okay, du alter Besserwisser, dann sag mir doch mal, was wir bestellen?"

Paul schluckte schwer und schlug seine Karte auf. Er überflog sie. Vielleicht wusste er doch nicht alles. Sie war in Französisch. Komplett in Französisch. „Äh, wie wäre es hiermit?" Er zeigte willkürlich auf eines der Gerichte. „Foie gras chaud."

Sie kicherte. „Du weißt, dass das Leber ist?"

Allein der Gedanke schüttelte ihn. „Ich hasse Leber." Langsam ließ er seinen Finger über die Seite gleiten. „Was ist hiermit?" Er versuchte das Wort korrekt auszusprechen.

„Das sind Medaillons."

„Was?"

„Du weißt schon, von einem Bullen."

„Iih." Paul kräuselte die Nase. Vielleicht war dieses französische Restaurant doch keine so gute Idee gewesen. Es sollte eigentlich ruhig und romantisch sein. Ein Ort, an dem er ... Er seufzte. Wie hatte ihr Gespräch nur bei Bullen landen können? „Haben sie hier nichts – du weißt schon – Normales?"

Sie schnitt eine Grimasse. „Wie Hamburger?"

Er grinste. „Das wäre toll."

„Ich kann ja mal fragen."

„Wag es ja nicht."

Maddie hob die Hand.

Der Kellner bemerkte sie sofort.

„Jetzt hast du den Salat."

„*Monsieur. Mademoiselle.*" Der Kellner trat mit einer Flasche in der Hand an den Tisch. „*Vin?*"

Paul sog nach Luft. „Äh ..."

Maddie feixte. „Nein danke, für mich kein Wein."

„*Monsieur?*"

„Nein danke."

„Möchten Sie dann bestellen?"

Maddie pflückte Paul die Karte aus der Hand. „Wir nehmen den *thon rôti aux champignons et aux tomates* und das *cuisse de poulet.*" Sie zögerte eine Sekunde. „Und Ihre *escargots.*"

„*Oui, mademoiselle.*" Der Kellner warf Paul einen fragenden Blick zu, dann schnappte er sich die Karten und entfernte sich vom Tisch.

Paul beobachtete, wie er verschwand, dann richtete er den Blick wieder auf Maddie. Ihre Wangen waren jetzt rosig und ihre Lippen hatten sich zu diesem neckischen halben Grinsen verzogen, das sein Herz schneller schlagen ließ. „Ich hoffe, du hast mir nicht irgendetwas Ekliges bestellt."

„Nur Schnecken."

Er stöhnte auf.

Maddie kicherte. „Keine Sorge, die sind fast wie Muscheln."

Er schob den Arm vor und legte seine Hand auf die ihre.

Diesmal zog sie sich nicht zurück, wandte sich nicht ab. Stattdessen drehte sie ihre Hand um und verwob ihre Finger mit den seinen.

Kapitel 26

Paul führte Maddie in die Eisdiele. Er brauchte etwas, um den Geschmack von diesen furchtbaren Schnecken aus dem Mund zu bekommen. Maddie hatte es witzig gefunden, als er auf diesen gummiartigen Dingern herumgekaut und gekaut und gekaut hatte. Eigentlich hatten sie nur nach Knoblauch geschmeckt. Und dieser Knoblauchgeruch hing ihm jetzt noch im Mund.

Er fuhr sich mit der Zunge über die Zähne. Er hatte ihr guten Atem versprochen. Und wenn seine Pläne aufgingen, würde er ihn auch brauchen. Er ging zum Ende der Schlange, die sich vor dem Tresen gebildet hatte.

Maddie schob sich näher an ihn heran, die Hand immer noch an seine Seite geschmiegt.

Er liebte es, wie ihre Hand sich dort anfühlte, so warm, so ... richtig. Heute Nacht würde er Bescheid wissen. Sicherheit haben. Der heutige Abend würde alles ändern.

„Wie heißt der Laden hier noch mal?"

Er schaute zu ihr hinunter. „Steve's. Hat letztes Jahr eröffnet."

„Woher weißt du so viel über Boston?"

„Ich hab meine Quellen." Sie waren jetzt die Ersten in der Schlange.

Der Mann hinter dem Tresen deutete mit einem flachen Löffel auf ihn. „Was darf es für Sie sein?"

„Vanille, bitte."

Maddie drückte seinen Arm. „Vanille? Ist das nicht etwas langweilig?"

Er legte seine Hand auf die ihre. „Vertrau mir."

Sie lächelte. „Das hast du schon mal gesagt."

„Und, habe ich dich enttäuscht?"

„Noch nicht."

Er nickte und nahm den Eisbecher in die Hand. Ein Mal nur noch musste sie ihm vertrauen. Nur noch ein Mal heute Abend.

Er hielt den Atem an und berührte das Kästchen in seiner Tasche.

Diesen Abend würde Maddie niemals vergessen. Das wusste sie bereits, bevor sie den geschwungenen Weg am Charles River entlangflaniert waren, bevor sie ihren leeren Eisbecher weggeworfen hatte und sogar bevor Paul ihre Hand genommen und sie auf eine Art und Weise festgehalten hatte, die mehr als Freundschaft versprach.

Sie spazierten am Wasser entlang. Riesige Laternen beleuchteten den Weg und warfen ihr Licht auf die Oberfläche des Flusses. Irgendwo vor ihnen spielte ein Mann Geige. Ein Junge skatete vorbei. Irgendein Vogel piepte aufgeregt, als er vorbeiflog. In der Ferne lachte jemand.

Und immer noch hielt Paul ihre Hand und lief dicht neben ihr.

„Ich habe es immer geliebt, am Charles River spazieren zu gehen. Als Kind war das hier für mich der schönste Ort auf der ganzen Welt."

„Nicht der Park?"

„Nein, der Charles River am Abend, wenn die Lichter leuchteten und sich der Tau auf die Wiesen zu legen begann. Damals hatte das irgendwie etwas Bezauberndes.

„Und heute?" Seine Stimme war sanft.

„Jetzt ist es perfekt."

Er schob sich näher an sie heran. „Abgesehen davon, dass hier kein Affe ist, dem du Kleingeld zustecken kannst."

„Zumindest nicht heute."

Sie wandten sich um, um eine Brücke zu überqueren.

In der Mitte der Brücke blieb Paul stehen. „Da ist unser Affe, Maddie. Wirf ihm ein Geldstück zu."

„Was?"

Er zog eine Münze aus seiner Tasche und drückte sie ihr in die Hand. „Wünsch dir was, Maddie. Und ich bete dafür, dass dein Wunsch wahr wird."

Sie schloss die Augen und warf die Münze ins Wasser. Konzentriert lauschte sie auf den sanften Aufprall weit unter ihnen. „Hast du sie fallen hören?"

Paul zog sie näher. „Nein. Aber das muss ich auch nicht."

„Schaust du mich schon wieder an?"

„Natürlich."

Sie lächelte.

„Und, was hast du dir gewünscht?"

„Das wird für immer mein Geheimnis bleiben."

„Deine Sehkraft?“

Sie drehte sich so, dass sie ihm gegenüberstand. „Nein.“ Und das hatte sie wirklich nicht. Sie hatte sich mehr gewünscht, viel, viel mehr.

Er drückte ihre Hand. „Du trägst dein Haar jetzt anders.“

„Es ist dir aufgefallen. Gefällt es dir?“

„Ja.“ Langsam streckte er die Hand aus und strich ihr eine Strähne aus dem Gesicht. „Was hat sich sonst noch geändert, seit du weggegangen bist?“

„Alles. Nichts.“

„Erzähl es mir.“

Und so erzählte sie ihm alles – alles über ihre Unterrichtsstunden, ihre Zeit mit Malcolm, Gottes Arbeit an ihrem Herzen, die ihre Ängste vertrieben hatte. „Das heißt nicht, dass ich es gut finde, blind zu werden. Aber ich kann damit leben.“

„Wir können damit leben.“

„Wir?“

Sie schaute zu ihm hoch, sehnte sich danach, ihn zu sehen, die Wahrheit aus seinen Augen abzulesen. Zu wissen, was er mit dieser Verabredung bezweckte. Doch stattdessen roch sie einzig und allein sein *Eau de Toilette*.

Er trat näher, bis sie seinen Atem auf ihrer Wange spüren konnte. „Ich habe noch etwas für dich, Maddie.“

Die sanfte Brise wehte ihr eine Haarsträhne ins Gesicht. Sie blieb an ihrem Mundwinkel hängen. Paul schob sie zurück. Dann zog er etwas aus seiner Tasche und legte es ihr in die Hand. Eine kleine Schachtel, weich, samten.

Ihr Herz pochte wie verrückt.

Seine Finger umfassten ihr Kinn, hoben es zu sich empor. Seine Hand wanderte auf ihren Rücken, zog sie näher. Ganz nah. Er beugte den Kopf herab. Ihre Augen schlossen sich.

Und dann vergaß sie alles um sich herum und verlor sich ganz in dem Wunder von Pauls Kuss.

Im Krankenhaus wachte Maddie auf.

Kapitel 27

Maddie öffnete die Augen und sah gar nichts. Nur die Schwärze, dieselbe Schwärze, die seit so vielen Jahren ihr Begleiter war. Aber sie konnte zumindest sagen, dass es nicht Nacht war. Nicht mehr.

Von irgendwo zu ihrer Rechten erklang eine Frauenstimme, sanft und ruhig. „Doktor, sie ist aufgewacht."

Papier raschelte. Ein Stift klickte. Irgendetwas piepte. Etwas anderes summte, leise und beständig. Dann ergriff direkt neben ihr ein Mann das Wort. „Guten Morgen, Mrs Tilden."

Er war also gekommen. Der Morgen nach der langen Nacht. Maddie versuchte ihren Mund zu bewegen, aber irgendetwas hinderte sie daran.

Sanfte Finger entfernten etwas Klebriges von ihrer Wange, etwas Hartes von ihren Lippen. Maddie schluckte. „Ich habe geträumt." War das ihre Stimme? Sie klang so trocken, so rau wie Schmirgelpapier.

Die Frau kam näher. „Wovon haben Sie geträumt?"

Maddie wandte ihr Gesicht in die Richtung, aus der die Stimme kam. „Vom Himmel."

Eine Hand tätschelte ihren Arm. „Geben Sie uns nur eine Minute, dann können Sie weiterträumen." Dann zog die Krankenschwester ihren Arm weg. „Das hier ist Doktor Nelson. Er hat sich um Sie gekümmert."

Jetzt berührte sie eine andere Hand. Sie war größer, aber genauso sanft.

„Wo bin ich? Was ist passiert?"

„Sie sind im Krankenhaus. Sie sind sehr krank. Erinnern Sie sich daran?"

Sie drehte sich weg. Ja, sie erinnerte sich. Dieses Piepen war ihr Herzschlag und das Summen kam von der Neonröhre an der Zimmerdecke. Aber krank? Nein. Sie war nicht krank. Sie lag im Sterben. Und sie hatte Angst gehabt. Deshalb war das Wasser gekommen – zusammen mit den Schatten und dieser merkwürdigen Dunkelheit. Aber jetzt hatte sie keine Angst mehr. Da war eine Stimme gewesen. Eine Stimme, die sie zurückgerufen hatte. Die sie dazu gebracht hatte, sich zu erinnern. Sie hatte sich erinnert. Und das war genug gewesen.

Der Arzt tätschelte ihren Arm. „Mrs Tilden, Sie sollten wissen, dass wir nicht in der Lage sein werden zu operieren."

Maddie nickte. „Ich weiß."

Die Schwester gab einen merkwürdigen Ton von sich. Ihre Stimme senkte sich zu einem Flüstern. „Wie kann sie das wissen?"

Maddie lächelte. „Das ist in Ordnung ..." Das EKG-Gerät fing an zu stottern. Maddie atmete rasselnd ein. Und hustete.

Die Decken bewegten sich und dann berührte etwas Kaltes ihre Brust. Niemand sprach. Kurz darauf wurde die kalte Scheibe weggezogen und der Arzt wandte sich ab. „Es ist Zeit, den Anruf zu machen." Er sprach nicht mit ihr, sondern mit jemand anderem.

Maddie schloss die Augen. Das Einatmen schmerzte sie. Alles schmerzte. Sie drehte den Kopf. Und dann, nur für den Bruchteil einer Sekunde, meinte sie, es zu riechen. Schwach und moschusartig. Ein Duft, den sie schon lange, sehr lange nicht mehr gerochen hatte.

Der Duft seines *Eau de Toilette*.

Paul stand auf und schob sich näher an ihr Bett. So nah, dass Maddie ihn sicher fühlen würde, wissen würde, dass er da war, dass er die ganze Zeit über da gewesen war. Ihre Augen blieben geschlossen. Die Minuten verstrichen. Der Arzt und die Schwester hatten den Raum schon vor einiger Zeit verlassen. Sie waren nicht zurückgekehrt. Und so wartete Paul.

Es kamen keine weiteren Erinnerungen. Keine Ausflüge mehr in eine Zeit, die lange zurücklag. Damit hatte es jetzt ein Ende. Sie brauchte die Erinnerungen nicht mehr. Er lauschte ihrer langsamen, flachen Atmung, beobachtete, wie das letzte bisschen Farbe aus ihrem Gesicht wich.

Und doch sah sie nicht zu ihm hinüber, sprach nicht ein Wort. Sie lag einfach nur da, wach, mit geschlossenen Augen.

Vielleicht wartete sie auch.

Knarrend öffnete sich die Tür, doch es war nicht die Krankenschwester, die eintrat. Nicht der Arzt. Es war eine Frau, eine junge, großgewachsene Frau. Atemberaubend schön. Sie trat näher, und Paul konnte den Blick nicht von ihrem Gesicht abwenden. Sie war eine Erscheinung, wunderschön, voller Leben ... und blond. Die Frau schniefte und wischte sich eine Träne von der Wange. Dann eilte sie an Maddies Bett.

Paul streckte sich nach ihr aus, aber sie schaute nicht einmal in seine Richtung. Sie hatte nur Augen für Maddie, nur Tränen für die Frau, die in dem Krankenhausbett lag. Sie beugte sich über Maddie und versuchte zu lächeln, doch stattdessen kamen nur noch mehr Tränen. Sie nahm Maddies Hand in die ihre. „Ich bin hier, Mama. Ich bin gekommen."

Wärme durchflutete Paul. Und Freude. Er hatte ihre Tochter nicht mehr gesehen, seit sie fünf Jahre alt gewesen war. Sie hatte sich zu so einer wunderschönen jungen Frau entwickelt.

Maddie öffnete die Augen und hob die Hand ihrer Tochter an ihre Lippen. „Ich kann nicht länger durchhalten, Mandy. Mein Herz ist ... es ist einfach zu schwach."

Mandy küsste ihre Mutter auf die Wange. „Ich weiß, Mama. Das ist in Ordnung. Du kannst eine dekompensierte Herzinsuffizienz nicht ewig bekämpfen." Die nächsten Worte flüsterte sie. „Ich habe gebetet und Gott gebeten, dich heimzuholen. Und weil ich wusste, wie viel Angst du hast, habe ich ihn gefragt, ob er dir nicht vielleicht Papa schicken kann, damit er dich auf deinem Weg nach Hause begleitet und dir die Angst nimmt."

Paul lächelte.

Maddie berührte die Wange ihrer Tochter. „Er ist seit fünfundzwanzig Jahren tot ... seit dem Autounfall." Zum ersten Mal drehte Maddie ihren Kopf in seine Richtung, zu dem leeren Stuhl neben ihrem Bett. „Aber heute dachte ich ... dachte ich, ich hätte sein Duftwasser gerochen." Ein quälender Husten zerriss ihre Brust.

Paul rückte näher. Auf ihrem Gesicht war jetzt keine Angst mehr zu sehen. Kein Zurückschrecken. Nur Vertrauen. Und Liebe. Und Freude. Er streckte seine Hand nach ihr aus. Es war Zeit. Endlich. Zeit, sie heimzuholen.

„Komm, Maddie. Es ist alles vorbereitet." Und dann berührte er sie.

Zum ersten Mal seit über dreißig Jahren sah Maddie ohne Hindernisse in das Gesicht des Mannes, den sie liebte, sah es völlig klar und deutlich. Paul war direkt neben ihr, seine Silhouette von gleißend hellem Licht umstrahlt.

Freude überwältigte sie. Erstaunen. Friede. Vorfreude ohne Angst. Sie lächelte ihn an. „Du bist gekommen, um mich abzuholen."

Paul grinste. „Er hat mich geschickt."

Maddie richtete sich auf und legte ihre Hand in die seine. „Ist es so, wie wir es uns ausgemalt haben?"

Er lachte aus ganzem Herzen und ohne Zurückhaltung. „Es ist genau so und noch viel besser. Warte, bis du es siehst, Maddie. Warte, bis du ihn siehst. Er wartet auf dich."

Maddie stand auf und folgte Paul ins Licht.

Hinter ihr zeigte das EKG-Gerät eine gleichförmig flache Linie.

Epilog

Sie können mir nicht erzählen, dass es nie passiert sei. Sie können mir nicht erzählen, dass es ein Traum gewesen sei. Denn ich war da. Ich sah, wie sich ihre Hand nach ihm ausstreckte. Ich hörte seine Stimme. Ich sah ihre Liebe.

Jetzt stehe ich hier an ihrem Grab und weine. Aber es sind keine Tränen der Verzweiflung. Es sind Noten in der Sinfonie des Friedens. Es sind Töne der Hoffnung. Ihrer und meiner.

Ich habe heute Blumen gekauft – rote Rosen –, um sie auf ihr Grab zu legen. Es sind nicht die Schönsten, aber sie duften himmlisch.

Ich lege sie auf ihren Grabstein und berührte ihn, obwohl ich weiß, dass sie nicht hier ist.

Dann trete ich zurück und strecke meiner Tochter die Hand hin. Pauline ist jetzt fünf Jahre alt. Sie hat die blaugrünen Augen ihres Großvaters und das neckisch schiefe Grinsen ihrer Großmutter geerbt.

Sie nimmt meine Hand. „Oma ist jetzt im Himmel, stimmt's Mama?"

Ich lächele. „Sie sieht Jesus jeden Tag." Meine Mutter hatte mir immer gesagt, dass Gott ihre Blindheit heilen würde. Am Ende hat er es getan.

Sie sehen also, ich bin weder verrückt, noch bin ich eine Romantikerin. Ich bin nur eine Frau, die Zeugin der Verheißung geworden ist, die das Wunder erblickt, die einen flüchtigen Blick auf die Herrlichkeit geworfen und entdeckt hat, dass es für jeden von uns Hoffnung gibt ... irgendwo jenseits der Nacht.